小学館文庫

捜索者の血

ハーラン・コーベン
田口俊樹 訳

小学館

捜索者の血

＊主な登場人物＊

デイヴィッド・バロウズ………… 私。
マシュウ……………………………… デイヴィッドの息子。
シェリル……………………………… デイヴィッドの元妻。臓器移植専門の外科医。
レイチェル・アンダーソン……… シェリルの妹、〈グローブ〉紙の元記者。
レニー・バロウズ………………… デイヴィッドの父、元警察官。
ソフィ………………………………… デイヴィッドのおば。
フィリップ・マッケンジー……… ブリッグズ刑務所長。レニーの親友で元同僚。
アダム・マッケンジー…………… フィリップの息子。デイヴィッドの幼なじみ。
ヒルデ・ウィンズロウ…………… バロウズ家の隣人。
ロス・サムナー…………………… 殺人犯の受刑者。
テッド・ウェストン……………… ブリッグズ刑務所の看守。通称カーリー。
マックス・バーンスタイン……… FBI特別捜査官。
サラ・ヤブロンスキ……………… FBI特別捜査官。マックスの相棒。
ガートルード・ペイン…………… ペイン一族の女家長。通称ピクシー。
ヘイデン・ペイン………………… ガートルードの孫。
ステファノ…………………………… ペイン邸宅の警備責任者。
キャサリン・トゥロ……………… レイチェルの大学時代のクラスメート。
ロナルド・ドリーズン…………… シェリルの再婚相手。ボストン総合病院の理事。
ニッキー・フィッシャー………… 犯罪組織の元トップ。

わが甥と姪たちへ
トーマス、キャサリン、マッカラン、ライリー、ダヴィ、
アレク、ジェネヴィーヴ、マハ、
アラナ、アナ、メアリー、メイ、
サム、ケイレブ、フィン、
アニー、ルビー、ディーリア、
ヘンリー、モリー

愛を込めて

ハーランおじさんより

第一部

1

わが子を殺した罪で終身刑となって五年になる。

〝ネタバレ注意〟で申し上げると、私はやってない。

息子のマシュウは三歳のときに無残に殺された。あの子は私の人生の一番の宝物だった。その息子がいなくなった。その日からずっと終身刑に服している。ただ生きているだけだから終身刑を科されたも同然だ、という比喩ではなく。いや、比喩としてだけではなくと言うべきか。逮捕され、裁判にかけられ、有罪を宣告されなかったとしても、やはり私は終身刑の身になっていただろう。

ただ、私の場合――いや、この終身刑について言うなら、比喩でもあれば現実のものでもある。

だとすれば、〝私はやってない〟などということがありうるのか？　そう思われるかもしれない。

でも、ほんとうにやってないのだ。

だったら、どうして無罪を必死に主張しなかったのか？

確かにしなかった。その理由は比喩としての終身刑につながるものだ。裁判で有罪になろうとなるまいと私にはどうでもよかった。そう聞くと驚かれるかもしれないが、驚くことでもない。息子が死んだ。重要なのはその一点なのだから。そのことが私にとっては一面を飾る大見出しであり、すべて大文字で強調されるべき大事件なのだから。息子が死んだ。この世からいなくなった。陪審長が私に有罪を宣告しようと無罪と認めようと、この事実は変わらない。有罪か無罪かは関係ない。私は息子の役に立たなかった。だから、どちらでも同じことだ。陪審団が真犯人を突き止め、私を無罪放免にしたとしても、マシュウが死んだという事実はなんら変わらないのだ。息子を守ること。それが父親の役目だ。何をおいても全うすべき使命だ。五年まえ、あの恐ろしい事件が起きた夜、私は愛くるしい息子がめった打ちにされて、文字どおり無残な肉片になった姿を見つけた。凶器を振り下ろして息子を叩《たた》きのめしたのは私ではない。が、私はその凶行を止められなかった。父親としての役目を果たさなかった。息子を守らなかった。

実際に殺したか、殺していないか、ではない。私のせいで息子は死んだ。その罰は当然私が受ける。

だから、陪審長が評決を読み上げたときもなんの反応も示さなかった。当然ながら、そんな私を見て傍聴人はみなこう思っただろう。この男はソシオパスだ、サイコパスだ、頭がイカれている、精神を病んでいる。何も感じることができないにちがいない、メディアはそう

書きたてた。感情をつかさどる遺伝子が欠如しているのだと。良心の呵責《かしゃく》などない、死んだ
眼《め》をしている。そうやってありとあらゆることばで呼ばれた結果、私は殺人犯として収監さ
れることになったのだ。が、どれも事実ではない。ただ、否定する理由がなかっただけだ。
あの夜——〈マーヴェル〉のヒーローが描かれたパジャマを着た息子が倒れているのを見つ
けた夜——私もまた痛烈な一撃を食らったも同然だった。膝からくずおれて立ち上がること
ができなかった。あのときも。今も。このさきもずっと。
あの瞬間から事実上の終身刑は始まっていた。
不当に罪を着せられた人間が潔白を証明する物語だと思っているなら、それはちがう。そ
もそも語るほどの話でもないからだ。話したところで何も変わらない。掃き溜《だ》めみたいなこ
の独房から解放されても、救いは訪れない。息子が生き返ることはない。
そう、救いなどないのだ。
少なくとも私はそう思っていた。看守——ものすごく風変わりな男でみんなからカーリー
と呼ばれている男——が私の独房にやってきて「面会だ」と告げるそのときまでは。
まさか自分が呼ばれているとは思わず、私は動かない。収監されて五年になるが、これま
で面会人と会ったことは一度もない。最初の年は父親が会いにきていた。おばのソフィや親
しい友人や親族など、私の無罪を信じる人々、少なくとも犯行時は正気ではなかったと考え
る人々が訪ねてくることもあった。が、私は誰とも会おうとしなかった。マシュウの母親で、

当時は私の妻だったシェリル（今は元妻だ、驚くことではないが）も訪ねてきてはいた。本心から私に会いたいと思ってはいなかったとしても。私は妻にも会わなかった。面会お断わり。はっきりそう意思表示した。自己憐憫《れんびん》に浸っていたのではない。そもそも哀れむものなど何もなかった。ただ、面会したところで会いにくる人にとっても、訪ねてこられるこちらにしても、なんの役にも立たない。まるで意味がない。そう思ったからだ。今もその考えは変わらない。

一年が過ぎ、二年が過ぎて、私に会いにくる人はいなくなった。メイン州までわざわざ訪ねてくるのは億劫《おっくう》だと不満を訴えてのことではない。いや、アダムはそうだったかもしれないが。いずれにしろ、私の言いたいことはわかってもらえるはずだ。このブリッグズ刑務所に私を訪ねてくる人はもう長いこと誰もいなかった。ところが、今になって誰かが会いにきた。

「バロウズ」と看守のカーリーは吐き捨てるように言う。「立て。面会だ」

私は顔をしかめて答える。「誰だ？」

「おれがおまえの秘書に見えるか？」

「巧《うま》いことを言うね」

「ああ？」

「秘書に見えるかっていうジョークだよ。面白い」

「おれをおちょくってるのか？」

「面会には応じない」とおれは言う。「追い返してくれ」

カーリーはため息をついて言う。「バロウズ」

「なんだ？」

「さっさと立て。おまえは書類を出してない」

「書類って？」

「面会を拒否したいなら」とカーリーは説明する。「申請書に記入して提出しなきゃならないんだよ」

「訪問客リストに名前がない人はおれには会えないと思ってたけど」

「訪問客リストだと？」カーリーは首を振り、おうむ返しに言う。「ここをホテルだとでも思ってるのか？」

「ホテルには訪問客リストがあるのか？」と私は訊《き》き返す。「なんでもいいけど、誰とも会わないという書類はもう提出してある」

「おまえが最初にここに来たときにな」

「ああ」

カーリーはもう一度ため息をついて言う。「申請は毎年更新しなきゃならないんだよ」

「ええ？」

「今年にはいってから、誰にも会わないっていう書類を出したか？」

「いや」

カーリーは両手を広げて言う。「そういうことだ。わかったら、さっさと立て」

「訪ねてきてる人に帰ってくれと伝えてくれないか？」

「無理だな、バロウズ、それはできない。理由を教えてやろう。おまえを面会室まで連れていくよりそっちのほうが手間がかかるからだ。いいか、おまえの頼みを聞き入れたら、面会人におまえが会わない理由を説明しなきゃならない。そうすると、向こうはあれこれ質問してくる。下手《へた》したらおれが代わりに申請書を書く破目になる。そんなのはまっぴらごめんだ。あとからまたおまえに書類を書き直させなきゃならないし、そのためにおれはことオフィスを行ったり来たりしなきゃならない。わかるだろ、おれにとっても、おまえにとっても無駄に労力がかかるだけなんだよ。だから、こうしよう。おまえはおれと一緒に面会室まで行く。話したくなけりゃ黙って坐《すわ》ってればいい。おれには関係ない。そのあとでおまえはちゃんと申請書を書いて提出する。そうすりゃ、おれもおまえも面倒を繰り返さずにすむ。言ってる意味、わかるか？」

すでに長いあいだこの刑務所にいる私にはわかる。ここでは、必要以上に抵抗することは無駄なばかりか、悪い結果を招きやすい。それに、正直に白状すると、誰が会いにきたのか興味もある。「ああ、わかるよ」と私は答える。

「よし。じゃあ、行こう」

面会の手順は私も知っている。手を差し出すとカーリーが手錠をかけ、手の動きを制限できるよう腰にチェーンを巻いて手錠のチェーンを通す。その分、足枷《あしかせ》は省略する。おそらく着けたりはずしたりするのが面倒なのだろう。ブリッグズ刑務所のPC区画（知らない人のために言っておくと、PCは保護拘置《プロテクティヴ・カストディ》の略だ）から面会室までの道のりはかなり長い。現在、PC区画には全部で十八人の受刑者が収容されている。子供に対する性的虐待者が七人、レイプ犯が四人、人食い連続殺人犯がふたり、〝普通の〟連続殺人犯がふたり、警官殺しがふたり、それから、言うまでもないが、子殺しの狂人（私のことだ）。なんとも多彩な顔ぶれだ。

カーリーが険しい眼を私に向ける。珍しいことだ。看守の多くは警察官志望で、ここでの仕事にうんざりしているか、腕っぷしが強いだけで受刑者にはびっくりするほど関心がないかのどちらかと決まっている。どうした？　と訊きたかったが、黙っているべきときとはどういうときなのか、それぐらい私も心得ている。ここにいるとそういうことも学ぶ。歩きながら脚がいくらか震えているのが自分でもわかる。妙に緊張している。正直に言うと、私はここでの生活にすっかり馴染《なじ》んでいる。想像を絶するほどひどい場所であることは確かだが、刑務所ならではの非道にもすっかり慣れきってしまっている。そんな私に今になって会いにくる者がいるとは。こんなに時間が経《た》った今。誰だか見当もつかない。が、今の私の生活を揺るがす大ニュースをもたらしにきたのか。

それは私の望むところではない。

今でもあの夜の血まみれの光景がフラッシュバックすることがある。あのとき見た血のことばかり考えている。夢にも見る。何度見たかわからない。最初の頃はそれこそ毎晩のように見た。今は一週間に一度くらいだろうか。記録をつけているわけではないので正確なところはわからないが。刑務所での時間の経過は普通の社会のそれとはちがう。時が止まったり、また動き出したり、途切れたり、ジグザグに進んだりする。今でもはっきり覚えている。あの夜、いつもシェリルと一緒に寝ているベッドでまばたきして目覚めた。時計は見なかったが、具体的に知りたい人たちのために言っておくと、明け方の四時だった。家の中はしんと静まり返っていたが、何かがおかしいと直感した。今にして思えば、そんな気がしたと思い込んでいるだけで、実際はそうではなかったかもしれないが。記憶というのはきわめて想像力豊かな語り手だ。おそらくあのときの私も実際には何も感じてなどいなかったのだろう。今となってはもうわからない。目覚めてすぐにぱっと飛び起きたわけではなく、起き上がるまでに時間がかかった。数分はベッドで横になったまま、眠りと覚醒の狭間《はざま》の奇妙な感覚にとらわれ、やがて水中から徐々に浮かんでいくように意識がはっきりしてきた。

少しして起き上がり、廊下に出てマシュウの部屋に向かった。

そのとき血に気づいた。

血は想像していたより赤かった。〈クレイヨーラ〉のクレヨンのような鮮やかで明るい赤、ピエロの唇みたいにどぎつくて、人を小馬鹿にしたような赤。そんな真っ赤な血が白いシーツを染めていた。

私はパニックに襲われ、大声でマシュウを呼んだ。よろめきながら部屋に駆け込もうとしてドア枠に激しくぶつかった。もう一度息子の名前を呼んだ。が、返事はなかった。部屋の中にはいると、眼に飛び込んできたのは……何がなんだかわからないほど変わり果てた塊だった。

あとから聞いたのだが、私はずっと叫んでいたのだそうだ。

警察はその声を頼りに私を見つけた。警察が駆けつけたときも、まだ叫んでいたという。叫び声が粉々に砕けたガラスの破片となって全身に刺さった。どこかの時点で叫ぶことをやめたのだと思うが、それもよく覚えていない。ひょっとしたら声帯が切れて声が出なくなったのかもしれない。実際のところはわからない。ただ、あのときの声は今も耳にこだまして消え去ることはない。ガラスの破片は今も私を引き裂き、ずたずたに切り刻んでいる。

「早くしろ、バロウズ」とカーリーが言う。「彼女が待ってる」

彼女。

確かに「彼女」と言った。一瞬、シェリルだろうかと考え、鼓動が高まる。いや、それはない。シェリルが会いにくるはずはないし、来てほしいとも思わない。私たちは八年間結婚していた。おおむね幸せな結婚生活だったと思う。終盤はあまりうまくいっていなかったが。新たなストレスが生まれるたび、シェリルと私のあいだに小さなひびがはいり、やがてその小さなひびが大きな溝に変わっていった。こんなことになっていなければ、あのままうまくやっていけただろうか？　それはわからない。時々思うのだが、マシュウがいれば互いにもっと努力したかもしれない。マシュウが私たちをつなぎ止めてくれたかもしれない。そう、もちろん、そう思いたいだけなのかもしれないが。

有罪判決を受けたあと、いくつかの書類に署名して離婚に応じた。それ以来、シェリルとは一度も話していない。それは彼女よりむしろ私が望んだことだった。そんなわけで、彼女がどんな暮らしをしているかも知らない。今どこに住んでいるのか、まだ心の傷が癒えずに嘆き悲しんでいるのか、あるいは、立ち直って新しい人生を歩んでいるのか。何も知らないでいるほうがいいと思っている。

あの夜、どうしてもっとマシュウのことを気にかけていなかったのか？

自分は悪い父親だったと言っているのではない。そうだったとも思っていない。ただ、あの夜はなんとなく息子にかまいたい気分ではなかった。三歳の子供は扱いにくい。それに退屈でもある。誰もが知っている。子供と過ごす時間はいつでも至福のときだ。親たちはそう装おうとする。が、実際はそうでもない。少なくとも、あの夜の私はそう思っていた。相手をするのが煩わしく、寝かしつけるときに本を読み聞かせてやることもしなかった。ひどい父親だ。そう思われて当然だ。自分自身のどうでもいい問題や不安で頭がいっぱいで、どこからわの空だった。愚かだった。どこまでも愚かだった。人生がうまくいっているとき、人は贅沢《ぜいたく》なまでに愚かになれるものだ。

当時、シェリルは一般外科の実習期間を終え、ボストン総合病院の移植部門で働きはじめたばかりだった。あの夜は夜勤で、家には私とマシュウしかいなかった。私は酒を飲んでいた。もともと大酒飲みではないし、酒に強いわけでもなかったが、数ヵ月まえからシェリルとの関係や結婚生活にストレスが溜まり、癒やしとは言わないまでも、酒にささやかな慰めを求めるようになっていた。あの夜もそういう理由で飲んでいた。その酒が一気にまわったのだろう。つまるところ、飲みすぎて酔いつぶれた。で、子供の面倒をちゃんとみていなかった。息子を守ることも、玄関のドアに鍵がちゃんとかかっているのを確かめることも（鍵はかかっていなかった）、誰かが家に侵入していないかと耳をすますことも、恐怖と苦痛に満ちた息子の悲鳴を聞きつけることもなく、裁判で検事が嘲るように指摘したとおり〝酔いつぶれて眠りこけて〟いたのだ。

あの夜のことは何も覚えていない。あのにおいに気づくまでのことだが、もちろん。

あの男（私のことだ）がやったに決まっている。誰もがそう思っているのはわかっている。実際、あらゆる証拠が犯人は私だと示していた。それはわかる。私がやったと考えるのは当然だ。時々自分でもそうなのではないかと思うことさえある。そんなはずはないと考える人がいるとしたら、まるで何も見えていないか、幻覚を見ているかのどちらかだろう。私がやったと考えてもおかしくない理由もある。手短に話そう。一度、寝ているときにシェリルを激しく蹴ったことがある。化けものみたいに大きなアライグマが可愛《かわい》い飼い犬のラズロを襲っている悪夢にうなされ、パニックになって、夢の中でそのアライグマを退治しようと力一杯蹴ったのだ。が、現実にはシェリルの脛《すね》を蹴っていた。今になって思うと、シェリルが私の弁解――〝知らんぷりしてラズロがアライグマに食べられてもよかったのか？〟――を真顔で聞いていたのがなんとも滑稽に思えてならない。優秀な外科医でもある自慢の妻は、ラズロはもとより大の犬好きだったが、それでもいくらか怒っていた。

「もしかしたら」とシェリルは私に言った。「あなたは心のどこかでわたしを傷つけたいと思ってるのかも」

彼女は笑いながら話していたし、私も本気で言っているとは思わなかった。ひょっとしたら本気だったのかもしれないが。いずれにしろ、そんなことはすぐに忘れ、そのあとも一緒に幸せな毎日を送っていた。それなのに、今になってあの夜のことをよく思い出す。夜、寝ていると夢に見ることもある。一発蹴ったくらいでは殺人にはならない。そうだろうか？そんなこと誰にわかる？　息子を殺した凶器は野球のバットだった。近所に住むミセス・ウィンズロウ――わが家の木立ちの先にある家に四十年まえから住んでいる――が、そのバットを私が埋めるのを目撃した。それが有罪の決め手になった。私自身はその証言に大いに疑問を感じていたが、もちろん。いかに私がまぬけでも、犯行現場のすぐそばに凶器を埋めるような真似《まね》をするだろうか？　それも自分の指紋があちこちについているのに。そういう疑問についてはいろいろ考えた。たとえば、以前にも一杯か二杯飲みすぎて眠ってしまうことはあったが――そういう経験をしたことがない人などいるか？――あんなふうに酔いつぶれたことはなかった。ひょっとしたら、睡眠薬でも盛られたのではないか。が、気づいたときには私は有力な容疑者になっていて、調べてもらうにはもう遅かった。地元の警察官は私の父に敬意を払って、最初はみな協力的だった。かつて父が刑務所送りにした悪人どもを調べてくれたりもしたが、私から見てもそれは正当な捜査とは言えなかった。確かに父は現役時代に大勢の敵をつくったが、それは大昔の話だ。どうして今になって復讐《ふくしゅう》のために三歳の子供を殺さなきゃならない？　まるで理に適《かな》わない。息子には性的に虐待された痕跡はなく、ほかに殺される理由も考えられなかった。で、あれこれ考え合わせた結果、容疑者と考えられる人物はひとりしかいなかったのだ。

つまり私しか。

アライグマを蹴った夢の中の出来事が現実に起きたのかもしれない。その可能性は否定できない。弁護人のトム・フローリオはそう主張しようとした。全員ではないが、家族も何人かは、その線で裁判を争うべきだと考えた。心神喪失で責任能力がなくなるというやつだ。過去に夢遊病になったこともあるし、精神疾患の定義を無理矢理あてはめれば問題があると言えないこともない。そう主張すべきだと説得された。

確かに理屈は通っている。が、私は自白しようとはしなかった。なぜならやっていないからだ。私は息子を殺してなどいない。それは自分が知っている。やっていない自分が誰よりわかっている。犯人はみなそう言う。それもわかっている。

カーリーに連れられて最後の角を曲がる。ブリッグズ刑務所は植民地時代を思わせる古びたコンクリート造りの建物だ。嵐のあとの道路みたいに色が褪《あ》せ、くたびれた灰色に覆われている。収監されるまえは寝室が三つとバスルームがふたつ、トイレだけのバスルームがひとつあるコロニアル様式の家に住んでいた。袋小路に面した四分の三エーカーの敷地にあり、陽光を散らしたような黄色い外壁に緑色のシャッターがよく映え、アースカラーとアンティークのパイン材で装飾された家だった。そんな家からこの刑務所に移った。どうでもいいことだが。どんなものに囲まれているかなどどうでもいい。私と同じ立場になれば、きっとわかるだろう。外装など一時的な幻想にすぎず、なんの意味もない。

ブザーが鳴る音がして、カーリーがドアを開ける。最近ではどの刑務所も面会室が刷新されている。軽犯で危険の少ない受刑者は衝立《ついたて》や仕切りのないテーブルで面会人と一緒に話ができる。が、私はそうではない。ブリッグズ刑務所には今も防弾性のあるアクリル板《プレキシガラス》で仕切られた面会スペースがある。私が床に固定された金属製の椅子に坐ると、受話器を持ち上げられるように腰に巻かれたチェーンがゆるめられる。仕切り越しに電話で話をする。

最重警備刑務所《スーパーマックス》では、面会はそうやっておこなわれる。

面会人は元妻のシェリルではない。よく似てはいるが。

シェリルの妹のレイチェルだ。

仕切りをはさんで反対側に坐っていても、私を見てレイチェルの眼が見開かれたのがわかる。そんな彼女の反応に思わず笑いそうになる。かつては愛すべき義理の兄だった男、一風変わった感覚のユーモアの持ち主で、あっけらかんと笑っていた男は、この五年で確実に変わり果てた姿になった。最初に気づいたのはどの変化だろう？　そんなことを思う。すっかり痩せたことか。いや、おそらく複雑骨折したあと、もとどおりきれいに治らなかった顔の骨かもしれない。あるいは顔色の悪さか。以前はアスリート並みに盛り上がっていた肩が今はすっかり貧相に見えることか。ひょっとしたら、薄くもなり、灰色にもなりつつある髪か。

仕切り越しに彼女をじっと見つめ、受話器を取り上げ、同じようにするよう身振りで伝え、彼女が受話器を耳にあてるのを待って言う。

「何しにきた？」

レイチェルは微笑《ほほえ》もうとする。私とレイチェルは仲がよかった。一緒にいるのが愉《たの》しかった。彼女も愉しんでくれていた。

「挨拶は抜きってことね」

「挨拶をするためにきたのか、レイチェル？」

ほんのわずかにしろ浮かんでいた笑みが消える。レイチェルは首を振って言う。「いいえ」

私は黙ったまま待つ。レイチェルはいくらかやつれているように見えるが、今もきれいだ。髪はシェリルと同じくすんだブロンド、濃い緑の眼もよく似ている。私は椅子に坐ったまま体の向きを変えて斜め横を向く。正面から彼女と向き合うのが辛《つら》い。

レイチェルはまばたきをして涙をこらえ、首を振って言う。「こんな形で話すことになるなんて」

そう言うと束《つか》の間《ま》うつむく。そこには十八歳のレイチェルがいる。アマースト・カレッジの三年生だったとき、シェリルに連れられて初めてニュージャージー州の彼女の家に行った日に出会った少女がいる。シェリルとレイチェルの両親は本心では私を歓迎していなかった。私の父親はパトロール任務の警察官で、長屋暮らしの私の家庭は彼女の両親からすれば労働者階級すぎた。それにひきかえ、レイチェルはすぐに私になついた。私もまるで実の妹のように彼女を可愛がった。彼女のことを気にかけ、自分が守るべき存在のように感じていた。一年後に彼女がレムホール大学に入学したときも、ジャーナリズムを学ぶためにコロンビア大学に移ったときも車を出して引っ越しを手伝った。

「久しぶりね」とレイチェルが改めて言う。

私は黙ってうなずく。早く帰ってほしい。彼女を見ているだけで辛い。黙ったまま待つ。が、彼女は何も言わない。やがて私のほうから切り出す。彼女が命綱を必要としているように思えて、手を差し伸べずにはいられない。

「サムはどうしてる？」と私は尋ねる。

「元気よ」とレイチェルは答える。「今は〈マートン製薬〉で働いてる。セールス部門のマネージャーに昇進して、仕事で国じゅうあちこち飛びまわってる」そのあと肩をすくめてつけ加える。「でも、わたしたち、離婚したの」

「そうか」と私は驚いて言う。「それは残念だ。よけいなことを訊いてしまった」

彼女は気にしないでというふうに手を振る。実を言えば、私はこれっぽっちも残念だとは思っていない。サムは彼女に釣り合う相手ではなかった。それを言うなら、私は彼女の歴代のボーイフレンドほぼ全員についてそう思っていた。

「今も〈グローブ〉紙に記事を書いてるのか？」と私は訊く。

「いいえ」その話題には触れないで。そう言っているのが口調からわかる。

互いにまた黙ったままいっときが過ぎる。私は別の方向から攻めることにする。

「シェリルのことで来たのか？」

「いいえ。正確にはそうじゃない」

思わず息を呑《の》んで訊く。「シェリルはどうしてる？」

レイチェルは手を揉《も》みしだく。私と眼を合わせないよう視線をさまよわせる。「再婚したわ」

そのひとことが強烈なパンチのように私の腹にめり込む。が、どうにかたじろがずに受け止める。そう、これだった。誰とも面会したくない理由はまさにこれだった。

「シェリルはあなたを責めなかった。一度たりとも。それはわかってるでしょ？　誰もあなたを責めなかった」

「レイチェル？」

「何？」

「どうして来たんだ？」

ふたりとも黙り込む。彼女の背後にもうひとり、見たことのない看守がいて、私たちのほうをうかがっている。面会室にはほかに受刑者が三人いるが、知っている顔はひとりもいない。ブリッグズ刑務所は大きな施設で、私は誰とも交流しないようにしている。今すぐ立ってこの場から去りたい衝動に駆られる。そのとき、ようやくレイチェルが口を開く。

「サムの友達のことなんだけど」と彼女は言う。

私は黙って続きを待つ。

「正確には友達じゃなくて同僚ね。〈マートン製薬〉のマーケティング部門に勤めてて、サムと同じくマネージャーをしてる。名前はトム・ロングリー。奥さんと子供がふたりいる。とっても素敵な家族よ。まえは時々一緒に出かけたこともあった。会社のバーベキューとか、そういう行事のときに。奥さんのアイリーンのことはわたしも大好きなの。すごく愉しい人なのよ」

　レイチェルはそこで話すのをやめ、首を振る。

「うまく話せてないみたい」

「いや、そんなことはないよ」と私は言う。「これまでのところはすごくいい話だ」

　レイチェルは笑顔になる。皮肉を言われたのに嬉《うれ》しそうに笑って言う。「なんだか昔のデイヴィッドが戻ってきたみたい」

　ふたりともまた沈黙する。ややあって、レイチェルが今度はゆっくりと、ことばを選ぶようにして話しだす。

「二ヵ月まえ、ロングリー一家は社員旅行でスプリングフィールドの遊園地に行った。確か〈シックス・フラッグス〉だったと思う。ふたりの子供たちも一緒だった。アイリーンとは今でも友達づきあいをしていて、このあいだランチに誘ってくれて、そのときに彼女が旅行の話をしたの。でも、どこか噂話《うわさばなし》でもするみたいに。たぶんサムが新しいガールフレンドを連れてきていて、わたしがそのことを気にすると思ったんでしょう。でも、大事なのはそこじゃない」

　私はまたしても皮肉を言いそうになるが、思いとどまって彼女を見つめる。私の視線を受け止めて、彼女は続ける。

「あの日、アイリーンは写真をたくさん見せてくれた」

レイチェルはそこでことばを切る。この話がどこに向かっているのか、私にはまるで見当もつかないが、頭の中ではなんだか不吉なBGMが流れだす。レイチェルが茶色い封筒を取り出す。見たところ幅二十センチ、長さ二十五センチほどの封筒だ。彼女は封筒を手まえの机に置いて見つめる。少し長すぎると思えるくらい。まるでこのあとどうするか決めかねているかのように。それから封筒の中に指を差し入れ、中身を引き抜くと、仕切り板に押しあてる。

彼女が言っていたとおりそれは写真だった。

いったいなんなのか私にはさっぱりわからない。確かに遊園地で撮影されているようだが。女の人がカメラに向かって恥ずかしそうに微笑んでいる。この人が〝すごく愉しいアイリーン〟だろうか。その人の腰に左右からそれぞれまとわりつくようにして男の子がふたり写っている。おそらくロングリー家の息子たちだろう。ふたりともカメラのほうは見ていない。一家の右側にバッグス・バニー、左にバットマンに扮《ふん》した人がいる。アイリーンはちょっと当惑しているようだが、それでも愉しそうにしている。その場の雰囲気が手に取るようにわかる。製薬会社のマーケティング部門マネージャーで、人のいいトムが陽気に〝すごく愉しい〟アイリーンにポーズを取るように促している。〝すごく愉しい〟アイリーンのほうはそれほど乗り気ではないものの、それでも寛大に求めに応じる。一方、息子たちはまるで知らんぷりだ。誰でも一度は経験したことのある場面。背景には赤いジェットコースターが走っていて、まぶしい陽光が一家の顔を照らしている。眼を細め、顔をそむけているのはそのせいだろう。

レイチェルは私をじっと見ている。

視線を上げて彼女と眼を合わせる。彼女は写真を仕切りに押しつけたまま言う。

「もっとよく見て、デイヴィッド」

私は一、二秒彼女を見つめ、写真に眼を戻す。今度はすぐにわかった。鋼鉄製の鉤爪《かぎづめ》が私の胸をつかみ、きつく絞め上げる。息ができなくなる。

写真には少年が写っている。

背景の右端に。大部分はフレームからはみ出して切れているが、少年は硬貨の肖像みたいに真横を向いている。歳《とし》は八歳くらいか。大人の男と思われる誰かが少年の手を引いている。少年はその男性の背中を見上げているようだが、男性は写真には写っていない。

一気に眼から涙があふれる。おずおずと指を伸ばす。仕切り越しに写真の中の少年に触れる。ありえない。それはわかっている、もちろん。人は究極まで追いつめられると、見たいものが見えるようになる。きっとそういうことなのだろう。砂漠で咽喉《のど》がからからに渇き、灼熱《しゃくねつ》に苦しめられ、飢えかけて蜃気楼《しんきろう》を見たことのある人でさえ、これほどまでに追いつめられたことはないのではないか。マシュウは殺されたとき、まだ三歳だった。五年後の姿など誰にも——息子をこよなく愛する両親ですら——想像できない。少なくとも正確には。

似ているところがある、それだけのことだ。確かに写真の少年はマシュウに似ている。よく似ている。が、似ているだけだ。それ以上でもそれ以下でもない。似ている、ただそれだけだ。

なのに、込み上げる嗚咽《おえつ》を止めることができない。拳を口に押しあて、唇を嚙《か》みしめ、涙をこらえる。話せるようになるまで少し時間がかかる。落ち着いて話せるようになると、私はひとこと告げる。

「これはマシュウだ」

2

レイチェルは仕切り板に写真を押しあてたまま言う。「そんなことありえない。あなただってわかってる」

私は何も答えない。

「確かにマシュウに似てる」彼女は努めて単調な声で続ける。「わたしもそう思う。すごくよく似てるって。でも、マシュウはまだ小さかったから……」

彼女は一度ことばを切り、気を取り直して続ける。

「頬にマシュウと同じ痣《あざ》もあるけど、この子の痣はマシュウのより小さい」

「成長するにつれて小さくなる」と私は言い返す。

息子の右頬には生まれつき大きな母斑《ぼはん》があった。医学用語では先天性血管腫と呼ばれるもので、写真の少年にも同じような痣がある。息子の痣より小さく、色も薄いが、ほぼ同じ位置にある。

「そういう場合もあると医者が言っていた」と私は言う。「そのうち消えてなくなるって」

レイチェルは首を振って言う。「デイヴィッド、わかってるはずよ。こんなことありえない」

私は今度も答えない。

「奇妙なまでの偶然よ。そう見える、そうに決まってるっていう思いが強すぎるのよ。それでよく似て見えるだけ。それに、覚えてるでしょうけど、鑑識の捜査やDNA検査でも――」

「もういい」と私はさえぎって言う。

「ええ？」

「きみがわざわざ写真を見せにきたのは、マシュウに似ているからというだけじゃないはずだ」

レイチェルは眼をぎゅっと閉じて言う。「知り合いの技術者に相談したの。ボストン警察の人よ。その人にマシュウの古い写真を渡した」

「どの写真？」

「アマースト・カレッジのトレーナーを着てるやつ」

私はうなずく。卒業十周年の同窓会のときにシェリルと一緒に息子に買ったものだ。その写真でクリスマスカードをつくって送った。

「その人は経年人相画ソフトを使える。それも最新のものが。警察は行方不明者の捜索にそのソフトを利用してる。で、マシュウの写真を渡して五年後の顔にしてもらったら──」

「──写真の少年と瓜《うり》ふたつだった」と私はあとを引き取って言う。

「そんなところよ。確実なことは言えないけど。わかるでしょ？　その技術者もそう言ってた。彼には頼んだ理由は話してない。大したことじゃないけど、一応伝えておくわね。あとこのことは誰にも話してない」

そう聞いて私は驚く。「この写真はシェリルにも見せてないのか？」

「ええ」

「どうして？」

レイチェルは坐り心地の悪いストゥールの上で身をよじる。「こんなの、どうかしてる、デイヴィッド」

「何が？」

「何もかも。マシュウであるはずがない。そうであってほしいと思ってるから、わたしたちには冷静な判断ができなくなってるのよ」

「レイチェル」と私は言う。

　レイチェルは私と眼を合わせる。

「どうしてその写真をシェリルに見せなかったんだ？」と私は繰り返し尋ねる。

　レイチェルは指輪をまわし、私から眼をそらす。驚いて飛びまわる鳥のように彼女の眼が室内のあちこちに向けられ、やがてうつむく。「わかってあげて」と彼女は言う。「シェリルはまえに進もうとしてる。過去を乗り越えようとしてる」

　鼓動が胸を激しく叩くのが自分でもわかる。

「もし写真のことを話したら、シェリルの人生はまた根本から引き裂かれてしまう。叶《かな》うはずのない希望を抱いて、打ちのめされてしまう」

「だけど、きみはおれには話した」

「それはあなたにはもう失うものがないからよ、ディヴィッド。あなたの人生を根本から引き裂いたとして、今さらそれがなんだって言うの？　そもそもあなたには人生なんてもうなくなってる。だって、もうずっとまえから生きることをあきらめてしまってるんだから」

　彼女のことばは辛辣《しんらつ》に聞こえてもおかしくない。が、その声に怒りや敵意は感じられない。彼女の言うことは正しい、もちろん。まっとうな意見だ。私には失うものはない。この写真について考えていることがまちがっていたとしても――客観的に考えて、まちがっている確率のほうが圧倒的に高いが——それで私の生活が何か変わるわけでもない。このまま刑務所でただ朽ち果てるだけだ。その日を先延ばしにしようとも思わない。

「シェリルは再婚したのよ」とレイチェルが言う。

「さっき聞いたよ」

「それに妊娠してる」

左のジャブが顎を直撃し、続いて不意打ちの右フックが打ち込まれる。私はよろめいてあとずさりし、8カウントまで数える。

「話すつもりはなかったんだけど——」とレイチェルは言う。

「気にしないでくれ」

「それにもしこの写真について調べるつもりなら——」

「わかるよ」と私は答える。

「よかった。どうしたらいいかわたしにはわからないから」とレイチェルは言う。「この写真だけじゃまともな感覚を持った人を説得できる証拠にはなりそうにない。あなたが望むならやってみるけど。つまり、弁護士や警察に話すとか」

「きっと笑って追い返されるだろう」

「ええ、でも、メディアに情報を流すことはできる」

「それは駄目だ」

「それとも……シェリルに話すとか。あなたがそうすべきだと思うなら。遺体を掘り起こす許可が得られるかもしれない。あらためて検死やDNA検査をすればはっきりするかもしれない。そうすれば、裁判もやり直されるかもしれ——」

「駄目だ」

「どうして?」

「今はまだそのときじゃない」と私は言う。「誰にも知られてはいけない」

レイチェルは困惑した表情を浮かべて言う。「よくわからないんだけど」

「きみはジャーナリストだ」

「だから、何?」

「だから、きみにはわかるはずだ」と私はいくらかまえのめりになって言う。「もし誰かに知られたら、ニュースになる。マスコミがまたおれたちのところに押しかけてくる」

「わたしたち? あなただけじゃなくて?」

彼女の声に初めて苛立《いらだ》ちが交じる。私は黙ったまま待つ。彼女の考えはまちがっている。本人にもすぐにそうとわかる。マシュウの事件が最初に公表されたとき、それを報じるマスコミの論調は親身で同情的なものだった。悲劇的なストーリーという側面を前面に押し出し、殺人鬼はまだ捕まっていないから、市民のみなさんはくれぐれも用心するようにと世間の恐怖を煽《あお》った。

が、SNSではその論調は支持されなかった。「家族の誰かがやったに決まってる」誰かがXでそうつぶやくのに時間はかからなかった。「まちがいない、やったのは負け犬で引きこもりの父親だ」と別の誰かがつぶやき、その投稿には多くの〝いいね〟がついた。「きっと妻の成功を妬んで腹を立ててたんだろう」そうやってどんどん拡散していった。

誰も逮捕されないまま時間が過ぎ、世間が事件のことを忘れかけると、マスコミは苛立ちを募らせ、しびれを切らした。息子が無残に殺されていたというのに、どうして父親は何も気づかずに寝ていたのか。そんな疑問をコメンテーターたちが呈するようになった。極秘の情報が徐々に洩《も》れ、やがて一気に流出した。凶器は野球のバットで、四年まえに私が買ったものだ、そのバットがわが家のそばに埋められているのが発見される。近所に住むミセス・ウィンズロウの証言も明らかとなる――事件当夜、私がバットを埋めるのを見たというものだ。鑑識が調べたところ、そのバットには私の指紋が――私の指紋だけが――残っていた。

マスコミはこの新しい切り口が気に入った。忘れられかけたストーリーに新たな息吹を吹き込めば、また注目を集められる。だから、どこも飛びついた。以前、私を診察した精神科医が私の夜驚症《やきょうしょう》と夢遊病の病歴をリークした。ほかにも、シェリルと私の結婚生活には問題があった、シェリルは浮気していたのかもしれない、などとなんでもかんでも書きたてた。どんな状況かはみなさんにも想像がつくだろう。

私は逮捕され、起訴されるべきだという社説が新聞に掲載される――父親が警察官だったから特別待遇を受けているのだ。ほかにも何か隠しているのではないか？　私が白人でなければ、今頃はとっくに刑務所に入れられている。これは人種差別だ、特権主義だ、ダブルスタンダードだ……

そうした批判の多くはおそらく当たっている。

「マスコミに叩かれることをおれが気にするとでも思ってるのか？」と私は訊く。

「いいえ」と彼女は落ち着いた声で答える。「だとしても、わからない。マスコミに知られたら何か困ることがあるの？」

「メディアはこのことを報じるだろう」

「ええ、そうでしょうね。で？」

彼女はしっかりと私に眼を合わせる。「誰もが知ることになる」私は写真の中でマシュウの手を握る大人の手を指差して言う。「この男も」

沈黙が流れる。

彼女が何か言うのを待つ。が、何も言わないので私はさらに続ける。「わからないか？　目的がなんであれ、おれたちがこの子を捜していることがこの男に知られたらどうなる？　この子がほんとうにマシュウなら、この男はマシュウと一緒に姿を消すだろう。私たちに見つからないようにするだろう。ひょっとしたら、このままにしておいたら危険だと考えるかもしれない。誰にも疑われないと思っていたのに、そうではないとわかったら、今度こそ証拠を永遠に葬ってしまうかもしれない」

「でも」とレイチェルは反論する。「警察は極秘に捜査することもできる」

「無理だよ。必ずどこからか情報が洩れる。そもそも、警察が真剣に取り合ってくれるわけがない、この写真だけじゃ。それぐらいきみにもわかるだろ？」

レイチェルは首を振って言う。「だったら、どうすればいいの？」

「不正を徹底的に追及する。きみはそういう評判のあるジャーナリストだ」と私は言う。

「今はそうじゃない」

「ええ？　何があった？」

彼女はまた首を振る。「話すと長くなる」

「おれたちだけでもっと調べる必要がある」

「おれたち？」

私はうなずいて言う。「そのためにはここを出なきゃならない」

「いったい何を言ってるの？」

彼女は不安そうに私を見る。当然だろう。自分でも声に不安が交じっているのがわかる。

それでも、昔の声音にいくらか戻っている。マシュウが殺されたあと、私は胎児のように体を丸め、ただ死が訪れるのを待っていた。息子が死んだ。それ以外のことはすべてどうでもよくなった。

それが今は……

ブザーが鳴り、看守が面会室にはいってくる。カーリーが私の肩に手を置いて言う。「時間だ」

レイチェルは慌てて写真を封筒にしまう。それを見て、待ってくれ、まだ見ていたいという気持ちになる。あれは幻だったのではないかと急に不安になる。写真が見えなくなってほんの数秒しか経っていないのに、霞《かすみ》に覆われたような、煙にしがみついているような気分になる。今の息子の姿を記憶に刻みつけようとするが、夢の最後の一瞬のように遠のいていき、もう顔もおぼろにしか思い出せない。

レイチェルが立ち上がって言う。「通りの先のモーテルに泊まるわ」

私は黙ってうなずく。

「明日、また来る」

今度もどうにかうなずいてみせる。

「それと、こんなことを言っても助けになるかどうかわからないけど、わたしもあの子だと思う」

礼を言おうと口を開くが、ことばが出てこない。どちらにしてももう遅い。彼女は背を向けて面会室を出ていく。カーリーに肩をつかまれて私はわれに返る。

「今のはいったいなんの話だ？」と彼は尋ねる。

「所長に面会したいと伝えてくれ」と私は言う。

カーリーはミントのタブレットに似た小さな歯を見せて笑う。「所長は受刑者には会わない」

私は立ち上がり、彼の眼をじっと見る。それからこの何年かで初めて笑みを浮かべる。ほんとうに笑っている。それを見てカーリーはあとずさる。

「おれには会ってくれる」と私は言う。「所長に伝えてくれ」

3

「用件はなんだ、デイヴィッド？」

刑務所長のフィリップ・マッケンジーは私の訪問を歓迎していない。いかにも執務室らしく殺風景な所長のオフィスの片隅にはスタンドに差したアメリカ国旗が置かれ、そのすぐそばに現在の州知事の写真が飾られている。小学校の先生の机を思わせる機能性を重視した灰色の金属製の机。その右隅に〈TJマックス〉のギフトコーナーで売っているような真鍮《しんちゅう》製の時計とペン立てがひとつになったものが置いてある。机のうしろに、同じく灰色の金属製で背の高いファイルキャビネットが、監視塔のように左右に鎮座している。

「用件は？」

どこから話すかあらかじめリハーサルしてきたが、台本どおりにはいかない。私は平坦《へいたん》で、単調で、事務的にさえ聞こえる声で話す。とても信じがたい話なので、せめて声だけでもそう聞こえないように努める。所長の名誉のために言っておくと、彼は椅子に深く腰かけ、じっと私の話に耳を傾けている。しばらくは驚いた様子すら見せない。私が話しおえると、椅子に背を預けたまま、どこか遠い眼をして何度か深呼吸する。フィリップ・マッケンジーは七十歳を過ぎているが、今でも屈強な体つきをしている。それこそ、刑務所を囲う鉄筋コンクリートの壁を素手でも壊せるのではと思うくらいに。胸は逞《たくま》しく、ボウリングのボールのように盛り上がった両肩のあいだに、禿《は》げた頭がはさまれていて、首などないに等しい。両手は大きく、節くれだっていて、机の上に置かれていると、さながら二機の破城槌《はじょうつい》だ。

やがて私のほうを向き、ふさふさの白い眉の下の薄青色の眼で私を見つめて言う。

「まさか本気で言ってるわけじゃないだろうな」

私は背すじを伸ばして答える。「あれはマシュウだ」

彼はそのことばを否定するように大きな手を振って言う。「おいおい、冗談はよしてくれ、デイヴィッド。ほんとうの目的はなんだ？」

私は黙ったまま彼を見つめる。

「おまえはここから出たいだけだ。受刑者は誰もが願うことだ」

「釈放されたいからこんな話をでっち上げてるって言うのか?」声がかすれそうになるのを必死にこらえる。「この掃き溜めから出ていきたい。おれはただそう思ってるだけだと言うのか?」

　フィリップはため息をつき、首を振る。

「フィリップ」と私は訴える。「息子がどこかにいるんだ」

「おまえの息子は死んだ」

「死んでない」

「おまえが殺した」

「おれは殺してない。写真を見てもらえばわかる」

「義理の妹が持ってきた写真のことか?」

「ああ」

「いいだろう。背景に写り込んでた少年がおまえの息子のマシュウだったとしよう。亡くなったときあの子は確か三歳だったか?」

　私は何も答えない。

「写真を見て私もそう思ったとしよう。その子はマシュウだと。そんなはずはないが。ありえないことだからな。それはおまえだってわかってるはずだ。それはともかく、マシュウによく似ていたとしよう。レイチェルは経年人相画ソフトを使って確かめたと言ったな?」

「だとしたら、彼女が写真を加工していないとどうして言える？　成長したマシュウの顔をその写真に合成したのかもしれない」

「ああ」

「なんだって？」

「写真なんて簡単に加工できる。それは知ってるだろ？」

「冗談のつもりか？」と私は顔をしかめて言う。「どうして彼女がそんなことをしなきゃあならない？」

フィリップはむしろ不意を突かれたような顔をする。「そうか。当然と言えば当然だな」

「ええ？」

「おまえは知らないんだからな。レイチェルに何があったか」

「いったいなんの話だ？」

「ジャーナリストとしてのキャリアの話だ。彼女はすべてを失った」

私は何も答えない。

「おまえはそのことを知らなかった、ちがうか？」

「それは関係ない」そう言い返すものの、実のところ関係大ありだ。私は身を乗り出し、相手の眼をまっすぐに見すえる。生まれてからずっとフィリップおじさんと慕ってきた男の眼を。「ここに収監されて五年になる」できるかぎり落ち着いた声を出す。「そのあいだ、あんたを頼ったことがあったか？」

「一度もない」と彼は答える。「だからと言って、私がおまえのために何もしなかったというわけでもない。私が所長をしている刑務所に送られたのは偶然だとでも思ってるのか？普通よりずっと長いあいだ隔離棟で過ごしていることも？　あの暴行事件のあとでさえ。この連中はみんなおまえを一般の雑居房に戻したがっているのに」

この刑務所に来てから三週間後のことだった。私は今いる隔離棟の独居房ではなく、一般の雑居房に収容されていた。図体《ずうたい》のでかい四人の男たちが、その体格に勝るとも劣らない悪意を剝《む》き出しにして、私をシャワー室に追いつめた。

いやはや、シャワー室とは。昔からよくある手口だ。レイプされたわけではない。性的な虐待は受けていない。

連中はただ誰かをこてんぱんに叩きのめして本能が求める高揚感に浸りたかっただけだ。その矛先を向けるのに、世間を騒がせた子殺しの肩書きを持つ新入り以上にふさわしい相手がいるだろうか？　連中に暴行されて、私は鼻が折れ、頰の骨を粉々にされた。顎の骨にひびがはいり、蝶番《ちょうつがい》がはずれたドアみたいになった。肋骨《ろっこつ》を四本骨折し、脳震盪《のうしんとう》を起こし、内出血もひどかった。今でもその後遺症で右眼はぼんやりとしか見えない。

刑務所の医務室で二ヵ月過ごした。

私は手持ちのカードから切り札を出す。「あんたはおれに借りがある、フィリップ」

「ちがう。おまえの親父《おやじ》さんに、だ」

「今となっては同じことだ」

「借りは息子にも引き継がれるものなのか？」

「父さんはなんて言うかな？」

フィリップは苦痛に満ちた表情を浮かべる。急に疲れ果てたように見える。

「おれはマシュウを殺してない」と私は言う。

「受刑者が自分は無実だと訴えるとは！」彼はわざと笑って首を振る。「こんなのは初めてだ」

そう言って、立ち上がると、窓のほうを向く。そして、フェンスの外に広がる森を見ながら言う。「マシュウの事件のことを聞いたとき……いや、おまえが逮捕されたとわかったとき、おまえの親父さんは……」そこで声が途切れる。「教えてくれ、デイヴィッド。どうして一時的な錯乱状態だったと訴えなかった？」

「おれが法の抜け穴をついて罪を逃れようとするとでも？」

「抜け穴じゃない」同情のこもった声になっている。彼は私に向き直って言う。「あのときおまえは意識を失っていた。おまえの中で何かが弾《はじ》けた。納得のいく説明ができたはずだ。私たちはみんなおまえの力になってただろう」

頭がずきずき痛む。これも暴行の後遺症か。いや、今のフィリップのことばのせいかもしれない。私は眼を閉じ、大きく息を吸う。「頼むから聞いてくれ。殺されたのはマシュウじゃなかったんだ。あの夜、何が起きたにしろ、おれはやってない」

「はめられたってことか？」

「それはわからない」

「凶器におまえの指紋が付着していた。それはどう説明する？」

「あれはおれのバットだ。ずっとガレージにしまってあった」

「おまえがそのバットを埋めるのを見たという老女の証言はどうなる？」

「わからない。はっきり言えるのは、写真に息子が写っていたということだけだ」

フィリップはもう一度ため息をついて言う。「わかってるか？　おまえの言ってることは妄想にしか聞こえない」

私は思わず立ち上がる。驚いたことに、フィリップはあとずさりする。まるで私を恐れているかのように。

「とにかくここから出してくれ」と私は声を落として言う。「せめて何日かだけでもいいから」

「とうとう頭がおかしくなったのか？」

「家族の誰かが死にそうだとか、そういうことにしてくれないか？」

「おまえのような重罪級の受刑者には忌引きは適用されない。知ってるだろ？」

「だったら、ほかにおれが外に出られる手だてを考えてくれ」

彼は思わず笑いだす。「ああ、いいとも。仮にそんな芸当ができたとしよう。だけど、おまえが外に出たらどうなる？　あらゆる機関から追われることになる。情け容赦なく。おまえは子殺しの犯人なんだぞ、デイヴィッド。おまえを追いつめて引き金を引くのを躊躇《ちゅうちょ》するやつはいない」

「それはおれの問題だ」

「ああ、そのとおりだ」

「あんただったらどうするか考えてみてくれ」と私は言う。

「ええ？」

「あんたがおれの立場だとしたら。アダムが殺されて、だけど実は生きているかもしれないとわかったらどうする？　どんなことをしてでも息子を見つけ出そうとするんじゃないのか？」

フィリップは首を振り、糸が切られた操り人形のように椅子にどっかと坐る。両手で顔を覆い、乱暴にこする。それからインターフォンのボタンを押して看守を呼ぶ。

「話は終わりだ、デイヴィッド」

「頼むよ、フィリップ」

「残念だ、デイヴィッド。ほんとうに」

フィリップ・マッケンジーは眼をそらした。看守がはいってきて、デイヴィッドを連れていくのを見なくてすむように。名づけ子に別れの挨拶はしなかった。デイヴィッドがいなくなり、ひとりきりになると、椅子の背に深くもたれた。室内の空気がますます重く感じられた。デイヴィッドが面会を求めてきたとき、いい兆しだと期待した。この刑務所に収監されてから五年になるが、彼が初めて見せたまえ向きな気持ちの表われだと喜んだ。ようやく精神医療の専門家に助けを求める気になったのだと思った。あの夜、自らが犯した恐ろしい凶行について深く掘り下げて考える気になったのではないか。そこまではいかなくとも、あんなことをして、こんな場所にいたとしても、どうにか生きる意義を見つけようとしはじめたのではないか。そう思ったのだが。

フィリップは机の引き出しを開けて写真を取り出した。一九七三年に撮ったもので、ふたりの男――いや、若造と言うべきか――がヴェトナムのケサンで軍服に身を包んでいる。若き日のフィリップ・マッケンジーとレニー・バロウズ。そう、デイヴィッドの父親だ。徴兵されるまえはふたりともリヴィア高校にかよっていた。フィリップはセンテニアル通りにある三世帯のテラスハウスの最上階で育った。レニーはそこから一ブロック離れたディホーン通り沿いに住んでいた。ふたりは親友であり、戦友だった。さらにともにリヴィア・ビーチをパトロールする警察官だった。やがてフィリップはデイヴィッドの名づけ親となり、レニーはフィリップの息子のアダムの名づけ親になった。息子のアダムとデイヴィッドも同じ学校にかよい、リヴィア高校に進学して親友になった。かくして友情は次の世代に引き継がれた。

フィリップは写真の中の旧友を見つめた。レニーは今、死の床にある。もはや手の施しようがない状態で、命が尽きるのは時間の問題だった。写真のレニーはいかにもレニー・バロウズらしい笑みを浮かべている。見る者の心を溶かしてしまうあの笑顔。ただ、今はレニーのそんな眼が彼をまっすぐに見すえているように思えた。

「どうすることもできないんだ、レニー」とフィリップは声に出して言った。

写真のレニーはただ笑顔で彼を見つめている。

フィリップは深呼吸をした。外はもう暗くなりつつあった。まもなくオフィスを閉める時間だ。もう一度インターフォンのボタンを押した。

秘書が応答した。「なんでしょう、所長?」

「明日の朝一番でボストンに向かうフライトを予約してくれ」

4

刑務所に静寂はない。

私が〝一時的に〟収容されている翼棟は円柱形の建物で、その円周に沿って十八個の独居房が並んでいる。入口は昔ながらの鉄格子で中の様子が見えるようになっている。なんとも奇妙なことに、その鉄格子のすぐそばにステンレス製のトイレと洗面台——なんとそのふたつが組み合わさってひとつになっている——がある。一般の雑居房とちがってそれぞれの房の奥の隅にシャワーがあるが、あまり長くシャワーを浴びていると看守に水道の栓を閉められてしまう。剝き出しのコンクリートのベッドに透けて見えるほど薄いマットレスが敷かれ、ベッドの四隅には両手と両脚をそれぞれ拘束するための取っ手が取り付けられている。今のところ私はまだその世話になったことはないが。ベッドと同じくコンクリート製の机と椅子があり、テレビとラジオもあるが、視聴できるのは宗教番組と教育番組だけだ。斜め上に狭い窓があるだけなので、空はほとんど見えない。

コンクリートのベッドに寝そべり、天井を見つめる。この天井もすっかり見慣れた。眼を閉じて改めて事実を整理してみる。あの恐ろしい日にあったことを振り返る。何か見落としていないだろうか。あの日はアヒルがいる池のある近所の公園にマシュウを連れていき、そのあとオーク通りのスーパーマーケットに行った。そのどちらかに怪しい人物はいなかったか？　いなかった、もちろん。それでも記憶をたどり、掻《か》き分けるようにしてこれまで気づいていなかったことがないか見つけようとする。が、思いあたることは何もない。もっとよく覚えているだろう、一瞬一瞬が鮮明に脳に刻まれているにちがいないと思われるかもしれない。が、実際のところ私の記憶は日に日にあいまいになっている。

公園のベンチでは威圧的なまでに最先端技術の粋を集めたようなベビーカーで来ている若い母親が隣りに坐っていた。マシュウと同じ歳くらいの娘を連れていた。その娘の名前は聞いたのだったか？　たぶん聞いたと思うが、覚えていない。母親はヨガでもするような恰好《かっこう》をしていた。どんな話をしたのだったか？　それも覚えていない。そもそも私は記憶をたどって何を見つけようとしているのか？　それすらよくわからない。あの手の主は誰なのか。レイチェルに見せられた写真の中でマシュウの手を握っていた男は何者なのか。その男は公園で私たち親子を見ていたのか？　私たちを尾《つ》けていたのか？

まるでわからない。

そのあとのことを思い出してみる。家に帰り、マシュウを寝かせ、酒を飲み、テレビのチャンネルをちょこちょこ替えた。どのあたりで眠ってしまったのか？　それすら覚えていない。覚えているのは血のにおいで目覚めたことだけだ。それから廊下に出て大急ぎでマシュウの部屋に向かうと……

大きな音がして刑務所の照明がつく。私はベッドから飛び起きる。顔が汗にまみれている。もう朝だ。鼓動が胸を叩く。何度か深呼吸をして自分を落ち着かせる。

あのとき私が見たもの、〈マーヴェル〉のパジャマに包まれ、無残な姿になり果てた血だらけの物体は……マシュウではなかった。重要なのはそこだ。

あれは私の息子ではなかった。

ほんとうにそうなのか？

じわじわと疑念が湧いてくる。息子じゃなかったなどということがありうるのか？　が、今はその疑念を振り払う。疑ったところで得られるものは何もない。もし私の考えがまちがっていたとしても、いずれそうとわかり、今いる場所に逆戻りするだけのことだ。やってみなければ何もわからない。私は一切の疑いを捨てる。どうすればそんなことができるのか。それだけを考える。見る影もないほど暴行を加えたのは、被害者——そうだ、マシュウではなく被害者と考えればいい——の身元がわからないようにするためだったのではないか。被害者は言うまでもなく男の子で、背恰好も肌の色もマシュウにそっくりだった。警察はDNA検査はしなかった。どうしてそんな手間をかける必要がある？　あのときは被害者が別の誰かである可能性など誰も考えなかった。ちがうか？

ちがわない。

同じ区画にいる受刑者たちが朝のルーティンに取りかかる。幅三・五メートル、奥行き二メートルの独房なので、同部屋の者はいないが、ほぼ全員の様子が見渡せる造りになっている。以前のように社会から隔離されて孤独をきわめるより、このほうが〝精神衛生上よい〟と考えられているらしい。私自身はほかの者たちに煩わされたくはなかったが。交流は少ないほうがいい。連続レイプ犯のアール・クレモンズは毎朝自分のトレーニングを実況中継して、ほかの者たちに聞かせる。観客の歓声のような効果音を織り交ぜ、実況するスポーツキャスターと中継を盛り上げる解説者の声音を使い分け、まるで本物のスポーツ中継のように演出する。被害者の親指を剪定《せんてい》ばさみで切り落としていたという連続殺人鬼のリッキー・クラウスの一日は、替え歌で始まる。往年の名曲の歌詞を替え、皮肉の利いたひねりを加えて自己流にする。今は大声で「誰かがキッチンでヴァギナを手に入れる《サムワンズ・イン・ナ・キッチン・ゲッティング・ヴァジャイナ》」（往年のポップス『誰かがキッチンでダイナと一緒にいる（サムワンズ・イン・ナ・キッチン・ウィズ・ダイナ）』のもじり）と繰り返し歌っている。ほかの者たちが黙れと怒鳴るとさらに大声で歌い、笑い転げる。

朝食は列に並んで受け取る。以前は独房にいる受刑者には〈ドアダッシュ〉でデリヴァリーを注文したみたいに食事が届けられていたのだが、今はそうではない。ある受刑者がひとりで食事することを強要するのは憲法違反だと訴え、実際に裁判にまでなったのだ。受刑者はやたらと訴訟を好む。ただ、この件に関して言うなら、刑務所側も喜んで裁判に乗っかり、制度を改めた。独房までいちいち食事を運ぶのは経費も労力も負担が大きいからだ。

狭い食堂にはテーブルが四つあり、それぞれ床に固定された金属製の椅子が備えつけられている。私はあえて遠まわりをして全員が席に着くのを待ってから坐るようにしている。元気があり余っている連中からできるだけ距離を取るために。彼らの会話が愉しくないわけではない。先日も、最高齢の女性をレイプしたのは誰かという話題で、言い合いが白熱し、何人かが自分が一番だと言い張った。非常階段からアパートメントに侵入して八十七歳の老婆とケツでやったというアールが〝優勝〟したが、勝ちたい一心で大げさに言っているのではないかと誰もが疑った。すると、翌日、アールは新聞記事の切り抜きを持ってきて、ほんとうだと証明した。

今朝はついている。誰もいないテーブルがある。エッグパウダーを使った卵料理とベーコンとトーストを皿に盛り——刑務所の食事がいかにひどいかは言うまでもないからコメントはひかえる——一番端の椅子に坐って食べはじめる。食欲があるのはかなり久しぶりだ。あの夜の事件どころか、昨日見せられた写真のことすら考えていないことに気づく。どこまでも馬鹿げた空想で頭がいっぱいになっている。

どうやってこのブリッグズ刑務所から脱出するか。

長いあいだここにいるので、この刑務所のことは日々の活動から、看守、建物内の構造、スケジュール、職員の勤務体制まで何もかも知り尽くしている。結論——脱出口はない。どこにも。まったく別の角度から方法を考えなければならない。

トレイが乱暴にテーブルに置かれる音がしてわれに返る。眼のまえに手が差し出され、握手を求めている。見上げると、男がいる。眼を見れば相手の人となりがわかるという。それがほんとうなら、この男の眼には〝満室〟と書かれている。一心にひとつのことを考えている眼だ。

「デイヴィッド・バロウズだな？」

男の名前は私も知っている。ロス・サムナー。先週この刑務所に移送されてきた。噂によると、本人は控訴が決まるのを待っているということだが、その願いが叶うことはまずなさそうだ。それはともかく、この男が独房から出ることを許されていると知って、私はいささか驚く。サムナーの事件は世間を賑《にぎ》わせた。配信サーヴィスでドキュメンタリー番組が組まれ、実際の犯罪を扱うポッドキャストにも取り上げられた。大金持ちのぼんぼん——今でもそんな呼び方をするのだろうか？——なのだが、頭がイカれている。〈ラルフ ローレン〉の広告モデルかと思うほどハンサムな顔をしているが、少なくとも十七人殺している。老若男女を問わず。そして、殺した相手の腸管を食べた。そう、食べるのは腸管だけと決まっていた。残った遺体の部位は一族の屋敷の地下にある〈サブゼロ〉社製の最高品質モデルの冷蔵庫に収められていた。こうした事実に異論をはさむ余地はない。サムナーが控訴を望んでいるのは、彼の精神は正常であり、責任能力があると陪審が判断したからだ。

そのサムナーが手を差し出したまま、私が握手に応じるのを待っている。顔に笑みまで浮かべて。この男の手を握るくらいなら生きたネズミとディープキスするほうがよっぽどましだ。が、刑務所ではやりたくないこともやらなければならないときがある。しかたなく握手する。できるだけ短く。サムナーの手は思いのほか小さく、繊細だ。私は急いで手を引っ込める。その手が何に触れていたかを考えるとそうせずにはいられない。きっとまだ被害者が生きているうちに腹を切り裂き、その穴をこじ開けるようにして腹の中に手を突っ込んで腸管を引っぱり出していたのだろう。

食欲がすっかり失《う》せる。

おまえの考えてることなどお見通しだよ——彼はそう言いたげな笑みを浮かべる。歳は三十くらい、髪は真っ黒で、さっきも言ったとおり、とてもきれいな顔だちをしている。そんなサムナーが向かいの席に坐る。今日の私はとことんついている。

「ロス・サムナーだ」と彼は名乗る。

「ああ、知ってるよ」

「ご一緒させてもらっていいかな」

私は何も答えない。

「ほら、ほかの連中はみんな——」サムナーは首を振って言う。「がさつだから。洗練されてないっていうか。大学を出てるのはあんたとおれだけだって知ってたか？」

「そうなのか？」

私はうなずいて言う。卵をじっと見たまま眼は合わせない。

「あんたはアマースト・カレッジにかよってた、だろ？」

サムナーはAmherstの無音のhは読まずに正しく〝アマースト〟と発音する。

「いい大学だ」そう言って続ける。「スポーツチームの愛称は、〝ロードジェフス〟だったときのほうが好きだったけど。アマースト・ロードジェフス。威厳に満ちた名前だ。だけど、ウォウク（社会的不正や人種差別に敏感であること）を気取る連中はその名前を嫌った。ちがうか？　十八世紀に死んだ男を憎まなきゃならないなんて、どう考えても馬鹿げてる（ロードジェフスはイギリス軍の将軍で大学のある町の名前の由来にもなったジェフリー・アマースト男爵にちなんだ愛称。アマーストはイギリスに反抗するアメリカ先住民を天然痘を使って降伏させようと画策した）。そうは思わないか？」

私は黙ったまま卵を弄ぶ。

「今の愛称はアマースト・マンモス。いやはや、マンモスとはね。政治的公正《ポリティカル・コレクトネス》もここまで来ると逆に痛い。そうは思わないか？　でも、面白いことを教えてやろう。おれはウィリアムズ大学にかよってたんだ。そう、エレファンツだよ。つまり、おれたちはライヴァルってわけだ。笑えるよな？」

サムナーはまるで少年のような笑みを浮かべて言う。

「ああ」と私は答える。「すごく笑える」

そこでサムナーが話題を変える。「昨日、面会に来た人がいるって聞いたけど」

体が強《こわ》ばる。サムナーにもそれが伝わったのだろう。

「おいおい、そんなに驚くことはないだろ、デイヴィッド？」

顔には少年のような笑みが張りついたままだ。あれだけの凶行に及ぶことができたのもこの笑顔のおかげかもしれない。純粋に表情だけを見ればいい笑顔だ。人好きがして、親切そうで、心を開いていて、相手の警戒心を和らげる。そういう笑顔だ。彼に殺された被害者たちがこの世で最後に見たのもこの笑顔だったのかもしれない。

「この刑務所は狭い。噂はすぐに耳にはいってくる」

それは事実だ。聞いたところでは、サムナーの家族は刑務所内での彼の待遇をよくするために大金をばら撒《ま》いているという。もちろん噂にすぎないが、きっとほんとうのことだろう。

「情報はいつも手にはいるようにしてるんだ」

「ほう」と私は卵を見たまま言う。

「で、どうだった？」と彼は訊く。

「どうって何が？」

「面会だよ。訪ねてきたのは……義理の妹だろ？」

私は何も答えない。

「よっぽど大事な話だったんだろうな。もう何年もあんたに会いにくる人はいなかったんだから。おれが声をかけたときもなんだかうわの空だったし」

私は顔を起こして言う。「いいか、ロス。おれは食事するためにここに来てるんだ」

サムナーは降参するように両手を上げて言う。「ああ、すまなかったよ、ディヴィッド。よけいな詮索をするつもりはなかったんだ。ただ、あんたと友達になりたくて。ここにいると知的な刺激がなさすぎて物足りないんだよ。あんたもそう感じてるだろ？　おれたちはふたりともリトル・アイヴィ（米国東部にあるトップクラスの大学の通称）の出身だから、絆《きずな》みたいなものがあると思ったんだ。共感と言ってもいい。だけど、間《ま》の悪いときに声をかけちまったみたいだ。悪かったよ」

「気にしないでくれ」と私はつぶやき、一口食べる。サムナーが私を見ているのがわかる。

サムナーは囁《ささや》くように言う。「息子のことを考えてるのか？」

頭蓋骨のつけ根に悪寒が走り、背骨を伝って降りていく。「なんだって？」

「どんな気分だった、ディヴィッド？」サムナーの眼が興奮で赤々と燃えている。「純粋に知的好奇心から訊いてるんだが。学のある男同士にふさわしい議論だ。おれは人間のありようについて研究してる。だから、知りたいんだ。客観的に分析してくれてもいいし、感情の赴くままに話してくれてもいい。バットを振りかぶって、わが子の頭を叩き割ったとき、何を思った？　解放された気分になったか？　つまり、これは成し遂げなきゃならないことだって思ってたのか？　それとも、頭の中の声を黙らせようとしたのか？　あるいは、もっと恍惚《こうこつ》とした気分だったとか――」

「くたばれ、ロス」

サムナーは顔をしかめる。「くたばれ？　本気で言ってるのか？　ほかに思いつくことはないのか？　あんたにはがっかりだ、デイヴィッド。真面目《まじめ》に哲学の議論をしたかったのに。おれたちはほかの連中が知らないことを知ってる。どうすればあんなに残酷な仕打ちができるのか。おれはそれが知りたいんだよ。自分の息子を殺すなんて。血を分けたわが子なのに。偽善者みたいに聞こえるかもしれないけど――」

「狂人のまちがいだろ？」と私は言い返す。

「――いいか、おれが殺すのは赤の他人だ。他人なんてものは人生の小道具にすぎない。そう思わないか？　舞台の装飾品だ。自分の世界――自分がつくりだす内なる世界にとってはただの背景でしかない。結局のところ、大事なのは自分だけだ。ちがうか？　考えてみろ。おれたちは災害で数十万人もの人が犠牲になっても泣かないけど、大切なペットが死んだら号泣する。言いたいこと、わかるよな？」

答える理由が見あたらないので私は黙っている。それを同意と見なしたのか、サムナーはさらに熱弁を振るう。

私のほうへ身を乗り出して続ける。「おれが殺すのは他人だ。小道具だ。ただの背景やショーウィンドウの飾りでしかない。だけど、わが子を殺すのはわけがちがう。血のつながった自分の子供を殺すなんて……」

彼は理解できないと言わんばかりに首を振る。腹は立つが、私は黙っている。言い返したところで何になる? こんなサイコパスに気に入られる必要はない。ほかに空《あ》いている席がないか探す。ほかの者たちのほうが邪魔にならないというわけでもないが。

サムナーは上品な手つきで紙ナプキンを広げて膝の上に置き、卵をほんの少しだけ食べて顔をしかめて言う。「くそ不味《まず》いとしか言いようがないな。ちっとも味がしない」

思わずことばが口をついて出る。「人間の腸管のほうがうまいとでも言いたいのか?」

サムナーがいっとき私をじっと見すえる。私も見つめ返す。恐怖心は決して見せない。絶対に。一瞬たりとも。そもそもそんな皮肉を口にした理由はそのためでもある。黙ってやりすごしたい気持ちもさることながら、くそみたいなたわごとを好き勝手に言わせておくわけにはいかない。ここでは放っておくと、クソどもは幾何級数的に増えていく。そうと相場が決まっている。

サムナーはさらに数秒私を見つめてから頭をのけぞらせて笑いだす。全員の視線がわれわれに向けられる。

「それだよ、それ」サムナーは息を整えて言う。「滅茶苦茶《めちゃくちゃ》面白い! いや、マジで。デイヴィッド、おれはそういう切り返しを求めてたんだ。ここに坐ったのはそのためだ。こういうやりとりがしたかったんだ。精神を刺激してくれるやりとりがね。ありがとう。ほんとうにありがとう、デイヴィッド」

私は何も答えない。

サムナーは立ち上がって言う。まだ笑っている。「トーストを取ってくる。あんたにも何か持ってこようか？」

「いや、おれはいい」

私はしばらく眼を閉じてこめかみをさする。頭が割れそうなくらい激しい頭痛に襲われる。暴行を受けてから頭痛に悩まされるようになった。脳震盪と頭蓋骨にひびがはいった後遺症だ。医務室の医者によると群発性頭痛というらしい。私はまだこめかみをさすっていて、すっかり油断していた。腕がいきなり私の首に巻きつく。振りほどく隙など与えてくれない。その腕で思いきりうしろに絞めつけられ、気管が押しつぶされる。咽喉《のど》が首のうしろから飛び出てしまうのではないかと思うほど。私は眼を剝き、無駄な抵抗と知りつつ彼の腕を引っ掻く。

サムナーがさらに私を絞めつける。体重をかけて腕をうしろに引く。私の脚が浮き、脛がテーブルの縁にあたる。食器が飛び散る。私の体が仰向《あおむ》けに倒れかけると、サムナーは首をきつく絞めていた腕を解《ほど》く。私は頭を床に打ちつけて倒れる。

眼から星が飛び出す。

まばたきをする。見上げると、サムナーが宙に高く浮いている。

少年のような笑みは今や狂気を帯びている。私は転がって逃げようとする。両手を上げて彼を避《よ》けようとする。が、もう遅い。サムナーは全体重をかけて私の上に着地する。彼の両膝が私の胸を思いきり砕く。

さっきよりたくさんの星が眼から飛び出る。

大声で助けを呼ぼうとする。どうにか逃れようとする。が、サムナーは私に馬乗りになる。パンチが飛んでくるのを覚悟しながら、どうすれば逃れられるか必死に考える。予想に反してサムナーは殴ってこない。そのかわりに口を大きく開け、顔を私の胸もとに近づける。受刑者用のつなぎの上からでも彼の歯が肌に刺さる。

私は大声でうめく。サムナーの歯が乳首の真下のやわらかい肉に深く食い込む。耐えがたい痛みだ。ほかの受刑者たちが私たちを取り囲み、横に立った者と腕を組み合う。刑務所でよく使われる、看守を近づけないための方法だ。もっとも、頭のどこか片隅で私にはわかっているが。そんなことをしなくても看守は止めにはいろうとしない。今はまだ。どちらかが意識を失うまでは。そのほうが安全だからだ。わざわざ怪我《けが》をするリスクを冒そうとする看守はいない。

自力でなんとかするしかない。

仰向けに倒れ、彼の歯が食い込んだ場所から血を流しながら、空になったタンクにかすかに残った力を振り絞る。両手を持ち上げ、手のひらで挟み込むようにして、残されたわずかな力でサムナーの耳を叩く。直撃はしなかったが、それでも歯を食いしばっていたサムナーの力がゆるむ。今の私が望めるのはせいぜいそのくらいだ。勢いよく転がって、彼を振りほどこうとする。彼のほうもその動きに合わせて体を回転させる。脚が床に着くと、背中に飛びかかってきて、もう一度私の首を絞めにかかる。

首に巻きついた腕に力がこもる。

息ができない。

体を前後によじって逃れようとするが、サムナーはしっかりしがみついている。弾みをつけ、激しく手脚をばたつかせて逃れようとしても、首を絞めている腕の力は抜けない。圧力が頭にまで達する。肺が必死に空気を求める。またしても眼から星が飛び出してぐるぐるまわるが、今はもうほとんど闇しか見えない。どうにか呼吸しようとする。ほんの少しでもいいから空気を吸い込もうとする。が、うまくいかない。

息ができない。

眼が自然と閉じていく。まわりで囃《はや》し立てる受刑者たちの姿がぼんやりとかすむ。サムナーが顔を近づけて言う。

「うまそうな耳だ」

今にも耳を食いちぎろうとしているが、耳などどうでもいい。もう一度弾みをつけて彼を振り落とそうとするものの、もはやなんのためにそうしたいのかすらわからない。ただ息をすることしか考えられない。ほんの少しだけ。それだけでいい。彼の唇が耳のすぐそばに迫る。私は今にも死にそうな魚みたいにのたうつ。

看守はいったいどこにいるのか？

そろそろ止めにはいってもいい頃合いだ。彼らとしても受刑者が死ぬ事態は避けたいはずだ。そんなことになったら、誰にとってもいい結果にはならない。そのときふと、サムナーが大富豪だということを思い出す。彼の家族が口止め料を出し惜しみすることはないことも。私を助けようとする者は誰ひとりいない。改めてその事実を実感する。

ここで意識を失ったら──まもなくそうなりそうだ──私は死ぬ。

もし私が死んだらマシュウはどうなる？

気を失う寸前、閉じた眼の中で毛細血管が破裂するのを感じながら、顎を引き、全身の力を抜く。簡単なことではない。あらゆる本能に抗《あらが》う行為だ。それでもどうにかやり遂げる。

残された道はただひとつ。歯には歯を、だ。

口を開けてサムナーの腕を嚙む。

思い切り力を込めて。

サムナーは痛みで絶叫する。これまで聞いてきた音の中でこれほど心が満たされたものはない。

私の首を絞めつけていた力がいきなり弱まり、サムナーは腕を引っ込めようとする。私は大きく開いた唇の隙間からがむしゃらに息を吸う。それでも歯は彼の腕に食い込ませたままでいる。むしろさらに顎に力を込めて嚙む。サムナーは腕を振って逃れようとするが、私はブルドッグのように食いついて放さない。彼の腕の毛が顔にあたる。さらに力を込めて噛む。彼の血が口の中に流れ込んでくる。そんなことは屁《へ》でもない。

サムナーはどうにか立ち上がる。私は膝立ちの状態だ。パンチが飛んでくる。頭頂部にあたったようだが、まるで何も感じない。彼は弾みを利用して腕を引き抜こうとするが、それはこちらの想定内だ。

今やほかの受刑者たちも私を応援している。私は肘を彼の股間に叩き込む。サムナーは折りたたみ椅子がたたまれるようにして床にくずおれる。その重みで腕が私の口から引き離されるが、肉片が口の中に残る。

その肉片を吐き出す。

私は彼に飛びかかり、馬乗りになってパンチを見舞う。鼻を砕く。実際に軟骨が砕けたのが拳の感覚でわかる。襟元をつかみ、顔を持ち上げて拳を叩き込む。時間をかけて何度も顔を殴る。一発。もう一発。サムナーの顔がまるで伸びきったバネのようにだらりと垂れる。今にも眼がまわりそうだ。私は両眼を大きく見開き、もう一度拳を振り上げる。が、今度は誰かが私の腕を押さえる。別の誰かがうしろからタックルしてくる。

看守たちが一斉に私を取り押さえ、床に押し倒す。私は抵抗しない。ただ眼のまえで床に伸びている血だらけの塊をじっと見つめる。

そして笑みを浮かべる。ほんの一瞬だけ。

5

フィリップ・マッケンジー所長を乗せた飛行機は無事にボストンのローガン国際空港に着陸した。彼はこの空港からほど近いリヴィアで育った。当時、彼の家はローガン国際空港の主要な着陸ルートの真下にあり、ジェット機の騒音がよく聞こえた。幼い少年にとってはすさまじい轟音《ごうおん》で、地響きまで感じられた。同じ寝室で寝ていたふたりの兄たちはそんな騒音の中でもどうにか眠っていたが、幼いフィリップ坊やは飛行機が通過するたびにベッドの上段の手すりをつかみ、激しい揺れのせいで落ちてしまうのではないかと不安になったものだ。飛行機が急降下してぼろぼろの屋根が剝がれてしまうのではないかと思う夜もあった。

あの頃、リヴィア・ビーチはボストン近郊の労働者階級が暮らす町だった。それは今でもほとんど変わっていない。フィリップの父親は塗装業者、母親は専業主婦だった（当時は結婚した女性が外で働くことは一般的ではなかった。さらに言えば、独身女性の職業と言えば、教師、看護師、秘書と相場が決まっていた）。マッケンジー家には子供が六人いて、三人の男の子がひとつの寝室、三人の女の子がもう一部屋の寝室を共同で使っていた。トイレは家にひとつしかなかった。

フィリップはディホーン通りにある懐かしい四世帯の共同住宅のまえでタクシーを降りた。外壁の煉瓦《れんが》は朽ちかけ、玄関ドアの色褪せた緑色のペンキも剝がれかけていた。大きな階段――子供の頃、友達、特にレニー・バロウズと数えきれないほどの時間を一緒に過ごした思い出の階段――はコンクリートが欠けていた。四つのアパートメントにはすべての部屋にバロウズ一家が三十年住んでいた。レニーの家族は一階の右側の部屋、その上の階はレニーのいとこのセルマの部屋だった。セルマは若くして夫を亡くし、娘のデボラと一緒に暮らしていた。一階の左側はセイディおばさんとハイミおじさんの住まいで、その上の最後の一部屋には、その時々によっておばさんだったりおじさんだったりいとこだったり、誰だかよくわからない親族が代わる代わる住んでいた。当時はこのあたりはどこもそんな感じだった。三十年以上にわたって大西洋を越え、移民が押し寄せており、フィリップの家族はアイルランド人、レニーの一族はユダヤ人の移民で、最初にこの町に住み着いた人々は故郷からさらに親族を呼び寄せた。いつもそうだった。そして、先住者は新しくやってきた人々に仕事を世話した。何週間、何ヵ月、もっと長いあいだソファや床で寝起きする家族もいた。プライヴァシーなどなかったが、それでよかった。どの家もまるで生きもののようにたえず動いていた。血液が血管を流れるように、友人や家族の誰かがいつも廊下や階段を動きまわっていた。ドアに鍵をかける家はなかった。この界隈《かいわい》がきわめて安全な場所だったからではない。むしりはいって出はいりはいなかったし、だからといって出はいりを拒まれる者もいなかった。プライヴァシーとは相容《あいい》れない世界。誰もが他人のことを気にかけ、誰かがうまくいくと一緒に喜び、うまくいかないときはともに悲しむ。ここではみんながひとつだった。

みんなが家族だった。

そんな世界も進化という名のもとに消え去った。バロウズ家の人々もマッケンジー家の人々も新たなステージに進むことになった。今ではブルックラインやニュートンといった富裕層が住む界隈に移り、高級な大理石のキッチンがある豪邸のような家に住んでいる。庭には茂みとフェンスとプールまである家で暮らしている。大所帯での生活など悪夢のようなもので、とうてい理解できなくなっている。温暖な気候のフロリダ州やアリゾナ州に引っ越し、こんがり焼けた肌にゴールドのチェーンをまとわせ、ゲイティッド・コミュニティ（安全策として全体を塀で囲み門を設けた住宅地）で暮らしている者もいる。今ではこの町の古い家々にはカンボジアやヴェトナムなどからやってきた新たな移民が暮らしている。彼らもまた懸命に働き、家族や親族がみんなで一緒に暮らす生活をそっくりそのまま引き継いでいる。そうやって同じサイクルがまた繰り返されている。

フィリップはタクシーの運転手に料金を支払い、ひび割れた歩道に降り立った。海岸までは二ブロック離れているが、それでも大西洋の潮のにおいがかすかに感じられた。リヴィア・ビーチは昔から風光明媚《めいび》な場所とは言いがたかった。彼がまだ若かった頃でさえ、さびれたミニゴルフ場も、錆《さ》びついたジェットコースターも、使い古されたスキーボールのゲーム盤も、遊歩道のアーケード商店街も何もかもがくたびれていた。もっとも、若きフィリップにもレニーにも彼の友人たちにも、そんなことはどうでもよかったが。彼らはいつも〈サルズ・ピッツェリア〉の裏手に屯《たむろ》して、煙草《たばこ》をふかし、オールドミルウォーキーを飲み（一番安かった）、安いさいころ博打《ばくち》をして遊んだ。あの頃つるんでいた仲間――カール、リッキー、ヘシー、ミッチ――はみな医者か弁護士になって町を出ていった。レニーとフィリップは町に残って警察官になった。シャーリー通りまでちょっと足を延ばして、ルースとふたりで五人の子供たちを育てた家を一目見てこようかと思ったが、思いとどまった。幸せな思い出のつまった場所だが、今はそこで気ばらしができる気分ではなかった。

思い出に浸ると心がちくりと痛む。思い出とはそういうものではないだろうか？　とりわけいい思い出は。

コンクリートの階段は段差がきつい。子供の頃も、ティーンエイジャーだった頃も、そのあとも若かった頃のフィリップはいつもこの階段を一段飛ばしで上がった。スキップしたりジャンプしたりしながら軽々とのぼったものだ。今は膝が軋《きし》んで顔をしかめなければならない。四つのアパートメントのうち、今もバロウズ家が住んでいるのは一部屋だけだった。彼の昔からの親友であり、リヴィア警察署に勤務していた頃のパートナーでもあったレニーは、七十年まえに彼の家族がわが家と呼んでいた一階の右側の部屋にまた戻っていた。今は妹のソフィと一緒に暮らしている。どういうわけか、ソフィはこの町から一度も出ていこうとしなかった。この古い家を誰かが見守らなければいけないとでもいうかのようにここにとどまっている。

フィリップは改めて思う——そんなレニーの息子がブリッグズ刑務所で終身刑に服しているのだ。胸が張り裂けるなどということばではとうてい言い表わせないほど、悲痛な事件だった。あの頃のデイヴィッドは具合が悪かった。それはまちがいない。フィリップはデイヴィッドの名づけ親だが、その事実をどうにか隠し通してデイヴィッドがブリッグズ刑務所に収監されるように画策した。デイヴィッドにはきょうだいはいなかった(レニーの妻のマディはなんらかの〝問題〟を抱えていたらしい。最近ではそういう話は禁物だが)。ただ、フィリップの長子のアダムとデイヴィッドは親友で、まるで兄弟のように仲がよかった。ふたりの関係はフィリップとレニーの関係とはちがっていたが。フィリップがそうだったように、アダムも四世帯あるこの家で多くの時間を過ごした。当時のバロウズの家はちょっと変わっていて、すごく愉しい場所だった。若きフィリップにとって——彼の息子にとっても——ここはぬくもりがあり、色彩や質感が感じられる場所だった。バロウズ家の人々は常に大音量で流れているラジオのように賑やかだった。あらゆる感情が強烈に感じられた。言い争いをするときには——ここではしょっちゅう言い争いが起きていた——激しくやり合った。

が、デイヴィッドの母親のマディが亡くなると、何もかもが変わった。

今では建物全体が静まり返り、活気もなく、萎《しお》れた幻のように見える。フィリップはいっとき動けなくなった。ただ階段に佇《たたず》み、ただ玄関のドアを見つめるしかできなかった。ノックしようとしたとき、色の褪せた緑色のドアが中から開いた。彼は反射的に体を強ばらせた。われを忘れることはこれまでにもあったが、今は完全にどこか遠い世界をさまよっていた。かつて暮らした町に戻ってきたことで、束の間、郷愁にどっぷり浸っていた。が、ソフィの顔を見て、年月を経ても変わらない美しさを目のあたりにして、われに返った。彼女ももう七十歳近いはずだが、眼のまえにいるのは高校の最上級生のダンスパーティの夜、ちょうど今と同じ場所に立ち、息を弾ませながら彼を迎えた美しいティーンエイジャーの彼女だった。もうずいぶん昔のことだが、フィリップとソフィはデートをした。互いに恋している、彼はそう思っていた。が、あの頃はまだふたりとも若かった。そのあと何かがあった。それがなんだったのかなど今さら覚えている人がいるだろうか？　軍に入隊したとか、警察学校にはいったとか、とにかく何かがあった。それが何にしろ、もう五十年もまえの話だ。ソフィはローウェル出身のフランクという陸軍の男と結婚した。が、彼はドイツのラムシュタイン空軍基地での演習中に亡くなり、ソフィは二十五歳にもならないうちに夫を失った。マディが亡くなると、彼女はレニーの家に移り住み、彼を手伝ってデイヴィッドを育てた。再婚はしなかった。フィリップはルースと四十年以上連れ添ってきたが、時々ソフィのことを思う夜があった。自分では認めたくないほど何度も思い出した。あのとき閉ざされたもうひとつの扉。選ばなかった道。もしあのときそうしていたら。あっちの道を選んでおけばよかった。強くそう思うことがあった。

それは罪になるだろうか？

フィリップはソフィを見つめた。心はまだもうひとつの世界、ソフィを手放さなかった世界をさまよっていた。

ソフィが腰に手をあてて言った。「フィリップ、わたしの歯に何かはさまってる？」

彼は黙って首を振った。

「だったら、どうしてそんなにまじまじ見てるの？」

「なんでもない」と彼は答え、そのあとつけ足した。「相変わらずきれいだね、ソフィ」

彼女は呆《あき》れたように眼をぐるりとまわして言った。「どうぞ、はいって。口が上手ね。あなたもあまりに魅力的なんで頭がくらくらしそう」

フィリップは家の中にはいった。ほとんど何も変わっていなかった。過去の亡霊に取り囲まれているような気分になった。

「兄は寝てるわ」とソフィは先に立って廊下を歩きながら言った。フィリップは彼女のあとについて歩いた。「そろそろ起きる頃だと思うけど。コーヒーはいかが？」

「ありがとう」

キッチンはリフォームされていた。ソフィは最新式のコーヒーメーカーでコーヒーをいれた。最近ではどの家庭にもあるような機器だ。彼女はずんぐりとしたマグカップを彼に渡した。砂糖とミルクが要るかは訊かなかった。

訊かなくても知っていた。

「で、何しにきたの、フィリップ？」

フィリップはカップの縁越しに笑顔をつくって見せた。「おいおい、理由がなけりゃ昔からの友人とその美しい妹に会いにきちゃいけないのか？」

「わたしのほうはさっきあなたがあまりに魅力的なんで頭がくらくらしそうって言ったけど、覚えてる？」

「ああ」

「あれは嘘《うそ》よ」

「そうだと思った」そう言うと、彼はカップを置いて続けた。「レニーに話したいことがあるんだ、ソフィ」

「デイヴィッドのこと？」

「そうだ」

「レニーは病気なのよ、知ってるでしょ？」

「ああ、知ってる」

「もうほとんど全身が麻痺《まひ》してるの。話すこともできない。わたしが誰だかもわかってないかもしれない」

「それは辛いな、ソフィ」

「あなたの話を聞いて動揺しない？」

フィリップは少し考えてから答える。「わからない」

「それでも話す必要がある話？」

「いや、必要はないと思う」

「あなたたちふたりにしかわからないことなのよね」とソフィは言った。

「ああ」

ソフィは顔をそむけて窓の外を見た。「レニーもあなたに遠慮はしてほしくないと思う。どうぞ話してきて。部屋の場所はわかるわね」

フィリップはカップを置いて立ち上がった。何か言わなくてはと思ったものの、ことばが出てこなかった。キッチンから出ていくときも彼女は彼を見なかった。フィリップは廊下を右に進み、奥にある寝室に向かった。

大きな振り子時計がまだ廊下に置かれていた。大昔にマディがエヴァレットのある家の遺品売却で買ったもので、レニーとふたりがかりでフィリップの古いピックアップトラックに載せて運んできたものだ。重さは九十キロ以上あった。分解して運ぶのに途方もない時間がかかった。振り子やらぜんまいやらケーブルやらチェーンやら錘《おもり》やらチャイムの装置やらなにやらを発泡ビニールシートと厚い毛布で丁寧に包《くる》んだ。面取りを施したガラスの扉は段ボールで覆ってマスキングテープでとめたが、それでも先端の装飾部分が少し欠けてしまった。が、マディはそれが気に入っていた。レニーはマディのためならなんでもした。それに、ふたりの友情に関して、いいところと悪いところをあれこれ考え合わせると、まちがいなくフィリップのほうが得をしていた。どちらかが記録をつけていたわけではないが。フィリップは寝室のまえで立ち止まった。深呼吸し、無理やり笑顔をつくった。部屋にはいってからもその笑顔を崩さないように必死でこらえた。眼に悲しみと驚きが表われていないことを願った。しばらくドアロに突っ立ったまま、かつて親友だった男の姿をただ見つめた。昔のレニーがどれほど強靭《きょうじん》な男だったか思い出す。筋肉がコイルのように張っていて、バンタム級の選手のような体つきをしていた。健康オタクが流行し、健康的な食事が主流になるまえから食べるものにかなり気をつかっていた。毎朝の腕立て伏せも欠かさなかった。きっちり百回。途中で休むことなく続けた。二の腕は鋼鉄製の綱のようで、太くくっきりした血管が浮き出ていた。その逞しい腕が今は白みがかった葦《あし》のようだった。膜に覆われたように濁った眼は、かつてヴェトナムであまりに多くの戦闘を見てきた男のようにはるか遠くを見つめていた。唇に血の気はなく、肌も羊皮紙のような血の気のない色をしていた。

「レニー」とフィリップは呼びかけた。

反応はなかった。フィリップは意を決してベッドのそばまで近寄った。「レニー、セルティックスはいったいどうなってる？　ええ？　連中はどうしちまったんだ？」やはり反応はない。「パッツ（アメリカン・フットボールのチーム、ニューイングランド・ペイトリオッツの愛称）もだ。これまでずっといい成績を収めてきたから文句は言えないが、もっと気張ってほしいもんだ」笑みを顔に張りつけたまま、さらにベッドに近寄って続けた。「そうだ、オリオールズの試合のあと、ヤムトレスキーに会ったのを覚えてるか？　あれはすごかったな。とってもいいやつだった。でも、おまえは早くから言ってた。やつはフリーエージェント権を行使するだろうって。そうなったら、チームはおしまいだって。おまえの言ったとおりになったな」やはり反応はなかった。背後からソフィの声がした。「ベッドの隣りに坐って、手を握ってあげて。たまに握り返してくるから」そう言うと、彼女はまたいなくなった。フィリップは言われたとおり隣りに坐ったが、手は握らなかった。そんなことをするのは彼らしくなかった。スキンシップをする間柄ではなかった。デイヴィッドとアダムはしたかもしれないが、彼とフィリップはそういう関係ではなかった。彼はレニーに愛してると直接伝えたこともなかった。レニーのほうもそうだった。そんな必要はなかった。フィリップはレニーに借りがある、デイヴィッドはそう言ったが、レニーのほうはそれについてひとことも言ったことがなかった。ふたりは恩を売ったり買ったりするような関係ではなかった。「話さなきゃならないことがあるんだ、レニー」とフィリップは切り出し、デイヴィッドが所長室を訪ねてきたことを話した。何もかも包み隠さず。

記憶にあるかぎり正確に話した。レニーはやはりなんの反応も見せなかった、もちろん。それまでと変わらず、ただ一点を見つめていた。表情が陰ったようにも見えたが、想像力がそう思わせただけだろうとフィリップは思い直した。まるでベッドフレームに向かって話をしている気分だった。いくらか時間が経ち、話が終盤に差しかかる頃になって、フィリップはなんと親友の手に自分の手を重ねていた。もはや人間の手とは思えない感触だった。どこか遠くにいるような、命のない物体のように思えた。死んだ雛鳥《ひなどり》のようにもろい存在に思えた。

「どうすればいいかわからないんだ」話しているうちに徐々に心が落ち着いてきた。「だから会いにきた。おれたちはこれまであらゆる手を使って無罪を主張したり、正当な理由があったと訴える犯人を見てきた。いやはや、心理学の用語を駆使してそういう御託を並べる連中の話を聞くのが仕事だったと言ってもいいくらいだ。でも、今回はちがう。それは確かだ。おまえの息子はそんな真似はしてない。ディヴィッドは写真の少年が自分の息子だと本気で信じてるんだ。そんなはずはないよ、もちろん。おれだって、ほんとうだったらどれほどいいかって思うよ。ああ、本気でそう願ってる。だけど、マシュウは死んだんだ。ディヴィッドが正気を失って衝動的に殺した。おれはそう思ってる。そのことはまえにも話したけど。ディヴィッドは自分がしたことを覚えてないし、それが罪になるのか、責められるべきことなのかおれにはわからない。おれたちは心神喪失状態で責任能力はないっていう弁護に肯定的じゃなかったけど、ディヴィッドがいいやつだってことだけはよくわかってる。昔からいい子だった」

フィリップは改めてレニーを見た。やはり反応はない。レニーの胸が上下に動いていて、呼吸しているという事実だけが、死体に話しかけているわけではないことを示している。

「問題はここからだ」フィリップはレニーに身を寄せ、わけもなく声を落として言った。「デイヴィッドは刑務所から出してくれと言ってる。そんなのは馬鹿げてる。おまえにだってそれはわかるだろ？　おれもわかってる。そもそもおれにはそんな力はない。仮にあったとしても、刑務所を出てどこに行くっていうんだ？　徹底的に追いまわされるに決まってる。誰かに撃たれて命を落とすかもしれない。そんなことになってほしくない。おれは今でもあいつに救いの手が差し伸べられることを望んでる。裁判のやり直しとか、なんでもいい。あいつに望めるのはせいぜいそのくらいだ。言いたいこと、わかるな？」

スチーム暖房のパイプがぽんぽんと音をたてた。フィリップは首を振って苦笑した。パイプのくそったれ。昔からいつもこうだ。かれこれ、そう、四十年になるか？　レニーと一緒にパイプにはいり込んだ空気を抜こうとしたことがあったのを思い出す。が、あのときも結局、どうして音がするのかわからなかった。空気がはいってしまっていることしかわからなかった。何度か修理をして、数週間は調子がいいのだが、しばらくするとまたぽんぽんと音がした。

「おれたちはもう年寄りだ。そんなたわごとにつきあうには歳を取りすぎてる。おれはあと一年で定年だ。年金は二倍もらえることになってる。今問題を起こしたら、全部失いかねない。おれの言いたいことがわかるか？　そんなリスクは冒せない。ルースにも申しわけが立たない。彼女はサウスカロライナ州にあるゲイティッド・コミュニティの家を買おうとしてる。あそこは一年じゅう気候が温暖でね。デイヴィッドのことはこれからも見守るつもりだ。約束は守るよ。あいつはおまえの息子だ。それはわかってる。だから知っておいてもらいたいんだ。おれはあいつのことをずっと気にかけてるって……」

フィリップはそこでことばを切った。動悸《どうき》が激しくなった。たった今、今日のこの瞬間がレニーに会う最後のときになるだろう。急にそんな思いにとらわれたのだ。不意打ちのパンチを食らったみたいに。涙がこぼれそうになったが、唇を嚙みしめてこらえた。ぎゅっと眼をつぶり、顔をそらした。立ち上がり、親友の肩に手を置いた。生身の体とは思えなかった。筋肉は完全になくなっていた。骨にじかに触れている感触だった。

「もう行くよ、レニー。しっかり養生するんだぞ。近いうちにまた会おう」

部屋を出ようとドアのほうに向かって歩いた。ドアロにソフィがいた。

「大丈夫、フィリップ？」と彼女は訊いた。

彼は黙ってうなずいた。声に出したら嘘だとばれてしまいそうだったから。

ソフィと眼が合った。それが彼には耐えがたかった。

彼女はベッドに横たわる兄に視線を移した。そして、フィリップにもベッドのほうを向くように身振りで示した。フィリップはゆっくり振り返り、彼女の視線を追った。レニーはさっきと同じ姿勢で寝ていた。フィリップはやはり骸骨のようで、デスマスクを思わせた。生気のない眼は相変わらず一点を見つめていて、口は声にならない恐怖の叫びをあげているかのように少し開いていた。が、ソフィが何を見せようとしているのか彼にもすぐにわかった。涙がひとすじ、レニーの蒼白《そうはく》な肌を伝ってきらめいていた。

フィリップはソフィに向き直って言った。「もう行くよ」

ソフィが先に立って廊下を歩いた。大きな振り子時計とピアノのまえを通り過ぎ、玄関のドアを開けた。外に出ると空気が心地よく感じられた。陽光が眼にまぶしかった。フィリップはしばらく手を掲げて陽射《ひざ》しを避け、弱々しく彼女に微笑んだ。

「会えてよかったよ、ソフィ」

強ばった笑みが返ってきた。

「なんだ？」と彼は訊いた。

「レニーはいつも言ってた。これまで会った中であなたが一番強い人だったって」

「だった」と彼はおうむ返しに言った。「過去形だ」

「今はどうなの？」

「今はただの老いぼれだ」

ソフィは首を横に振って言った。「あなたは老いぼれなんかじゃないわ、フィリップ。ただ、臆病になってるだけよ」

「おれにはそのちがいがわからない」

そう言うと、彼は彼女に背を向けた。そのまま振り返らず、コンクリートの階段を降りた。背中に注がれる彼女の視線を強く感じた。長いときが流れた今も彼女は赦してくれていないのだろう。フィリップはそう思った。

6

気持ちが昂《たかぶ》ってとても眠れない。

私は狭い独房の中を行ったり来たりしている。二歩進んでまわれ右、また二歩進んでまわれ右。ロス・サムナーとの乱闘のせいでアドレナリンが血管を伝って全身に運ばれる。昨夜は一睡もできなかった。次はいつ眠れるか見当もつかない。

「面会だ」

またしても看守のカーリーがやってくる。私は驚いて訊き返す。「おれはまだ面会が許されてるのか？」

「誰かに禁止だと命じられるまではな」

体じゅうが痛む。が、心地よい痛みだ。看守に取り押さえられたあと、私たちは医務室に連れていかれた。私は自分で歩けたが、サムナーはストレッチャーで運ばれた。まあ、しかたがない。嚙みつかれた痕とすり傷に看護師が消毒薬を塗り、私はそのまま独房に帰された。サムナーは可哀《かわい》そうにそこまで運がよくなかった。私が知るかぎり、彼はまだ医務室にいる。そういうことに喜びを覚えるのは下衆《げす》のすることだ。それはわかっている。あのときの私の笑みは刑務所という過酷な環境が私に植えつけ、育んだ原始的な心によるものだ。それはわかっている。

それでも、実のところ、サムナーを痛めつけたことに私はとことん満足している。

カーリーは終始無言のまま昨日と同じ通路を通り、面会室に向かう。私はいくらか得意げに歩く。

「昨日と同じ人か？」と私は訊く。返事が返ってくるかどうかただ確かめるために。

返事はない。

昨日と同じように床に固定された椅子に坐る。今日のレイチェルは恐怖心を隠そうともせずに言う。

「ちょっと、いったい何があったの？」

私は微笑み、言うつもりのなかったことをつい口走る。「相手がどんなありさまか見せてあげたいね」

レイチェルは時間をかけて私の顔をまじまじと見る。昨日はあまりじろじろ見ないようにひかえめに観察していたが、今日はそんなふりすらしない。顎で私の顔を示して言う。「その傷はいったいどうしたの？」

「どうしたと思う？」

「それにその眼……」

「よく見えないんだ。だけど、それはどうでもいい。おれたちにはもっと大事な問題がある」

それでも彼女は私の顔を見つづける。

「おいおい、レイチェル。話に集中してくれ。おれの顔のことは気にするな。いいか？」

彼女はさらに数秒かけておれの傷を次から次へ見ていく。おれはじっとしたまま彼女の気がすむまで待つ。やがて彼女はわかりきった質問をする。

「で、これからどうするの？」

「ここを出なきゃならない」と私は答える。

「何か手だてがあるの？」

私は首を振る。「今までも頭の体操っていうか、少しでも正気を保つために、どうすればここから出られるかあれこれ想像してた。脱獄計画を。もちろん、実行しようとしたことはないが。冗談半分に考えてただけだ」

「で？」

「で、生まれつき悪知恵が働くのはもちろんだけど、調査能力をフル稼働して考えた結果――」私は肩をすくめて言う。「何も思いつかなかった。脱獄は不可能だ」

レイチェルはうなずいて言う。「このブリッグズ刑務所で最後に脱獄事件があったのは一九八三年。脱獄犯はたったの三日で捕まった」

「ちゃんと宿題をしてきたみたいだな」

「昔からの習慣ね。で、正直な話、どうするの？」

「そのことはひとまず置いておいて、きみにちょっと調べてほしいことがある」

レイチェルは反射的に取材用のノートを取り出す。幅十センチ、長さ二十センチで上部を輪にしたワイヤーで綴《と》じたよくあるノート。それを見て私は思わず顔がほころぶ。〈グローブ〉紙の記者になるまえから、彼女はずっと同じノートを使っている。まるで記者のコスプレをしているみたいに。〝報道〟と書かれたカードをつばに差した中折れ帽をかぶるみたいに。

「どうぞ」とレイチェルは言う。

「まず、ほんとうの被害者が誰だったのか知る必要がある」

「あれはマシュウじゃなかった。わたしたちはそのことを知ってる」

「知ってるっていうのは楽観的すぎることばかもしれないけど、まあ、そうだ」

「わかった。手始めに全米行方不明・被搾取児童センターにあたってみる」

「そこで手がかりが得られなくてもあきらめないでくれ。ウェブサイトとかSNSとか古い新聞とか、とにかく思いつくかぎり手あたり次第に調べてほしい。白人の男の子で、歳は二歳から、そうだな、四歳まで。事件の日の二ヵ月前後に行方不明者届けが出ている子供のリストをつくるところから始めよう。地域はとりあえず半径三百メートル以内。それらしい子供が見つからなかったら、捜索の範囲を広げる。もっと幼いかもっと年長の子、もっと遠い場所。そのあたりはきみのほうがよくわかってると思うけど」

レイチェルは私の指示をノートに書きとめる。「FBIにまだあてにできる人が何人かいるかもしれない」と彼女は言う。「誰かから情報を引き出せるかもしれない」

「まだあてにできる人？」

彼女は手を振ってその質問をはぐらかす。「ほかには？」

「ヒルデ・ウィンズロウ」と私は言う。

ふたりともしばらく黙り込む。

やがてレイチェルが口を開く。「彼女の何を調べるの？」

咽喉がつかえて、声が出ない。

「デイヴィッド？」

大丈夫だと仕種《しぐさ》で合図する。パズルのピースを順にはめていくように、徐々に自分を取り戻す。声が出るようになってから尋ねる。「彼女の証言を覚えてるか？」

「もちろん」

ヒルデ・ウィンズロウは夫に先立たれた老女で、視力は両眼とも一・〇と良好だったという。その彼女が、わが家と彼女の家のあいだにある木立ちに私が何かを埋めているのを見たと証言した。警察がその場所を掘り起こしたところ、私の指紋がついた凶器が発見された。

レイチェルの視線を感じる。続きを待っている。

「どういうことなのかまるでわからなかったんだが」と私はどうにか話しだす。努めて距離を置き、自分ではない誰かのことだと自分に言い聞かせるようにして続ける。「最初は彼女が誰かよく似た人とまちがえてるんだと思った。きっと人ちがいだろうって。まだ明け方の四時で外は暗かったし、凶器が見つかった場所は彼女の家の裏の窓から離れていたから」

「フローリオは反対尋問でそう主張した」

トム・フローリオは私の弁護士だ。

「ああ」と私は認めて言う。「でも、彼はそこで反論をやめた」

「ミセス・ウィンズロウの証言には信憑性《しんぴょうせい》があった」とレイチェルは率直に言う。

私は黙ってうなずく。またしても感情が込み上げ、その感情に呑み込まれそうになる。

「彼女は親切な老人で頭もしっかりしていた。嘘をつく理由がなかった。だから、彼女の証言を聞いて、おれはどん底に突き落とされた気持ちになった。あのときからだ。親しい人たちまで本気でおれに疑いを抱くようになったのは」私は顔をあげて言う。「きみもそうだった、レイチェル」

「あなた自身もね、デイヴィッド」

彼女はたじろぐことなく、私の視線を受け止める。結局、私のほうが眼をそらす。

「とにかく彼女を見つけ出してほしい」

「どうして？　彼女の証言がまちがっていたら――」

「彼女はまちがってなかった」と私は言う。

「よくわからないんだけど」

「ヒルデ・ウィンズロウは故意に嘘をついたんだ。それしか考えられない。彼女は証人席で嘘の証言をした。その理由を知りたい」

レイチェルは何も言わない。若い女――まだティーンエイジャーだろう、賭けてもいい――がレイチェルのうしろを通って隣りの席につく。全身に剃刀《かみそり》で傷をつけたような入れ墨をした、がっしりした体格の受刑者が面会室にはいってきて、その女の向かいに坐る。見覚えのない男だ。男は前置きもなしにいきなり彼女を罵倒しだす。なんと言っているかわからないが、身振りを交えて激しくまくしたてている。女のほうはうなだれるだけで何も言わない。

「わかった」とレイチェルが言う。「ほかには？」

「準備しておいてくれ」

「どういう意味？」

「整理しておくべきことがあるなら、今のうちにやっておくこと。毎日ATMで限度額を引き出しておくこと。銀行でも同じように限度額を引き出すんだ。現金をできるだけたくさん引き出しておいてくれ。ただし、当局に怪しまれないように引き出す額は一日一万ドル以内だ。今日からさっそく始めてくれ。できるだけ現金が手元にあるほうがいい。いざというときのために」

「いざというときって？」

「ここから脱出する方法を見つけたときだ」と私は身を乗り出して言う。きっと眼が充血しているにちがいない。彼女の表情から察するに、私の様子はきっと……尋常ではない。怖いと言ってもいいくらいかもしれない。「聞いてくれ」と私は声を落として言う。「ここで一席ぶたなきゃならないのはわかってる。どうやって脱出するつもりなのか示して見せなきゃならないのは。それはわかってる。でも、とにかく聞いてくれ。もしどうにかしておれがここから出られたとしたら、きみは連邦刑務所の受刑者の脱獄を幇助《ほうじょ》することになる。それは重罪だ。おれが善良な人間なら、こう言って聞かせるだろう。これはおれの問題だ、きみには関係ないって。だけど、現実問題としてそれはできない。きみの助けがなければおれは何もできない」

「マシュウは今もわたしの甥《おい》よ」彼女はそう答え、いくらか背すじを伸ばす。今も。彼女は確かにそう言った。〝今も〟。現在形だ。〝甥だった〟ではなく。彼女も信じている。神よ、われらにご加護を。われわれはあの子がまだ生きていると信じている。

「ほかには、デイヴィッド？」

私は何も答えない。ただ黙り込む。視線をさまよわせ、親指と人差し指で下唇をつまんで引っぱる。

「デイヴィッド」

「マシュウはどこかにいる」と私は言う。「今までずっとどこかにいたんだ」

そのことばが、しんと静まり返った堅苦しい刑務所の空気の中を漂う。

「この五年間は地獄のような日々だった。だけど、おれはあの子の父親だ。だからどんなに辛いことも受け入れられる」私は彼女を見すえて言う。「あの子にとってはどんな五年間だったんだろう？」

「わからない」とレイチェルは答える。「とにもかくにもあの子を見つけなくちゃ」

テッド・ウェストンは職場ではカーリーと呼ばれるのが好きだった。家では誰も彼のことをそんなふうに呼ばないのに。カーリーと呼ばれるのはここ、ブリッグズ刑務所の中でだけだ。そうすることで、毎日相手にしなきゃならないクズどもと距離を取っていた。ここでは本名で呼ばれることはおろか、名前を知られるのも嫌だった。勤務シフトを終えると、テッドは看守のロッカールームでシャワーを浴びた。いつもそうしていた。制服を着たまま家に帰ることは決してなかった。熱いシャワーを浴び、根こそぎ洗い流した。この場所も、ここにいるおぞましい男たちのことも、制服や髪に残る彼らの不快な息や汗やDNAも。まともな小宇宙に取り憑《つ》いて寄生虫のように呼吸し、生きていながら、やがてその小宇宙を侵食する。彼から見れば邪悪以外の何者でもない。そんな何もかもを火傷《やけど》しそうなほど熱いシャワーで洗い流し、業務用石鹸《せっけん》と剛毛のブラシでこそげ落とし、汚れがつかないように慎重に私服に着替える。そうやってほんとうの自分に戻ってから、エドナとふたりの娘、ジェイドとイジーが待つ家に帰る。そこまでして家に帰ってからまたシャワーを浴びて着替える。念には念を入れて。職場の残滓《ざんし》が彼の家と家族を汚染しないように。

ジェイドは八歳で三年生。イジーは六歳で、神が創造した世界一可愛い娘だ。なのに、いわゆる専門家とやらは自閉症だとか自閉スペクトラム症だとかよくわからない病名で呼ぶ。テッドはどちらの娘も心から愛している。時々キッチンのテーブル越しに娘たちを見ているど、込み上げる愛情が血管に勢いよく流れ込んで破裂してしまうのではないかと怖くなるほど愛している。

が、今は刑務所の医務室で受刑者の中でもきわめて邪悪なロス・サムナーのベッドサイドにいながら、娘のことを思っている自分を罵っていた。サムナーのようなモンスターをまえにして、純真そのものの娘たちのことを考えるなんて。

「五万ドルでどうだ」とサムナーは言った。

そう、ロス・サムナーは医務室にいた。いい気味だ。デイヴィッド・バロウズに叩きのめされたのだ。バロウズにそんな力があるなんて誰が想像した？　ここにはただ怖いだけではない男たちがいる。テッドが〝筋金入り〟と呼ぶような連中がいる。が、ふたりはそうではなかった。それでも、少年のようにきれいなサムナーの顔はぱっくり割れ、鼻が折れていた。眼は腫れ上がってほとんど見えていない。相当痛みがあるにちがいない。そう思うと、テッドは心が和んだ。

「聞こえたか、セオドア？」

サムナーは彼の本名を知っていた、もちろん。テッドはそれが気に入らなかった。「聞こえたよ」

「で？」

「答はノーだ」

「五万ドルだぞ。よく考えろ」

「ノーはノーだ」

サムナーは少しだけ上体を起こして言った。「あいつは自分の子供を殺したんだぞ」

テッドは首を振って答えた。「殺人鬼はおまえだ、おれじゃない」

「殺人鬼？　おいおい、テッド、何か誤解してるみたいだな。おまえが殺人鬼になることはない。むしろヒーローだ。復讐の天使になるんだよ。おまけにポケットに五万ドルもはいる」

「どうしてそこまであいつを亡き者にしたいんだ？」

「この顔を見ろよ。バロウズがおれの顔に何をしたかよく見てみろ」

テッドは言われたとおりサムナーの顔をじっと見た。が、それだけとは思えなかった。この刑務所で何かが起きているのはまちがいない。

「十万ドルならどうだ」とサムナーは言った。

テッドは思わず息を呑んだ。十万ドル。イジーのことを思う。娘のために専門家に支払う法外な料金のことを考える。「やっぱりできない」

「できるさ。このあいだだって、バロウズの面会人が写真を見せていたことを教えてくれたじゃないか」

「あれは……ほんの少し便宜を図っただけだ」

サムナーは傷だらけの顔で笑った。

「だから、もう一度便宜を図ってくれって頼んでるんだよ。ちょっとでかい頼みごとかもしれないけど。計画があるんだ。完全無欠な計画だ」

「へえ」とテッドは嘲笑《あざわら》うように言った。「ここじゃ完璧な計画なんて聞いたことないけどな」

「おれの考えを聞いてくれ。あくまで机上の話だ。聞くだけでいい。いいか？　ただのお愉しみだと思ってくれ」

テッドはノーとも黙れとも言わなかった。医務室から出ていくことも、首を振って拒絶することもしなかった。ただ、そこに立ったままでいた。

「たとえば看守のひとりが――あんただとしよう、テッド――おれにこっそり刃物を渡す。受刑者用の剃刀の刃とかそういうものを。知ってのとおり、ここにはそういうものがいくらでもある。で、仮におれがその刃を指紋が残るようにしっかりつかんだとする。でもって、これまた仮に看守が手袋をしてたとする。ほら、この医務室にあるみたいなやつだ」サムナーは殴られた傷の痛みをこらえて笑った。

「そのあとおれはその責めを負う。あっさりと、こともなげに自白する。そもそもおれに失うものなんてあるか？　あるとすれば、逆にそのおかげで自由になれる」

テッドは顔をしかめて訊いた。「なんのおかげだって？」

「おれが控訴を望んでるのは、連中がおれは正気だと思ってるからだ。バロウズを殺せば、おれは狂ってると思わせることができる。わからないか？　おれの指紋がついた凶器がある。おれは自白もする。おれたちの喧嘩《けんか》は何人もが見ていた。一歩まちがえたらどちらかが死んでたかもしれないくらいの激しい喧嘩だった。だから、おれには動機もある」

サムナーは両の手のひらを天井に向けて言った。「それで一件落着だよ」

テッドは思わず身悶《みもだ》えした。十万ドル。おれの年俸を超えている。しかも、現金で手にはいるから税金もかからない。そう考えると給料のほぼ二年分に等しい。その金があればエドナとふたりで何ができるか。今は請求書の山に溺れかけている。その金があれば救命具になるどころではない。豪華なヨットだって買えそうだ。サムナーがその手の策略に長《た》けていることはわかっていた。それは誰もが知っていた。すでに二千ドルの金が彼の口座からテッドともうひとりの看守の口座に振り込まれていた。食堂で見て見ぬ振りをする見返りに。実際、彼らは事態が悪化するまでその約束を守った。

見て見ぬ振りをすることで二千ドルを手に入れるのはいい。月五百ドルでバロウズの様子を逐一報告するのもかまわない。実際、テッドはもう何年もその役目を果たしていた。しかし、十万ドルとは。いやはや。とてつもない金額にテッドは呆然《ぼうぜん》とした。それも生きる価値のない子殺しの犯人を切りつけるだけでいいと言う。ほんとうなら電気椅子で処刑されるはずの男だ。それに、ひとたびサムナーが始末すると決めたら、そいつはどのみち死ぬことになる。

だったら、どこに問題がある？　大きな問題など何もない。

サムナーの言うとおりだ。誰もテッドを密告したりしないだろう。もしうまくいかなかったとしても、同僚たちとはうまくやっているから、みんなおれに味方してくれるはずだ。

こんなに簡単なことはないじゃないか。

「セオドア？」

それでもテッドはやはり首を振った。「できない」

「報酬を吊《つ》り上げようとしてるなら――」

「そうじゃない。ただ、おれはそんな大それたことができる人間じゃない」

サムナーは笑って言った。「おいおい、自分はそんな下劣なことはしない、そう思ってるのか？」

「家族に恥じるようなことはしたくないだけだ」とテッドは言った。「神さまにも」

「神さま？」とサムナーはまた笑った。「そんな馬鹿げたものを信じてるのか？　毎日数千人もの子供たちが飢えているってのに？　おれみたいな殺人鬼のレイプ魔を生かしてるのに？　そのことを考えたことがあるか、セオドア？　神さまはおれが誰かを拷問するのを見てなかったのか？　おまえの神さまはおれを止められないくらい弱いのか、それともおれが殺したやつらが苦しんで死んでいくのをただ見てるだけで助けなかったのか？」

テッドはわざわざ答えることはしなかった。ただ床を見つめていた。顔が真っ赤になっていた。

「おまえに選択の余地なんかないんだよ、セオドア」

テッドは顔を上げた。「どういう意味だ？」

「引き受けてもらわなきゃ困るってことだ。おまえはもうおれから金を受け取ってるんだぞ。それをおまえのボスに告げ口してもいいんだぞ。言うまでもないが、地元の警察やマスコミにタレ込むこともできるし、おまえの家族にばらすことだってできる。でも、それはしたくない。おまえを気に入ってるから。おまえはいいやつだよ。でも、おれたちはなんとしてもやり遂げなきゃならないんだ。おまえにはまだそのことがわかってないみたいだけど。おれたちはバロウズを生かしておくわけにはいかないんだよ」

「さっきから〝おれたち〟って言ってるけど、〝おれたち〟って誰のことだ？」

サムナーはまっすぐテッドの眼を見て言った。「おまえは知らなくていい。とにかくおれたちはあいつに死んでもらわなきゃ困るんだ。今夜のうちに」

「今夜だって？」テッドは思わず耳を疑った。「引き受けるにしても急すぎて――」

「お望みならもっと脅し文句を並べることもできるけど。おれが大金持ちだってことを忘れるなよ。外にはまだ味方がいるってことも。こっちはおまえのことならなんだって知ってるんだよ。おまえの家族のことも――」

テッドの手がサムナーの咽喉をつかんだ。彼の指が首を絞めてもサムナーは身じろぎひとつしなかった。長くは続かなかった、もちろん。テッドはすぐに手を引っ込めた。

「おまえの生活を滅茶苦茶にぶち壊すこともできるんだぞ、セオドア。想像を絶するくらいひどいやり方で」

テッドは茫然《ぼうぜん》自失となった。地に足がついている感じがなくなった。あてどなく浮遊しているような気がした。

「だけど、そういう不愉快なことは忘れようじゃないか。おれたちは友達だ。友達はくだらない脅しなんてしない。おれたちは同じ側の人間だ。良好な関係っていうのはゼロサムじゃない。互いにウィンウィンじゃなきゃならない。ひどいことを言って悪かったな。このとおり謝るよ。謝罪と一緒に一万ドルのボーナスも受け取ってくれ」

サムナーは唇を舐《な》めてさらに言った。「全部で十一万だ。それだけあれば何ができるか考えてみろ」

テッドは気分が悪くなった。意味のない脅しなどしやしない……サムナーみたいな連中はジョークで脅したりしない。

さっき彼が言ったとおり、テッドに選択の余地はなかった。越えてはならない一線を越えざるをえない状況にすでに追い込まれていた。それは彼にもわかっていた、もちろん。それは一度越えたら二度と戻れない一線だ。

「もう一度計画を詳しく聞かせてくれ」

7

レイチェルは部屋に戻り、写真の中のマシュウかもしれない少年を見つめた。受話器を取り上げ、姉のシェリルに電話して彼女の人生に爆弾を落とすべきかいっとき考えた。

不思議なことに、デイヴィッドはもう一度写真を見たいとは言わなかった。見せてほしいと言われると思っていたのに。その写真がなにより重要で、見ていないと疑念がはいり込んでくる。写真を見ていれば、この子はマシュウにちがいないと思える。が、実物の画像という具体的な証拠がなく、想像でしか思い描けなくなると、自分がいかに突拍子もないことを考えているのか思い知らされる。背景に小さく子供が写り込んでいる写真を、五年まえに殺されたはずの幼い子が実は生きていたという証拠だと信じるなど、馬鹿馬鹿しいにもほどがある。そんな気がしてくる。

シェリルには電話しないほうがいい。自分の胸の内に秘めておくべきだ。

が、彼女にそれを決める権利があるのか？

レイチェルは〈ブリッグズ・モーター・ロッジ・オヴ・メイン〉に滞在していた。壁がレースか木綿のメッシュ生地でできているのがこのモーテルの売りらしい。彼女はそう思った。

今は隣りの部屋の客が激しく熱烈にことに励んでいる。まるで同じベッドで寝ているのかと思うほどはっきり聞こえた。さっきから女がひたすら大声で喘《あえ》いでいた。「ああ、ケヴィン」「そうよ、ケヴィン」「いいわ、ケヴィン」。女の叫び声が可愛らしさや可笑《おか》しさを演出するためではなく、真にほとばしる熱情の賜物《たまもの》だったらどんなにいいか。レイチェルはそう願わずにいられなかった。女がさらに大声を出す。「天国に連れていって、ケヴィン」

ささやかな真昼の情事――レイチェルはいささか苦々しげにつぶやいた。さぞ愉しいにちがいない。

わたしがそんな午後を最後に過ごしたのはいつだったか？

そんなことはどうでもいい。激しいパニック発作はまだ完全には治っていなかった。デイヴィッドに会ったことと、抗不安薬を飲んでいないせいで、発作に見舞われたのだろう。レイチェルはそう思った。彼女には薬は効かなかった。完全には。以前は〈ザナックス〉だかなんだか、とにかく向精神薬――抗鬱薬――を飲んでいた。他人を死に追いやってしまった。そんな自責の念に駆られた心の痛みを少しでも和らげたくて。しかし、罪悪感の一部を遠ざけ、幻のように感じられるようにはなっても、罪の意識から完全に逃れることはできなかった。

まばたきをして今やるべきことに努めて集中した。

姉に電話してほんとうのことを話すべきだ。もし逆の立場で、写真を持っているのがシェリルだとしたら、自分もきっと話してほしいと思うだろう。レイチェルは携帯電話を手に取った。メイン州のこの田舎町《いなかまち》は通信が途切れがちだった。ここは刑務所の町だ。このモーテルに泊まっている客たちもなんらかの形でブリッグズ刑務所に関わる人たちだろう。面会にきた人、刑務所出入りの業者、配達員。そういう人たちばかりだろう。

通信状態を示すバーはしっかり立っていた。連絡先ボタンをクリックし、スクロールしてシェリルの番号を表示させた。が、発信ボタンの上で指が止まった。

かけちゃ駄目。

シェリルには話さないでおこう。レイチェルはそう決めていた。姉を守ろうとしていた。はっきりしたことがわかるまでは。感情にとらわれず事実を直視するならまだだ。今はまだ何もわかっていないのだから。甥によく似た少年が写った写真がある。ただそれだけのことなのだから。デイヴィッドは躍起になっているが、はっきりしたことはまだ何もない。

テレビをつけた。モーテルの外に掲げられた看板は全部屋にカラーテレビがあると大々的に宣伝していた。文字の色まで変えて。Cはオレンジ、Oは緑、Lは青とカラーであることを強調していた。モノクロのテレビがあるほうがよほど売りになるのではないか。レイチェルはそんなことを思った。

次々とランダムにチェンネルを替えた。昼のトーク番組とケーブル局のお粗末なニュース番組がほとんどだった。流れてくるCM――純金が買えます、二番抵当権が持てます、借金を整理しませんか、仮想通貨に投資しましょう——はどれもポンジ・スキーム（投資詐欺の一種）の合法版としか思えなかった。

この国の経済はわたしたちが思っている以上に詐欺に依存している。

隣りの部屋のお祭り騒ぎはいよいよ佳境にはいったようだ。ケヴィンがいかにも熱っぽくもうすぐゴールラインだと繰り返していた。ほどなくして試合終了のシンバルが鳴り響いたかのように急に静かになった。拍手喝采を送りたい気分だった。面会中にデイヴィッドにジャーナリストとしての仕事のことを訊かれたが、彼女ははぐらかして答えなかった。どんな失態を犯してキャリアを失ったのか、彼に詳しく話す理由はなかった。解雇されたことも、屈辱を受けたことも。本音を言えば、今回の写真のようなストーリーが彼女にとって再起を図る唯一のチャンスになるかもしれないことも。そんなことを話してもしかたがない。彼の心を惑わせることにしかならない。わたしはもうここにいるのだから。彼女は自分にそう言い聞かせた。実際、そのとおりなんだし。

ベッドの上に携帯電話が置きっぱなしになっていた。

くそいまいましい電話。

電話を手に取り、自分を制止する間《ま》を自分に与えず、お気に入りの一番上に表示されている名前をクリックして姉の番号にかけた。電話を耳にあてた。まだ呼び出し音は鳴っていなかった。すぐに切れば、まだ間に合う。そう思って眼を閉じたとき、最初の呼び出し音が聞こえた。まだ間に合う。二度目の呼び出し音が鳴り、相手が応答した。そっけない声だった。姉の声ではない。「もしもし?」

電話に出たのはロナルドだった。シェリルの新しい夫だ。

「ハロー、ロナルド」とレイチェルは言った。それから、相手の電話に発信者名が表示されていると知りながら名乗った。「レイチェルよ」

「ハイ、レイチェル。元気かい?」

「ええ、元気よ」と彼女は答えた。「シェリルの番号にかけたつもりだったんだけど」

「ああ、これは彼女の電話だ」とロナルドは言った。彼はいつだってロナルドだった。ロンでもロニーでもロンスターでもなく。彼のことばづかいや堅苦しい態度を知るにはそれだけで充分だった。「きみの姉さんはちょうどシャワーを浴びおえたところでね。だからかわりに電話に出たんだ」

沈黙が流れた。

「ちょっと待っててくれれば」とロナルドは続けた。「姉さんと話せると思うけど」

「待ってるわ」

電話を置く音が聞こえた。頭の中ではアルコールがそっと渦巻いていたが、それでもレイチェルはしっかり自制できていると感じていた。ぼそぼそと話す声がして、姉が電話に出た。少し疲れているようだった。

「ハイ、レイチェル」

レイチェルがロナルド・ドリーズンを毛嫌いするのは過剰な反応で不当だと思う人もいるかもしれない。おそらくそのとおりだろう、もちろん。それもこれもシェリルのせいだ。彼女があの男を自分の人生に招き入れたタイミングが悪すぎた。

「ハイ」レイチェルはどうにか答えた。

電話の向こうで姉が顔をしかめるのがわかった。「どうかしたの？」

「なんでもない」

「飲んでるの？」

沈黙。

「何があったの？」

モーテルの部屋に戻ってきてから、どうやって話そうかと頭の中で何度も予行練習をしていたのに、いざそのときが来たらすべて飛んでしまった。「どうしてるかなと思っただけ。体調はどう？」

「すごくいい。つわりも治まったし。火曜日に超音波検査を受ける予定」

「よかった。その検査で生まれてくる子の性別がわかるの？」

「ええ。でも、心配しないで。性別披露パーティはしないから」

レイチェルはささやかな幸運に感謝した。それから声に出して言った。「順調みたいね」

の？」

「ええ。すばらしく順調よ。そろそろ時間稼ぎをやめて、話す気になった？　何があった

　レイチェルは写真を取り上げた。アイリーンとバッグス・バニーと少年の横顔が写ったその写真をじっと見た。面会室の仕切り板越しに見たデイヴィッドの傷だらけの顔が瞼《まぶた》に浮かんだ。彼が顔をかすかに横に傾け、写真に触れようと指を伸ばした様子が思い出された。虚《うつ》ろな眼に浮かぶ剝き出しの忘れがたい痛みを思った。やはり彼女は正しかった。今のデイヴィッドには何もない。が、シェリルには今もまだ人生がある。シェリルが負った心の傷は計り知れない。息子を失い、それが夫のせいだと知ったのだから。そんな彼女の人生をおそらくはなんの根拠もないことで、ひっくり返すのはフェアではない。

「ねえ」とシェリルが言った。「聞いてる？」

　レイチェルは息を呑んで言った。「電話じゃ話せない」

「ええ？」

「直接会って話したい。できるだけ早く」

「悪い話みたいでなんだか怖いわ、レイチェル」

「そんなつもりじゃないの」

「わかった。だったら今すぐこっちに来て」

「それはできない」

「どうして？」とシェリルは訊いた。

「今は外にいるの」

「どこにいるの？」

「メイン州。ブリッグズ郡」

息がつまりそうな沈黙が流れた。レイチェルは電話をぎゅっと握りしめ、眼を閉じて待った。しばらくしてようやくシェリルが言った。苦悩に満ちた、囁くような声だった。「わたしにどうしてほしいの？」

「明日帰る。うちに来て。夜の八時に。ロナルドは連れてこないで」


ブリッグズでは昼と夜の境目があいまいだ。

刑務所は〝十時消灯〟と決まっているが、薄暗くなるだけで真っ暗にはならない。それはいいことかもしれないが。私にはどちらともわからない。全員独房にいるので、歩きまわってほかの者たちの邪魔をすることはない。私の独房には電気スタンドがあるので、夜遅くまで本を読んで過ごせる。刑務所では好きなだけ読んだり書いたりできると思うかもしれないが、最初に暴行を受けたあとから眼が見えづらくなったこともあり、あまり集中できない。読むにしろ、書くにしろ、始めて一時間も経つと頭痛がしてくる。体の問題だけではないのかもしれない。心身症とかそういう病気なのかもしれない。自分ではよくわからないが。

今は薄っぺらな枕に頭をのせ、頭の下で手を組んで寝そべっている。ここに来てから初めて心の水門を開け、マシュウを呼び込む。空想をやめようとはしない。ブロックすることもフィルターをかけることもしない。ただ流れ込んできて、私を取り囲むのに任せる。その中にどっぷり浸る。父のことを思う。かつて母と一緒に過ごした寝室で、いつ息を引き取ってもおかしくない状態で寝ている父。それから、八歳のときに亡くなった母のことを思い、いまだにその喪失から立ち直っていないことを実感する。顔は思い出せない。もう何年もまえから母の姿を思い描けなくなっていて、記憶よりピアノの上に飾ってある写真で覚えている。ソフィおばさんのことを思う。母が死んだあと私を育ててくれた、やさしくて思いやりのある大好きなソフィ。私がどこまでも愛している天使のようなソフィ。今はそのおばがあの家につなぎ止められ、父の最期を看取《みと》ろうとしている。

独房のドアのそばで音がして、私は顔を起こす。

ここでは夜間に物音がするのは珍しくない。背すじが凍るような、逃げ場のないおそろしい音がしょっちゅう聞こえる。この翼棟に収容されている受刑者はよく眠れない者が多い。眠りながら叫び声をあげる者もいる。体内時計の昼夜が逆転していて、鉄格子越しにひたすらおしゃべりしている者もいる。吸血鬼みたいに夜どおし起きていて、昼に寝る。それの何が悪い？　そもそもここには夜も昼もないのに。ほんとうの意味での夜も昼も。

言うまでもないが、慎みより自らの性欲を誇示するかのように堂々とマスターベーションをする者もいる。

が、今聞こえた音はそのどれでもない。だから私も思わず顔を起こしたのだ。ほかの房からでも、看守でも、雑居房からでもない。確かに私の独房のドアから聞こえた。

「ハロー？」

懐中電灯の明かりが私の顔を照らし、束の間まぶしさで何も見えなくなる。私はそれが気に入らない。まったくもって気に入らない。手を掲げて光をさえぎり、眼を細める。

「ハロー」

「静かにしろ、バロウズ」

「カーリー？」

「静かにしろと言ってるだろ？」

何が起きているのかまるでわからない。だから、言われたとおりにする。ブリッグズ刑務所の独房の鍵は昔ながらの錠前ではない。私の独房にもドアを閉めると自動的にロックがかかる電子式の〝スラムロック〟が使われている。看守の詰所にあるレヴァーで制御する仕組みになっていて、鍵で開けるのは非常時だけだ。

カーリーは今、その鍵を使ってドアを開ける。

鍵が使われるのを私は初めて見る。

「何事だ？」と私は尋ねる。

「これからおまえを医務室に連れていく」

「その必要はないよ」と私は答える。「どこも悪くないから」

「おまえが決めることじゃない」とカーリーはほとんど囁くように言う。

「じゃあ、誰が決めるんだ？」

「ロス・サムナーが正式に苦情を申し立てた」

「で？」

「で、医者はおまえの怪我の具合を記録しなきゃならない」

「今すぐ？」

「忙しいとでも？」

相変わらず嫌みな口調だが、声が強ばっている。

「もう夜も遅い」と私は言う。

「あとでいくらでも寝られる。さっさと立て」

ほかに選択の余地がないので、私は言われたとおり立つ。「よかったらおれの眼からその明かりをどけてくれないか？」

「つべこべ言わずに歩け」

「どうしてそんなに小声で話してるんだ？」

「おまえとサムナーのせいで所内はぴりついてる。また同じことが起きるのをおれが望んでると思うか？」

言い分は理に適っている。それでも、カーリーのことばはどこか空々しく聞こえる。だとしても、ほかに何ができる？　言われたとおりついていくしかない。気に入らないが、大したことではない。ちがうか？　素直に医務室に行く。医者と面談する。ひょっとしたら医務室のベッドで寝ているサムナーを見てにやりと笑ってやれるかもしれない。

独房がある区画を抜けて廊下を進む。遠くの雑居房から聞こえてくる叫び声がゴムボールみたいにコンクリートの壁に跳ね返って反響する。刑務所内の照明は落とされている。私の靴は受刑者に支給されるキャンヴァス地のスリップオンシューズだが、カーリーは黒い革靴を履いているので足音が床に響く。カーリーの歩調がゆっくりになる。私もそれに倣う。

「そのまま進め、バロウズ」

「ええ？」

「とにかく歩け」

カーリーは私の半歩うしろにとどまる。廊下には私たちのほかに誰もいない。うしろをちらりと見ると、カーリーが顔面蒼白になっている。眼が光り、下唇が震えている。まるで泣いているみたいだ。

「大丈夫か、カーリー？」

彼は何も答えない。私たちはチェックポイントを通過する。が、看守はどこにもいない。

妙だ。カーリーがキーホルダーのようなものでゲートの鍵を開ける。T字路に差しかかると、彼は私の肘をつかんで右方向に誘う。

「医務室は反対だけど」と私は言う。「さきに書類に記入しなくちゃならない」

さらに廊下を進む。監房から聞こえていた音が遠のいていき、やがて聞こえなくなる。しんと静まり返り、カーリーの苦しそうな息づかいまで聞こえる。見覚えのない場所だ。ここには来たことがない。ここに監房はなく、シャワールームの仕切りのような石目調のガラス戸がある。所長のフィリップのオフィスのドアもこんな感じだった。どうやらここは上級職員のオフィスらしい。誰かが書類の記入を手伝ってくれるのだろう。が、ガラス戸の向こう側には照明がついていない。私たちのほかには誰もいないとしか思えない。

ふと、それまで気づいていなかったことに気づく。

カーリーが手袋をしていることに。

黒いゴム手袋だ。看守が手袋をつけることはめったにない。なのに、どうして今はつけているのか？　どうして今夜にかぎって手袋をしているのだろう？　私は本能や野性の勘に従って行動するタイプではない。そういうものに従った結果、まちがった方向に進んでしまうというのはよくあることだ。が、すべてを考え合わせてみると――本能、直感、不自然な時間帯、呼び出された理由、カーリーの手袋、医務室へ行くのとはちがう通路、カーリーの様子、彼のふるまい――そういうあれこれを考え合わせると、確実に何かがおかしい。

数日まえなら気にもとめなかったかもしれない。が、今はあらゆる状況が変わっている。

「まっすぐ進め」とカーリーが命じる。「一番奥の左のドアだ」

鼓動が胸を叩く。まっすぐまえを見て、奥の左側のドアを見つめる。やはり石目調のガラスのドアだ。その部屋にも明かりはついていない。

悪い予感がする。

私はそこで立ち止まる。すぐうしろにカーリーがいる。彼も動く気配がない。背後からかすかに音が聞こえる。ゆっくり振り向くと、彼の顔が涙で濡《ぬ》れている。

「大丈夫か?」と私は訊く。

そのとき、鋼《はがね》が光るのが見える。

その刃が私の腹をめがけてまっすぐ突き出される。

考えている暇はない。とっさに反応する。体を横に傾けて攻撃をかわし、刃に向かって腕を振り下ろす。刃はぎりぎりのところでコースをはずれる。右腕からほんの数センチの場所を通過する。カーリーが急いで刃を手元に引き寄せ、私の右腕を切りつける。血が噴き出すが、痛みは感じない。今はまだ。

私はうしろに飛びのく。カーリーとの距離は一メートルほどしかない。どちらも身を低くしてファイティングポーズを取る。

カーリーは泣いている。『ウエスト・サイド・ストーリー』に出てくる哀れな男みたいに手に持った刃を突き出している。顔は汗と涙で覆われている。

「すまない、バロウズ」

「なんの真似だ？」

「ほんとうにすまない」

カーリーは刃をしっかり握り直す。私は腕を押さえ、指先まで流れ落ちる血を止めようとして言う。

「やめろ」

しかし、カーリーの耳に私のことばは届かない。彼は突進してくる。私はうしろに飛びのく。耳の中でざわざわとした音がする。どうすればいいかわからない。ナイフの喧嘩には慣れていない。

だから、一番単純な方法を取る。

「助けてくれ！」とできるかぎり大声で叫ぶ。「誰か、助けてくれ！」

誰かが助けにきてくれるとは思っていない、もちろん。ここは刑務所で、私は受刑者だ。ここでは四六時中誰かが狂ったようにおかしなことを叫んでいる。それでも、私が急に大声を出したことで、一瞬カーリーの動きが止まる。その隙を突く。彼に背を向け、一目散に廊下を走り、もと来たほうに戻る。カーリーも追ってくる。

「助けてくれ！　殺される！　助けてくれ！」

うしろは振り返らない。彼が近くまで迫っているのか、まだ離れているかはわからない。ひたすら脚を動かし、叫びつづける。眼のまえに突きあたりが迫る。さっき通過したチェックポイントだ。そこには誰もいない。

ゲートに体あたりする。ゲートは開かない。今度は引いてみる。

やはり開かない。鍵がかかっている。

「助けてくれ！」

肩越しにうしろを見る。カーリーが近づいてくる。完全に追い込まれた。振り返って正面から彼に向き合う。助けを呼びつづける。カーリーが立ち止まる。私は彼の表情を読もうとする。混乱、苦悩、怒り、恐怖。それらが全部交ざった顔をしている。恐怖はほかのどんな感情にも勝る。私はそのことを知っている。彼は恐れている。その恐怖から逃れるには、私を黙らせるしかない。

どんな理由でこんなことをしたにしろ、どんな疑念を抱いているにしろ、彼は生き延びなければならない。自分を救い、なにより私欲を満たさなければならない。その欲望に敵《かな》うものはない。

その欲望は私を殺すことで叶えられる。

ほかに逃げ道がなく、私はもう一度ゲートに体あたりする。カーリーが突進してくる。が、そのとき私の背後から声がする。「いったい何事だ？」

安堵《あんど》が血管を伝い、全身に行き渡る。声がしたほうを向いて、カーリーに殺されかけたと訴えようとする。そのとき固い塊が頭を直撃する。私は膝からくずおれ、闇に呑み込まれていく。

何も見えなくなる。

8

シェリルはコーヒーを入れたカップと朝刊の一部を持って、キッチンの一角にある朝食コーナーに行き、ロナルドの向かいに坐った。毎朝六時にそうするのが幸せいっぱいのシェリルの日課になっていた。彼女とロナルドはそろいのガウンを着ていた。大ぶりな厚手の襟とカフスボタンがついたコットン百パーセントのガウンで、アリゾナ州スコッツデールにある高級ホテル〈フェアモントプリンセス・ホテル〉に滞在したときに、ロナルドがオーダーしたものだ。

最近は新聞を電子版で読む人も多いが、ロナルドは毎朝自宅に配達される昔ながらの紙の新聞に固執していた。シェリルはビジネス欄から読むのが好きだったが、彼は一面から順に読んだ。シェリルにはそうする理由がわからなかった。ビジネスの世界のことはよく知らなかったが、それでもビジネス欄を読んでいると活発な動きが感じられて、メロドラマを見ているような気分になれるのが好きなのだ。ただ、今日はどんなに集中しようとしても、少しも頭にはいってこなかった。文字が意味をなさない波のようにただ流れていくだけだった。いつもなら読んでいる記事についてまるで実況中継でもするかのようにコメントしつづけるロナルドも――シェリルにとってはそれが愛《いと》しくもあり、同じくらい煩わしくもあるのだが――今日はやけに静かだった。今日の彼はただじっと彼女を観察していた。彼女にもそれはわかった。

昨夜は妹からの電話が気になってよく眠れなかった。ロナルドも何があったのか知りたいにちがいないが、あえて訊こうとはしなかった。詮索すべきときと黙ってやり過ごすときを見きわめる感覚に彼はすぐれている。それは彼の長所だ。

「最初の患者の予約は何時だい？」と彼は尋ねた。

「九時よ」

シェリルは週三日、朝九時きっかりから患者の診察をしていた。平日の残りの二日は手術の日だった。彼女は臓器移植を専門とする外科医だ。現在、数ある医療分野の中でももっとも興味深い分野だと言えるだろう。彼女の専門分野は主に腎臓と肝臓の移植で、リスクも難易度も高い。が、ほかの外科手術とちがって彼女の患者はたいてい何年にも及ぶ術後の経過観察が必要となるため、手術の成果を自分で確認することができる。移植外科医になるには、まず一般外科からスタートし（シェリルはボストン総合病院に六年勤務した）そして一年の研修、さらにその後、移植外科で特別研究員として二年研修を積まなければならなかった。信じられないほど困難な道のりだった。が、あの不幸な出来事のあと、悲劇とその余波に翻弄されたあと、彼女にとってはこの医療の世界——専門知識と医師という職業と強い使命感と患者——が支えとなった。

立ち直れたのは仕事のおかげだった。それにロナルドのおかげもあった、もちろん。

シェリルは夫と眼を合わせて微笑んだ。夫も笑みを返した。夫が心配していることは彼女にもわかった。ハンサムな顔にはっきりそう書かれていた。彼女は小さく首を振った。なんでもない、心配しないでというふうに。実際はなんでもなくはなかったが。

レイチェルはどうしてブリッグズ刑務所に行ったのか？

答は聞くまでもない。デイヴィッドに会うためだ。見方によってはなんでもない。そう、何をしようと彼女の自由だ。デイヴィッドとレイチェルは昔から仲がよかった。デイヴィッドが収監されてもうすぐ五年になる。充分時間が経った。レイチェルはそう考えたのかもしれない。もしかしたら、彼に手を差し伸べるべきだと思ったのかもしれない。支援とまではいかなくとも、彼にも支えてもらう権利はある。そう考えたのかもしれない。あるいは、ひょっとしたら、この一年のあいだに仕事とプライヴェートの両方でレイチェルが心に深い傷を負ったことを考えると、ずっと彼女と彼女の夢を信じてくれていた人を訪ねることで、なんと言うか、慰めになると思ったのかもしれない。

いや、それはちがう。

きっと何か理由があったはずだ。シェリルが外科医であることに喜びを感じているのと同じように、レイチェルはジャーナリストの仕事を愛していた。その仕事を一瞬にして失った。その仕打ちが公正であろうとなかろうと。今の彼女は以前とはちがう。単純に言えば、傷ついている。その経験が彼女を変えた。いいほうにではなく。以前のレイチェルは頼りになる存在だった。が、今の彼女は何をするにしても、シェリルとしては疑問に思わずにはいられない判断をする。

それにしても、どうしてブリッグズ刑務所なのか？

おそらくデイヴィッドが彼女にとって再起のチャンスになると思ったのだろう。デイヴィッドはメディアの取材には応じなかった。今も応じていないはずだ。あの恐ろしい夜に何があったのか、自分の言い分を語ろうとはしなかったし、彼なりの理屈を主張しようともしなかった。そんなものがあるとすればだが。

それがレイチェルの魂胆かもしれない。彼女は今も根っからのジャーナリストだ。デイヴィッドを気づかうふりをして会いにいったのかもしれない。レイチェルは相手に寄り添って話に耳を傾け、心を開かせるのが得意だ。彼女ならデイヴィッドから話を聞き出せるかもしれない。実際の犯罪を扱うポッドキャストで特集が組まれるような話を聞き出し、それが大ニュースになる。もしかしたら、ほんとうにもしかしたらだが、それをきっかけにプロのジャーナリストとしての立場を復活させ、〝終わった〟人から脱却しようとしているのかもしれない。

でも、とシェリルは思う――あのレイチェルがほんとうにそんなことをするだろうか？ 実の妹である彼女が、ジャーナリストに復帰したいがために、あの恐ろしい事件を蒸し返し、(外科医の用語で言うなら)せっかく縫合されたシェリルの傷口を引き裂くような真似をするだろうか？ レイチェルはそこまで冷血な人間なのか？

「今日の気分は？」とロナルドが訊いてきた。

「最高よ」

彼は彼女に微笑んで言った。「私の妻はスーパーホットな妊婦だなんて誉《ほ》めことばは陳腐《コーニー》かな、それともロマンティック？」

「どっちでもない」と彼女は言った。「どっちかっていうとムラムラして《ホーニー》、やりたがってるって感じ」

ロナルドは驚いたふうを装い、胸に手をあてた。「私が《モワ》？」

シェリルは首を振って言った。「男はみんなそうよ」

「おれたちはわかりやすい生きものなんだ」

彼女は妊娠していた。この世でこれほどすばらしいことがあるだろうか？　しかも今回は以前よりずっとたやすかった。ロナルドはまだ彼女を見ていた。シェリルは努めて笑顔をつくった。ふたりは昨年、この家のキッチンをリフォームしていた。壁を壊してスペースを五メートルほど広く取り、マッドルーム（裏庭を歩いて足が泥《マッド》だらけになったときに泥を落とす場所のことだ）をつくった。床から天井まで高さのある窓に替え、ヴァイキング社製の六口コンロとノースランド社製のマスターシリーズの巨大な冷蔵冷凍庫を入れた。キッチンのデザインはロナルドが考えた。

彼は料理が得意だった。

もっと単純に考えればいいのかもしれない。シェリルはそう思った。かつての義理の兄にそろそろ手を差し伸べてもいい頃合いだ。レイチェルはそう思っただけなのかもしれない。

そういう思いにはシェリルも共感できなくはなかった。彼女自身、あのときは夫のそばにいたではないか？　捜査の手が彼に及んだときも、夫を信じていたではないか。デイヴィッドがマシュウを傷つけるなんて、そんな馬鹿げたことがあるわけがない。当時の彼女なら、息子を無残に殺したのは夫ではなく宇宙人だと言われても信じただろう。

しかし、証拠が積み上げられていくと疑念が肌の下に沁《し》み込み、どんどんふくらんでいった。あの頃、ふたりの夫婦関係はもう何ヵ月もうまくいっていなかった。彼らの結婚生活は急降下する飛行機のようだった。まだ制御できる、墜落は防げる。彼女は自分にそう言い聞かせていた。ふたりは長いときをともに過ごしてきた。リヴィア高校の三年生だったときからのつきあいだ。いいときも悪いときもいつも一緒だった。それでずっとうまくやってきた。が、あのあともうまくやっていけていたと言えるだろうか？

あのときが分岐点だ。これは互いの信頼の問題だ。ひとたびディヴィッドが彼女に対する信頼を失うと、今までどおりにはいかなくなった。そして、彼女のほうも彼を信頼できなくなって……

彼に疑惑が向けられるようになっても、シェリルは協力的な態度を装った。が、ディヴィッドは彼女の心を見通していた。その結果、彼女を突き放した。そのときのショックは耐えがたいほど重くのしかかった。裁判が近づき、法廷で驚きの事実が明かされる頃にはふたりの結婚生活はもう終わっていた。

とどのつまり、マシュウを殺したのはディヴィッドだった。そして、その理由の大部分はシェリルにあった……

ロナルドがたてたコーヒーをすする下品な音に彼女は驚いて顔を起こし、陽あたりのいい朝食コーナーに引き戻された。カップを置いてロナルドが言った。

「いい考えがある」

彼女は笑顔をつくって顔に張りつけた。「どんな考えかもうわかりきってると思うけど」

「今夜、〈アルバーツ・カフェ〉で食事しないか？　ふたりだけで」

「それは無理」

「どうして？」

「話さなかった？　今夜はレイチェルと約束があるの」

「いや、聞いてない」と彼は言った。

「大したことじゃないんだけど」

「彼女は大丈夫なのかい？」

「ええ、たぶん。ただ、家に来てくれって。しばらく会ってないからって」

「確かに」と彼も認めて言った。

「だから、仕事が終わったら寄ってこようと思うの。かまわないかしら」

「もちろん、かまわないよ」とロナルドはいくらか大げさに強がって言った。それから新聞を手に取って勢いよく広げ、また読みはじめた。「愉しんでおいで」

内から怒りがわいてきた。どうして？　どうしてレイチェルはわたしにこんな仕打ちをするの？　デイヴィッドを赦したいならそうすればいい。ええ、けっこうよ。でも、どうしてわたしを巻き込むの？　よりによってわたしが新しい命を授かり、人生をやり直そうとしているこのときに。あんな電話をかけてきたらどれだけ負担になるか、それくらいわかるはずなのに。それなのにどうしてこんなことをするの？

その疑問がシェリルをひどく困惑させた。レイチェルはいい妹だ。最高の妹だ。お互いずっと支え合って生きてきた。いつも。いつまでも。いいときも悪いときも。ずっとそうだった。シェリルのほうが二歳年上だが、レイチェルのほうが――少なくとも最近までは――慎重で過保護な姉のようだった。マシュウが殺されたあと、シェリルは文字どおり寝込んでしまった。ベッドから這《は》い出すためにシェリルがどれほど仕事に打ち込んだか。レイチェルはそのことを知っていた。デイヴィッドのことは、まあ、率直に言えば、自分の人生からも思考からも切り離した。自分のことだけを考えてまえに進むために。彼女は人生からデイヴィッドを抹消した。

でも、マシュウは……

そう、それはまた別の問題だ。

愛しいわが子のことを忘れるなど無理だ。絶対に。何があろうとも。一瞬たりとも。彼女にはそれがわかっていた。過去に置き去りにできるようなことではない。一生抱えて生きていかなければならないことだ。たとえそれがどれほど痛みをともなったとしても。その痛みに抗うことはしない。痛みを遠ざけようとはしない。受け入れて自分の一部にする。

そうするしかないからだ。

マシュウのことを覚えているより辛いのはマシュウをほんとうに忘れてしまうことだけだ。ついうめき声が洩れそうになる。シェリルは慌てて手のひらのつけ根で口を押さえつけて声を押し殺した。こんな気持ちになるのはこれが初めてではなかった。悲しみは正面から襲ってくることはめったにない。むしろ、予期していないときにこっそり忍び寄ってくる。ロナルドは坐ったまま姿勢を変えたが、顔を上げることも問いかけてくることもなかった。彼女はそれがむしろありがたかった。

またしても同じ疑問が首をもたげてきた。レイチェルはいったいわたしに何を伝えようとしているの？

妹は芝居がかった演出をするような人間ではない。きっと重要な話なのだ。とても。それにはおそらくデイヴィッドが関係している。

いや、関係しているのはきっとマシュウだ。

9

「グッモーニン、スターーーシャーーーーイン。地球が挨拶して……」

私は死んだ。死んで地獄にいるにちがいない。真っ暗だ。ロス・サムナーが歌っている。ミュージカル『ヘアー』の歌を永遠にもとどおりにできないほどぶち壊している。頭が割れるように痛い。まるで額に木槌《きづち》で杭《くい》を打ち込まれているみたいだ。暗闇に光が射してくる。まばたきする。

ロス・サムナーが歌っている。「あなたははるか上空で輝き、わたしたちはこの地上で……」

「黙れ！」と誰かが彼に向かって怒鳴る。

私は意識の海を泳いで海面から顔を出す。眼を開くと、頭上に備え付けられた蛍光灯の光が飛び込んでくる。起き上がろうとするが、動けない。疲労や痛みや怪我のせいではない。左を向く。手首がベッドの柵に手錠でつながれている。右手も両足首も。よくある四点拘束だ。

サムナーは狂ったように笑い、はしゃいでいる。「ああ、なんていい歌だ！　喜びがあふれてくる！」

視界はまだぼやけていてよく見えない。ゆっくりと息を吸い、まわりをよく見る。緑がかった灰色のコンクリートの壁。ベッドがたくさんあるが、私とサムナーのベッド以外は使われていない。サムナーの顔は今もぐちゃぐちゃにつぶれていて、折れた鼻の頭に絆創膏《ばんそうこう》が貼ってある。医務室。そうか、ここは医務室だ。とりあえず自分がどこにいるかはわかった。反対側を向くとベッドのそばに看守がいる。ひとりでもふたりでもなく三人。ふたりは見舞いにきた家族のようにベッドのそばに坐っている。もうひとりはそのうしろで行ったり来たりしている。

三人ともこれでもかというほど威嚇するような眼で私を睨《にら》みつけている。

「えらい目にあったもんだな」とサムナーが言う。「大変だ、大変だ」

まるで砂を噛んでいるみたいに口の中がざらつく。それでもどうにかかすれた声を出す。

「なあ、ロス」

「なんだ、ディヴィッド？」

「いかした鼻だな、このくそったれ」

サムナーの笑みが消える。

ほかの受刑者に怖がる素振りを見せてはならない。

もう一度看守がいるほうを見る。こいつらも同じだ。怖がっていると侮られてはいけない。たとえ相手が看守でも。ひとりずつ順に眼を合わせる。彼らの眼が怒りをたたえている。腑《ふ》に落ちない。彼らは当然のように何かに怒っている。でもって、その何かとは私らしい。

カーリーはどこにいる？　私は不思議に思う。

医者らしい女性が近づいてきて言う。「気分はどう？」どんな答が返ってこようとどうでもいいという口ぶり。そう思っていることを隠そうともしていない。

「頭がぐらぐらする」

「でしょうね」

「おれはどうしてここにいる？」

医者は相変わらず私を睨んでいる看守たちを見やる。「今それを調べているところよ」

「とりあえず拘束を解いてくれないか?」

医者は今度も身振りで看守のほうを示して言う。「わたしには決められない」

三人の看守の頑《かたく》なな表情を見る。好意のかけらも感じられない。医者は医務室を出ていく。

壁に文字盤が白く、針が黒い古い時計が掛かっている。その時計を見ていると、リヴィアのガーフィールド小学校にかよっていた頃を思い出す。黒い針をじっと見つめながら、もう少しだけ速く動いてくれないだろうかと願っていた頃のことを。

時計の針は八時を少しまわったところだ。おそらく夜ではなく朝だろう。が、ここには窓がないので正確なところはわからない。頭が痛い。何があったのか考えてみる。おそらく昨夜のこと、背後から声が聞こえたあの瞬間までに起きたことを思い出そうとする。声がしたとき助かったと思った。一番よく覚えているのはカーリーの表情だ。彼の顔に浮かんでいた恐怖とパニック。

いったい何があった?

歩きまわっている看守は背が高く、痩せていて、咽喉仏《ヒッチアップ》が異様にめだつ。本名はハルだが、みんなからヒッチと呼ばれている。始終ズボンを引っぱり上げているから。〝ハルはケツがない〟。そんなふうに言う受刑者もいる。そのヒッチが相変わらずすごんだまいきなり私に迫る。鼻がくっつきそうなくらい顔を寄せる。私は少しでも離れようと枕に頭を押しつける。そうしたところでなんの役にも立たないが。彼の息はひどいにおいがする。口の中にスナネズミがはいり込んで死んでしまい、そのまま朽ちているようなにおいだ。

「おまえはもうおしまいだ、バロウズ」と彼は顔を近づけたまま小声で言う。口臭がひどいと言い返しかけたものの、一瞬理性が勝って口をつぐむ。坐っている看守のひとり、いくらかまともなカルロスが同僚をたしなめる。「ハル」

ヒッチ・ハルはそれを無視してもう一度言う。「おまえはおしまいだ」

今ここで何を言ったところでよけいなひとことしか出てこないし、いい結果にならないのもわかっている。だから私は黙っている。

ヒッチ・ハルはまた歩きだす。カルロスともうひとりのレスターは坐ったままでいる。私は枕に頭を預けて眼を閉じる。

どう見ても私は丸腰なのに、両手と両足を拘束され、さらに三人の看守に見張られている。三人だ。

やりすぎとしか思えない。

いったい何があったのか？　カーリーはどこにいる？

おれはあいつに怪我でもさせたのか？

何もかも覚えているつもりだが、これまでの病歴を考えると、確信を持って断言できるだろうか？　私は意識を失ったのかもしれない。あのとき私の叫び声を聞いて駆けつけた看守がチェックポイントのゲートを開けるのが遅すぎたのかもしれない。もしかしたら、カーリーが私を打ち負かしたのではなく、私が彼の手から剃刀の刃を奪い取って、そのあと……なんてこった。

そんな想像が渦巻く中、大きな竜巻が現われ、ほかの考えを全部追いやる。息子は今も生きているのか？

頭を枕に押しあてたまま手足を引っぱってみる。やはりつながれている。無力感に苛《さいな》まれる。時間が過ぎていく。時間がどれくらい経っているのかまるでわからない。あれこれ考えても何も思いつかない。

壁に備えつけられた電話が鳴る。カルロスが立ち上がり、電話のところまで行って受話器を取り上げる。私に背を向け、低い声で話す。なんと言っているのか聞き取れない。ややあって彼は受話器を戻す。レスターとヒッチ・ハルが同時にカルロスのほうを向く。カルロスがうなずいて言う。

「時間だ」

ヒッチ・ハルが小さな鍵を取り出す。まず私の足錠をはずし、次に手錠をはずす。カルロスとレスターは私を見下ろすように立っている。私が逃げ出すとでも思っているのだろうか。言うまでもないが、私は逃げ出したりしない。手錠がはずされた手首をさする。

「起きろ」とヒッチ・ハルが吐き捨てるように言う。

めまいがする。ゆっくり起き上がる。ヒッチ・ハルから見れば、ゆっくりすぎるくらいの速さで。彼の手が伸びてきて私の髪をつかみ、引っぱり起こす。血が流れ落ちる。反射的に頭を引く。

「聞こえないのか」ヒッチ・ハルは食いしばった歯の隙間から唾を飛ばして言う。「起きろと言ったんだ」

彼はブランケットを払いのける。サムナーがまた笑いだす。ヒッチ・ハルは私の両脚を持ち上げて横に放り投げる。その勢いで私の体は回転し、足が床に着く。どうにか立ち上がる。脚がゴムになったみたいに力がはいらない。一歩踏み出すものの、その脚が着地するまえに糸の切れたマリオネットみたいによろめく。

サムナーがその様子を面白がって見ている。「ナーナーナー、ナーナーナー、ヘイヘイヘイ……」

頭蓋骨に痛みが響く。「どこに行くんだ？」と私は訊く。

カルロスが私の背中に手をあててそっと押す。つまずいて転びそうになる。

「行くぞ」と彼は言う。

ヒッチ・ハルとレスターが両側から私をはさむようにして立つ。私の腕を取り、肘の下の急所を思い切りつかむ。付き添うというより半ば私を引きずるようにして医務室を出る。

「どこに連れていくつもりだ？」

返事はない。かわりにサムナーが『ヘアー』のオープニング曲の一節のリフレインを歌いおえ、手を振る。「……グッバイ!」

頭をすっきりさせようとするが、蜘蛛《くも》の巣があちこちに頑なに引っかかっている。カルロスが先に立って歩く。レスターが私の左腕を、ヒッチ・ハルが右腕をつかんでいる。ヒッチ・ハルの眼にはわかりやすい憎悪が浮かんでいる。鼓動が高鳴る。今度はなんだ? いったいどこに向かってるんだ? そこで思い出す。

私は看守に殺されかけた。

重要なのはその点だ、ちがうか? カーリーが刑務所の人気《ひとけ》のない廊下に私を連れ出し、剃刀の刃で切りつけてきた。傷を負った腕には分厚い包帯が巻かれているが、まだ傷がずきずきと脈打っている。

私たち一行は重い足取りで廊下を進み、金網で覆われた電球が一列に並ぶトンネルを通る。歩いたおかげで気分がよくなる。頭がすっきりしてくる。完全にではないが、それでも充分だ。トンネルを抜け、階段に向かう。窓から陽が射し込んでいる。やはり時計が示していたのは朝の八時だった。夜ではなく。それなら理屈が通る。案内表示を見て管理棟にいるとわかる。静まり返っている。それもそのはず。勤務時間は九時からだ。それも私は知っている。

それなのに、ここで何をしようというのか?

何かしてみようかと考える。私がここにいることを誰かに知らせるために。が、そんなことをしてなんになる? さっきも言ったが、今は朝の八時だ。ここにはまだ誰もいない。

カルロスが閉じたドアのまえで立ち止まる。ノックすると中からくぐもった声が「はいれ」と言うのが聞こえる。カルロスが取っ手をまわす。ドアが開く。私は室内をのぞき込む。

カーリーがそこにいる。

胃が締めつけられる。あと戻りしようとするが、ヒッチ・ハルとレスターに腕をつかまれていて動けない。まえに押し出される。

カーリーが私を見すえて言う。「このクソが」

眼が合う。カーリーは虚勢を張っているが、私にはわかる。彼は今もまた怯《おび》えていて、泣きそうになっている。私は何か言い返そうとする。どうして私を殺そうとしたのか問い質《ただ》そうとする。が、やはり思いとどまる。そんなことをして何になる? いったい何が起きてるんだ?

そのとき聞き慣れた声がする。「テッド、もういい」

安心感が血管を通って全身をめぐる。

部屋をのぞき込んで右を向く。フィリップおじさんがいる。

助かった。

フィリップと眼を合わせようとするが、彼は私をちらりとも見ない。青いスーツを着て、赤いネクタイを締めている。いっとき窓ぎわに立っていたが、やがて部屋を横切り、カーリーの手を取って握手する。

「協力に感謝する、テッド」

「とんでもないです、所長」

フィリップ・マッケンジーの視線は私を通り越し、付き添ってきた三人の看守に向けられる。「この受刑者については私が対処する」と彼は言う。「きみたちは持ち場に戻って通常の業務にあたってくれ」

カルロスが答える。「わかりました、所長」

それまでまるで気づいていなかったのだが、私は背中が開いた薄っぺらな入院着しか着ていない。靴下は履いているが、それも患者用のものだろう。キャンヴァス地の靴は履いていない。ほとんど裸のような状態で、なんだか急に自分がさらし者になったような気分になる。が、どのみち彼らにとって——それを言うなら誰にとっても——今の私は脅威でもなんでもない。

カーリーが私のほうに歩いてくる。いや、向かう先は私なのかドアなのかはよくわからないが。近くまで来ると歩調をゆるめ、とことん強がった目つきをする。が、何かしようというわけではない。ただの見せかけだ。

この男はビビっている。

カーリーがドアのところまで来ると、フィリップが呼び止める。「テッド?」

カーリーは振り返り、所長のほうを向く。

「この受刑者は今日一日私と過ごす。今日の当番は誰だ？」

「私です」とカーリーは答える。「三時までのシフトです」

「昨夜は寝てないんじゃないのか？」

「大丈夫です」

「ほんとうに？　シフトを交代してもいいぞ。誰もきみを責めたりしない」

「働いてるほうがいいです、所長。それでかまわなければ」

「それならけっこう。この受刑者との面談が終わるのは、きみのシフトが明けたあとになるかもしれない。それならそれでかまわない。次の担当者にそう引き継いでくれ」

「わかりました、所長」

そう言って、カーリーは部屋を出ていく。ヒッチ・ハルが仲間同士の挨拶がわりに彼の背中を軽く叩く。フィリップはまだ私のほうを見ようとしない。カーリーとヒッチ・ハルが廊下を歩いていく。レスターがそのあとに続く。カルロスがドアから顔を突っ込んで訊く。

「私はここに残るほうがいいですか、所長？」

「今はいい、カルロス。報告が必要なときは連絡する」

カルロスは私を見て、それからまたフィリップに視線を戻して言う。「わかりました」

「カルロス？」

「はい?」

「ドアを閉めていってくれ」

「わかりました、所長」

カルロスはうなずいてドアを閉める。フィリップと私はふたりきりになる。私がまだ何も言わないうちに、フィリップは身振りで坐るように示す。言われたとおり坐る。フィリップは立ったままでいる。

「テッド・ウェストンの話では、おまえは昨夜彼を殺そうとしたとか」

驚きのあまり声も出ない。

フィリップは腕を組み、机のまえに寄りかかる。「おまえは仮病を装って医務室に連れていってもらえるようにした。彼はそう言っている。ロス・サムナーという受刑者と乱闘になって怪我をしてたんで、おまえの嘘を信じてしまった。テッドはそう言っている」

フィリップは右を向き、机に置かれた剃刀の刃を指差す。昨夜、カーリーが持っていたものだろう。証拠品用のビニール袋に入れられている。「誰もいない場所まで行くと、おまえがこれを取り出して、彼を刺そうとした。テッドはそう言っている。取っ組み合いになって、彼はどうにかおまえから武器を奪おうとした。そのときおまえの腕を切ってしまった。おまえは廊下を走って逃げた。別の看守が騒ぎに気づいて駆けつけ、おまえを取り押さえた」

「それは嘘だ、フィリップ」

　彼は何も答えない。

「どうしておれがそんなことをしなきゃならない？」

「さあ、動機はわからない。おまえはここに来て、刑務所から出してくれと言っていたな？」

「それが何か……？」

「おまえは切羽詰まってたのかもしれない。めだつ受刑者と乱闘騒ぎを起こして――」

「あのサイコパスが飛びかかってきたから――」

「乱闘のせいで医務室に行くことになった。それも脱獄計画の一部だったのかもしれない。おれにはわからないが。医務室に行ったときにサムナーから凶器を奪ったのかもしれない。あるいは、彼と共謀していたか」

「フィリップ、カーリーは嘘をついてる」

「カーリー？」

「ここではそう呼ばれてるんだよ。おれはやってない。あいつがおれを起こしにきて、おれは廊下に連れ出されたんだ。あいつのほうがおれを殺そうとしたんだ。あいつから逃げようとして怪我をしたんだ」

「わかった。よかろう。おまえは、おれが、いや、世界じゅうが、十五年間、懲罰記録もなく真面目に働いてきた看守より子殺しで有罪になった男のことばを信じると思っているようだが」

私はいっとき黙り込む。

「昨日、おまえの親父さんに会ってきた」

「ええ？」

「ソフィにも会った」

そこで彼は眼をそらす。

「ふたりはどんな様子だった？」

「親父さんはもう話すこともできない。息を引き取るのはもう時間の問題だろう」

おれは首を振って言う。「どうして会いにいったんだ？」

彼は何も答えない。

「よりによって昨日という日に。どうしてリヴィアに行ったんだ、フィリップ？」

フィリップはドアのほうへ歩きだす。「ついてこい」

どこに行くかは訊かない。立ち上がり、黙って彼についていく。廊下を進み、階段を降りる。横に並んで歩く。フィリップは背すじを伸ばし、まっすぐまえを向いている。まえを向いたまま言う。「おまえを取り押さえたのがカルロスでよかった。おまえは運がよかった」

「ええ？」

「カルロスはすぐに私に連絡してきた。騒動を報告するために。私はすぐさまカルロスを含めて三人の看守におまえを二十四時間監視するように命じた」

私は立ち止まり、フィリップの袖を引っぱって言う。「誰かがおれにとどめを刺さないように。おれが殺されてしまうのが心配だったからか？」

フィリップは袖をつかんでいる私の手を見る。私はゆっくりと手を放す。

「危険が完全になくなったわけじゃない」と彼は言う。「独房に監禁しても、急いでほかの刑務所に移送しても、おまえを恨んでいる看守はおまえを亡き者にしようとする。それにロス・サムナーとサムナー家の財産もいまやおまえの敵だ。それらを考え合わせるといい結果になるとはとても思えない」

「だったらおれはどうすればいい？」

フィリップは答えるかわりに所長室のドアを開ける。私が彼に面会した部屋だ。アダムがいる。きちんと警察官の制服を着たフィリップの息子のアダムがそこにいる。その姿を見て胸が高鳴る。こんなに胸が熱くなるのはいつ以来だろう。しばらく親友をただじっと見つめる。アダムが微笑んでうなずく。これは現実だ、眼のまえにいるのは本物のおれだと示すように。あの頃の記憶が甦《よみがえ》る。リヴィア高校のロッカールームでバスケットボールの練習の準備をしていたときのこと、〈フレンドリーズ〉でハンコック姉妹とダブルデートしたときのこと、フェンウェイ・パークの外野席の最後列に陣取って、レッドソックスの敵チームのレフトの選手に野次を飛ばしたときのこと。

アダムが腕を広げて一歩まえに出る。そして、私を力強く抱きしめる。私は彼に身を預け、涙がこぼれないように眼をきつく閉じる。脚の力が抜ける。アダムが支えてくれる。こんなふうに全身で愛情を感じるのはいつ以来だろう？　五年ぶりだ。最後に私のことをほんとうに思いやってこんなふうに抱いてくれたのは誰だったか？　そう、父だ。陪審が有罪の判決をくだした日のことだ。その父が今は死の床にある。しかし、私が誰より愛したその父でさえ、わずかにためらっているのが感じられた。父は私を愛していた。それでも抱きしめているのは、果たして息子なのかモンスターなのか、確信が持てずにいるのがわかった。それはただ私がそう思っただけのことかもしれないが。

が、アダムの抱擁にはそういう疑いは微塵《みじん》も感じられない。

私が体を離すと、彼はようやく私を解放する。私はうしろにさがる。声を出せそうにない。

フィリップがドアを閉め、息子の隣りに立って言う。

「計画がある」

10

「計画？」

フィリップ・マッケンジーは息子のアダムにうなずいてみせる。

「おまえはこれからおれになる」とアダムが言う。

「ええ？」

「もっと入念に計画したいところだが」とフィリップが言う。「さっき話したとおりだ。おまえがこれ以上ここにいたら、どんなに手を尽くしても守りきれない。悪い結末になるのは眼に見えてる。だから、今すぐ行動しなきゃならない」

アダムが制服を脱いで渡して寄こす。「おれが持ってる中で一番小さいサイズを着てきた。これでもおまえには大きすぎるだろうけど」私は彼が脱いだシャツを受け取る。アダムはズボンのベルトをはずす。

「手短に説明すると」とフィリップが続ける。「おまえはおれたちをはめるんだ、デイヴィッド」

「はめる？」

「おまえはここに来て初めておれに会いにきた。その面談はちゃんと記録に残ってる。そのときおまえは更生したいと言った。洗いざらい白状して罪を償いたい、涙ながらにそう訴えた。その手助けをしてほしい。おまえはそう言った」

私は入院着を脱ぎ、アダムの白いTシャツを頭からかぶる。その上に警察の制服を着る。

「続けてくれ」

「おまえは昔からの友達のアダムをここに呼んでくれとおれに頼んだ。第一歩として、自分の話を聞いてくれて、自分を受け入れてくれる人に話したかったから。おれは古い友人――おまえの父親――に義理があったんで、おまえの話を信じた。深い闇の底からおまえを引き上げ、真実を聞き出せる者がいるとしたら、アダムをおいてほかにいない。そう思った」

アダムが私にズボンを渡す。顔が笑っている。

「だから、今日は長時間の面談ということにした。さっき看守に話したとおりだ。おまえとアダムは今日一日一緒に過ごす予定になっている」

アダムのズボンは長すぎるので、裾をまくって折る。

「ただ、おれはおまえが銃を持っていることは知らなかった」

私は眉をひそめて訊き返す。

「銃？」

「そうだ。おまえはその銃をおれたちに突きつけた。アダムに制服を脱ぐように命じて、そのあと縛ってクロゼットに閉じ込めた」

アダムは笑って言う。「おれは暗い場所が苦手なんだけど」

私も笑う。そう言えば、子供の頃、アダムの部屋のベッドサイドにはスヌーピーのナイトランプが置いてあり、泊まりにいったときにそのせいで時々眠れなかったことがあった。そのスヌーピーをじっと見つめていると眼を閉じることができなかった。そんなことを覚えているとは。記憶というのはおかしなものだ。

「それから」とフィリップは続ける。「おまえはアダムの制服を着て、トレンチコートを羽織り、帽子もかぶる。で、おれを銃で脅して刑務所の外に連れていけと迫る」

「おれはその銃をどうやって手に入れたんだ？」と私は訊く。

フィリップは肩をすくめて言う。「ここは刑務所だ。いろんなものがこっそり持ち込まれてる」

「だけど、銃は無理だよ、フィリップ。おれは一晩じゅう医務室にいた。看守が三人で見張ってた。そのおれが銃を隠し持っていたなんて誰も信じない」

「いいところを突いてる」とフィリップも認めて言う。「そうだな、ちょっと待て」そう言うと、彼は机の引き出しからグロック19を取り出す。「おまえはおれの銃を奪った」

「ええ？」

フィリップはスーツの上着のまえを開いて空のホルスターを見せた。「おれは銃を携帯していた。思い出話をしていたらおまえが泣きだした。おれは迂闊《うかつ》にもおまえを慰めようと近寄った。おれが油断したその隙におまえはおれの銃を抜き取った」

「弾丸《たま》は込めてあったのか？」

「いや。でも……」フィリップはまた引き出しを開け、弾丸《たま》の箱を出した。「今は込めてある」

どこまでも馬鹿げた計画だ。穴がいくつもある。それも大きな穴ばかりだ。それでも、私は波に逆らって大海原へ漕《こ》ぎ出そうとしている。あとあとのことを考えている余裕はない。チャンスは今しかない。なんとしてもここから出なくてはならない。フィリップとアダムはふたりとも責任を問われ、犠牲を払うことになるかもしれない。が、そのときはそのときだ。息子が今もどこかで生きている。身勝手かもしれないが、私にとって大事なのはそれだけだ。

「わかった。そのあとはどうすればいい?」と私は訊く。

アダムは今や下着しか身につけていない。私は椅子に坐り、彼の靴下と靴を履く。アダムのほうが五センチほど背が高いが、体重は同じくらいだった。今は私のほうが十キロから十五キロくらい痩せている。ズボンがずり落ちないようにベルトをきつく締める。それでも、トレンチコートを着るとそれほどめだたない。

「アダムには中にはいるときに帽子をかぶってくるように言っておいた」とフィリップは言い、警察官の帽子を放って寄こす。「帽子をかぶっていれば髪を隠せる。うつむき加減で足早に歩け。駐車場に出るまでに通過しなければならないチェックポイントは一個所《かしょ》だけだ。駐車場に出たらおれの車に乗って、おまえはおれに言う、自宅に行けと。銃で脅しながら、もちろん。馬鹿だな、おれも。昨日、銀行で五千ドル引き出して家に置いてある。ほんとうはもっと用意しておきたかったんだが、あまりに金額が大きいと怪しまれるからな」

アダムが財布を投げて寄こす。「千ドルはいってる。うっかりしてクレジットカードを止めるのを忘れるかもしれない。たぶんマスターカードかな。どのみちそのカードは使わない」

私は黙ってうなずく。感情が込み上げてこないように必死で耐える。今やるべきことに集中しなければ。動きながら考えればいい。たとえばそのカードのことも。使って大丈夫か？使ったら追跡を容易にしてしまうのではないか？

それもあとだ。私は自分に言い聞かせる。考えるのはあとでいい。とにかく今に集中しろ。

「で、この部屋を出て駐車場に向かう時間は？」

フィリップは腕時計で時間を確認して言う。「今すぐ出発する。九時には家に着くようにしたい。着いたらおまえはおれを縛る。おれは、そうだな、夜六時頃に家から脱出する。それだけあれば逃げる時間は充分稼げるだろう。息子が縛られてクロゼットに閉じ込められてるんで、おれは動転してる。だから、どうにか縄をほどいたあと、まっすぐここに戻る。何があったか誰にも連絡せず。息子を助け出し、そこでようやく通報する。それが七時頃だ。おまえにはほぼ十時間あることになる」

私はアダムの靴を履いて、脱げないようにしっかり靴ひもを結ぶ。帽子を目深にかぶる。アダムは私が脱いだ入院着を着ようかと考えるが、その必要はないと判断する。

「よし、クロゼットにはいれ」とフィリップが息子に言う。

アダムが私を振り返る。しっかと抱き合う。「あの子を見つけろ」と彼は言う。「おれの名づけ子を見つけてくれ」

フィリップは私がアダムを縛るときに使ったように見せかけるための縄と一緒に、チョコレートバーを何本か息子に渡す。長くごまかせるかどうかわからないが、運がよければ今夜まで、父親がこの部屋に戻ってくるまで、アダムは見つからずにすむかもしれない。アダムが中にはいると、フィリップは外からクロゼットのドアを閉めて鍵をかける。それからグロックを手に取り、銃把のボタンを押して弾倉を引き抜く。グロックには弾丸《たま》を十五発込めておけるが、自動装塡式ではないので時間がかかる。弾倉の一番上に一発ずつ、丸くなっているほうがまえ向きになるように注意しながら込めていかなければならない。フィリップは六、七発装塡し、弾倉を戻す。

その銃を私に手渡して言う。

「絶対に撃つな。特におれに向けてはな」

私はかろうじて笑みを返す。

「準備はいいか？」

アドレナリンがどっと湧いてくる。「行こう」

フィリップ・マッケンジーは見るからに自信と力強さに満ちた男だ。歩くときも堂々と歩く。目的を持って歩いているのが傍《はた》からもわかるような歩き方をする。大股で、顔を起こして歩く。私はそんな彼に遅れを取らないようについていく。顔がはっきり見えないよう、それでいて怪しまれない程度にアダムの帽子を目深にかぶって。エレヴェーターのまえまで来る。

「〝下り〟のボタンを押せ」とフィリップが言う。

言われたとおりにボタンを押す。

「エレヴェーターには監視カメラが設置してある。中にはいったら銃をちらつかせろ。おれを脅しているように見せるんだ。さりげなく、ただし銃がちゃんとカメラに映るように」

「わかった」

「ここに戻ったらおれは質問攻めにあう。命の危険にさらされていたことがなるべくわかりやすいほうが何かと都合がいい」

エレヴェーターのベルが鳴り、ドアが開く。誰も乗っていない。

「わかった」と私は答え、エレヴェーターに乗る。銃はトレンチコートのポケットにはいっている。なんだか芝居がかっているように思える。まるで指鉄砲で脅しているみたいな気分だ。ポケットから銃を取り出す。腕は脇につけたまま、頭上のカメラに映る位置に構える。咳払《せきばら》いし、下手な真似をするなというようなことをつぶやく。月並みなテレビドラマみたいだ。フィリップは動かない。両手を上げたりはしない。取り乱すこともない。そのほうがほんとうに〝脅されている〟ように見える。

エレヴェーターが一階で停《と》まると、銃をポケットにしまう。フィリップは急ぎ足で外に出る。私も急いでついていく。

「歩きつづけろ」とフィリップが声を落として言う。「立ち止まるな。誰とも眼を合わせるな。おれの右斜めうしろにいろ。そうすれば警備員の視界からは隠れて見えないから」

私は黙ってうなずく。通路の先に金属探知機があるのを見て止まりかける。が、あれは刑務所内にはいる人をチェックするためのものだ。出ていく者はチェックされない。通り一遍の確認をするだけで、誰が出ていこうと誰も気にもとめない。警備員はひとりしかいない。まだ若そうで、退屈しているのが遠目にもわかり、高校のホールモニター（校内の廊下の秩序を守る任務を担った学生ヴォランティア）を思い出させる。

あと十メートル。フィリップは躊躇しない。歩調もゆるめない。私はペースを落としたり上げたりして、彼の大きな肩に隠れて警備員に顔がはっきり見えない角度を探りながらついていく。所長が近づいてきたので、警備員は机にのせていた脚を下ろして立ち上がる。最初に所長のフィリップを見て、それから私を見やる。

警備員の表情に何かがよぎる。

ドアまではあとほんの少しだ。

まだ銃を手にしていることに気づき、恐怖にも似た感覚を覚える。その手はポケットの中にある。無意識に銃を握る手に力がはいる。指が引き金にかかる。

撃つのか？　逃げるために私はほんとうに撃つのか？

通り過ぎるとき、フィリップは毅然《きぜん》とした表情で警備員にうなずいてみせる。私もかろうじてうなずく。アダムならきっとそうするだろうと思いながら。

「お疲れさまです、所長」と警備員が挨拶する。

「お疲れさま」

出口のまえまで来る。フィリップはバーを押し、ドアを開ける。

その二秒後には建物の外に出て、彼の車に向かっている。

テッド・〝カーリー〟・ウェストンは休憩室で両手に顔を埋《うず》めていた。震えが止まらない。

ああ、おれは何をした？

滅茶苦茶だ。何がなんだかまるでわからない。おれはもっと分別のある人間ではなかったのか？　まっとうに生きようとしてきたのではなかったのか？　ただそのことしか考えてこなかった。〝堅実な仕事をして堅実な報酬をもらう〟。父はいつもそう言っていた。彼の父親は精肉加工工場の作業員だった。毎朝三時に起床し、一日じゅう冷蔵庫のように寒い作業場で働き、疲れ果てて帰宅して夕食を食べると、たいていすぐに寝た。翌朝も三時に起きなければならないからだ。そんな生活をずっと続け、五十九歳のときに突然倒れて還《かえ》らぬ人となった。心臓発作だった。

テッドもこれまでのところはおおむね正直に生きてきた。多少は賄賂を受け取った？　確が受け取りはした。みんなやっていることだ。それを言うなら、人生というのはすべてが賄賂で成り立っている。人生とはそういうものだ。誰もが互いに騙《だま》し合っている。テッドは人よりうまくやってきた。それだけだ。彼は貪欲ではなかったが、真面目に働いてもくそみたいな給料しかもらえないのだから、誰だって足りない分はほかからくすねようと考える。収入を補うために。それがアメリカ式というものだ。〈ウォルマート〉の給料だけではとても暮らせない。〈ウォルマート〉はそれを知っている。しかし、収入が少ない者には政府がフード・チケットや高齢者医療制度《メディケア》などで支援してくれることも知っている。ああ、わかっている。どれもこれも都合のいい自己正当化にすぎない。それでも、だ。(まさに彼が何年もデイヴィッドを見張ってきたように)ある受刑者に眼を光らせていてくれと頼まれたらどうする? 受刑者の家族から金をもらって——謝礼金みたいなものだ——刑務所での暮らしがいくらかでも快適になるような品物をこっそり持ち込む手引きをしてほしいと頼まれたらどうする? それのどこがいけない? おれがノーと断わったところで、次に頼まれた誰かがイエスと答えるだろう。そういうものだ。みんなそうしている。世界はそうやってまわっているのだ。あえて波風を立てることはない。

とはいえ、おれは受刑者に怪我をさせるようなことはこれまで一度もなかった。重要なのはそこだ。動物みたいに野蛮な連中が殴り合おうとしたときには、確かに背を向けてきたかもしれない。それのどこが悪い? 止めたところで、連中は結局殴り合う機会を見つける。一度、乱闘に巻き込まれ、歩く性病と言ってもいいような受刑者に爪で引っかかれ、深手を負ったことがあった。そう、爪で引っかかれたのだ！　あのときはその傷が化膿《かのう》して、二ヵ月も抗生剤を飲まなければならなかった。

ロス・サムナーに近づくべきではなかった。

ああ、確かに金の問題は大きくて、切実だった。とてつもなく〝いい暮らし〟をしたかったわけじゃない。実際、これまでそれなりにいい暮らしを送ってきた。それでも、請求書の山に埋もれて窒息しそうなとき、そこから這い出る機会が与えられたら？　溺れそうになったときに浮かび上がることができたら？　ほんの数日でも請求書のことを忘れて、エドナを洒落《しゃれ》たディナーに連れていくことができたら？　それが高望みと言えるか？　ほんとうに？

テーブルを手で探ったが、ドーナツはなかった。くそ。どこかのまぬけがドーナツの代わりにクロワッサンを買ってきていた。いやはや、クロワッサンとは。クロワッサンを食べて、パン屑《くず》だらけにならずにすむことはあるか？　そんなのはありえない。今はそれが彼の問題だった。クロワッサンはフランスの食べものだ。誰かがそう言っていた。フランス人は洗練されていて、上品なのだと。

おいおい、冗談だろ？

同僚のモロンスキとオライリーがクロワッサンを口に詰め込み、木屑みたいにパン屑を飛び散らしながら、激論を交わしていた。インスタグラムに投稿された写真を見て、どの角度から見るおっぱいが好きか議論していた。モロンスキは〝深い谷間〟が最高だと主張し、〝ハミ乳〟を詩情たっぷりに称賛していた。

いかにも、とテッドは思った。クロワッサンを食べると誰もがこうも上品になる。

「なあ、テッド、おまえはどう思う？」

テッドはその質問を無視した。クロワッサンを取ろうと手を伸ばすと、テーブルの上のクロワッサンを見つめ、食べてみるかどうか思案していた。テーブルの上のクロワッサンを見つめ、食べてみるかどうか思案していた。その手が震えていた。

「大丈夫か？」とオライリーが訊いた。

「ああ、なんでもない」

「聞いたよ、大変だったたな」とモロンスキが言った。「あのバロウズがそんなことをするとはな。信じられないよ。やつの機嫌を損ねるようなことでもしたのか？」

「そんな覚えはないけど」

「でも、なんでケルシーに知らせず医務室に連れていったんだ？」

「ブザーを鳴らしたけど」とテッドは嘘をついた。「応答がなかったんだ」

「だとしても、どうして連絡がつくまで待たなかった？」

「バロウズはすごく具合が悪そうに見えたんだ」とテッドは弁解した。「眼のまえで死なれたら寝覚めが悪いだろ？」

モロンスキが割ってはいった。「やめろ、オライリー」

「ええ？　ただ訊いてるだけじゃないか？」

もういい。テッドはそう思った。大きな問題があった。今、バロウズは所長にどう話しているのか？　剃刀を持っていたのはテッドのほうで、自分ではないと訴えているかもしれない。それがどうした？　テッド・ウェストンよりバロウズみたいな子殺しの言うことを信じるやつなどいるか？　それに、オライリーの疑問はもっともだが、だとしても看守はみな彼を支持するだろう。カルロスだってそうだ。昨夜、あの場所に駆けつけてきたときはひどく動揺していたが、結局はほかの者たちに同調するはずだ。波風を立てようとする者はここにはいない。体制に抗い、受刑者の肩を持つような人間は誰ひとりいない。

それなのにどうして安心できない？

次の行動を考えなければならない。そのためにもまずは過ぎたことは忘れるにかぎる。仕事に戻れ。なんでもないというふうを装うんだ。

それでも考えずにはいられなかった。おれはいったい何をしようとしたんだ？

サムナーに追いつめられたのは事実だった。脅迫されて従わざるをえなかった。だとしても、もし〝やり遂げて〟いたら、おれは人を殺していたのだ。自分と同じ人間を。テッドとしても、その事実だけはどうしても乗り越えられなかった。このテッド・ウェストンが人を殺そうとしたのだ！　もしかしたら無意識に自分でそうなることを防いだのではないか。彼は心のどこかでそう考えていた。バロウズが機敏だったとか防衛能力に長けていたとかではなく、たとえほかのあらゆることが事実だとしても、自分には人殺しなどできないとどこかでわかっていたのではないだろうか。今になってテッドはそんなことを思った。もし剃刀が急所をとらえていたら？　バロウズの心臓に穴が開いて、魂が肉体を離れるのを目のあたりにしていたら？

テッドは今、動揺していた。もしやり遂げていたら、うまくいっていたら、そのほうが気持ちが楽だっただろうか？

カップをつかみ、蟻塚《ありづか》を貪るツチブタみたいに一気にコーヒーを飲んだ。時計を見て時間を確認した。まもなくシフトにはいる時間だ。テッドは休憩室を出た。

恐怖がまだ全身の血管を駆けめぐっていた。階段を上がりかけたところで、金網に覆われた窓の外の何かが彼の眼を惹《ひ》いた。大きな手に肩をつかまれて連れ戻されたみたいに急に立ち止まった。

いったい……？

窓からは上級職員用の駐車場が見えた。お偉方はそこを使っていた。テッドのような看守は裏手の駐車場に車を停めてからシャトルバスで担当の部署まで移動しなければならない。が、今気になっているのはそんなことではなかった。テッドは眼を細めてもう一度よく見た。所長はさっきはっきりと言っていた。終日とは言わないまでも、何時間かバロウズと一緒に過ごすと。

ああ、好きにしてくれ。

それなのに、どうして所長は車に乗ろうとしているのか？

それに、一緒にいる男は誰だ？

背すじに悪寒が走った。理由はわからない。いろいろな意味で一大事だと考える理由はなかった。そのまま見ていると、所長が運転席に乗り、もうひとりの男――トレンチコートを着て帽子をかぶった男――が助手席に乗った。

所長が出かけるということは、デイヴィッド・バロウズはいったいどこにいるのか？　テッドは休憩中も無線機をつけていた。迎えにくるようにという指示はなかった。所長室にひとり置いてきたのか。いや、それはない。もしそうならそう周知されるはずだ。だとしたら、部下の誰かにバロウズの聴取を任せたのか。

が、テッドにはわかっていた。そういうことではない。そう直感した。何かがおかしい。大問題が起きている。

壁に備え付けられた電話のところまで急いで走り、受話器を取り上げた。

「第四区画のウェストンだ。問題が発生したようだ」

11

フィリップの車に乗っているのが信じられない。

フロントガラス越しに外を見る。曇った朝だ。すぐに雨が降りだすだろう。私の顔がそう教えてくれる。関節炎を患っていると関節の痛みで暴風雨になるとわかる。そういう話は聞いたことがある。妙に聞こえるかもしれないが、私の場合は頬と顎の骨が教えてくれる。最初に暴行を受けたときに粉々に砕けたせいだ。今では地平線に暴風雨が近づくと、虫歯になった親知らずが疼《うず》くみたいに頬と顎の骨が痛くなる。

フィリップが車を発進させる。バックして駐車スペースを出る。窓の外の要塞のような建物を見て震えが走る。もう戻らない。自分にそう言い聞かせる。何があろうと、二度とここには戻ってこない。

フィリップのほうを向く。ふさふさの大きな眉を下げて運転に集中している。ハンドルを握る手はとても大きくて、まるでハンドルを引き抜こうとでもしているかのように見える。

「おれがあんたの銃を持ってるとわかったらみんな不思議に思う」と私は言う。

フィリップは黙って肩をすくめる。

「あんたは大きなリスクを負ってる」

「そのことなら心配要らない」

「どうしてこんなことをする？　ゆうべの一件のせいか、それともマシュウは生きてるって話を信じてくれたのか？」

彼はいっとき考えてから答える。「それは重要な問題か？」

「いや、そうじゃないな」

ふたりとも黙り込む。車は角を曲がってロータリーに進入する。その先に監視塔とまもなく通過するはずの門が見える。門までは百メートルを切っている。私は座席に背を預けて落ち着こうとする。

あともう少しだ。


アダム・マッケンジーは真っ暗なクロゼットの床に坐り、少しでも楽な姿勢を取ろうとした。計画どおりに進めば、あと十時間か十一時間はこの暗いクロゼットで過ごすことになる。クロゼットの壁に寄りかかった。携帯電話は父親の車に置いてきた。いくら〝トチ狂っても〟、デイヴィッド・バロウズが携帯電話を取り上げずに置いていくはずはないと考えたからだ。そうは言っても、十時間から十一時間も暗いクロゼットの中でただ坐っていなければならないのか？　アダムは自分に呆れたように首を振った。懐中電灯と本を持ってくるべきだった。

眼を閉じた。疲れきっていた。父から電話があったのは真夜中だ。その電話でデイヴィッドと看守の事件のことを聞いた。マシュウは生きているという彼の突拍子もない訴えのことも。ありえない、もちろん。そんなことがあるはずがない。アダムはマシュウの名づけ親になったときのことを思い出した。デイヴィッドに頼まれたのだ。彼の父親がアダムの父親に頼んだのと同じように。それがアダムの人生にとってもっとも誇らしい瞬間になった。デイヴィッドとの関係をいつもそんなふうに思っていた。自慢に思っていた。デイヴィッドは特別な存在だった。いつも注目を浴びていた。男たちは彼になりたいと願い、女たちはみんな彼にぞっこんだった。が、そこには悪魔がひそんでいた。デイヴィッドが殺したのではないか。最初にそういう憶測が流れたとき、アダムは信じようとしなかった、もちろん。表向きは。が、頭の片隅では疑いを拭いきれなかった。デイヴィッドはかっとなりやすいところがあった。そのせいで高校三年生のとき大喧嘩したこともあった。チームで得点とリバウンドを取った数が一番多かったのはアダムだったが、チームメートが投票でキャプテンに選んだのは、人気者で、意欲的で、勇敢なディフェンダーであるデイヴィッドだった。いつもそうだった。アダムは技巧派のプレーヤーであり、デイヴィッドは相手に睨みを利かせられるスター選手だった。それはさておき――三年生のときのことだ。リヴィア高校はブルックサイドのライヴァル校に七十七対七十八で敗れた。その試合でアダムは二十四得点を上げたが、残り四秒というところでレイアップシュートをはずした。そのミスをアダムはずっと悔やんでいた。今も悔やんでいる。事件は試合の日の夜に起きた。ブルックサイドの選手たちがおまえがシュートをはずしたせいで負けたとアダムをからかった。デイヴィッドがそのからかいを引き受けた。怒りに任せて相手選手ふたりをぼこぼこにした。アダムはそんな彼を無理やり相手から引き離して車に押し込まなければならなかった。

それに、デイヴィッドの父親のレニーのこともある。レニーとアダムの父との関係――そう言えば、こんなことわざがあったっけ。

親の因果が子に報い……

もっと早く面会に来るべきだった。どうしてそうしなかったのか？　最初はデイヴィッドが面会を拒んだからだった。それは事実だ。それでも、もっと働きかけることはできた。なのに彼はただあきらめた。繰り返し求める勇気がなかった。アダムは自分にこう言い聞かせてきた――掃き溜めみたいなこの場所に投獄されているのは親友のデイヴィッドではない。彼はもういない。息子と一緒にめった打ちにされて死んだのだと。

脚を動かそうとしたとき父のオフィスのドアが勢いよく開く音がした。

しわがれた声が聞こえた。「いったいどうなってる？」

なんてこった。

慌てて縄をつかみ、脚を縛った。猿ぐつわに見えるようにハンカチを口の上に引き上げた。

計画はシンプルだった。もし父が戻ってくるまえに誰かに見つかってしまったら、拘束を解こうとしているところだったように思わせる。

もうひとりの声が言った。「だから言っただろ、もういないって」

「どこに行ったって言うんだ？」

「どういう意味だ？」

「受刑者はどこだ？」

「所長は出かけるまえに彼を独房に戻さなかったのか？」

「ああ」

「ほんとうに？」

「おれは独房区画が担当だ。自分を殺そうとした受刑者が戻ってきてたら嫌でもわかる」

アダムはじっとしていた。

「誰か別の看守が連れ帰ったんじゃないか？」

「それはない。おれの仕事だから」

「だけど、さっきまで休憩中だったと言ってただろ？　もしかしたら所長は急いでたとか。だから、ほかの人間に頼んだのかもしれない」

「かもしれない」しわがれ声はそう言ったが、疑っているようだった。

「電話して訊いてみるよ。何をそんなに心配してるのか知らないけど」

「さっき誰かと一緒にいるのを見たんだよ。所長のことだけど。駐車場にいた」

「たぶん息子じゃないかな」

「息子？」

「ああ、警官だと聞いてる」

「所長の息子が来てたのか？」

「ああ」

「どうして？」

「そんなこと知るわけないだろ？」

「どうにもわからないな。看守が受刑者に殺されかけたって報告を受けながら、〝お父さんのお仕事見学〟の日にしようとしてたってことか？」

「まあ、そうかもしれない」

しわがれ声が言う。「警報を鳴らしたほうがいいんじゃないか？」

「なんのために？　バロウズがほんとうにいなくなったかどうかもまだわからないのに。とにかく、まずはおまえの担当の区画と独房のある区画に電話して、そこにいるかどうか確認しよう」

「いなかったら？」

「そのとき警報を鳴らせばいい」

やや間《ま》があってからしわがれ声が言った。「わかった。そうだな。まずは電話してみよう」

「おれの電話を使ってくれ。隣りの部屋だ」

ふたりが出ていく音がした。アダムは立ち上がった。クロゼットの中が急に息苦しく感じられた。追いつめられた気分だった。閉所恐怖症になった気がした。ノブをまわしてみたが、ロックされていた。当然だ。閉じ込められたように見えるように父がわざわざ鍵をかけたのだから。

くそ。さて、どうする？

一刻の猶予もない。見つかるのは時間の問題だ。さっきの看守が電話をかければ、デイヴィッドがいなくなったことはすぐにわかる。警報が鳴る。くそ。もう一度ノブをまわしてみた。やはり開かない。

もはや選択の余地はない。

ドアを破るしかない。肩では無理だろう。肩から体あたりしても脱臼するだけだ。背中をクロゼットの壁に押しつけ、片脚を上げた。蝶番の向きを確認した。内側に向かって開くドアなら蹴破れる可能性はほとんどない。が、このドアはちがった。ドアが内側に開くと収納スペースが限られてしまうので、そもそも内開きのクロゼットはめったにないが。次に大事なのは、錠が取り付けられている場所のすぐ横を蹴ることだ。そこが一番弱い。壁に背中を押しつけ、てこの原理を利用してノブのすぐ下を踵《かかと》で思いきり蹴った。三回目でようやくドアが開いた。外の光がまぶしかった。まばたきして、よろめきながら父の机のほうに歩いた。受話器を取り上げた。父の携帯電話の番号を思い出すのに数秒かかった。今では誰もがそうだが、彼も番号を記憶しておく必要性を感じていなかった。が、どうにか番号を思い出した。

ダイヤルをまわし、呼び出し音を聞いた。

フィリップの車が白い大型トラックのうしろにすべるようにして停まると、警備員が携帯端末を手に近づいてくる。

「帽子を深くかぶっていろ」とフィリップが言う。

警備員は手に持った端末を見ながら車のまわりを一周する。トランクのあたりで一度立ち止まり、また端末をかざしながら歩く。

「あれは？」と私は訊く。

「心拍センサーだ」とフィリップは答える。「実際、壁をはさんでいても心拍を検知できる」

「ということは、誰かが後部座席やトランクに隠れていても……」

フィリップはうなずいて言う。「見つけられる」

「徹底してるんだな」と私は感心して言う。

「おれが所長になってから、このブリッグズ刑務所から脱獄した者はいない」

私は顔をそむけてやりすごす。やがて警備員は詰所に戻り、フィリップに向かってうなずく。フィリップは親しげに手を振る。電子制御のスライド式の門が開くのを待つ。とてつもなく長い時間がかかる。もちろん、それは現実ではなく、ただ私の頭の中だけでの出来事だ。高さ三・五メートルの金網状の門をじっと見つめる。門の先端には有刺鉄線が巻きつけてある。周囲に生える草は驚くほど青々としていて、まるでゴルフ場の芝のようだ。草の反対側、フェンスを越えた先は木々が生い茂っている。

呼吸が速くなる。どうしてなのかはわからない。過呼吸になったような気がする。もしかしたらほんとうになっているのかもしれない。

ここから出なければ。

「落ち着け」とフィリップが言う。

そのとき電話が鳴る。

車載ホルダーに取り付けてあるので呼び出し音がやたらと大きく響く。画面には発信者名は表示されていない。フィリップのほうを向くと、困惑した顔をしている。ホルダーから電話を取り上げ、フィリップは耳にあてる。

「もしもし?」

アダムからのようだ。なんと言っているかはわからないが、声の調子から動揺していることがわかる。電話に耳を寄せ、落ち着きを失わないように努める。うなるような音がして、門が開く。渋々というように横にスライドしていく。眼のまえにはまだ白いトラックがある。

「なんてこった」とフィリップは電話の相手に言う。

「どうした？」と私は訊く。

彼はそれを無視して話しつづける。「時間はあとどのくらい――」

脱獄を知らせるサイレンが静まり返った空気をつんざく。鼓膜が破れるかと思うほど大きな音だ。


フィリップを見ると険しい表情をしている。無理もない。完全に開きかけていた門が停止し、逆に閉まりだす。監視塔の警備員が電話で話しているのが見える。警備員は受話器を置くと、ライフルを構える。

「フィリップ？」

「おれに銃を突きつけろ、デイヴィッド」

説明は求めず、言われたとおりにする。フィリップがアクセルを踏む。右にハンドルを切り、スピードをあげて白いトラックのまえに出る。閉まりかけた門をめがけて突進し、まだ開いている隙間を通り抜けようとする。無理だ。通り抜けられるほどの幅はない。それでもフィリップは突っ込む。アクセルを思いきり踏み込む。タイヤが軋る。それでもアクセルを踏みつづける。門が押し戻されてほんの少し開く。それでも充分ではない。

警備員がライフルを持って監視塔から出てくる。

「おれに銃を突きつけていろ」とフィリップは言う。

言われたとおりにする。

警備員が急に立ち止まる、ライフルを車に向ける。

フィリップがシフトレヴァーをバックに入れる。車は門の側面をこすりながら後退する。

フィリップはシフトレヴァーを切り替えて、もう一度門に突っ込む。門はさっきよりも少し開くが、車が通れるほどではない。警備員がさらにふたり駆けつけてくる。ふたりとも拳銃を手に近づいてくる。私の手の中にある銃が重く感じる。

警備員がすぐ近くまで迫っている。サイレンはまだけたたましく鳴っている。

私は手にした銃を見る。「フィリップ？」

「しっかりつかまってろ」

車が突っ込む。砕けるような音がする。門がさらに少し開き、車の先端が門のあいだにはさまる。フィリップはアクセルを踏み、一度ゆるめ、もう一度踏む。エンジンが鈍い音でうなる。

警備員が怒鳴っているが、サイレンの音に掻き消されてなんと言っているのかわからない。

車は開いた隙間を通り抜けようとしている。あと少しで出られそうだが、閉まりつつある門が車を押しつぶす。『スター・ウォーズ』に出てきたゴミ圧縮機のシーンや昔テレビで見た主人公が部屋に閉じ込められ、迫りくる壁に押しつぶされそうになる場面を思い出す。最初に駆けつけた警備員が助手席の窓のそばまで来る。大声で怒鳴っている。なんと言ってるかわからないし、気にしている場合でもない。言うまでもない。警備員と眼が合う。彼が銃を構える。もはや選択の余地はない。あと戻りはできない。あきらめるわけにはいかない。体の向きを変えてフィリップに突きつけていた銃を警備員に向ける。

脚を狙え。頭の中で自分にそう命じる。

フィリップが怒鳴る。「やめろ！」

警備員が手に持った銃を私に向ける。やるかやられるか。そういうことだ。私はためらうが、もはや選択の余地はない。引き金を引こうとしたそのとき、車が急に前進して首ががくんとうしろに倒れる。門は車を両側からはさんだまままさらに数秒持ちこたえるが、そこまでだった。最後にもう一度門が車の側面をこすり、私たちは自由になる。

警備員が追いかけてくるが、フィリップはアクセルを踏みつづける。車は全速力で道路に飛び出す。振り返ると、警備員たちは門のあたりに立っている。彼らの姿もブリッグズ刑務所も小さくなり、ぼんやりしていき、やがて完全に見えなくなる。

それでも、サイレンの音だけはまだ聞こえている。

12

サイレンの音はレイチェルにも聞こえる。

〈ネスビット・ステーション・ダイナー〉で朝食をとっているところだった。電車の車両を二両つなげて改造した軽食堂で、メニューには一般的な小説より文字数がほんのわずかに短い品々が並んでいた。ハンバーガーだけでも四十種類（ビーフ、バイソン、チキン、ターキー、ヘラジカ、ポルトベロマッシュルーム、天然のサケ、タラ、黒インゲン豆、野菜、植物由来の具材、ラム、ポーク、オリーヴなどなど）から自由に選べた。彼女のお気に入りはその下に書かれている〝うちの妻は何も要らない〟で、特大サイズのフライドポテトとモッツアレラスティック（モッツァレラチーズに衣をまぶして揚げたもの）が二本ついていた。ドアの看板には〝二十四時間営業、ただしずっと開いているわけではない〟と書かれており、実際の営業時間は月曜日から土曜日の早朝五時から深夜二時までだが、そのことは書かれていなかった。もうひとつ看板があり、そちらにはこう書かれていた。〝酒類は各自ご持参ください。ただし、担当の接客係とシェアすることをお勧めします〟。

昨夜食べたエアフライヤー・チーズバーガーがそれなりに美味《おい》しかったこともあるが、この店の魅力はなんと言ってもＷｉ－Ｆｉがつながりやすいことだ。〈ブリッグズ・モーター・ロッジ〉のＷｉ－Ｆｉは通信状態がひどく、つなげようとすると電話のモデムの甲高い通信音が聞こえてくるのではないか、と思ってしまうほど遅かった。〝ロッジ〟という語にはやたらとたくさん意味があるが、山小屋《ロッジ》というだけあってモーテルにはバーもレストランもなかった。フロントのまえにロビーがあり、そこで無料の〝コンティネンタル〟・ブレックファストが食べられるのだが、古くなったロールパンに半分溶けたマーガリンのパックがついただけの食事を高級そうに言い換えているだけだった。

食堂の時計の文字盤は数字がすべて〝5〟になっていて、〝お酒は五時を過ぎてから〟と記されていた。面会時間まではまだあと一時間ある。調査を続ける時間はまだ充分あった。昨夜も今朝もこの店にこうして長居しているのはそのためだった。ゆっくりコーヒーを飲みながら、険しい眼を向けられない程度に注文して席を確保していた。

彼女のノートパソコンは一晩じゅううなりながらさまざまな情報を収集していた。悪い報告としては、マシュウが殺されたのと同じ時期に行方不明になり、それから五年間見つかっていない二歳か三歳の白人の男の子はどこにも、ただのひとりも見つからなかったことだ。その年頃で亡くなった子供は何人かいた。連れ去られた子もいたが、たいていは養育権争いによるもので、結局、見つかっていた。行方不明になってから八ヵ月も経って遺体が発見された子供も三人いた。

が、これまでのところ行方不明のまま見つかっていないという条件にあてはまる事例はなかった。そうなると、もっとも厄介な疑問が生じる。あの死体がマシュウではなかったとしたら、いったい誰なのか？

結論を出すのはまだ早い、もちろん。彼女は期間を長めに設定し、捜索地域を広げ、ほかのデータベースも確認するなどしてさらに調査を進めるつもりだった。マシュウのベッドで死んでいた少年――こうしてことばにするとなんとも奇妙に聞こえるが――はもっと幼いかもっと年長だったのかもしれないし、肌の色が薄い黒人かヨーロッパ人とアジア人のミックスだったのかもしれないし、あるいは、そのどれともまったく異なっていたのかもしれない。レイチェルは徹底的に調べるつもりだった。スキャンダルを起こすまえの彼女は情け容赦なく調べ尽くすことで知られていた。それでも、こればかりはどうしようもない。それらしき〝死体〟はないという事実は一撃でマシュウが生きているという仮説を完全否定するものだ。

マシュウは生きている。その仮説は果たしてどれほどありえないことなのか？

いいニュースは――それをいいニュースと呼べれば――デイヴィッドの有罪の決め手となった証言をした〝やさしい老女〟（メディアは当然のごとく彼女にそんな渾名《あだな》をつけた）、ヒルデ・ウィンズロウに関することだ。夫に先立たれた老女の居場所を突き止めることは、理論的にはなんの問題もなくできるはずだった。それができないとわかったとき、レイチェルはまず彼女はこの五年のあいだに亡くなったのではないかと考えた。しかし、死亡記録はなかった。同名の人物はふたりしか見つけられず、ひとりはオレゴン州ポートランドに住む三十歳の女性、もうひとりはフロリダ州クリスタルリヴァーの小学四年生の少女だった。どちらもちがう。

ヒルデという名はよくあるヒルダという名前に関連している。それ自体は驚くことではない。デイヴィッドの裁判記録には彼女の名前はヒルデと記録されていて、メディアもそれに倣っていたが、レイチェルは念のためヒルダ・ウィンズロウでも調べてみた。そちらもふたりしかおらず、どちらも捜している人物の特徴にはあてはまらなかった。旧姓に戻す女性も多いので、ヒルデ・ウィンズロウの旧姓でも調べてみたが、やはり成果はなかった。行きづまりだ。

サイレン――レイチェルは火災警報か何かだと思った――は相変わらず鳴り響いている。電話が鳴った。画面に表示された発信者番号を見ると、ティム・ドアティからだった。〈グローブ〉紙に記事を書いていた頃からの友人で、折り返しかけてきてくれたのだ。ティムは例の騒ぎのときも彼女に寄り添ってくれた数少ない友人だ。こっそりとではあるが、もちろん。表立って彼女の味方をするのは自殺行為にも等しかった。それだけでキャリアを失いかねなかった。レイチェルとしては、彼には――ほかの誰にも――そんなことはしてほしくなかった。

「入手できた」とティムは言った。

「殺人事件の記録を一式全部?」

「裁判所の記録と法廷でのやりとりの書き起こしだけだ。警察が殺人事件の調書を見せてくれるわけない」

「ヒルデ・ウィンズロウの社会保障番号はわかった?」

「ああ。どうしてそんなことが知りたいのか訊いてもいいかな?」

「彼女を見つけなきゃならないから」

「それはわかってる。でも、通常のルートで調べられなかったのか?」

「やってみた――」

「――でも、見つけられなかった」とティムはあとを引き取って言った。

ティムの声が心なしか弾んでいるのがわかった。「そのとおり。でも、どうして? 何かわかったの?」

「勝手ながらその番号を調べてみた」

「で?」

「きみの義理のお兄さんの裁判の二ヵ月後に、ヒルデ・ウィンズロウはハリエット・ウィンチェスターに改名していた」

大当たり。レイチェルは内心そう思った。「なんとなんと」

「それに」とティムは続けた。「家を売って、マンハッタンの十二丁目通りにあるアパートメントに引っ越していた」彼は住所を読み上げた。「ちなみに彼女は今週八十一歳になる」

「そんな高齢の女性がどうして名前を変えたり引っ越したりしたの？」とレイチェルは訊いた。

「裁判のあとメディアを避けるためとか？」

「どういう意味？」

「あの事件は世間を騒がせたビッグニュースだった」とティムは言った。

「それはそうだけど。役目を果たしたあとは彼女に危険が及ぶとか、そんなおそれはなかったはずよ」

マスメディアというのは、喩《たと》えて言うなら最低の女たらしみたいなものだ。ひとたびベッドに連れ込むことに成功すると、すぐに飽きてしまい、新しい女に目移りする。そんなメディアに追いかけられるのを避けるために名前を変えたとしても説明はつく。が、ちょっとやりすぎではないか？　いずれにしろ、興味深い事実だ。

「確かに」と彼は言った。「きみは彼女がきみの義理のお兄さんについて嘘の証言をしたと思ってるのか？」

「わからない」

「レイチェル？」

「何？」

「この件についてきみは何か重大なことを知ってる、ちがうか?」

「たぶんそうだと思う」

「普段なら少しお裾分けしてくれって言うところだけど」とティムが言った。「きみはおれよりはるかにそのネタを必要としてる。きみにはもう一度チャンスを得る権利がある。だけど、世間は一度しくじった人間にチャンスを与えようとしない。もしほかに必要な情報があったら連絡してくれ、いいね?」

彼女の眼に涙が込み上げた。「あなたって最高よ、ティム」

「だろ? じゃあ、また」

ティムが電話を切ると、レイチェルは涙を拭い、食堂の窓越しに混み合った駐車場を見た。遠くではまだサイレンが鳴っている。世間はいずれ彼女にもう一度チャンスを与えてくれるかもしれない。が、その資格が自分にあるのかどうか彼女にはわからなかった。レイチェルのせいでキャサリン・トゥロが亡くなって二年が経っていた。

キャサリンには二度目のチャンスが与えられなかった。それなのにわたしにだけチャンスが与えられていいのか?

レイチェルのジャーナリストとしてのキャリアの中でも最大のスクープだった。全米屈指の名門校であるレムホール大学で誰からも敬愛されるスペンサー・シェイン学長が過去二十年にわたって男性教授数名による性的暴行や虐待や不正行為を見て見ぬふりをしてきただけでなく、組織的な虐待や隠蔽に関わっていた。八ヵ月に及ぶ徹底した調査を経て、〈グローブ〉紙の日曜版でそのことが特集されることになっていた。言語道断ではあるが、取り扱いがむずかしく、どうしても苛立ちの募る案件だった。そんな案件に彼女は取り憑かれた。ジャーナリストとしては望ましいとは言えない形で。まわりが見えなくなった。犯罪と文化の忌まわしい関係――そうと知って憤慨せずにいられる者はいないだろうが――にだけ眼が行き、被害者がいかに傷つきやすい存在かということをいっとき忘れた。被害者の尊厳も。

彼女の母校でもあるレムホール大学は大勢の被害者と秘密保持契約を交わしていたため、事実を進んで公にする、あるいはしようとする者はいなかった。上司には黙っていたが、レイチェル自身、一年生のときのハロウィーンパーティできわめて不愉快な経験をしたあと、秘密保持契約に署名するように強要された。彼女はそれを拒絶した。学校は彼女の〝きわめて不愉快な経験〟そのものをないものにしようとした。

すべての始まりはそこにあったのかもしれない。あのとき一度は拒絶したものの、結局彼女は体制に屈した。今度は負けるつもりはなかった。

そのせいで度を超してしまった。

結局のところ、ことが重大すぎて〈グローブ〉紙は公表に踏み切れなかった。秘密保持契約を破棄しようとする者がひとりも現われなかったからだ。レイチェルにはそれが信じられなかった。地方検事に会いにいって直談判《じかだんぱん》したが、評判のいい人物と大学を敵にまわすことになる訴えに検事は食いついてこなかった。レイチェルはかつてクラスメートだったキャサリン・トゥロに秘密保持契約を破棄してほしいと迫った。キャサリンもそれを望んでいた。レイチェルにもそう言った。が、彼女は恐れてもいた。だから行動を起こそうとはしなかった。そういうことだ。このままでは何もかも揉み消されて、大学は――レイチェルの〝きわめて不愉快な経験〟をないものとした大学は――汚名を着ることもないままのさばりつづける。

レイチェルにはそれが赦せなかった。

それでキャサリン・トゥロにさらに執拗《しつよう》に迫った。正しいおこないをすべきだ、さもなければ何もかもばらす。キャサリンがほかの被害者のことを第一に考えないなら、レイチェルとしても彼女を守る義理はない。そう言って脅した。ネットに記事を出して情報源も公表すると言った。キャサリンは泣きだした。それでもレイチェルは意思を曲げなかった。三十分後、キャサリンは説得に応じた。示談金など要らない。秘密保持契約なんかどうでもいい。自分は正しいことをする。そう言って、友達であり、女子学生クラブの仲間でもあったレイチェルを抱きしめた。翌日レイチェルの取材に応じてもっと詳しく話す、事実を公表すると約束した。が、レイチェルが彼女のアパートメントを立ち去ったあと、キャサリン・トゥロはバスタブに湯を張り、自ら手首を切った。

レイチェルは今もキャサリンに取り憑かれている。彼女は今もすぐそばにいる。レイチェルの向かいに坐り、いつものように自信なげな笑みを浮かべ、殴られるのを待っているかのように眼をしばたたいている。女性の声がして、レイチェルはわれに返った。いかにもこういう食堂にいそうな青い髪のウェイトレスがレイチェルの隣りの席の客に話しかけていた。

「あの音を聞くのはどれくらいぶりかしら、キャル？」

キャルという名前らしい男が答えた。「もう何年も聞いてなかったな」

「ひょっとして――」

「それはないよ」とキャルは言った。「ブリッグズ刑務所でなんかの訓練をしてるだけだよ。きっとなんでもない」

反射的にレイチェルは身を強ばらせた。

「あなたがそう言うなら」ウェイトレスは口ではそう言ったが、表情を見るかぎり完全には納得していないようだった。

レイチェルは身を乗り出して言った。「すみません、詮索するつもりはないんだけれど、あのサイレンはブリッグズ刑務所から聞こえてるの？」

キャルとウェイトレスは顔を見合わせた。キャルがうなずき、どこまでも慇懃《いんぎん》な笑みを浮かべて言った。「心配することはないよ。ただの訓練だから」

「訓練って？」とレイチェルは尋ねた。

「脱獄防止の」とウェイトレスが答えた。「あのサイレンは受刑者が脱獄したときだけ鳴るのよ」

レイチェルの電話が鳴った。彼女はふたりから離れて電話を耳にあてた。

「もしもし？」

「きみの助けが要る」デイヴィッドの声だった。

13

パトカーが三台、回転灯を点灯させて追ってくる。

麻酔をかけられたみたいに感覚がない。五年ぶりにブリッグズ刑務所の外にいる。もしここで捕まって連れ戻されたら二度と出られない。絶対に。それは私にもわかる。次のチャンスはない。銃を握る指に力がこもる。金属が温かく感じられ、妙に心地いい。

パトカーはV字に隊列を組んで追跡してくる。

私はフィリップのほうを向いて言う。「もうおしまいだ、だろ？」

「人生を棒に振る覚悟はあるか？」

「おれに人生なんてあるか？」

フィリップはうなずいて言う。「その銃をおれに突きつけろ、デイヴィッド。連中に見えるように高く掲げて」

私は言われたとおりにする。手が震える。アドレナリンが薄れていく。最初にサムナーとやり合い、次にカーリーに襲われ、そのあとこの間に合わせの脱獄計画で使いきり、もう枯渇してしまったようだ。フィリップがアクセルを踏み込む。パトカーはぴたりとうしろについてくる。

「どうする？」と私は訊く。

「待つ」

「何を？」

まるでその合図を待っていたかのようにまた電話が鳴る。フィリップは険しい表情を崩さない。電話に出るまえに言う。「いいか、おまえは切羽詰まっている。そういうふりをしろ」

私は黙ってうなずく。

フィリップは電話を手に取り、震えた声で応答する。電話の相手が急《せ》き込んで言うのが聞こえる。「息子さんは無事です、所長。自分でどうにか縄を解いて、クロゼットのドアを蹴破って脱出しました」

「あんたは誰だ？」とフィリップは訊く。つっけんどんな口調で敵意さえ感じられる。

いっとき間《ま》があき、電話の向こうで相手がたじろぐ。「私は、ええっと……」

フィリップは今度も大きな声で言う。「誰だと訊いてるんだが」

「ウェイン・セムジー刑事です」

「セムジー、きみはいくつだ？」

「はい？」

「きみは昔から能なしのまぬけなのか、それとも最近そうなったのか？」

「よくわからないんですが――」

フィリップは私をちらっと見て言う。「ここには追いつめられた受刑者がいて、私はこめかみに銃を突きつけられている。きみはそのことがわかってるのか、セムジー？」

私はフィリップのこめかみに銃を突きつける。

「ああ、はい、わかります」

「だったら訊くが、セムジー、その受刑者を刺激するのは賢明な行動だと思うか？」

「いえ――」

「それならどうしてパトカーがぴったりうしろをついてきてる？」

そう言って、フィリップはかすかにうなずく。私はそれを合図と受け取る。「電話をこっちに寄こせ！」と怒鳴って彼の手から電話をつかみ取る。狂気と苛立ちを含んだ声を出そうとする。そういう声が出せるようになるまでそれほど時間はかからない。「おしゃべりしたい気分じゃない」とまず怒鳴る。できるだけ威嚇していると思わせるようにことばを吐き出す。「よく聞け。十秒やる。いちいちカウントダウンはしない。十秒だ。十秒過ぎたあとも警察が近くにいるとわかったら、所長の頭を吹っ飛ばして自分で運転する。わかったか？」

フィリップが駄目押しする。「なあ、デイヴィッド、頼むからやめてくれ。おまえだってほんとうはそんなことはしたくないんだろ？」

やりすぎではないかという気もするが、そうでもないらしい。

電話の向こうでセムジーが言う。「まあまあ、デイヴィッド、少し落ち着こう。いいね？」

「セムジー？」

「なんだ？」

「おれは終身刑で服役中だ。そのおれが所長を殺す。ブリッグズ一の有名人になれる。わかるか？」

「わかるよ、デイヴィッド、もちろん。パトカーはすぐに撤退させる。見ててくれ」

私は言われたとおりうしろを見る。パトカーはまず私たちの車から距離を取る。

「離れろと言ったんじゃない。失せろと言ったんだ」

セムジーがなだめるように言う。「なあ、デイヴィッド。ところで、デイヴィッドって呼んでもいいかな？　かまわないだろ？」

私はリアウィンドウに向かって撃つ。フィリップが驚いて眉を吊り上げる。「次は所長の眉間にぶち込む」

フィリップは完全に役になりきっている。「頼む、やめてくれ。セムジー、こいつの言うとおりにするんだ！」

セムジーはパニックになって早口でまくしたてる。「わかった、わかったからちょっと待ってくれ、デイヴィッド。今すぐパトカーに追跡をやめさせるから。約束する。うしろを見てくれ。ほら。今ならまだ間に合う、デイヴィッド。まだ誰も怪我してない。話し合おう、いいね？」

「あんたの電話番号は？」

「ええ？」

「発信者の番号が表示されてない。今すぐ切る。五分後にこっちからかけ直して要求を伝える。あんたの番号は？」

セムジーが電話番号を伝える。

「よし、メモとペンを用意して待ってろ。あとでかける」

「メモとペンならもうあるよ、デイヴィッド。今、要求を言ってくれ。これからのことを一緒に考えよう――」

「そっちがおとなしく引っ込んでれば誰も怪我をしないですむ」と私は言う。「もしパトカーがちらっとでも見えたら所長の頭に穴があく」

私は電話を切ってフィリップを見る。「今のでどのくらい稼げる？」

「せいぜい五分だ。もうヘリコプターが離陸準備にはいってるだろう。空中からこの車を監視できるように」

「何かいい案は？」と私は尋ねる。

フィリップはいっとき考えてから答える。「何キロか先に工場直売店の大きなアウトレット・モールがある。そこに地下駐車場がある。十秒くらい監視の眼から隠れられる。そこで車から飛び出せば見られずにすむ。〈ハイアット・ホテル〉が隣接していて、以前はそこにタクシー乗り場があったんだが、今もあるかはわからない。乗り場は残っていて〈ウーバー〉なんかが使ってるかもしれない。そこからは自分でなんとかしろ。おれができるのはそこまでだ。一・五キロ先に駅とバス停がある。もし電車かバスで逃げたいなら」

あまりいい考えとは思えない。「地下を通ったとわかれば、そこで降りたことがばれるんじゃないか？」

「正直なところ、わからない」

うしろを振り返る。パトカーは見えないが、ほんとうにそばにいないとはかぎらない。窓を開けて顔を出す。ヘリコプターが近づいてくる様子はない。まだ音も聞こえない。セムジーに電話をかけて近づくなともっと脅すこともできなくはない。そうすればアウトレット・モールにはいるところを見られずにすむ。が、そううまくいくだろうか。なんとも言えない。警察はマジシャンではない。テレビで見ているとそう思えるが、現実のわれわれ人間には時間というものが誰にも等しく与えられている。ヘリコプターの姿はまだ見えない。もし離れた場所から監視しようとすれば、望遠鏡とかカメラとか、そういうもので見張ろうとするなら、準備に時間がかかる。アダムかフィリップの携帯電話の位置情報を追跡する場合も同じだ。

まだ時間はある。が、さほど長くはない。

「その地下の駐車場まであとどれくらいかかる？」

「三、四分といったところだ」

アイディアが浮かぶ。どう考えても完璧なアイディアとは言えないが、パトロールが任務の警察官だった父は、強迫観念のように完璧を求めようとする私を心配して、よくヴォルテールのことばを引いてたしなめてくれたものだ。〝完璧を善の敵としてはならない〟。このアイディアが〝善〟と言えるかどうかは別として、今はそれしか思いつかない。

車の窓はまだ開いたままだ。ヘリコプターの音が聞こえてくる。

「くそ」とフィリップが毒づく。

「財布を渡してくれ、フィリップ」

「何かいい案があるのか？」

「このまま地下駐車場に向かう。おれはそこで降りる。あんたの財布を盗む。財布には二十ドルくらいしかはいってなかった、あんたは警察にそう話す。アダムも同じことを言う。クレジットカードの使用履歴は追跡されるだろうから現金を使う」

「わかった」と彼は言う。

「今からおれはあんたの電話でセムジーに電話して、とんでもない要求をする」

「で？」

「おれが電話で話しているあいだに地下駐車場にはいる。車は停まらなかった、そう思えるくらいすばやく車を降りる。最初の計画とちがうのは、おれがあんたの電話で話しつづけるってことだ」

フィリップはうなずく。私が何をしようとしているのか彼にもわかったようだ。「警察はおまえがまだ車に乗っていると思うだろう」

「そのとおり。おれが降りたあともあんたは車を走らせつづける。ヘリコプターが上空から監視してるけど、おれが降りるところは見えない。電話で話しつづけていれば、まだあんたと一緒にいると思わせられるかもしれない。できるだけ遠くまで行ってくれ。おれはきっかり十分後に電話を切る。ほかに地下駐車場はないか？　ショッピングモールとか、オフィスビルとか」

「どういうことだ？」

「あんたはそこの地下にはいって何秒か待つ。停めろと言われて、おれがそこで降りたように見せかける」

「そうしているあいだ、おまえは最初の地下駐車場にいる」

「そのとおり」

「そのあとおれは地下から出て、おまえが逃げたとヘリに身ぶりで教える。携帯電話を奪われたから電話はできない」

「そうだ」

「そうすれば警察はこっちじゃなくそっちのまわりを捜す」

「ああ」

フィリップはその計画について考えてから言う。「ああ、うまくいくかもしれない」

「そう思うか?」

「いや、そうでもない」そう言って、私を見る。「うまくごまかせたとしてもそんなに時間は稼げない」

「わかってる」

「電車でもバスでも最初に来たほうに乗れ。サヴァイヴァルごっこは得意か?」

「そうでもない」

「森に隠れるのがいいかもしれない。警察は犬を連れて捜索するだろうが、一度に全部を捜せるわけじゃない。親父さんのところには行くな。会いたい気持ちはわかるが、警察が真っ先に考えるのがそこだ。別れた奥さんや義理の妹にも会うな。親戚は全員。親しい人間には頼れない。監視されている」

今の私には親しい人間などいないが、彼の言いたいことはわかる。

「親父さんにはおれが話す。おれはおまえを信じてる、殺したのはおまえじゃないって」

「信じてくれるのか？」

フィリップは大きく息を吐き、〈ラミー・アウトレット・センター〉の標識がある出口で右に折れる。「ああ、デイヴィッド、信じてる」

「父さんはどれくらい悪いんだ、フィリップ？」

「かなり悪い。だけど、真実はあいつにも伝わるだろう。それは請け合う」

私はうしろを確認する。やはりパトカーはついてきていない。今しかない。ポケットがぱんぱんになっている。アダムの携帯電話と財布、フィリップの財布、ふたりからもらった現金が詰め込まれている。

「もうひとつ」とフィリップが言う。

「なんだ？」

「銃は置いていけ」

「どうして？」

「使うつもりなのか？」

「そうじゃないけど――」

「だったら置いていけ。おまえが武装していたら、警察は生きたまま捕まえようとはしないだろう」

「生きたまま捕まるつもりはないよ」と私は言う。「それに銃を置いていくのは不自然だ。誰がそんな話を信じる？　あんたも共犯だってわかってしまう」

「デイヴィッド……」

議論している余裕はない。私は携帯電話を手に取り、セムジーの番号にかける。彼はすぐに応答する。

「電話してくれて嬉しいよ、デイヴィッド。ふたりとも怪我はないか？」

「無事だ」と私は言う。「今のところは。だけど、おれはここから逃げなきゃならない。ひとまず移動手段を用意しろ」

「わかった、デイヴィッド」セムジーは〝おれたちは仲間だ、一緒に解決しよう〟とでも言いたげな口調だ。さっきより落ち着いていて、感情を抑えている。五分のあいだに気持ちを落ち着かせたのだろう。「できるだけやってみるよ」

「できるだけじゃ駄目だ」と私はぴしゃりと言う。

車は〈ラミー・アウトレット・センター〉に着く。フィリップが左にハンドルを切り、地下駐車場にはいっていく。私はドアの取っ手をつかみ、降りる準備をする。

「ちゃんと用意しろ。言いわけは要らない」

フィリップがセムジーに聞こえるように追い打ちをかける。「デイヴィッド、銃を置け。

彼はおまえの要求どおりにするから」

「ヘリコプターを用意しろ」と私はセムジーに要求する。「燃料を満タンにして」

古いテレビドラマの台詞《せりふ》そのままだ。が、セムジーはそんなことにかまわず、自分の役割に徹する。「ヘリコプターを手配するには何時間もかかるよ、デイヴィッド」

「ふざけるな。今、今も飛んでるじゃないか。おれのことを馬鹿だとでも思ってるのか？」

「あれは警察じゃない。交通状況を監視してるんだろう。誰かが通勤に使ってるのかもしれない。道路を閉鎖できると思ってるなら――」

「おまえは嘘をついてる」

「まあ、落ち着いて聞いてくれ」

「ヘリコプターを遠ざけろ。今すぐ」

「最寄りの空港にすぐに連絡させるよ、デイヴィッド」

「おれのヘリコプターを用意しろ。燃料とパイロット付きで。パイロットには武装させるな」

フィリップがうなずいて前方を示す。準備はできている。

「わかった、デイヴィッド。それは問題ない。でも、少しだけ時間をくれないか？」

フィリップが車を停める。私は取っ手を引いてドアを開け、外に出る。そして、地面に転がる。フィリップの車はそのまま走り去る。せいぜい二、三秒のことだ。うずくまってグレイのヒュンダイの陰に隠れてセムジーに言う。「どれくらいかかる？」息が弾まないように気をつけて続ける。「所長を撃ちたくはないんでね」

「そんなことは誰も望んでない」

「でも、あんたたちはそうさせようとしてる。あんたの言ってることは全部でたらめだ。所長の脚を撃とうか？　そうすれば、おれが本気だってわかるだろうから」

「よせ、デイヴィッド。きみが本気なのはわかってる。だから、警察も離れた場所にいる。理性的に話し合おう、いいな？　きっと解決できる」

私は車のあいだをすばやく移動してショッピングモールの入口をめざす。尾《つ》けてきた車はない。怪しい人影も見あたらない。「よく聞け、セムジー。おれの要求はこうだ」

地下階の入口からショッピングモールにはいり、上りのエスカレーターに乗る。

自由の身になる。今だけでも。

14

マックス――ＦＢＩ特別捜査官のマックス・バーンスタイン――は苛立ちもあらわに所長室の受付のまえを行ったり来たりしていた。

マックスは常に動いていた。母親はよく〝この子のズボンの中には蟻がいる〟と言っていた。教師たちは彼がいつも椅子に坐ったまま体をよじらせているので、授業の妨げになると不満を言った。四年生のときなど、担任のミセス・マティスが彼を椅子の背に縛りつけてもいいかと校長に談判したほどだった。初めて訪れる場所ではいつもそうだが、今も部屋の中を歩きまわっている。まるでまわりの環境に馴染もうとする犬のように。しきりにまばたきし、ほかの人間の眼以外のあらゆる場所に視線をさまよわせ、爪を嚙んでいた。FBIのマークがはいったぶかぶかのウィンドブレーカーを着た彼はみすぼらしく見えた。背は低く、分厚いスチールウールみたいな髪は乱れ放題だった。きちんと梳《と》かして整えるのはせいぜい年に数回だ。じっとしていることができず、たえず苛々した様子であちこち動いている。FBIの同僚からは親しげに〝ひきつけ《トゥウィッチ》〟という渾名で呼ばれていた。言うまでもないことだが、以前、FBIではまだ誰もそんなことをしたことがない頃に、彼が同性愛者であることを公表すると、創造力豊かな同性愛嫌悪《ホモフォビア》の連中は彼の渾名を〝トゥウィッチ〟から〝ビッチ〟に変えた（女性だけでなくゲイに対する侮蔑語にもなる）。なんと面白い！

連邦捜査官にもユーモアのある人はいるらしい。

「逃げられました」地元警察の刑事で、脱獄犯を追跡しようとして失敗したセムジーが言った。

「そう聞いてる」とマックスは答えた。

フィリップ・マッケンジー所長のオフィスの中は犯行現場でまだ捜査中なので、受付室に捜査本部が置かれていた。壁にブリッグズ郡の道路地図が貼られ、所長の車の逃走経路が黄色いハイライトで示されていた。古くさいやり方だ。マックスはそう思ったが、そのやり方が好きだった。一方、ノートパソコンにはヘリコプターからの監視映像が映し出されていた。セムジーたち地元の警察はすでにその映像をひととおり見ており、マックスと彼の相棒のサラ・ヤブロンスキ特別捜査官が到着したときには、映像の再生はすでに終わっていた。

受付室にはマックスのほかに七人いたが、つい五分まえまではサラのほかに知っている者はいなかった。サラは彼の相棒であり、補佐役であり、右腕であり、かけがえのない仲間だった。ほかにどんなことばで呼ぶにしろ、彼女は十六年間ずっと彼が尊敬し、必要としてきた人物だ。髪は赤毛で、身長は百八十センチと高く、いかつい肩をしていた。彼女より十五センチ以上背の低いマックスは彼女と並ぶと、よけいに小さく見えた。ふたりの体格差はどこか滑稽にも見えたが、彼らはそれを逆手に取って利用していた。捜査本部の中のふたりはマックスの指揮下にある連邦保安官で、あとの四人は刑務所の看守と地元の警察官。マックスはコンピューター画面のまえに坐っていた。右脚がずっとむずむずしていて、本人がちゃんと受診すれば、おそらく下肢静止不能症候群《レストレスレッグス》と診断されるだろう。そのマックスが映像の最後の部分を何度も繰り返し再生するのをほかの者たちはただじっと見ていた。

「何かわかったの、マックス？」とサラが尋ねた。

彼は何も答えなかった。サラもそれ以上は訊かなかった。彼の沈黙が何を意味するかふたりにはわかっていた。

画面を見つめたままマックスが質問した。「ここにいる刑務所の職員で一番職位が高いのは？」

「私です」と半袖のドレスシャツを汗だくにした肉づきのいい男が言った。「名前は――」

マックスとしてはその男の名前や肩書きはどうでもよかった。「すぐに用意してもらいたいものがある」

「なんでしょう？」

「最近バロウズに面会にきた人物のリスト」

「わかりました」

「親しい家族や友人。彼と話したことのある同房の受刑者。すでに釈放された者も含めて。そうした人物の情報が要る。いずれ誰かに助けを求めるしかなくなるだろうから。その人たちに監視をつけてほしい」

「すぐに手配します」

マックスは立ち上がり、また室内を歩きまわった。人差し指の爪を噛んだ。やさしくでもそれとなくでもなく、新しいおもちゃを噛んでずたずたにするロットワイラーみたいに激しく。ほかの者たちは驚いて顔を見合わせたが、サラはそんな光景にすっかり慣れっこだった。

「所長は戻ってきた、サラ？」

「ちょうど今着いたところよ」

「準備はいいかな？」

「準備万端」と彼女は答えた。

マックスは相変わらず歩きまわりながら大きくうなずいた。それからノートパソコンのまえで立ち止まり、もう一度再生ボタンをクリックした。映像には、フィリップ・マッケンジー所長が車から降りてきて、彼らを追跡していたヘリコプターに向かって手を振る様子が映っていた。マックスはその部分を何度も繰り返し見ていた。サラが彼の肩からのぞき込んで言った。

「ここに連れてくる、マックス？」

「もう一度見てからだ、サラ」

マックスは映像を最初から再生した。時折、傷を負ったレイヨウさながら、しなやかにコンピューター画面から壁に貼られた地図のところに移動すると、嚙んでいた人差し指で逃走経路を確認し、またコンピューターのまえに戻った。それを一定の間隔で繰り返した。その間ずっと手首に巻いた一ダースの輪ゴム――十一本でも十三本でもなく、きっちり十二本――を弄んでいた。

「セムジー！」とマックスは大声で呼ばわった。

「ここにいます」

「この最後の部分を実況中継してくれ」

「はい？」

「バロウズはいつ車から降りたんだ？」

「ウィルミントン・トンネルの中です。見えますか？」とセムジーは地図を指差して言った。

「所長の車はここからトンネルにはいりました」

「きみはバロウズと電話で話をしていた、そうだね？」

「そうです」

「車がトンネルにはいったときも？」

「その直前に彼は電話を切りました」

「それまでどれくらい話をしてた？」

「そうですね、はっきりとは言えませんが、一分くらいだったと思います。記録を調べればはっきりします」

「あとで調べておいてくれ」とマックスはコンピューター画面を見つめたまま言った。「電話での話はどんなふうに終わったんだ？」

「ヘリコプターの用意ができたら、こっちからかけ直すことになっていました」

「彼がそうしろと言ったのか？」

「そうです」

マックスはサラに向かってしかめ面をしてみせた。「それで?」

「そのあとは映像にあるとおりです」とセムジーは言った。「所長の車がトンネルを走っているあいだ、われわれには車は見えませんでした」

ふたりは映像のその部分をコンピューターで再生した。

「そうなることはバロウズにもわかっていた。ちがうか?」

「そうなること……?」

「彼はヘリコプターが飛んでいると言っていた、ちがうか?」

「いえ、はい、そうだったと思います。十五分くらいまえにヘリコプターが追跡していることに気づいて、追跡をやめるように言われました」

「でも、きみたちはやめなかった」

「はい。少し離れた場所まで退避させました。なので、彼からは見えなかったし、音も聞こえなかったと思います」

「なるほど。いずれにしろ、車はトンネルにはいった」とマックスは先を促した。

「そうです。だから、ヘリコプターを反対側の出口の上空で待機させました。トンネルの中をのぞくことはできないんで。トンネルにはいってから出てくるまでせいぜい一、二分のはずでした」

「でも、実際にはもっと時間がかかった」とマックスは言った。

「所長の車がトンネルを出てきたのは六分以上経過してからです」

マックスは映像を早送りし、所長の車がトンネルの反対側から出てくるところで再生ボタンをクリックした。車はトンネルを出るとすぐに路肩に停止した。中から所長が降りてきて必死に手を振った。

そこで映像は終わっていた。

「で、どう思う？」とマックスはセムジーに訊いた。

「何がですか？」

「バロウズはどうしたと思う？」

「ああ、それならわかります。所長から聞きましたから。バロウズはトンネルにはいればヘリコプターからは見えないと知っていて、誰にも見られないようにトンネルの中で車を停めさせ、別の車を乗っ取って逃げました。すでに検問を敷いています」

「トンネルには監視カメラはないのか？」

「ありません。検問所みたいなものはありますが、係員がいることはめったにありません。予算削減のせいで」

「なるほど。サラ？」

「何？」

「所長の息子は今どこにいる？」

「父親と一緒に医務室にいるわ」

「怪我してるのか？」

「いいえ、お決まりの手順で念のため診てもらってるだけよ」

「所長と息子をここに連れてきてくれ。ほかの者はここから出てもらいたい」

全員が部屋を出ていった。五分後、サラがドアを開け、フィリップとアダムのマッケンジー親子がはいってきた。マックスは彼らのほうを見ることもせずコンピューター画面を見つめていた。

「大変な一日でしたね、おふたりとも」

「まったくだ」フィリップ・マッケンジーはそう言うと、マックスに近づいて手を差し出した。マックスはその手が見えていないふりをした。バンパープール（テーブルに置いた持ち玉をキューで突き、障害物を避けながら相手のポケットに落とすビリヤードに似た競技）の玉みたいに映像の画面と地図のあいだを行ったり来たりしていた。

「バロウスはどうやって銃を手に入れたんです？」とマックスは訊いた。

フィリップ・マッケンジーは咳払いして答えた。「私が携帯していた銃を奪ったんだ。不意打ちを食らった。受刑者を部屋に呼んで――」

「受刑者？」

「そうだ」

「ここでは彼をそんなふうに呼ぶんですか?」

フィリップは口を開きかけたが、マックスが手を振ってそれを制した。「気にしないでください。だいたいのところはセムジー刑事から聞いています。彼があなたから銃を奪い、そちらの息子さんに脱がせた制服を自分で着て、そのあとあなたを銃で脅して車に乗れと迫った。そこまではわかっています」マックスはそこでことばを切り、地図を見て顔をしかめてから続けた。

「訊きたいのは——どうしてあなたは嘘をついているかということです」

沈黙が流れた。フィリップはマックスをじっと見つめた。が、マックスは相変わらず彼に背を向けたままだった。フィリップは怒りを込めてサラのほうを見た。が、彼女はただ肩をすくめただけだった。

フィリップ・マッケンジーの怒声が響いた。「今、なんと言った?」

マックスはため息をついて言った。「繰り返さなきゃいけませんか? サラ、私の言ったこと、わかりにくかったかな?」

「この上なくはっきりしてたわ」とサラは答えた。

「誰に向かって話をしてるかわかってるのか、バーンスタイン捜査官?」

「私は有罪判決を受けた子殺しの受刑者が脱獄するのを手助けした刑務所長に向かって話してるんです」

フィリップの両手が拳になった。顔は真っ赤になっている。「こっちを見ろ、このクソ野郎」

「お断わりだ」

フィリップは一歩近づいて言った。「人を嘘つき呼ばわりするなら、きちんとおれの眼を見て話せ」

マックスは首を振って言った。「そんな真似は通じませんよ」

「なんだと?」

「その〝おれの眼を見て話せ〟って台詞。アイコンタクトは過剰に評価されすぎている。私が知るかぎり、嘘つきの天才は何時間もまっすぐ相手の眼を見ながら平気で嘘をつく。眼を合わせるなんて時間と労力の無駄でしかない。ちがうかい、サラ?」

「いいえ、そのとおりよ、マックス」

「所長」とマックスは呼びかけた。

「なんだ?」

「あなたはまずい状況にいる。きわめてまずい状況にね。それに関して私にできることは何もない。それでもそこで押し黙っている息子さんにはまだいくらか希望の光がある。だけど、あなたがこのまま嘘をつきつづけるなら、ふたりとも社会から葬り去られることになる。私たちはこれまでにもそうしてきた。そうだろ、サラ?」

「むしろ喜んでやってきたわね、マックス」

「一種の麻薬みたいなものでね」とマックスは言った。

「こういう瞬間を録画しておくこともあるわ」とサラが横から言った。「で、あとで前戯に使うの」

「私の乳首に触れてみてくれ、サラ」マックスはそう言うと、サラに向かって胸を突き出した。「小石みたいに固くなってるから」

「勘弁してよ、マックス。また人事部に報告されちゃう」

「おやおや、きみも昔はもっと面白い人だったのに、サラ」

「そういうことはまたあとで、マックス。彼らに手錠をかけたあとの愉しみということで」

フィリップはマックスを、次にサラを指差して言った。「おふざけはもう終わったのかな？」

「車で刑務所の門に突っ込んで無理やり通り抜けようとしたそうですね」とマックスは言った。

「ああ」

「つまり、自分の車をフルスピードで半分閉まりかけた門に衝突させた」

フィリップはにやりと笑い、堂々としたふうを装った。「それが何かの証拠になるのか？」

「どうしてそこまで必死にアクセルを踏んだんです？」

「追いつめられた受刑者から顔に銃を突きつけられていたからだよ」

「聞いたか、サラ？」

「この耳でしかと聞いたわ、マックス」

「偉大なるマッケンジー所長がビビってたってわけだ」

「ビビらないやつがいるか？」とフィリップは言い返した。「受刑者は銃を持ってたんだぞ」

「あなたの銃をね」

「そうだ」

「秘書の話ではあなたはこれまで銃を携帯することも、弾丸《たま》を込めておくこともなかったとか」

「そんなことはない。ホルスターを着けたら上着を着るんで、人からは見えないだけだ」

「慎《つつ》ましいのね」とサラが言った。

「それなのに」とマックスは続けた。「バロウズは銃を見つけただけでなく、その銃を引き抜いてあなたたちを脅した」

「油断してたんだよ」とフィリップは言った。

「自分は無能だと自分から言ってるように聞こえるが」

「私はミスをした。受刑者を近づけすぎた」

マックスはサラに笑みを向けた。サラは肩をすくめた。

「それに、さっきからずっと受刑者と呼んでるけど」

「実際、受刑者だろうが」

「ええ。でも、彼とは知り合いですよね？　あなたにとって彼はデイヴィッドだ、ちがいますか？　あなたと彼の父親は古くからの友人だ。そこにいるあなたの息子、ずっとだんまりを決め込んでるアダムは彼の幼なじみだ。ちがいますか？」

一瞬、フィリップの顔に驚きがよぎったが、すぐに持ち直した。「そのとおりだ」フィリップはそう言うと、少し背すじを伸ばした。「それは否定しない」

「ずいぶん協力的ね」とサラが言った。

「デイヴィッドはタフな男だった――」

「それがいったい――」

「いや、訊くまでもないか。タフじゃなきゃ近づいて銃を奪い取るなんてできない。秘書が所長はいつもは持っていなかったと証言している銃を奪うなんて真似は」

「普段は弾丸《たま》も込めてなかったのに」とサラがつけ加えた。

「そのとおり。ありがとう、サラ。それなのに、バロウズはあなたの上着の下に手を突っ込んでホルスターのボタンをはずし、装塡された銃を抜き取ることができた。その間、あなたたちは何もせずにただ突っ立っていた。そういうことですね、所長？」

アダムが初めて口を開いた。「ああ、まさにそのとおりだ」

「おっと、しゃべったぞ、サラ」

「やめといたほうがよかったと思うけど、マックス」

「まったくだ。差し支えなければ、もうひとつ質問させてください、所長。昨日、デイヴィッド・バロウズの父親を訪ねたのはなぜです？」

フィリップ・マッケンジーは不意を突かれ、啞然《あぜん》とした。

「サラ、説明してあげてくれ」

「了解、マックス」サラはフィリップのほうを向いて続けた。「あなたは昨日の朝、八時十五分のアメリカン・イーグル便でボストンに飛んだ。ちなみに三〇二便ね。一応お伝えしておくと」

また静寂が流れた。

「所長の頭の中で歯車がフル回転してるのが見えるよ、サラ」

「あら、そう」

マックスはうなずいて続けた。「きっと迷ってるんだよ。古い友達のレニー・バロウズを訪ねたことを認めるべきか、それとも別の用事でボストンにいたと主張するべきか。後者を選びたいだろうけど、もちろん。でも、そうするには問題がある。ですよね、所長。嘘をついたらここにいるサラが調べ上げるかもしれない。あなたがローガン国際空港からリヴィアにあるバロウズの家に向かうときに乗った〈ウーバー〉のタクシーの乗車記録を見つけるかもしれない。それがどうにも気になる」

「帰りのタクシーかもしれないわよ、マックス」とサラがつけ加える。

「そのとおりだ、サラ。帰りってこともありうる。そう、空港に戻るときに使ったタクシーかもしれない。返事を聞くまえに警告しておきます。サラはとてもとても優秀でね」

「ありがとう、マックス」とサラは言う。

「いや、お世辞じゃない。ほんとうだ。きみは最高だよ」

「そんなに誉められると照れるわ、マックス」

「照れてるきみも可愛いよ、サラ」マックスは肩をすくめ、マッケンジー親子に向き直った。

「むずかしい選択でしょうね、所長。私なんかにはどうすればいいかわからない」

フィリップは咳払いして言った。「病気の友達を見舞いにボストンに行っただけだ。疚《やま》しいところは何もない」

マックスは財布を取り出して笑った。「くそ、サラ、きみの勝ちだ」

サラが手のひらを差し出して言った。「五ドル」

「十ドル札しか持ち合わせがない」

「お釣りはあとであげるわ」

マックスは彼女に十ドル札を手渡した。

フィリップが話をさきに進めた。「きみの言うとおりだ。私はデイヴィッドをよく知っている。最近のデイヴィッドの行動は理性を欠いていた。そう、だから彼の父親に相談しにいった。知ってのとおり、レニーと私は昔から――」

「ストップ。当ててみましょう」とマックスは手を上げ、フィリップを制して言った。「あなたはまさに同じ理由で、今日息子さんをここに呼んだ。アダムとデイヴィッドは仲がよかったから。そのデイヴィッドの様子がおかしかったから」

「ああ、もちろんそのとおりだ」

マックスは笑って手のひらを差し出した。サラが顔をしかめ、さっき受け取った十ドル札を彼に返した。

「そんなことをして何が面白い？」とフィリップが吐き捨てるように言った。

「われわれは伊達《だて》にFBIの〝ルーシーとデジ〟（一九五〇年代にアメリカで放送されたコメディ番組に登場する夫婦）って呼ばれてるわけじゃないんでね。そうだろ、サラ？」

「そう呼ばれてるのはわたしが赤毛だからよ、マックス。わたしたちが愉快だからじゃない」

マックスは顔をしかめた。「ほんとうに、サラ？　でも、私はコメディアンのバブルについて現代における再解釈に取り組んでて――」

ドアをノックする音がした。肉づきのいい刑務所の上級職員とセムジーがはいってきた。

刑務所の職員が言った。「デイヴィッド・バロウズはここに収監されてから一度しか面会に応じていません。その唯一の面会人は義理の妹で、名前はレイチェル・アンダーソン。昨日と一昨日、面会に来ています」

「ちょっと待った、バロウズの唯一の面会人が来たのが昨日と一昨日?」とマックスは胸に手をあてて言った。「なんとなんと。こんな偶然があるとはね、サラ」

「世界は偶然でできてるのよ、マックス」

「世界は何かでできてるんだよ、サラ。何か言いたいことは、所長?」

今度ばかりはフィリップも何も言わなかった。

マックスは肉づきのいい職員に向き直って言った。「その義理の妹の滞在先は?」

「おそらく〈ブリッグズ・モーター・ロッジ〉でしょう。面会人はたいていそこに泊まりますから」

マックスはセムジーを見やった。セムジーが彼の意を悟って言った。「すぐに調べます」

肉づきのいい職員がつけ加えた。「工場直営店のアウトレット・モールに隣接している〈ハイアット〉に泊まったかもしれません」

「ワオ」

マックスは、誰かに糸で引っぱられたみたいに顔の向きを変えると、例の落ち着きのない足取りで地図のところまで行った。室内が三度《みたび》静寂に包まれた。マックスは逃走経路をじっくり調べ、弾かれたようにコンピューターのまえに舞い戻った。

「ビンゴだ、サラ」

「なんのこと、マックス?」

「セムジー?」

セムジーは一歩まえに進み出て答えた。「ここにいます」

「トンネルにはいる直前までバロウズと電話で話していたと言ったね?」

「はい」

「電話は向こうからかかってきたんだね?」

「そうです。最初に電話を切ってから五分後にかけてきました」

「正確な時間は?　通話記録を調べてくれ」

「八時五十分です」

「ということは、そのとき車は……」マックスは位置を特定して言った。「ここだ。グリーン通り。アウトレット・モールの地下駐車場にはいる直前だ」マックスはフィリップのほうを向いて続けた。「どうして地下駐車場を通ったんです、所長?」

フィリップはマックスを睨みつけるように言った。「受刑者にそうしろと言われたからだ。銃を突きつけられて」

マックスはまたしても地図のまえに行き、〈ラミー・アウトレット・センター〉を指差すと、周辺を指でなぞった。「サラ、何が見える?」

「駅があるわ、マックス」

マックスはうなずいて言った。「セムジー?」

「はい?」

「電車をすべて止めろ。八時五十分よりあとに出発した列車があるなら、乗客を降ろすな。全捜査員を動員してアウトレット・モールに急行させるんだ」

「了解」

15

ロードアイランド州ニューポートにあるペイン美術館で大富豪ペイン一族の八十二歳の女家長、ガートルード・ペインが見守る中、孫息子のヘイデンが演台のまえに進み出る。ヘイデンは三十七歳。気品があって貴族のような雰囲気を醸す男を誰もが想像しがちだが、大方の予想に反して、彼は一八六八年に〈ペイン・ケンタッキー・バーボン〉を創業して一族繁栄の礎《いしずえ》を築いた気概あふれる五代まえの当主、ランダル・ペインによく似ている。

「一族を代表して」とヘイデンは挨拶を始めた。「とりわけ祖母のピクシーに代わって……」

ピクシーとはガートルードのことだ。彼女の父親がつけた愛称なのだが、どうしてピクシーなのか、その理由を知る者はいない。ヘイデンは祖母のほうを見て微笑んだ。祖母も笑みを返した。

ヘイデンは続けた。「……毎年恒例の資金集めのための昼食会にこんなに大勢のみなさんにお集まりいただき、感激しています。今日のイヴェントの収益はすべて〝ペインとペイント〟芸術育成チャリティ事業に寄付され、引き続きプロヴィデンス地域の恵まれない子供たちに美術教室と画材の支援を続けていきます。寛大なご支援をありがとうございます」

オーカーポイント通りにあるペイン家の屋敷の大理石の舞踏室《ボールルーム》に礼儀正しい拍手が起こる。大西洋に臨むこの邸宅は一八九二年に建てられた。一九六八年、嫁いでまだ間《ま》もないガートルードが主導する形で一族は美術館を建て、邸宅を保存協会に売却した。ペイン屋敷は実に美しく荘厳な建築物だったが、その一方で文字どおりの意味でも比喩的にも隙間風の吹く寒々しい場所でもあった。こうした邸宅が寄贈されるのは一般の人々にも愉しんでもらうためだ、と考える人が多いが、それは所有する一族にとって経済的に有益な場合にかぎられる。〈ブレーカーズ〉や〈マーブルハウス〉やこのペイン屋敷のように観光客向けに開放されている有名な邸宅の多くは、保存協会が買い取ることで裕福な所有者に多大な利益がもたらされる。

金持ちの行動には必ず裏がある。ピクシーはその手のことをよく心得ている。

「今年は特に大きなお愉しみがあります」とヘイデンは続けた。「お約束どおり、地元のケータリング業者、神の手を持つハンス・ラースペアが提供してくれた美味しいランチを堪能《たんのう》したあとは……」

ぱらぱらと拍手が起こった。

「……大切な支援者であるみなさんを美術館のプライヴェート・ツアーにご招待します。もちろん、ハイライトもお忘れなく。ほとんどの方はそのためにここにいらしているのですから。二十年以上にわたって公の場に姿を現わさなかったいわくつきの絵画、ヨハネス・フェルメールの『ピアノを弾く少女』を特別公開します」

待ってましたとばかりに歓声があがった。

そのフェルメールの絵画はおよそ四半世紀まえに、ガートルードのいとこすじにあたるロックウッド家から盗まれ、最近になってマンハッタンのアッパー・ウェストサイドで起きた奇妙な殺人事件の現場で発見された。高さが四十五センチしかない小品ながら『ピアノを弾く少女』はもともときわめて貴重な傑作だったが、そこに美術品強盗と殺人と国内テロという悪評が加わったことで、全世界でも有数の貴重な美術品と見なされるようになった。修復が完了すると、ガートルードの親戚のウィンはこう考えた。この絵はロックウッド屋敷の薄暗い客間に眠らせておくべきではない、全世界を旅して何百万とまではいかなくても、何十万の人々に鑑賞されるべきだと。そういうわけで、かつて盗まれたフェルメールの作品は世界じゅうの美術館をめぐることになったのだが、その最初の地がここだった。ロードアイランド州ニューポートで一ヵ月展示されることになったのだ。

これはペイン一族の手柄と言えるが、今日の昼食会のチケットは一番安い席でもひとり五万ドルする。もちろん、金の問題ではない。実際、ペイン一族の資産は数十億ドルを下らない。が、裕福な人々が慈善活動をおこなうのは社会的な地位を上げるためだ。そして、そこには幾許《いくばく》かの罪悪感も交じっている。言い換えれば、彼らにとって慈善パーティというのは、金持ちたちの社交活動の口実でもあるということだ。とてつもなく裕福な人々がただパーティを開くのはあまりに無粋だ。品もない。庶民からはただこれ見よがしに思われるだけだろう。で、慈善活動を隠れ蓑《みの》にするのだ。どこまでもくだらない。ガートルードにもそれはわかっていた。恵まれない若者に対するペイン一族の慈善活動を支援したいなら、この会場にいる裕福な人々はただ小切手を書くだけでいいのだ。実際、その金を惜しむ者はいないだろう。だからと言って、自分が痛みを覚えるまで与えつづける者などいない。ほんのわずかな痛みを覚えるだけでも人は人に施したりしない。自らの資産を無駄に減らそうと思う者などいやしない。言うまでもない。同時に、自分たちより恵まれない人々がよりよい生活を送れることも願っている。そう、とガートルードは思う。金持ちはみんなそう言うかもしれない。もしかしたら、本気でそう思っている人たちもいるかもしれない。それでも、そのために自分たちが犠牲を払うことは誰も望まない。金持ちがひどい人間に見えるのはそのせいだ。それがもう何年もまえにガートルードが出した結論だった。

ヘイデンは続けた。「わが一族の祖、ベネット・ペインが一九三八年に最初の少年向けの孤児院を設立して以来、ペイン財団のチャリティ・プログラムでは生活に困窮した数万人の子供たちを支援してきました」

そう話しながら、ベネット・ペインの大きな油彩の肖像画を指し示した。

ああ、敬愛するすばらしいベネットおじさん――ガートルードはそう胸につぶやいた。ベネットおじさんが小児性愛者――当時はまだそんなことばはなかったが――だったことを知る者はほとんどいない。〝気前のいい〟ベネットが貧乏な子供たちのために慈善活動をすることを選んだのは、そうすれば彼らに容易に近づけるというただひとつのシンプルな理由からだった。もちろん、その性癖は秘密にしていたが、人間が誰しもそうであるように、彼もまた自分の行為を正当化した。つまり、自分は善いことをしていると自分に言い聞かせた。ペイン家が面倒をみなければ、子供たち――とりわけきわめて貧乏な家の子供たち――は生きていけないかもしれないのだ。ベネットはそんな子供たちに食事や衣服や教育を施した。ついでに行為に及ぶのはどちらにとっても喜ばしいことではないか？ それのどこが犯罪なのか？ ベネットおじさんは志を同じくする宣教師たちと一緒に世界じゅうを旅した。おかげであらゆるタイプの子供たちとセックス――現代ではレイプと呼ぶほうが正確だが――することができた。

因果応報はあるのか、飢えも咽喉の渇きも不便さも知らず、まともに働いたこともなく、巨万の富に恵まれた生活しか知らないベネット・ペインはいずれ悪行の代償を払うことになったのか。そう疑問に思う人もいるだろう。が、残念ながら答はノーだ。ベネットおじさんは九十三歳の天寿を全うし、寝ているあいだに自然と亡くなった。彼のしたことが明るみに出ることはなかった。今日まで彼の肖像はペイン財団のあらゆる慈善活動の施設に飾られている。

皮肉にもペイン財団は今では善良な活動を手広くおこなっている。ベネットおじさんが子供たちをレイプするために始めた活動が今では恵まれない子供たちをほんとうに支援する活動になっている。その事実と彼の性癖。このふたつの関係はどう考えればいいのか。よかれと思って始めたことがやがて堕落し、腐敗することもある。そういう例はガートルードもいくつも見てきた。このことについて哲学者のエリック・ホッファーはこう述べている――〝あらゆる崇高な意志は運動として始まり、ビジネスになり、やがて不正へと墜《お》ちていく〟。まさにそのとおりだ。が、その逆はどうなのか？

男には誰しもどこか社会病質者的なところがある。と同時に、自らのどんな行動も正当化する能力に長けている。ガートルードはそう思っていた。一般化が過ぎるのは確かだし、部屋の奥で「誰もがそうではない」と反論する者もいるだろう。が、たいていの男はそうだ。彼女の父親はアルコール依存症で、母親を殴って従わせようとした。父は聖書のことばを引用してそれを正当化した。ガートルードの夫、ジョージは女遊びに余念がなく、一夫一婦制は〝不自然〟だという科学的な理論を盾に自分の行為を正当化した。それにベネットおじさん。彼の行為は隠蔽されたが、一族の中で同じ性癖を持つ者は彼だけではなかった。ガートルードには息子がひとりいた。ヘイデンの父親のウェイドだ。彼女から見れば息子はその法則の例外だった。もっとも、それは今の若者のことばで言えば、〝ママの贔屓目《マミー・グラシズ》〟だったのかもしれないが。いずれにしろ、彼の股間の問題が顕在化することはなかった。三十一歳のときにヘイデンの母親と一緒にヴェイルにスキーに行く途中、プライヴェート・ジェットの墜落事故で亡くなったのだ。息子の死はガートルードを打ちのめした。ヘイデンは四歳で孤児になり、彼の養育はガートルードの手に委ねられた。が、彼女はその役目をうまく果たせなかった。どうしても心が孫に向かわなかったのだ。そのことはヘイデンにも伝わった、もちろん。

電話が鳴った。現在の技術の進歩には眼を見張るものがある。ガートルードはそう思っていた。言うまでもないが、現代世界のほかの多くのものがそうであるように、人は技術の進歩に取り憑かれている。が、いつでも誰とでも連絡が取れることや、ハンドバッグに収まる小さな端末で世界じゅうの図書館に所蔵されている本が読めるのだ。そういう便利さを称賛しない者がいるだろうか？

「改めてお礼を言います」ヘイデンはスピーチの締めくくりにはいった。「このすばらしい活動へのご支援に感謝します。あと十五分ほどしたら盗まれたフェルメールの絵画を見にいきます。そのまえにデザートを堪能してください」

ヘイデンが笑顔で手を振った。ガートルードは携帯電話の画面をそっと確認し、メッセージを読んで愕然《がくぜん》とした。ヘイデンはゆっくりと彼女のいるテーブルに戻ってくると、祖母の顔を見て言った。「大丈夫、ピクシー？」

彼女はテーブルに手をついて体を支えながら言った。「ちょっと来て」

「でも、これから――」

「腕を取ってわたしを支えて。お願い。今すぐ」

「わかった、ピクシー」

ふたりは笑みを浮かべたまま巨大なボールルームを出た。ボールルームの壁の一面はガラス張りになっていた。ガートルードは部屋を出る直前にガラスに映った自分の姿を見て思った。この老婆はいったい誰なの？

「何があったの、ピクシー？」

彼女はヘイデンに携帯電話を渡した。メッセージを読んで彼が眼を見開いた。「逃げた？」

「そのようね」

ガートルードは開いたドアのほうを見た。長年この家で警備責任者をしているステファノはいつも見える場所にいた。彼と眼が合うとガートルードはわずかに首を傾《かし》げ、あとで話があると仕種で伝えた。ステファノは彼女の意を正確に理解し、ただうなずいただけで、ふたりに近づいてこようとはしなかった。

「これはお告げかもしれない」とヘイデンは言った。

ガートルードは孫息子に注意を戻して訊いた。「お告げ？」

「厳密に宗教的な意味で言ってるんじゃないけど、それもあるかも。むしろチャンスかもしれない」

ガートルードは内心毒づいた——孫息子がここまで愚かとは。「これはチャンスなんかじゃないわ、ヘイデン」彼女は食いしばった歯の隙間からことばを押し出すようにして言った。

「どうせ一日もしないうちに彼は捕まるでしょうけど」

「われわれは彼を助けるべき？」

ガートルードはただじっと孫を見つめた。彼が眼をそらすまで。それから言った。「今すぐここを出なければ」

ヘイデンはボールルームのほうを示して言った。「だけど、ピクシー、支援者たちは——」

「——フェルメールが見たいだけよ」と彼女は孫のことばをさえぎって言った。「わたしたちがここにいようといまいと誰も気にしない。シーオはどこ？」

「絵を見たいって言ってた」

ガートルードはふたりの警備員のまえを通り過ぎ、かつては一家の音楽室だった部屋にはいった。フェルメールの絵はその部屋に展示されていた。少年が彼らに背を向けて絵の正面に立っていた。

「シーオ」と彼女は少年に呼びかけた。「出かける用意はできてる?」

「うん、ピクシー」とシーオは答えた。「できてるよ」

そう言って、八歳の少年は振り向いた。ガートルードの眼は少年の頰にあるまぎれもない痣に否応なく惹き寄せられた。大きく息を吸い、彼女は少年に手を差し伸べて言った。

「じゃあ、行きましょう」

第二部

二十四時間後

16

マックスとサラが取調べ室の机の片側に並んで坐り、レイチェル・アンダーソンはひとりその向かいに坐った。互いに自己紹介をすませると、FBIの捜査官は弁護人の同席を求めるかどうか改めてレイチェルに確認した。レイチェルはその権利を放棄した。

「それじゃ、始めようか」とマックスが言った。「まずは聴取に応じてくれてありがとう」

「当然よ」とレイチェルは答えた。眼は大きく見開かれていた。その眼に疚《やま》しいところは微塵もないように思われた。「だけど、これってなんのための聴取なの？」

マックスはサラをちらりと見た。サラは呆れたように眼をぐるりとまわしてみせた。

彼らはブリッグズ刑務所から八百キロほど離れた、ニュージャージー州ニューアークのFBI支局にいた。FBIの〝厳重警戒班《BOLO》〟にようやく港湾公社警察から情報が寄せられたのだ。ニュージャージー州のナンバープレートをつけたレイチェル・アンダーソンの車がジョージ・ワシントン・ブリッジを西へ、ニューヨークからニュージャージー州へ向かっているという情報だ。ニュージャージー州警察は、応援部隊の到着を待ってから——脱獄犯のディヴィッド・バロウズは武装しているため危険だとBOLOは通達していた——ニュージャージー州ティーネックの四号線で、レイチェル・アンダーソンが運転するトヨタの白いカムリを緊急停止させた。

デイヴィッド・バロウズは乗っていなかった。

マックスは単刀直入に切り込むことにした。「あなたの義理のお兄さんは今どこにいるのかな、ミズ・アンダーソン?」

レイチェルは口をぽかんと開けて訊き返した。「デイヴィッドのこと?」

「そう、デイヴィッド・バロウズ」

「デイヴィッドなら刑務所にいるわ」とレイチェルは答えた。「メイン州のブリッグズ刑務所で服役してる」

マックスとサラは彼女をじっと見つめた。

サラがため息をついて言った。「ほんとうにそう思ってるの、レイチェル?」

「ええ?」

「しらを切って乗り切ろうってわけ?」

マックスがサラの腕に手を置いて言った。「きみは弁護人を同席させる権利を放棄したけれど、これは約束しよう」

「約束?」とレイチェルは訊き返した。

マックスはサラの腕を軽く揺すり、彼女がよけいな嫌みを言わないように釘《くぎ》を刺した。

「きみには完全な免責特権を保証する。ほんとうのことを話してくれるなら」

レイチェルはサラを見て、次にマックスを見てから言った。「なんの話かさっぱりわからないんだけど」

サラが首を振って言った。「あらあら」

「だったら」とマックスが言った。「〝免責特権〟についてわかりやすく説明しよう。これはあくまで仮定の話だが、仮にきみがデイヴィッド・バロウズの脱獄に協力していたとする。彼の居場所や連邦法で重罪になるこの企てにおけるきみの役割を正直に話してくれるなら――」

「――重罪を犯すと何年ものあいだ投獄されることになる」とサラが補足した。

「そのとおり。ありがとう」マックスはそう言って続けた。「事実を話してくれるなら、きみが罪に問われることはない。歩いてここから帰れる」

「ちょっと待って」とレイチェルは胸に手をあてて言った。「デイヴィッドは脱獄したの？」

サラは椅子に背を預け、下唇を引っぱった。レイチェルをまじまじと観察し、彼女のほうを示して言った。「どう思う、マックス？」

「見事な演技力だね。サラ、きみはどう思う？」

「どうかしら、マックス。ちょっと大げさに驚きすぎじゃない？」

「ああ、ほんの少し」とマックスは認めて言った。「〝デイヴィッドは脱獄したの？〟って訊くまえに〝間《ま》〟を置いたのはよけいだったかもしれない」

「胸に手をあてる仕種もね。ちょっとやりすぎだった。パールのネックレスをしていたら、それをつかんでたかも」

「だとしても」とマックスは言った。「オスカー賞ものの演技と言っていい」

「ノミネートされたっていう電話がかかってくるところまではいくかもしれない」とサラが答えた。「でも、受賞はしないと思う」

ふたりはレイチェルに向かって礼儀正しく控えめに拍手を送った。レイチェルは何も言わなかった。

「デイヴィッド・バロウズが脱獄したあと」とマックスは続けた。「われわれはきみが泊まっていたモーテルに捜査員《マン》を向かわせた」

「パーソンよ、マックス」

「ええ？」

「今、あなたはマンって言った。それってちょっと性差別主義的じゃない？」

「確かに。申しわけない。どこまで話したっけ？」

「彼女が泊まっていたモーテルに法執行機関の捜査員を向かわせたってところまで」

「そうだった」マックスはレイチェルに向き直って続けた。「きみはいなかった、もちろん。受付で尋ねたら、きみはおそらく〈ネスビット・ステーション・ダイナー〉にいるんじゃないかって教えてくれた。きみはそのモーテルのＷｉ－Ｆｉが遅くて不満だった」

「それがなんなの？」とレイチェルは言い返した。「食堂に行くと罪になるの？」

「食堂のウェイトレスの話では、脱獄を知らせるサイレンが聞こえてから少しして、きみは慌てて店を出た」

「それと、店を出る直前に」とサラがつけ加えた。「電話がかかってきた」

レイチェルは肩をすくめて言った。「電話ならしょっちゅうかかってくる。だからなんなの？」

「誰からの電話だったか覚えてる？」とマックスが訊いた。

「いいえ、覚えてない。出なかったかもしれないし。かかってきても出ないことはよくあるから」

「ウェイトレスはきみが電話に出るのを見ていた」

「だったら迷惑電話じゃないかしら。しょっちゅうかかってくるのよ」

「迷惑電話じゃないわ」とサラが言った。「電話はデイヴィッド・バロウズからだった」

レイチェルは顔をしかめた。「デイヴィッドは連邦刑務所にいるのよ。その彼がどうやって電話をかけられるって言うの？」

「ワオ」とサラは降参とばかりに両手を上げた。

「逃げる途中で携帯電話を奪ったんだ」とマックスは言った。バロウズが使った電話がほんとうに〝奪われた〟ものだとはマックスは思っていなかったが。彼が持っていた携帯電話はフィリップとアダムのマッケンジー親子が脱獄計画の一環として持たせたものだ。しかし、今その話をする必要はない。「発信者はアダム・マッケンジーと表示されていたはずだ。その人のことは知ってる?」

「もちろん知ってるわ。アダムはディヴィッドの幼なじみよ」

「アダムの電話からかかってきたことは覚えてる?」

「いいえ、申しわけないけど」レイチェルは申しわけなさそうなふりをして微笑んだ。「もしかしたら留守番電話に転送されてしまったのかも。確認してみましょうか?」

マックスとサラはまたしても顔を見合わせて、ともに思った——どうやら一筋縄ではいかない相手のようだ。

「食堂を出てから」とマックスが言った。「どこに向かった?」

「わたしはこのニュージャージー州に住んでるの」

「ああ、それは知ってるよ」

「だから、ここに帰ってきた。家に。あと少しで着くところだったけど、銃を構えた州警察に停められた。すごく怖かったわ。そのあとここに連れてこられた」

「つまり、食堂を出たあとまっすぐ家に帰るつもりだった?」とマックスは訊いた。

「ええ」

た。きみはモーテルをチェックアウトしていない。部屋には服が置きっぱなしになって
「でも、きみの持ちものも」

「また戻るつもりだったのよ」

「というと？」

「週払いのほうが料金が安くなるの」とレイチェルは答えた。「だから、借りたままにしておくことにしたのよ。一度家に帰って用事をすませたら——大きな用事があったわけじゃないけど——そのあと木曜日にまたメイン州に行くつもりだった」そこで彼女は身を乗り出して言った。「頭がすごく混乱してるんだけど、刑事さん」

「特別捜査官」とサラが訂正した。「彼はFBIのマックス・バーンスタイン特別捜査官。わたしも同じく特別捜査官のサラ・ヤブロンスキよ」

レイチェルは彼女と眼を合わせ、その眼をじっと見すえて言った。「特別捜査官。さぞかし誇らしいお仕事なんでしょうね」

マックスはレイチェルに話を脱線させるつもりはなかった。「食堂を出たあと、まっすぐ家に向かったんだね、ミズ・アンダーソン？」

レイチェルは椅子に寄りかかって言った。「途中でどこかに寄ったかもしれないけど」

「デイヴィッド・バロウズがきみに電話をかけた八分後、きみが運転するトヨタのカムリが〈ラミー・アウトレット・センター〉付近の監視カメラに映っていた」

「そうそう、ちょっと買いものしようと思って」レイチェルはサラのほうを向いて続けた。「あそこには〈トリーバーチ〉の直売店があるのよ」

「で？」とマックスはさきを促した。

「でって？」

「買いものはしたのか？」

「いいえ」

「どうして？」

「気が変わったのよ」

「わざわざアウトレット・モールまで行って、何も買わずに帰った？」

「そんなところね」

「で、これまた驚くことに」とサラが言った。「偶然にも〈ラミー・アウトレット・センター〉はデイヴィッド・バロウズが脱獄したあと隠れていた場所なの」

「それについては何も知らない。デイヴィッドはほんとうに脱獄したの？」

サラはその質問を無視して続けた。「あなたが契約している通信会社に連絡して、あなたのiPhoneにピングを送って位置情報を確認したんだけど、何がわかったと思う？」

レイチェルは黙って肩をすくめた。

「あなたの電話はずっと電源が切ってあった」とサラは言った。「だから位置情報を追跡できなかった」

「それが犯罪の証拠になるの？」

「ええ、なるわ」

「どうして？　運転中は時々電源を切ってるのよ。邪魔されたくないから」

「いいえ、レイチェル。そうじゃない」とサラはぴしゃりと言った。「通信会社の記録によれば、この四ヵ月、あなたは電話の電源を切っていなかった。〈ラミー・アウトレット・センター〉から北に十五キロ離れた場所まで移動してから電源を切ったこともわかってる。ニュージャージー州とは正反対の方角よ」

レイチェルは今度もまたなんでもないと言わんばかりに肩をすくめてみせた。「家に帰るまえにちょっと景色を愉しみたかっただけよ」

「それってすごくもっともらしい理由ね」とサラはまったくの無表情で言った。「あなたの元義理のお兄さんが刑務所から逃亡した。その直後、彼が奪った携帯電話からあなたに電話がかかってきた。そのあと、あなたは彼が隠れているアウトレット・モールに車で向かった。そして、モーテルをチェックアウトすることなく、その足で家に帰ったとあなたは言っている。なのに、どういうわけか家とは反対方向に向かい、おまけに四ヵ月まえにソフトウェアをアップデートしてから一度も切っていなかった携帯電話の電源を突然切った。そういうことかしら？」

レイチェルはサラに笑みを向けてから、マックスに向かって言った。「で、わたしは逮捕されるの、バーンスタイン特別捜査官?」

「われわれに協力してくれるならそういうことにはならない」とマックスは答えた。

「じゃあ、もしここで席を立って出ていったら?」

「もしもの話をするのはやめよう、ミズ・アンダーソン。きみさえそれでよければ」とマックスは言った。「携帯電話の電源を切ったあと、きみがそのままさらに北に向かったこともわかってる。インターステート九十五号線を五十キロほど進んだあたりで、デイヴィッド・バロウズはカターディン雑貨店に寄り、奪ったクレジットカードを使って、アウトドアグッズをあれこれ購入してる。テントとかポケットナイフとか寝袋とかそういうものを。店主は買いものしたのはバロウズだったと思うと証言している。何かコメントは?」

レイチェルは首を振って言った。「それについても何も知らない」

「あのあたりは緑地と森しかない。何キロもそういう風景が延々と続いてる。そんな場所で車を降りれば、誰にも見つからずにすむ。カナダとの国境に向かってのんびり進んでいける」

レイチェルは何も答えなかった。

サラは別の方向から攻めることにした。彼らの狙いは、たった数時間で当局がどれだけの情報を入手できるか披露して驚かせ、彼女を平静でいられなくすることだった。「今になってどうしてデイヴィッド・バロウズに会いにいったの？」

「デイヴィッドはわたしの義理の兄だった。わたしたちはとても仲がよかった」

「でも、ブリッグズ刑務所に面会に行ったのは今回が初めてよね？」

「ええ」

「彼が収監されてから確か四年、いえ、五年だったかしら？」

「それくらいになるわね」

サラは両手を広げて言った。「だったら、どうして今なの、レイチェル？」

「自分でもよくわからない。ただ……そろそろ会いにいってもいい頃合いだって思っただけ」

「バロウズがほんとうにあなたの甥を殺したと思ってる？」

レイチェルの視線が思いきり左にそれた。「ええ、そう思ってる」

「確信がなさそうね」

「そんなことはないわ。でも、きっと殺すつもりはなかったのよ。記憶障害とか、神経が衰弱してたとか、そういうことのせいだと思う」

「だから、責める気にはなれない？」とマックスが言った。

「そうね、ならない」

「面会のとき、どんな話をした？」

「デイヴィッドに調子はどうって訊いただけよ」

「で、どんな様子だった？」

「まだ打ちひしがれてた。デイヴィッドは面会に応じたがらなかった。ひとりきりでいたがった」

「でも、きみは次の日も会いにいった」

「ええ」

「そのあともまた行くつもりだった」

「デイヴィッドとわたしは仲がよかった。こんなことになるまえはっていう意味だけど。それと、彼に秘密を打ち明けた」

「どんな秘密か訊いてもいいかな？」

「大したことじゃないわ。ちょっと大変なことがあったから」

「彼なら親身になって聞いてくれると思った？」

レイチェルは弱々しい声で答えた。「まあ、そんなところね」

「その大変なことというのは」とサラが言った。「最近、あなたが離婚したこと？」

「それとも」とマックスがつけ加えた。「スキャンダルでキャリアを台無しにしたことかな？」

レイチェルは黙ったままじっとしていた。

マックスが身を乗り出した。もはや巧妙に訊き出す必要はなかった。「すぐにわかることだよ、ミズ・アンダーソン。それはきみもわかってる、ちがうか？」

レイチェルはその手には乗らなかった。

「よくわかっただろ？　たった数時間でサラがどこまで調べ上げたか。われわれは彼を捕まえる。それはまちがいない。運がよければ、生きて捕らえられるかもしれないけど、バロウズがほんとうに子殺しの犯人で、刑務所の所長から銃を奪って武装しているなら……」マックスはそこで肩をすくめ、その場合は、自分にはどうすることもできないと暗に仄《ほの》めかした。

「彼を捕まえたら、おそらく数時間以内に捕まるだろうけど、そのあとサラと私はきみを徹底的に追及することになる。脱獄を幇助した罪で」

「きっと長いこと服役することになる」とサラが追い打ちをかけた。

「つまらない脅し文句なんかじゃない」とマックスは言った。

「そう、脅しじゃない」とサラもたたみかけるように言い、刺さるような視線をまたレイチェルに向けた。「あなたを牢《ろう》にぶち込む瞬間が待ちきれないわ」

「いや、サラ、もし――」

「もし――何、マックス？」

「もし彼女が今この瞬間からわれわれに協力してくれるならそうはならない」

サラは顔をしかめて言った。「彼女の助けなんて要らないと思うけど、マックス」

「そうかもしれない。でも、ミズ・アンダーソンには自分がどんな悪事に巻き込まれているかわかっていなかったとしたら？　自分が何をしてるのか、わかっていないのだとしたら？」

「あら、彼女はちゃんとわかってるわよ、もちろん」

「だけど、もしもってこともある。さっき約束しただろ？　レイチェルが知っていることを全部話してくれたら、免責特権を認めて罪には問わないって」

「それはさっきまでの話よ、マックス。こんなふうにわたしたちを振りまわしたんだから、ちゃんと罪を償ってもらわなきゃ」

「それも一理あるな、サラ」

レイチェルは何も言わなかった。

「これが最後のチャンスだ」とマックスは言った。「きみの〝無罪放免〟チケットはあと三分で期限切れになる」

「そうなったら逮捕するの、マックス？」とサラが訊いた。

「ああ、逮捕しよう、サラ」

サラは組んだ腕を机について言った。「さて、どうする、レイチェル？」

「気が変わったわ」とレイチェルは言った。「弁護士を呼んで」

17

「サラ、もっともありえそうな仮説を聞かせてくれ」とマックスは言った。

マックスとサラは飛行機でもう一度ブリッグズ刑務所に行くためニューアーク空港に向かっていた。レイチェル・アンダーソンが電話した弁護士はかの有名なヘスター・クリムスティーンだった。すぐさま法的な手続きが進められ、レイチェルはあっさりと釈放された。

「爪を嚙むのをやめて、マックス」

「ほっといてくれないか、サラ、いいかな?」

「気色悪いのよ」

「こうしてると考えに集中できるんだよ」

サラはため息をついた。

「で、ありえそうな仮説は?」

「バロウズはフィリップとアダムのマッケンジー親子の手を借りて脱獄した」とサラは言った。

「マッケンジー親子がからんでいるのは確かだと思う?」

「まちがいないと思う」

「異議なし」とマックスは同意して言った。「続けて」

「バロウズはアウトレット・モールの地下駐車場で所長の車を降りた。そのあと、〈ネスビット・ステーション・ダイナー〉で連絡を待っていたレイチェル・アンダーソンに電話して、迎えにきてもらった。ここまではいい、マックス？」

「ああ。続けてくれ」

「ふたりはアウトレット・モールの地下駐車場で落ち合い、バロウズは彼女の車に乗った」

「それから？」

「北に向かった。そこで彼女の携帯電話の位置情報が途切れた」

「妙だな」

「どこが？」

「電話の電源を切ったのがどうしてそのときなんだ？」とマックスは訊いた。「どうしてもっと早く切らなかった？」

「アウトレット・モールで電源を切ったら、そこに行ったことがわたしたちに知られてしまうから」

マックスは眉をひそめた。「ああ、たぶんそうかもしれない」

「でも？」

マックスはその疑問を手で払いのけるようにして言った。「続けてくれ」

「ふたりは彼女の車で例の雑貨店に――」

「カターディン雑貨店」とマックスは補足して言った。「ミリノケットにある」

「そのとおり。そこでバロウズはキャンピング用品をいくつか買った。車の走行経路と時間経過を考え合わせると、バロウズを乗せたままそこからさらに北へ三十分くらい移動する時間はあった。いずれにしても、レイチェルは深い森のどこかでバロウズを降ろした。ヘリコプターと警察犬を動員して捜させてるけど、あのあたりはブラックホールみたいに広い」

「で？」

サラは肩をすくめて言った。「で、おしまい」

「で、バロウズはこれからどうするんだろう？」

「さあ、わからない。国立公園に隠れて、警察がいなくなるまでじっと待つつもりかもしれないし、ひそかに国境を越えてカナダに逃亡するつもりなのかもしれない」

マックスは爪を強く噛んだ。

「納得してないみたいね」とサラが言った。

「納得してない」

「理由を教えて」

「その仮説は穴が多すぎる。バロウズは都会育ちだ。サヴァイヴァルを体験したことは？」

「あるかもしれない。もしかしたら、サヴァイヴァルのどこがむずかしいのかって高をくくってるのかもしれない。もしくは、ほかに選択肢がなかっただけなのかもしれない」

「それじゃ、辻褄《つじつま》が合わないよ、サラ」

「どこが？」

「最初から振り返ってみよう。そもそもこの脱獄はまえもって計画されたものだったのか？」

「そうに決まってる」

「だとしたら、なんともおかしな計画だよ」

「よくわからない」とサラは言った。「よくできた計画だと思うけど」

「どの辺が？」

「シンプルなところが。バロウズは銃を奪ってマッケンジー所長と一緒に刑務所の外に出ただけだった。トンネルを掘ることも、トラックをハイジャックすることも、ゴミ置き場に隠れることもしなかった。そういう面倒なことは一切しなかった。もしあの看守が……名前はなんていったっけ？」

「ウェストン。テッド・ウェストン」

「そうそう。そのウェストンがたまたま窓の外を見ていなければ、所長とバロウズが車に乗り込むところを目撃していなければ、簡単に逃げられた。バロウズがいなくなったことは何時間も気づかれないままになるところだった」

マックスはそのことについて考えた。「じゃあ、その線で考えてみよう、それでいいかな、サラ?」

「いいわよ、マックス」

「計画が狂ったんで、つまりウェストンが警報を鳴らしたせいで、きみの仮説では彼らは急に計画を変更しなきゃならなくなった」

「そのとおり」とサラは言った。

マックスはさらに考えて言った。「バロウズが食堂にいたレイチェルに電話した理由はそれで説明がつく。もしレイチェルが最初から計画に加担していたなら、わざわざ電話する必要はないからね。さきに約束の場所で待っていて彼を乗せただろう」

「面白い」とサラは言った。「レイチェル・アンダーソンはもともとは脱獄計画に関わっていなかった。そういうことになるのかしら?」

「なんとも言えないけど」

「でも、偶然ということはありえない。たまたま彼女が面会に行った日にバロウズが脱獄するなんて」

「ああ、偶然じゃない」とマックスも認めて言った。それから、できたばかりのささくれを剝きながら言った。「だけど、サラ?」

「何、マックス?」

「われわれはまだ何かを見落としてる。重大な何かを」

18

私はニューヨーク市の十二丁目通りに立ち、〈ザジーズ〉という店で買った史上最高のペパローニ・ピザを食べている。

私は自由だ。

まだ信じられない。夢の中で体験する奇妙な――今の場合はいい意味で奇妙な――感覚がわかるだろうか。夜の航海の真っ只中《ただなか》に突然自分はほんとうは眠っていて、夢を見ているのではないかと気づき、眼が覚めそうになる恐怖感。眠りから覚めまいと、頭の中で映像がだんだん薄れているのに、必死にしがみつこうとするあの感覚。私はこの数時間、ずっとそんな感覚を体験している。あと少しで眼が開いて、市《まち》の小便臭い通りではなく（そのにおいすらありがたい。夢にはにおいはないというから）ブリッグズ刑務所に戻ってしまうのではないか。それが怖い。

私は今、ヒルデ・ウィンズロウ改めハリエット・ウィンチェスターが住んでいる家の向かい側にいる。

脱獄したのは今日のことだ。それを考えると愕然とする。ブリッグズ刑務所の看守が私を殺そうとしてからまだ二十四時間も経っていない。そのあと、被害者であるはずの私が相手を殺そうとしたと逆に罪を問われそうになった。ところが、フィリップとアダムの協力を得て脱獄した。どれも今日という一日に起きた出来事で、それが今も続いている。尋常とは思えないそうした出来事が次々に私に襲いかかった。それらを撥《は》ねのけ、今やらなければならないことに意識を集中する。

ヒルデ・ウィンズロウは証人席で嘘の証言をして、私を有罪にする大役を果たした。なぜそんなことをしたのか。その答を知ることが息子を救い出す第一歩だ。

息子を救い出す。

そのことを思うたび、唇を噛み、涙を押しとどめなくてはならなくなる。今自分が置かれている状況の危うさを思わずにはいられない。レイチェルが面会に来るまで、息子は死んだと思っていた。殺された、それもおそらく私がこの手で殺した。そう思っていた。今は正反対のことを信じている。マシュウは生きている。私ははめられたのだ。理由は見当もつかない。一度にひとつずつ解決していくしかない。

最初の一歩はヒルデ・ウィンズロウだ。

アウトレット・モールでフィリップの車からすばやく降りたあと、レイチェルに電話して迎えにきてほしいと頼んだ。彼女はそのとき食堂にいた。落ち合う場所と時間を伝え、待っているあいだに従業員用の駐車場に向かった。どの店も開店まぎわで、従業員はこれからシフトにはいるところだった。私には少しだけ時間があった。レイチェルはニュージャージーから来ていた。警察が彼女の車を緊急手配するなら、その点に注目するはずだ。メイン州を走るニュージャージー州ナンバーの車を捜すだろう。私はおんぼろのホンダ・シビックに眼をつけた。前後どちらのナンバープレートともネジがゆるんでいた。果たして車の持ち主は気づくだろうか。きっとしばらくは気づかないだろう。運転するまえにナンバープレートがちゃんとついているかわざわざ確認する人はあまりいない。もしミスターあるいはミセス・おんぼろホンダが気づいたとしても、それは数時間後にシフトが明けて帰るときだ。それまで逃げる時間は充分ある。

レイチェルは私が頼んだ仕事をすべてこなしてくれていた。ATMでクレジットカードの限度額まで引き出してくれていた。限度額が八百ドルのカード二枚と六百ドルのカード一枚を使って引き出せるだけ現金を用意してくれていた。マッケンジー親子から受け取ったものを合わせれば、少なくとも当面は金に困ることはなさそうだ。警察はいずれどこかの時点でフィリップがほんとうはどこで私を車から降ろしたか突き止めるだろう。フィリップがどんな話をでっち上げるにしろ、警察を騙しておけるのはせいぜい一日か二日だ。

隠れていたアウトレット・モールの駐車場の裏にレイチェルの車が到着すると、私は急いで飛び乗り、そのまま走りつづけるように言った。三キロほど走ったところに閉店したレストランがあった。レイチェルにその店の裏に停めるように言い、人目につかない場所を見つけると、急いでナンバープレートをつけ替えた。こうして世界でもっとも一般的な車種である彼女のトヨタの白いカムリにメイン州のナンバープレートが取り付けられた。

「次はどうするの？」とレイチェルは私に尋ねた。

指名手配犯の捜索が即座に開始され、大規模におこなわれることはわかっている。それでも、私の捜索に法執行機関が全勢力を費やすわけではないこともわかっている。どんな計画においても重要なのはひとつ――目的を持つことだ。私にはただひとつの大きな目的がある。息子を見つけることだ。ただそれだけだ。私にとって大事なのはその一点だけだ。

現実にそれは何を意味するのか？

あらゆる手がかりを追うこと。最大の――かつ唯一の――手がかりはヒルデ・ウィンズロウだ。彼女は証人席で嘘をついただけでなく、名前を変え、ニューヨークに引っ越していた。私の計画はこうだ。できるだけ早くヒルデ・ウィンズロウに接触し、彼女がどうして嘘をついたのか訊き出す。

ひとたび目標が定まったら、あとはいかにして注意をそらし、攪乱《かくらん》し、混乱を生じさせるかにかかってくる。警察はレイチェルが刑務所に面会に来たことをすぐに突き止め、彼女の携帯電話を追跡するだろう。私が持っているフィリップとアダムの電話も同じだ。だから、どちらもすでに電源を切ってある。

「携帯電話の電源ははいったままか？」と私はレイチェルに訊いた。

「ええ。ああ、なんてこと。追跡されちゃう。そうよね？　電源を切るほうがいい？」

「ちょっと待ってくれ」と私は言う。

「どうして？」

電源を切ってしまえば通信会社はそれ以上追跡できなくなる。が、電源がはいっているあいだに私たちが最後にいた場所がどこかはわかる。レイチェルに目的地とは反対方向に車を走らせるように頼んだ。私たちが目指しているのはニューヨーク市ではなく、カナダとの国境だと、警察が想像してもおかしくないくらい北に移動してから、レイチェルに携帯電話の電源を切るように言った。それ以上電源を入れたままにしておくのはやりすぎだ。やりすぎは自分たちの首を絞める。逃亡を始めて十分か十五分ほど車を走らせてから私は電話の電源を切っておいたほうがいいことに気づいた。警察は今、きっとそう考えていることだろう。

「で、次は？」とレイチェルは訊いてきた。

Uターンしてニューヨークに向かうように頼みかけたが、携帯電話の位置情報だけでは注意をそらし、攪乱し、混乱を生じさせられる確信がなかった。

「このまま北に向かってくれ」と私は言った。

二十分後、サヴァイヴァル・グッズを売っているカターディン雑貨店に寄った。ガソリンスタンドのそばに監視カメラが設置されていないか確認したが、カメラはなかった。あったとしてもなんの問題もないが。私がこの店に来たことはそのうち警察にわかる。レイチェルがガソリンを入れているあいだに急いで、ただし人目を惹かないよう（とりあえずそう見えるよう）買いものをすませた。長期間ハイキングやキャンプをする人たちが使いそうなものを買い、アダムが無効にする手続きを〝忘れた〟マスターカードで支払った。警察はこのクレジットカードについてもいずれ知ることになるだろうが、少し時間がかかるはずだ。カードのことはわからなくても、大規模な緊急手配が功を奏して、レジで私に応対した老人が私の顔を覚えているかもしれない。

それもかまわない、もちろん。

それぞれ用をすませると、（あとになって誰かが車はどっちに行ったかと訊きにきた場合に備えて）さらに六キロほど北に向かって走り、それから折り返して南に向かった。ボストン郊外のオフィスビルの裏に救世軍の寄付箱があった。私はその箱に店で買ったサヴァイヴァル・キットを入れた。箱には次の回収日は四日後と掲示されていた。すばらしい。寄付箱にはいっているものを見て救世軍が怪しいと思おうと、警察に通報しようと問題ない。監視カメラの映像を調べて、われわれがここに来たことがわかったとしても、むしろそれは望むところだ。その頃には私たちはずっと遠くにいる。私は森に隠れている。ひとえに警察がそう考えてくれることを願った。

Uターンして今度は南に向かって走りつづけた。途中、コネティカット州ミルフォードで薬局に寄った。私は車の中で待ち、レイチェルがプリペイド式の携帯電話、バリカン、ひげ剃《そ》り道具、度数が一番低い眼鏡《めがね》を買った。彼女が選んだのは室内にいるとレンズが明るい色になるサングラスだった。完璧だ。次のサーヴィスエリアでは、野球帽を目深にかぶってトイレにはいった。刑務所ではあまりひげを剃らなかった。週に一回くらい、むず痒《がゆ》くなったら剃るだけだったので、今は無精ひげがだいぶ伸びていた。口ひげだけを残して剃った。それから髪を短く切り、バリカンで刈って、眼鏡をかけた。

変装した私の姿はレイチェルも驚くほどの出来映えだった。「危うくあなたを追い払うところだった」

ジョージ・ワシントン・ブリッジの近くまで来ると、ブロンクスのジェローム通りで車を停めさせ、人目につかない場所に移動してナンバープレートをもとのニュージャージー州のものに戻した。メイン州のナンバープレートは屋外のゴミ箱に捨てた。警察が全力でこの車を追跡していれば――きっとしているにちがいないが――レイチェルがジョージ・ワシントン・ブリッジを渡ったところで彼女の車を発見するだろう。私はそのことを彼女に警告した。警察が彼女の車を停めるか、家に来た場合にどう答えるかはリハーサルしてあった。

「きみにものすごく迷惑をかけてしまっている」と私は言った。

「気にしないで」とレイチェルは答えた。「あの子は私の甥でもある、ちがう？」

「きみはすばらしいおばさんだ」

「最高のおばさんよ」と彼女は薄く笑って言った。

「事態が悪いほうに進んで、もし逮捕されるようなことになったら――」

「わたしは大丈夫」

「わかってる。だけど、もし追いつめられてしまったら、おれに銃で脅されて協力するように強要されたと話してくれ」

「もう行って」

すぐそばに四系統のマウント・イーデン・アヴェニュー駅があった。私はそこで南に向かう地下鉄に乗り、三十五分後にマンハッタンの十四丁目-ユニオン・スクウェア駅に着いた。近くに〈ノードストローム・ラック〉があったので、見つけた中で一番安いブレザーとドレスシャツとネクタイを買った。頭を剃り上げ、口ひげをたくわえ、サングラスをかけた男はかえってめだつかもしれない。それでも、私がニューヨーク市にいるとわかっても、警察はスポーツジャケットを着てネクタイを締めた男を捜そうとはしないだろう。

そこからヒルデ・ウィンズロウが住む十二丁目通りまでは歩いて十分の距離だった。途中でペパローニ・ピザとペプシコーラを買った。一口食べるとめまいがした。的はずれなことを言うと思われるかもしれないが、自由の身でニューヨーク市でピザを一口食べるというどこまでもありきたりのことが、まるで初めての体験のように感じられた。その一口ですっかり消えていた何かに火がつき、記憶と色彩と手触りに満たされた。私はリヴィア・ビーチの

〈サルズ・ピッツェリア〉にいた。いつも一緒につるんでいたアダムとエディとTJも一緒だった。それがしっくりきた。

そうして私は今待っている。

レイチェルのことを考える、もちろん。今頃はどこかの法執行機関に連行されているだろう。そのまえに家に戻れただろうか？　それとも途中で警察に車を停められたか？　どんな苦境に立たされているのか。フィリップとアダムのことを思い、ふたりがどうなったか考える。それから、元妻でマシュウの母親のシェリルのことも思う。私が脱獄したと知ったら、彼女はどう思うだろう？　ソフィおばさんは？　もし意識があったなら、父はどう思うだろう？

どうでもいい。今はそんなことを考えている暇はない。

通りを渡る。ハリエット・ウィンチェスターになったヒルデ・ウィンズロウは私が脱獄したことを知っているだろうか？　それはわからない。そのアパートメント・ビルに管理人はいない。ブザーを鳴らして住人の誰かに入れてもらうしかない。4B号室の表札の下にH・ウィンチェスターという名前があった。私はブザーを押す。音は聞こえない。一回、二回、三回。四回目でようやく応答がある。声を聞いたのは裁判のとき以来だが、聞き覚えのある声がスピーカーから聞こえる。

「どなた？」

どんな口実を使おうか決めるまでに数秒かかる。東ヨーロッパのアクセントを交え、哀れっぽい声で言う。「お届けものです」

「玄関に置いておいてもらえる？」

「受け取りのサインが必要なんです」

数時間まえから計画を練っていたのに、いざ彼女に会えるチャンスが間近に迫ったところで台無しにしてしまう。私は配達員の恰好をしていないし、荷物すら持っていない。

「実は」と私は慌てて取り繕う。「口頭で許可をもらえれば、ここに荷物を置いていけるんですが。玄関に置いてってもいいですか？」

間《ま》ができる。間《ま》をつくっているのは自分ではないかと思うほどの時間が流れる。やがてヒルデ・ウィンズロウがゆっくりと言う。「ええ、そうしてちょうだい」

「わかりました。玄関ロビーの端に置いておきます」

私は受話器を置く。このあとどうしようかと考えながら立ち去ろうとしたとき、男がひとり玄関のドアに向かって階段を降りてくる。ヒルデが隣人に荷物を取ってきてほしいと頼んだのかと一瞬思ったが、それにしては早すぎる。男がドアに手をかける。私はもう一度受話器を耳にあてて言う。「わかりました、では、お部屋まで持っていきます」そんなふうにごまかす必要はなかった。男は私に注意を向けることもなく、ドアを開けて外に出ると歩き去る。

私は閉じかけたドアを足で押さえ、建物の中にはいる。それからドアを閉める。階段をのぼって4B号室に向かう。

電話が鳴り、サラは届いたメッセージを読んだ。「あなたが正しかったみたい、マックス」

「なんのことだ？」

「ナンバープレートのこと」

メイン州からニュージャージー州までの長距離移動の途中でレイチェル・アンダーソンの車が見つからなかったのはおかしい。マックスはそのことに気づいていた。最初は彼女が幹線道路を避けて移動したのではないかと思ったが、走行経路から判断して、有料道路を一切使わずにあの時間にニュージャージー州まで戻るのは時間的に不可能だということはすぐにわかった。アウトレット・モールの〈L・L・ビーン〉に勤めるジョージ・ベルビーという男がシフト明けに車に戻ったところ、ナンバープレートがなくなっていることに気づいた。

「ジョージ・ベルビーはメイン州に住んでるんだね？」

「そうよ」

「つまり、バロウズかレイチェルがナンバープレートを付け替えたということだ。彼女のニュージャージー州のプレートをはずして、かわりにメイン州のものを取り付けた」

「でも、彼女の車がジョージ・ワシントン・ブリッジを通過したとき、港湾公社警察が見つけたのは――」

「途中でもとのナンバープレートに戻したんだろう」とマックスは言った。「問題は、どこで付け替えたか？　それと、どうしてそんなことをしたのか？」

「その理由ならもうわかってるでしょ、マックス」

「ああ、わかってるな」

サラの電話がまた鳴った。彼女は画面を見て言った。「ワオ」

「なんだ？」

「レイチェル・アンダーソンの最近の通話記録を調べてたんだけど」

「で？」

「ブリッグズ刑務所でバロウズに面会したあと、〈グローブ〉紙に寄稿してた頃の同僚に連絡して頼みごとをしてる」

「どんな？」

「マシュウ・バロウズの殺人事件の捜査記録を入手しようとしてた」

マックスはそのことについて考えた。「その同僚にはそういう情報を手に入れられる伝手《つて》があるのか？」

「いいえ。でも、レイチェルはそれとは別にある情報を求めた」

「何を？」

「殺人事件の裁判で証言した目撃者の社会保障番号。ヒルデ・ウィンズロウっていう女性の」

「聞き覚えがある気が……」

「ウィンズロウはバロウズが野球のバットを埋めるところを見たと証言した女性よ」

「そうだ。思い出した、お婆《ばあ》さんだ」

「そのとおり、マックス。でも、そこからさきが妙なの。どうやら裁判が終わってからほどなくしてヒルデ・ウィンズロウは名前をハリエット・ウィンチェスターに変えたみたい」

　ふたりは顔を見合わせた。

「どうしてそんなことを？」とマックスは尋ねた。

「それはわからない。でも、問題はここよ。旧ヒルデ・新ハリエットは名前を変えただけでなく、ニューヨーク市に引っ越してる」サラは眼を細めて携帯電話の画面に見入った。「正確には西十二丁目一三五番地に」

　マックスは爪を噛むのをやめ、手を脇に下ろして言った。「つまりこういうことか。レイチェル・アンダーソンは刑務所にいるデイヴィッド・バロウズに会いにいった。面会のあと、彼女は重要証人――嘘をついているとバロウズが主張した証人――について知人に調べさせ、名前と住所を変えたことを知った」マックスはそこで顔を上げて続けた。「さて、バロウズはこれからどうする？」

「その証人に会って問い質す？」

「もっと悪いことを企《たくら》んでるかもしれない」とマックスは空港の階段を上がりかけて言った。

「サラ？」

「何？」

「車を用意してくれ。ニューヨークに行く。マンハッタン支局にも連絡してくれ。今すぐヒルデ・ウィンズロウの家を包囲する」

19

ヒルデ・ウィンズロウの部屋のドアのまえに立つ。

さあ、どうする？

ノックすることはできる、もちろん。しかし、一階にブザーがあり、当然ながら彼女はすでに警戒している。だからノックするのが適切なやり方とは思えない。彼女はまず誰何《すいか》して、のぞき穴から確認するだろう。私のことがわかるだろうか。おそらくわからないだろう。私が脱獄したというニュースを知らなければ。いずれにしろ、すんなりドアを開けるとは思えない。

選択肢その一。〝とりあえずノックしてみる〟はうまくいきそうにない。私は六丁目通りの露天商で買ったヤンキースの野球帽をかぶっている。あとでどんな人物だったかと訊かれても、彼女には私が坊主頭だということはわからない。ヒルデと話したらこの帽子は捨てるつもりだが。

選択肢その二。ドアを蹴破るか、それとも……銃をぶっ放して押し入るか。いや、待て。そんなことをして彼女が大声をあげないとでも？　銃声を聞きつけた隣人が通報しないとでも？　選択肢その二はまったくもって論外だ。

選択肢その三……実のところ、その三はない。今はまだ。だからといって、いつまでもこうして廊下にひそんでいるわけにはいかない。誰かに見られたら、何をしているのか不審に思われる。実のところ、まるできちんと考えていなかった。ちがうか？　今日は――そう、今日だ！――何時間もレイチェルと一緒に車で移動していたのにちゃんとした計画などまるで思いつかなかった。その代償を今払わされている。

左側に非常階段に通じるドアがある。あそこに隠れて彼女がドアを開けるまで見張っていることもできなくない。が、もう夜も遅い。ハリエットことヒルデは八十代だ。そんな彼女が夜中に外出するだろうか？　しないだろう。

どうしようかと考えていると、4B号室のドアノブがまわる。

誰かが中からドアを開けようとしている。

いかなる計画も持ち合わせていない私はとっさに直感に従って行動する。どうして今この瞬間にドアが開くのかはわからない。ヒルデ・ウィンズロウは玄関ロビーに置いておくと言われた荷物のことが気になり、取りにいくことにしたのかもしれない。理由はどうでもいい。私は躊躇しない。ドアがほんの少し開いた瞬間、肩をぶつけて思いきり押す。

ドアが勢いよく中に開く。

強く押しすぎて、重いドアで老女を突き飛ばしてしまったかもしれない。一瞬、そんな不安が頭をよぎるが、急いで中にはいるとヒルデ・ウィンズロウが眼を大きく見開いて立っている。あとずさりして、悲鳴をあげようと口を開きかけている。脳の原始的な部分が思考を支配していて、今度も私は躊躇しない。急いで彼女に近づき、ぎこちない手つきで、それでもしっかりと口をふさぐ。足でドアを蹴って閉める。手で彼女の口を覆ったまま彼女の後頭部を自分の胸に押しあてるようにして引き寄せる。そして囁く。

「傷つけるつもりはない」

今のことばを私はほんとうに言ったのか？　もしそうだとしても、そのことばはそれほど気休めにはならなかったようだ。彼女はもがき、私の手をつかむ。抵抗しようとする。私は逃げられないように腕に力を込める。親切で理性的で礼儀正しくありたいとは思うが、そのやり方はどう転んでも私とマシュウの助けにはならない。

空いているほうの手で銃を取り出し、彼女に見せる。

「話をしたいだけだ、いいか？ ほんとうのことを話してくれたら、すぐにここからいなくなる。わかったらうなずけ」

後頭部が私の胸に押しつけられたまま彼女はどうにかうなずく。

「今から手を離す。あんたを傷つけるようなことはさせないでくれ」

なんだか昔の映画からそのまま出てきたみたいだが、ほかにどう言えばいいかわからない。この状況をどう乗り切ればいいのかもわからない。手を離しても彼女が悲鳴をあげないように願う。もし彼女がそうしても私はきっと撃たないだろう。銃のグリップで殴ることもしない。そういうことは一切しない。いや、するだろうか？

ヒルデ・ウィンズロウは私に不利な嘘の証言をした。裁判で嘘偽りなく証言すると宣誓したのに、私がわが子を殺した罪で有罪になる大きな手助けをした。

いざとなったら私はどうする？ 彼女に選択肢を奪われ、その答を見つけてしまうことにだけはならないようひそかに祈る。

ヒルデ・ウィンズロウが振り向いて言う。「何が望みなの？」

「おれが誰だかわかるか？」と私は訊く。

「あなた、デイヴィッドね」

彼女の声は驚くほど落ち着いていて、自信に満ちている。眼をそらそうともしない。反抗しようとしているわけではないが、怖がってもいないし怯えてもいない。

「ここで何をしてるの?」とヒルデが訊く。

「あんたは嘘をついた」

「いったいなんの話?」

「おれの裁判の話だ。あんたの証言のことだ。あれは全部嘘だ」

「いいえ、嘘じゃない」

もはや選択の余地はない。私は銃をもたげて老女の額に押しあてる。

「よく聞け」声がうわずらないように願いながら言う。「おれには失うものはない。それはわかるだろ? もしまた嘘をついたら、ほんとうのことを話さないなら、あんたを殺す。それはしたくない。ほんとうに。でも、今は息子かあんたかどちらかを選ぶしかない」

彼女は眼をぱちくりさせる。

「そうだ」と私は続ける。「息子は今も生きている。ああ、わかってる。あんたがそんなことを信じるとは思ってない。でも、説得してる時間はない。今ここであんたにとって重要なのは、おれはそう信じてるということだ。息子を見つけだすためなら、おれはあんたを殺すことも厭《いと》わない。わかったか?」

「何を話せばいいのか――」

私は銃のグリップで彼女の頬を叩《はた》く。

そう、それは簡単なことではない。それに強くは叩かなかった。軽くぶつけた。それだけだ。それでも、こちらが本気であることをわからせ、怖がらせるには充分だ。「あんたは名前を変えて引っ越した」と私は言う。「裁判で嘘の証言をしたんで逃げなきゃならなかったからだ。そのことについて復讐したいわけじゃない。でも、あんたが嘘をついたのには何か理由があったはずだ。それがわかれば息子を見つけられるかもしれない。だから、その理由を知りたい。話さなければあんたを殺す」

彼女は私をじっと見る。私も見つめ返す。

「あなたは妄想にとらわれてる」とヒルデ改めハリエットは言う。

「そうかもしれない」

「まさかほんとうに息子さんが生きてると思ってるわけじゃないんでしょ？」

「いや、本気でそう信じてる」

ヒルデは震える手を唇にあて、首を振って眼を閉じる。私は銃をおろさない。彼女が眼を開けると、そこには心情の変化が見て取れる。弁解するような顔つきになっている。反抗的な態度が消えている。「あなたがここにいるなんて信じられないわ、デイヴィッド」

私は黙ったまま続きを待つ。

「この会話は録音してるの？」と彼女は訊く。

「いや」私は急いで持っていた携帯電話を取り出し、彼女に見せる。その電話をテーブルの上に置く。録音はしていないとはっきりわからせるために。「これはおれたちふたりだけの話だ」

「もし誰かに話したら、わたしは否定する」

鼓動が速くなる。「わかった」

「誰かがこの会話を録音してるなら言っておくわ。わたしは気の狂った殺人鬼に銃で脅されてる。だからなだめるために話すだけ」

私はうなずいてさきを促す。

ヒルデ・ウィンズロウは私を見上げて眼を合わせる。「いつかこんな日がくるんじゃないかって思ってた」と彼女は言う。「あなたが眼のまえに立っていて、わたしが真実を告白する日が」

彼女は深呼吸する。私は息を止めて待つ。ほんの少しでも動いたら、この魔法が解けてしまう気がして怖い。

「まず、わたしが自分のしたことを正当化したのは、わたしの目撃証言なんて重要じゃないと思ったからよ。どのみちあなたは有罪になっていた。わたしはその駄目押しをしただけ。自分にそう言い聞かせた。それに、わたしはあなたが殺したんだって本気で信じてた。殺人犯を葬る手助けをする。それがひとつの大きな理由よ。ほんとうのことを知りたい、デイヴィッド？」

私は黙ってうなずく。

「わたしは今もあなたがやったと思ってる。犯人はあなただと示す証拠は山ほどあったから。だから、夜も枕を高くして寝られた。あなたがやったと知っていたから。確信があったから。だからと言って、責任から逃れることはできない。でしょ？　わたしはボストン大学で哲学の教授をしていた。知ってた？」

知っていた。私の弁護人は反対尋問に役立つことがあるかもしれないということで、彼女のことは詳細に調査していた。彼女が六十歳のときに夫に先立たれたことも、子供が三人いることも、その三人はみな結婚していて孫が四人いることも知っていた。

「わたしは〝目的は手段を正当化する〟っていうパターンにあてはまるありとあらゆる理論をずっと研究してきた。だから、あのときもそうやって自分の行動を正当化しようとした。だけど、わたしの証言が裁判に泥をつけた事実はどうしても消すことはできない。それどころか、自分という人間をどう思ってきたかということも汚してしまった」

そのとき彼女の電話が鳴る。彼女はうかがうように私を見上げる。私はうなずいて電話を確認するように促す。

「発信者の表示がない」と彼女は言う。

「出るな」

「わかった」

「話を続けて」

「わたしにはエレンっていう義理の娘がいるの。リヴィアで開業医をしてる。医学博士よ」

そのことも調査報告に書かれていたのを思い出す。「その人はあんたの長男のマーティと結婚してる」

「そう」

「その娘がどうした？」

「彼女にはギャンブル依存の問題があった。慢性的な。たぶん今もそうだと思う。当時、わたしはそのことを知らなかった。彼女は産婦人科医として立派に働いていたから。わたしの友達の孫たちはみんな彼女が取り上げたのよ。マーティもできることは全部やったと思う。ギャンブル依存症者の自助グループ《ギャンブラーズ・アノニマス》や精神科医やセラピーの助けを借りて、彼女が自由にお金を持ち出せないようにしたりもした。だけど、依存症がどういうものかはあなたも知ってるでしょ？　必ず抜け道を見つけてしまうのよ。エレンもそうだった。彼女は深みにはまってしまった。もう這い上がれないほどの深みに。借金は数十万ドルにまでふくらんでいた。あの人たちは電話でわたしにそう言った。エレンの借金返済が遅れているけど、わたしが彼らのちょっとした頼みを聞けば、彼女は窮地から脱することができるって」

ヒルデは顔をこすり、眼を閉じる。私はやはり黙ったまま続きを待つ。

「わたしがどうしてあなたに不利な証言をしたか知りたいのよね。それが理由よ。ある男が訪ねてきた。とても礼儀正しい人だった。品がよくて、満面に笑みをたたえていた。でも、その人の眼は真っ黒だった。眼が死んでた。そういう人っているでしょ？」

私は黙ったままうなずく。

「その人はポリオシスを患っていた」

「ポリオシス？」

彼女は自分の頭の真ん中を指差して言った。「前髪だけ白いの。髪は濃い黒なのに真ん中だけひとすじ白くなる病気」

私の体が強ばる。

「それはともかく、その人からエレンが抱えてる問題を聞かされた。彼らに手を貸すことは世界を救うことにもなる、そうも言われた。あなたが殺したことはまちがいない、あなたはわが子の頭蓋骨をバットで叩き割った。それなのに、父親が悪徳警官だから罪には問われない。裏から手をまわしてるって。そう言われた」

私は息を呑む。白い前髪。彼女が誰の話をしてるのか私にはわかる。「その男はおれの父親の話をしたんだね？」

「ええ、ちゃんと名前も知ってた。レニー・バロウズって。彼らはわたしの力を借りたいって言った。正義の裁きがおこなわれるように力を貸してほしいって。そうすれば、彼らはエレンを助けてくれる。その人は靴下も履かずに高級なローファーを履いていた。それを見れば、変わった人だということだけはわかった。どういう人かわかった。わたしがなんて答えたか知りたい?」

　私は黙ってうなずく。

「ノーって言った。引き受ける気はない、どうやって借金を返済するか、それはエレン本人に考えさせたいって。そうしたら、背の低いその人はただ〃そうか、わかった〃って言った。それだけだった。私を説得しようともしなかった。脅迫もしなかった。でも、次の日の朝、またその人から電話がかかってきた。丁寧な口調だった。〃ミセス・ウィンズロウ、聞こえますか?〃……そのあと……」彼女はそこでぎゅっと眼を閉じる。「何かが弾けるような大きな音がして、マーティの悲鳴が聞こえた。エレンじゃなくて。わたしのマーティだった。男はあの子の中指を切り落とした。まるで鉛筆か何かみたいに」

　遠くから市《まち》の喧騒《けんそう》がヒルデにも私にも聞こえる。車が急いで行き交う音、遠くで鳴るサイレン、トラックがバックする音、犬の鳴き声、人々の笑い声。

「それであんたは協力することを約束した?」

「選択の余地はなかった。あなたにもそれはわかるでしょう」

「ああ、わかる」口ではそう言いつつ、それがほんとうの自分の気持ちなのかどうか自分でもよくわからない。「ミセス・ウィンズロウ、その背の低い男の名前は?」

「あら、その人が名刺を置いていったとでも思う?　その人は名乗らなかった。わたしも訊かなかった」

それはどうでもいい。その男が誰かは知っている。「マーティかエレンにその男のことを訊かなかったのか？」

「いいえ。一度も。わたしはその男に言われたとおりにした。それから家を売って、名前を変えて、ここに引っ越してきた。マーティともエレンともこの五年間話もしてない。信じられる？　あの子たちも連絡すらしてこない。誰もあのときに戻りたくないから」

そのとき、通りで誰かが叫ぶ声が聞こえる。

声から察すると若い女性のようだ。最初はなんと言っているのかわからない。ヒルデと私は顔を見合わせる。私は窓のそばまで行く。女性はまだ叫んでいて、今はなんと言っているかはっきり聞こえる。

「みなさん、これは警告よ！　ここに警察がいる！　もう一度言うわ。ファシストの豚どもがいる！」

別の誰かが加わり、同じことを叫ぶ。さらにまたひとり別の誰かが加わる。

窓の外を見ると、この建物の入口のまえにパトカーが二台、二重駐車している。制服を着た四人の警官が建物の入口に向かって走りだす。さらにパトカーが二台、サイレンを轟《とどろ》かせながら十二丁目通りを疾走してくる。

まちがいない。警察が追っているのはこの私だ。逃げなければ。今すぐ。急いでヒルデ・くそ。

ウィンズロウの部屋の玄関に向かう。が、ドアを開けると、早くも階段を駆け上がってくる耳障りな足音が聞こえる。足音はだんだん大きくなる。声がする。無線のノイズが聞こえる。すぐそばまで来ている。

防火扉と非常階段に向かって大急ぎで廊下を走る。ドアを開ける。さらに人の声と無線のノイズが聞こえる。

両方から迫ってきている。完全にはさみ撃ちだ。

ヒルデはまだドアロに立っている。「部屋の中に戻って」と彼女が言う。「早く」

ほかに選択肢はない。私が慌てて部屋に戻ると、彼女は音をたててドアを閉める。「寝室の窓から逃げて」と彼女は言う。「非常階段がある。できるだけ引き止めておくから」

躊躇している余裕も考えている暇もない。私は寝室に駆け込み、窓のところまで走り、窓を大きく開け放つ。そよ風が驚くほど清々《すがすが》しく感じられる。裏庭にも警察が待ちかまえているだろうか。一瞬そう思うが、まだそこまでは来ていないだろう。少なくとも私はそう信じる。下は真っ暗だ。隙間も狭く、ヒルデのアパートメントの建物の裏側と十一丁目通りに面した建物の裏側とのあいだはおそらく三・五メートルばかり。外に這い出て窓を閉める。

さあ、どうする？

金属製の非常階段を降りかけたとき、またしても警察の無線と、そのあとに人の声が聞こえる。

　誰かが下にいる。

　もう夜になっているが、そばに街灯はほとんどない。それは私にとっては有利かもしれない。アパートメントの中からヒルデの部屋のドアをどんどんと叩く音が聞こえる。続いて怒鳴り声がする。すぐに行く、とヒルデが怒鳴り返している。

　下には進めない。部屋の中にも戻れない。残る道はひとつしかない。上だ。五階をめざして階段を上がる。この建物が何階建てかは覚えていない。せいぜい、五階か六階までだろう。五階の窓の外の踊り場で立ち止まる。部屋の中は真っ暗だ。誰もいない。窓を開けてみる。鍵がかかっている。窓ガラスを肘で割ろうかとも考えるが、音をたてずにそんなことができるとは思えない。できたとしても、すぐに警察に見つかるのではないか？　ずっと部屋に隠れてはいられない。

　動きつづけろ。

　窓の鍵が開いている部屋があることを願って、さらに上の階をめざす。が、その建物に六階はない。上がりきった先は屋上だ。私は体を持ち上げて屋上に出る。鼓動が激しく胸を叩く。刑務所にはいかにも核心を突いたこんな決まり文句がある。刑務所にいるとよく運動する。私もできるときには庭で重量挙げをするが、たいていは独房の中で独自のブートキャンプ式筋力トレーニングに励んでいた。ディップス、スクワットスラスト、スクワットジャンプ、マウンテンクライマー。中でもよく腕立て伏せをやる。基本形、両手の幅を狭くするダイヤモンド、両手を広げるワイドハンド、手を叩きながらやるクラップス、両手を前後にずらすスタガード、腕を床につけるスフィンクス、フライング、片腕、倒立、指先立ちなど変化をつけて最低でも一日五百回はやる。体を鍛えることでしか自己改善できない環境に、暴力的な罪を犯して服役している人間を閉じ込めておくとはなんとも皮肉なものだ。そう考えるのは私だけではないだろう。実際のところ、私は筋骨隆々とはならなかったが、今そのときの努力が報われようとしている。

願わくは。

警察はどうしてこんなにすぐに私を見つけることができたのか。まさかレイチェルが……いや、それはない。彼女はそんなことはしない。理由はきっとほかにある。計画は完全ではなかった。私は慌てていて、何かを見落としている。要するに、私は自分で思うほど利口ではないということだ。

ただ、大事なことを忘れてはならない。ヒルデ・ウィンズロウから話が聞けた。私は狂ってなどいない。彼女はやはり嘘の証言をしていた。私は自分が誰だかもわからなくなり、ただ闇雲にバットを埋めてなどいなかった。

彼女は嘘をついていた。

誰がそうさせたのかもわかっている。

手がかりはある。

逃げ延びなければ。もし捕まったら、それがどんな手がかりにしろ、消えてなくなってしまう。

さあ、どうする？

屋上に隠れていようかと考える。ヒルデは今のところ私の味方だ。警察には、私とは会っていない、と話すかもしれない。あるいは、来たけれど、もう行ってしまったと話すかもしれない。しばらくここに隠れて、警察がいなくなったら思いきって下に降りてみればいい。が、彼女は警察に嘘をつくだろうか。追及されたらほんとうのことを話すのでは？　彼女はほんとうに私の味方なのか。私を非常階段に逃がしたのは、この建物から私を追い出して自分の身を守るためではなかったか？　今まさに私のことを警察に話しているかもしれない。

どちらにしても、そのうち屋上も捜索されるだろうか？

最後の疑問にはイエスと答えるよりほかない。

今夜のマンハッタンの夜空は澄み渡っている。エンパイア・ステート・ビルの赤い光が見える。こんなときでも眼を見張るような光景だ。ニューヨークの夜景はすべて。人は持てるものには感謝しない。よくそう言われる。が、実はそうではない。それはただの条件づけだ。慣れ親しんだものはあたりまえになる。それが人間の性《さが》だ。もう少しこの光景に浸っていたい。残念ながらそれは無理な相談だが。刑務所に入れられていることなどどうでもいい。私はまえにそう言った。マシュウが死んだ、それは私のせいだ。だから、自分にはもう人生などないことに満足——このことばが適当かどうかわからないが——してきた。何も感じたくなかった。が、今こうして外の世界に戻ってきて、市《まち》の空気や電気や活気に満ちた音や色彩を味わっていると頭がくらくらしてくる。

警察が屋上のドアを勢いよく開ける。私のほうは準備万端だ。屋上に出てからずっとどれくらいジャンプすればいいか、眼で測っていた。正確な距離はわからない。うまく着地できるかどうかもわからない。私は建物の南東の角にいる。腕を大きく振り、全速力で走る。風が耳元を駆け抜ける。警告する声が聞こえる。

「止まれ！　警察だ！」

私は止まらない。撃ってくるとは思わないが、撃たれたらそのときはそのときだ。スピードを上げ、屋上の北西の角からほんの数センチ手前を左足で踏みきれるようにタイミングを計る。

体が宙に浮く。

空中で自転車を漕ぐように脚を動かす。両手もまだ大きく前後に動いている。隣りの建物の屋上は暗くて見えない。うまく着地できるかどうかもわからない。一瞬、子供の頃に見たアニメのワイリー・コヨーテみたいに空中で走るのをやめたとたん、真下の地面に石みたいに落ちるところを想像する。

重力がのしかかり勢いが衰えるのがわかる。

体が落ちていく。眼を閉じる。向かいの建物の屋上に激しくぶつかるように着地すると体を丸めて転がる。

「止まれ！」

私は止まらない。でんぐり返しをして立ち上がり、もう一度同じことを繰り返す。助走をつけてさらに隣りの屋上に跳び移り、さらにその隣りへと跳び移る。もはや何も怖くない。理由はわからない。とことん気分が高揚している。走る、跳ぶ、走る、跳ぶ。一晩じゅう続けていられるような気さえする。まるであの気味の悪いスパイダーマンにでもなったかのように。

どこから見ても真っ暗で、ヒルデ・ウィンズロウのアパートメントの屋上にいる警察から充分離れた場所まで来ると立ち止まり、耳をすます。警察の声やざわめきは聞こえるが、かなり遠くに感じられる。建物の裏側はほんとうに真っ暗闇だ。あとどれくらいスパイダーマンを演じられるだろう？

緊急避難用の梯子《はしご》を見つけ、半ば走り、半ば体を震わせるようにして地上から三メートルの場所まで降りる。そこでいったん止まり、あたりを見まわし、耳をすます。窮地は脱した。最後の段にいっときぶら下がり、手を放す。膝を曲げ、笑みを浮かべてしっかり着地する。膝を伸ばしてまっすぐ立ったそのとき声がする。「止まれ《フリーズ》」

気落ちして振り向く。警官がいる。銃を手にして私に狙いをつけている。

「動くな」

ほかに何ができる？

「見える位置に手を出せ。今すぐ」

若い警官でひとりきりだ。私に銃を向けたまま首を傾げてクリップで襟にとめたマイクに向かって何か言おうとする。このままではこの裏庭はあっというまに警官でいっぱいになってしまう。

もはや選択の余地はない。

ためらわず、フェイントもかけず、相手をかわそうともせず、ただまっすぐ彼に突進する。動くなと言われてから一秒も経っていない。いきなり攻撃をしかけ、相手が油断したことを願う。明らかに危険な賭けだ。相手はもうすでに私に銃を向けているのだから。が、少し躊躇して、怖がっているようにも見える。それが私に有利に働くかもしれないし、そうではないかもしれない。

が、ほかに選択肢があるか？

もし撃ってきたとしても、それならそれでいい。私はたぶん死なない。死ぬのだとしても、喜んでそのリスクを負おう。まあ、怪我をして刑務所に逆戻りすることになるのだろう。ここでおとなしく降伏しても結果は同じだ。やはり刑務所に連れ戻される。

それだけはあってはならない。

だから頭を低くして猛進する。警官のほうにはもう一度「止まれ！」と叫ぶだけの時間はある。が、実際には「止ま――」しか言えない。私は死にもの狂いになっている。とことん気分が高揚している。だからそれを吉兆と解釈する。腰のあたりをめがけて力のかぎりタックルする。装具付きのベルト、重いヴェスト、それに現代の警官を重荷で押しつぶしているあらゆるものが音をたてる。

勢いを保ったまま杭打ち機みたいに最後まで全力をかけて、集合住宅の裏のコンクリートの歩道に押し倒す。彼の背中が思いきり地面にぶつかり、しゅうっと空気が抜けるような音がする。

彼は息をしようともがく。

私は力を抜かない。

好きでこんなことをしているのではない。ほんとうは誰も傷つけたくない。彼は自分の任務を全うしようとしているだけだということも、その任務が正しいこともわかっている。が、彼を倒すかマシュウのことをあきらめるかのどちらかしかないのだ。だからしかたがない。

頭をうしろに反らし、額を彼の鼻に打ちつける。頭突きは陶器の水差しに投げつけられた砲弾のように警官に命中して炸裂《さくれつ》する。

彼の顔で何かが割れて砕ける。顔にべっとりしたものを感じて、それが血だと気づく。

彼の体から力が抜ける。

私は飛び起きる。彼は体を動かし、うめき声をあげている。それを見て怖くなると同時にほっとする。もう一度殴りたい衝動に駆られるが、その必要はないと思い直す。とりわけ急いでいるときには。

六丁目通りに向かって走りながら、ブレザーを脱いで顔についた血を拭く。そのブレザーと野球帽を茂みに投げ捨ててただ走る。

通りに出て、息を整える。

動きつづけろ。もう一度自分にそう言い聞かせる。

人だかりができている。たいていの人はほんの数秒見て通り過ぎるだけだが、中には立ち止まってなりゆきを見守っている暇人もいる。

私は頭を低くして野次馬にまぎれ込む。鼓動は落ち着きつつある。口笛を吹きながら東に向かって歩く。フィットネスクラブで煙草を吸っている人みたいにめだっているような気がして、さりげなさを装う。努めて人目につかないようにする。

数ブロック歩いたところで危険を承知でうしろを振り返る。誰も尾《つ》けてきていない。誰にも追われていない。さっきより低く口笛を吹く。思わず笑みが、心からの笑みが、顔に広がる。

私は自由だ。

20

レイチェルはありえないほど疲れきって、ようやく自宅に帰り着いた。姉のシェリルが玄関先のポーチを行ったり来たりしていた。

「どうなってるの、レイチェル?」

「とりあえず中にはいらせてくれない?」

「デイヴィッドの脱獄に手を貸したの?」

レイチェルは口を開き、すぐに閉じた。「とにかく中で」

「レイチェル――」

「中で」

そう言って、彼女はバッグから鍵を取り出した。レイチェルはよく言えば〝庭つきアパートメント〟と言えなくもない家に住んでいた。先日は地元のフリーペーパーの仕事に応募した。かなり役不足の仕事だが、選《え》り好みはしていられなかった。敬愛するジャーナリズム学教授であり編集者でもあるキャシー・コルベーラがレイチェルを推薦してくれたのだが、結局、彼女の過去を知るとこの新聞社は些細《ささい》なスキャンダルでさえ避けたいと言った。当世の風潮では無理もない。

レイチェルはドアを開けるとまっすぐにキッチンに向かった。シェリルは中にはいるとドアを閉めた。

「レイチェル？」

彼女は返事をしなかった。体じゅうが痛くて、痛みをまぎらわせたかった。これほどまでに酒を欲したこともないだろう。冷蔵庫の横の棚にウッドフォード・リザーヴがあった。彼女は瓶をつかんで言った。

「飲む？」

シェリルは顔をしかめた。「ねえ、わたしは妊娠中よ、忘れたの？」

「一杯くらい大丈夫よ」彼女はそう言うと棚からグラスをひとつ取った。「何かで読んだ」

「本気？」

「ほんとに飲まない？」

シェリルは妹を睨みつけた。「いったい何をしてるの、レイチェル？」

レイチェルはグラスに氷を入れて酒を注いだ。「姉さんが思ってるようなことじゃない」

「昨日の電話じゃ何もわからなかった。デイヴィッドに面会に行ったたっていうことだったけど。あまりに思いがけないことだった。でも、家に帰ったら話さなきゃいけないことがあるって言うから……」

レイチェルは一口酒を飲んだ。

「わたしに話したかったことって何？」とシェリルは続けた。「彼の脱獄を助けたってこと？」

「ちがう、そんなこと、ありえない。彼が脱獄するなんて思いもよらなかった」

「だったら、あなたがブリッグズに行ったのはただの偶然だって言うの？」

「いいえ」

「話して、レイチェル」

レイチェルは思う――わたしの姉。妊娠中の美しい姉。シェリルは地獄をくぐり抜けてきた。五年まえマシュウが殺され、姉はとことん打ちのめされた。レイチェルは姉が二度と立ち直れないのではないかと思った。が、シェリルは外の世界へ歩きだした。新しい夫、妊娠、新たな仕事。一方、レイチェルはちがった。そうはいかなかった。彼女は思う。自分も何かを――新しく堅固な何かを――つくり上げようとはしている。それでも自分でもわかっていた。その何かはまだもろく、薄っぺらだ。たとえうまくいっているときでももろさがわかる。足元の土台はいつもぐらついている。

「お願いよ」とシェリルは言った。「どうなってるのか話して」

「話そうとしてる」

急に姉が小さく弱々しく見えた。来るとわかっている衝撃に備えるかのように身をすくめている。レイチェルはどう話すか頭の中でリハーサルしてみた。が、堅苦しくぎこちなくなるだけだった。包帯はゆっくり取ってもすばやく取っても痛いことに変わりはない。

「見せたいものがある」

「わかった」

「でも、動揺しないでほしい」

「本気で言ってるの?」

プリントした写真はデイヴィッドに渡したが、アイリーンの家で撮った写真は携帯電話に残っている。バーボンをもう一口飲むと眼を閉じ、アルコールが体を温めてくれるのを待った。それから携帯電話を手に取った。写真のアイコンをタップしてからスワイプした。シェリルはレイチェルのそばまでやってきた。そして、レイチェルの肩越しに写真をのぞき込んだ。

問題の写真を見つけると、レイチェルは手を止めた。

「わからないんだけど」とシェリルは言った。「この女性と子供たちは誰なの?」

レイチェルは彼らの背後にいる少年の上に親指と人差し指を置いて、顔を拡大した。

21

マックスとサラを乗せたＦＢＩの監視用ヴァンはヒルデ・ウィンズロウの自宅がある建物の正面で急停止した。パトカーが六台と救急車が一台来ていた。サラはパソコンの画面を見ながらイヤフォンを通じて、誰かと電話で話をしており、重要な電話なのでひとりで行ってくれと、マックスに仕種で合図した。彼はうなずくと、ヴァンのスライドドアを開けた。

マックスの知らないＦＢＩ捜査官が言った。「バーンスタイン特別捜査官ですか？　容疑者は逃亡しました」

「無線で聞いた」

「地元警察が追跡中です。絶対に捕まえられると言ってます」

マックスにはそこまでの確信はなかった。ここは大きな街で、身を隠せる場所などいくらでもある。人も多い。ありふれた風景の中にまぎれ込むのはいたって容易なことだ。マックスとサラは最先端機器を備えたＦＢＩのヴァンから、警察がバロウズを捕まえそこねたところを眼にしていた。さらに、追跡中の警官四人が屋上にのぼったところも、彼らが装着しているボディカムからの映像でライヴで見ていた。

何か引っかかる。

「ヒルデ・ウィンズロウは今どこにいる？」

捜査官は手帳を見て眉根を寄せた。「電話をかけてきた人物はハリエット――」

「ウィンチェスター、ああ、わかってる」とマックスは言った。「彼女は今どこにいる？」

若い捜査官は救急車を指差した。後部のドアが開いていた。ヒルデ・ウィンズロウが毛布をショールのように肩に掛けて坐っていた。紙パックのジュースをストローで飲んでいた。

マックスはそこまで行くと、自己紹介した。ヒルデ・ウィンズロウはしっかりとした眼で彼と視線を合わせた。小柄でしわだらけだったが、甲皮に覆われたアルマジロより頑丈そうだった。

「大丈夫ですか？」と彼は尋ねた。

「少し気分が悪いだけ」とヒルデは答えた。「この人たちがわたしの治療をするって言って聞かないからここにいるの」

長い髪をポニーテールにしたアジア系の救命士の女性が言った。「リラックスして、ハリエット」

「家に帰りたいんだけど」とウィンズロウは言った。

「警察の人がいいと言うまで待ってください」

ヒルデ・ウィンズロウは救命士に笑みを向け、さらにリンゴジュースを飲んだ。そのあとマックスを見上げた。その姿は老女でありながら少女のようでもあった。

「あなたはFBIの特別捜査官だって言ったわね」とヒルデは言った。

「ええ。デイヴィッド・バロウズの再逮捕が任務です」

「なるほどね」

マックスは彼女がことばを続けるのを待った。が、彼女はジュースを飲んだだけだった。

「バロウズがあなたになんと言ったか教えてもらえますか？」

「何も言わなかった」

「何も？」

「そんな時間はなかったのよ」

「では、彼が何をしにきたのかわかりませんか？」

「全然」

「ちょっと話を戻させてください、ミセス・ウィンズロウ？」

彼はわざと彼女の昔の名前を使った。訂正されるのを待ったが、彼女は何も言わなかった。

「正確なところ、何があったんです？」

「彼がドアをノックしたの。わたしはドアを開けて――」

「まず相手を確かめましたか？」

彼女は一瞬、考えた。「いいえ、しなかったと思う」

「ノックの音がして、すぐにドアを開けたと？」

「ええ」

「いつもそうなんですか？　相手を確かめもせず？」

「この建物にはいるには、ブザーを鳴らしてロックを開けてもらう必要があるのよ」

「ブザーを聞いてあなたが彼を建物に入れたんですか？」

「いいえ」

「なのにあなたはただドアを開けた？」

彼女は彼に笑みを向けた。「ここの人は親切だから。ほかの住人が入れたんだと思ったの」

「なるほど」と彼は言った。

彼は思った――なんで彼女は嘘をついてるんだ？

「それにわたしも歳だから。時々忘れっぽくて。でも、あなたの言うとおりね、バーンスタイン特別捜査官。わたしがまちがっていた。これからはもっと慎重にならないと」

こっちが手玉に取られている。レイチェル・アンダーソンのときと同じだ。レイチェルはデイヴィッドと仲がよかった。だからそこは理解できる。しかし、どうしてヒルデ・ウィンズロウが嘘をつかねばならない？

「デイヴィッド・バロウズがノックしたので、あなたはドアを開けた」

「ええ」

「彼が誰だかわかりましたか？」

「いいえ、まったく」

「彼の外見は？」

「まあ、普通の男性ね。さっきも刑事さんに見たままをお伝えしようとしたんだけれど、あまりにあっというまの出来事だったから」

「あなたは彼になんと言いました？」

「何も」

「彼はあなたになんと言いました？」

「話をする時間なんてなかったわ。ドアを開けたら、いきなり階下《した》から大きな音がしたの。警察がもう建物にはいっていて、この階まで駆け上がってきていたんじゃないかしら」

「なるほど。で、それからどうなりました？」

「彼は動揺したんだと思う」

「デイヴィッド・バロウズが？」

「そう」

「動揺したバロウズはどうしました？」

「わたしのアパートメントに飛び込んできてドアを閉めたわ」

「さぞ怖かったでしょう」

「ええ、そりゃもう」彼女は救命士に向かって言った。「アニー?」

「なんですか、ミセス・ウィンチェスター?」

「もう一本、ジュースをもらえるかしら?」

「もちろん。気分はどうですか?」

「ちょっと疲れたわ」とヒルデ・ウィンズロウは言った。「質問ばっかりで」

アニーはマックスに険しい眼を向けた。マックスは気にもせず、軌道修正を試みた。

「で、バロウズはあなたとアパートメントにいて、そのときドアは閉まっていた?」

「そうね」

「あなたはドアロに立ってたんですよね? 彼はいるときにあなたを押しのけましたか?

あなたのほうがうしろにさがった?」

「ううん」わざとらしい間。「覚えてないわ。それって大事なことなの?」

「そうでもないと思います。あなたは叫び声をあげましたか?」

「いいえ。彼を刺激したくなかったから」

「あなたは何か言いましたか?」

「何かって?」

「誰なの、とか、何をしてるの、とか、家から出ていって、とか?」

彼女はしばらく考えた。救命士のアニーがジュースを持ってくると、彼女は笑顔で礼を言った。

「ミセス・ウィンズロウ?」

もう一度、昔の名前で呼んでみた。

「言ったかも。きっと言ったでしょうね。でも、何度も言うけれど、あっというまだったから。彼は窓に駆け寄ってそこから飛び出した」

「まっすぐ窓に向かった」とマックスは言った。「何も言わずに」

「ええ」

「その窓ですが、寝室の窓でしたね?」

「そう」

「家で一番広い居間の窓のほうがドアから近いですよね?」

「どうかしら。測ったことがないから。たぶんそうじゃないかしら」

「でも、そちらの窓は非常階段につながっていませんね?」

「ええ」

「非常階段に出られるのは寝室の窓ひとつだけです」とマックスは言って、頭を右に傾げた。

「バロウズはそのことを知っていたと思いますか?」

「そんなことはわからない」

「あなたが教えたなどということはありませんか?」とマックスは尋ねた。

「そんなことしません。きっとあらかじめここの建物の見取り図を手に入れてたのよ」

「デイヴィッド・バロウズは今朝、刑務所から脱獄したばかりなんですが」

「そのことはさっき親切なお巡りさんが教えてくれたわ」

「それまでは知らなかった？」

「知るわけないでしょう。どうして知ってると思うの？」

「私は三十分まえにあなたに電話して、留守電にメッセージを残しました」

「あら、ほんとう？ 電話には出ないのよ。ペテン師が年寄りを騙そうとする電話ばかりだから。留守電に切り替わるようになっているんだけれど、ほんとうのことを言うと、わたしは留守電の聞き方を知らないの」

マックスは彼女を見つめた。何ひとつ話が信用できない。

「バロウズが刑務所からまっすぐあなたを訪ねてきたのはなぜだと思いますか？」

「なんですって？」

「今日の朝、彼は脱獄した。それからニューヨークまで車でやってきた。あなたに会いにきた。どうしてだと思います？」

「そんなこと、わかるわけが……」そこで彼女は不意に眼を大きく見開いた。「ああ、そうなのね」

「ミセス・ウィンズロウ？」

「あなたは……彼がここに来たのはわたしに危害を加えるためだったと思ってるのね？」彼女は震える手を口元にやった。「そうなのね？」

「いいえ」とマックスは言った。

「でも、あなたは今――」

「あなたに危害を加えるつもりだったら、はいってくるときに、彼はあなたを突き飛ばしたりするんじゃないですか？　あるいは殴るとか？　そういったことをするんじゃないですか？」そこでマックスは初めて気づいた。「頬にあるのは痣ですか？」

「なんでもないわ」と彼女は妙に口早に言った。

「デイヴィッド・バロウズは銃を持ってるんですが、気づきましたか？」

「銃？　いいえ」

「ちょっと考えてみてください。あなた自身がデイヴィッド・バロウズだとします。五年間刑務所にいて、やっと脱獄できた。そのあとまっすぐ裁判で嘘の証言をした証人に会いにきた――」

「バーンスタイン特別捜査官？」

「はい」

「なんだか、わたし、拷問を受けてるみたいなんだけど」と彼女はむしろ愛想よく言った。

「知っていることはすべて話しました」

「あなたの証言についてもう少しお訊きしたいのですが」

「断わります」と彼女は言った。

「断わる？」

「あのときのことをまた思い出すつもりはないわ、それに……」彼女は振り返った。「アニー？」

「なんですか、ミセス・ウィンチェスター？」

「なんだか気分が悪くなってきた」

「言ったでしょ、ハリエット。休まないと」

マックスは反論しようとした。が、そのときサラが彼を呼んだ。「マックス？」

彼は振り返った。彼女はFBIのヴァンの開いたままのサイドドアのそばに立ち、マックスに来るよう合図していた。彼はハリエットに挨拶もせずサラのもとへ向かった。サラは戻ってきた彼の顔をじっと見て言った。

「どうしたの？」

「彼女は嘘をついてる」

「何について？」

「すべてについて」彼はズボンを上げた。「それより何か重要なことでもわかったのかい？」

「レイチェルが刑務所でバロウズに面会したときの防犯カメラの映像が手にはいった。きっとあなたも見たがるだろうと思って」

シェリルは写真をただ見つめた。

「遊園地で撮られた写真よ」とレイチェルは言った。

「それはわかるけど」とシェリルは噛みつくように言った。「だから？」

レイチェルはアイリーンに関する説明は省いた。背景にいる少年に焦点を合わせて写真をズームした――少年の顔がぼやけてしまわない程度に。そうして姉に携帯電話を渡した。シェリルは写真をじっと見つめつづけた。

「シェリル？」とレイチェルは声をかけた。

写真を見つめたまま、シェリルは囁くように言った。「わたしをどうしたいの？」

レイチェルは答えなかった。

シェリルは涙を浮かべていた。「これをデイヴィッドに見せたのね」

今のは質問だったのかどうかわからないまま、レイチェルは答えた。「ええ」

「そのためにブリッグズに行った」

「そうよ」

シェリルは画像を見つめつづけたまま、首を振った。「これをどこで手に入れたの？」

レイチェルはそっと携帯電話を取り戻すと、画像をもとのサイズに戻した。「こっちはわたしの友達。彼女は家族と遊園地の〈シックス・フラッグス〉に行ったの。写真を撮ったのは友達の夫。彼女はわたしにこの写真を見せてくれて……」

「それで……何？」シェリルの声は氷のように冷ややかだった。「わたしの亡くなった息子と似ている少年を眼にして、みんなの人生を粉々に吹き飛ばそうと思ったわけ？」

姉さんの人生は粉々にはならない――レイチェルはそう思ったが、それをいちいち口に出したりはしなかった。

「レイチェル？」

「どうしたらいいかわからなかった」

「で、デイヴィッドに見せたの？」

「ええ」

「なぜ？」

わたしはどれほど姉さんを守ろうと思っているのか――レイチェルはそれもいちいち口にしたくなかった。だから何も言わなかった。

レイチェルは続けて尋ねた。「彼はなんて言ってた？」

「ショックを受けてた」

「彼はなんて言ってた、レイチェル？」

「これはマシュウだろうって」

シェリルの顔が真っ赤になった。「もちろん彼はそう言うでしょうよ。溺れている人に金《かな》床《とこ》を投げてもライフジャケットだと勘ちがいするのと同じよ」

「もしデイヴィッドがマシュウを殺していたなら」とレイチェルは言った。「これは金床だってすぐに気づくんじゃない？」

シェリルはただ頭を振った。

「絶対におかしいわ、シェリル。デイヴィッドがマシュウを殺したなんて。ねえ、わかるでしょ？　解離性障害だかなんだったとしても。あの〝埋められた凶器〟の件だってそうよ。どうしてデイヴィッドがそんなことをしなくちゃならないの？　彼はそんな馬鹿じゃない。それにあの証人。ヒルデ・ウィンズロウ。彼女は裁判のあと名前を変えて引っ越したのよ。なんでそんなことをしなくちゃならないの？」

「まったく」シェリルは妹を見つめた。「あなた、こんな馬鹿げたことをほんとうに信じてるの？」

「わからない。言えるのはそれだけ」

「どうしてわからないなんて言えるの？　あなたも自棄《やけ》になってるんじゃない、レイチェル」

「どうして？」

「記事のネタが欲しくて」

「本気で言ってるの？」

「贖罪《しょくざい》したくて。あるいは新たなチャンスが欲しくて。あの子がもし生きていたら、特大ニュースになる、ちがう？　テレビにも取り上げられて、新聞の一面も――」

「ばかばかしい――」

「もしこれがマシュウじゃなくて、あの子にそっくりなだけの子供だったとしても、何もかもが――デイヴィッドが脱獄して、デイヴィッドの告白がこれだけ時間が経ってやっと聞けたら――そう、それだけだって大ニュースになる」

「シェリル」

「わたしの殺された子供があなたの復帰へのチケットになる」

レイチェルは平手打ちでも受けたような衝撃を受けた。

「今のは言いすぎたわ」とシェリルは口調を和らげて言いつくろった。

レイチェルは何も言わなかった。

「ねえ、聞いて」とシェリルは続けた。「マシュウは死んだの。キャサリン・トゥロも」

「この件は彼女とは関係ない」

「彼女が亡くなったのはあなたのせいじゃないわ、レイチェル」

「わたしのせいに決まってるじゃない」

シェリルは首を振り、妹の肩に両手を置いた。「さっき言ったことは本気じゃなかった」

「本気だった」とレイチェルは言った。

「ちがう。絶対に」

「いいえ、それにもしかしたらそれはほんとうのことかも。わたしは自分を哀れんでるし、失ったものを悲しんでる。でも、わたしはやりすぎて、キャサリン・トゥロは亡くなった。その事実は変わらない。彼女が死んだのはわたしのせいよ。わたしの今は当然の報いよ」

シェリルは頭を振った。「それはちがう。あなたはただ――」

「ただ、何？」

「近づきすぎただけ」とシェリルは言った。「わたしが忘れたと思う？」

なんと答えればいいのか、レイチェルにはわからなかった。

「ハロウィーンの夜のこと。あなたが一年生のとき――」

レイチェルは顔をそむけた。眼を閉じ、あんなことなど忘れられればいいのにと思った。

「レイチェル？」

「きっと姉さんが正しいんでしょうよ」とレイチェルは姉に言って画像に眼を落とした。

「わたしは自分が見たいものを見てるのかもしれない。もしかしたらディヴィッドも。ほんとうはそうなのかも。でも、もしかしたらということもあるでしょ？　今の彼には何もないの。ディヴィッドは――想像以上にまいってた。かなりひどかった。だから彼に調べさせてあげて。彼は傷つかない。今以上、悪くなんてならない。だから姉さんには写真を見せなかったのよ。もしなんでもなかったら――ええ、その可能性はかなり高いけど――行き止まり。被害がないから問題なし。振り出しに戻るだけ。姉さんには気づかれないまま終わる。でも、もしマシュウだったら――」

「それはないわ」

「どっちにしろ」とレイチェルは言った。「デイヴィッドとわたしに最後までやらせて」

「これはレイチェル・アンダーソンが最初に刑務所に面会にきたときの映像」とサラはマックスに言った。「さっき話したとおり、五年まえにバロウズがブリッグズに収容されて以来、初めての面会人よ」

監視用ヴァンはフォードを改造したものだった。後部の窓は着色ガラスに見せかけているが、実は外から中が見えないよう黒く塗りつぶされている。外の世界を確かめるにはヴァンのあちこちに巧妙に取り付けられた隠しカメラの映像で見るしかない。が、これがけっこうよく見える。マックスとサラは、三台のパソコン画面を備えたワークステーションのまえに――人間工学に基づいたリクライニングシートに――隣り合って坐っていた。捜査官が数人で何時間もこもることもあるので、車内は想像以上に快適な造りになっている。今は捜査官ふたりが運転室にいる。そのうちひとりがテクノロジーの専門家だが、実のところ、サラは誰よりこのシステムを熟知していた。

「ヴォリュームを上げられるか？」

「音ははいってないのよ、マックス」

彼は眉を寄せた。「どうして？」

「何年かまえに裁判沙汰になったから」とサラは言った。「プライヴァシーの侵害だかなんだかで」

「でも、この防犯カメラはプライヴァシーの侵害にはならない？」

「ブリッグズ刑務所が音声を法廷で使用する権利を失った以上、ビデオはあくまでセキュリティ用で、プライヴァシーを侵害してはいないというのが刑務所側の言い分」

「法廷はそれをよしとしたのか？」

「そう」

マックスは肩をすくめた。「で、見せたいものというのは？」

「これを見て」

サラはビデオを再生した。カメラはデイヴィッド・バロウズの背後、肩近くの天井についているようだった。カメラはプレキシガラスをはさんでデイヴィッドの正面に坐っているレイチェルの顔をとらえていた。サラが早送りのボタンを押すと、ふたりはサイレント映画のような動きをした。画面の中のレイチェルがマニラ封筒らしきものを取り出すと、サラは早送りをやめて再生ボタンを押した。再生速度が普通に戻った。マックスは眉をひそめて見つめた。画面の中ではレイチェルがうつむいていた。まるで勇気を溜め込むように。やがて封筒から何かを取り出し、ガラスに押しあてた。

マックスは眼を細くした。「写真か？」

「だと思う」

「なんの写真だ？」

音がなくても、画素数とライティングが最低の品質でも、マックスには面会室の雰囲気が一変したのが感じられた。バロウズの体が強ばるのがわかった。

「まだわからない」とサラが言った。

「脱獄計画かもしれない」

「あなたの到着まえに画像をいじってみたんだけど」

「何が見えた？」

「人が数人」とサラは言った。「ひとりはバットマンだと思う」

「なんだって？」

「たぶんね、わからないけど。もう少し時間が要るわ、マックス」

「読唇術ができる人も」

「いい考えね。法務部は令状の請求が必要だと言うでしょうけど」

「例のプライヴァシー侵害訴訟？」

「そう。でも、どっちにしろ転送したわ。画質がこれ以上よくなるとは思えないけど」

「もう少しズームできるか？」

「今のところ、これが精一杯」サラはキーを叩いた。画像が拡大された。画像のピントが合うよう停止ボタンを押しても、くっきり見えるようにはならなかった。マックスはまた眼を細めて言った。

「このときのことをレイチェル・アンダーソンに訊く必要がある」

「彼女には彼女の弁護士が黙秘するよう言ってるみたいだけど」

「それでも質問だけはしてみないと。まだ監視はつけてるんだよね？」

「つけてる。彼女は自宅にいる。姉が訪ねてきてる」

「バロウズの元妻？」

サラはうなずいて言った。「彼女は妊娠してる」

「ほう。電話はすべて傍受してるよね？」

「してる。でも、めぼしい情報はまだね」

「レイチェル・アンダーソンはバロウズを乗せて何時間か車を走らせた。すべて計画の内だろう。電話を使うほど馬鹿じゃないはずだ」

「わたしもそう思う」

「お互い彼女のこれまでのことは知っている」とマックスは言った。

「あの、〝ミー・トゥー〟の記事？」

マックスはうなずいて言った。「あの件がこっちと関係している可能性は？」

「どう関係するのかわからない。あなたは？」

彼は考えてみた。わからなかった。少なくとも今のところは。「経済状態についての詳しい調査は？」

「まだ調査中」とサラは言った。個人の経済状態を綿密にチェックするのは、時間のかかる作業だということはマックスにもわかっていた。多くの知能犯が何年も捕まらずにいられるのはそのせいだ。「それでも手がかりはあるわ」

「なんだ」

「テッド・ウェストン」

「バロウズが殺そうとした看守か？」

彼女はうなずいて言った。「あの男は借金を抱えていて完全に債務超過なのに、最近二千ドルの入金が二回あった」

「誰からの送金だ？」

「まだ確認中」

マックスは椅子の背にもたれた。「賄賂かな？」

「たぶん」

「まるですじが通らない」とマックスは言った。

「どこが？」

「バロウズがウェストンを殺そうとしたというところが」マックスはまた爪を嚙みはじめた。

「この事件は単なる脱獄じゃないような気がする」

「かもしれない。確実に捜し出すにはどうすればいいかわかる？」

「どうすればいい？」

「自分の仕事をする。ほかに気を取られたりしない。ひたすらバロウズを捕まえることだけに注力する」

「そのとおりだ、サラ。ウェストンが弁護士をつけるまえにしょっぴこう」

22

ガートルード・ペインはペイン家の敷地内にある崖のそばに立っていた。波立つ大西洋に月が映っている。彼女は白髪交じりの髪をなびかせ、眼を閉じた。風が顔にあたるのが心地よい。波の音は心を落ち着かせてくれる。ステファノが近づいてくる足音が聞こえた。それでも彼女は十秒ほど眼を閉じたままでいた。

眼を開けると彼女は言った。「捕まえられなかったのね」

「ロス・サムナーには失望しました」

「それにあの看守、義理の妹が面会に来たことをあなたに話した男も」

「あの男も使えない男でした」

彼女は海に背を向けた。ステファノは筋骨逞しい男で、真っ黒な髪の前髪をまっすぐに切りそろえている。そのせいで、若さに必死にしがみついている老ロックミュージシャンのように見える。スーツはオーダーメイドなのに、その角ばった体にまとわれるとまるで段ボール箱みたいに見える。

「まるでわからない」とガートルードは言った。「彼はどうやって脱獄したの？」

「そこが問題になりますか？」

「たぶんならないわね」

「彼が脅威になるわけでもないでしょう」

彼女は笑みを浮かべた。

「なんですって？　脅威になる？」

デイヴィッド・バロウズが長期的なダメージを及ぼす可能性はごくわずかだ。そんなことはわかっている。それでも、夫がおぞましくも言っていたペイン《ペイン・ピナクル》の頂きにたどり着くにはもうひとつPが要る。

偏執狂《パラノイア》的なまでの用心深さだ。

彼女にはこの世界の仕組みがわかっている。普通の人間にはまるでわからなくても。普通の人間は自分が安全だと思っている。自分はあらゆる角度から熟慮して、あらゆる可能性を考慮に入れていると確信している。が、実際はそうではない。そんなことはありえない。世界はそんなふうには動いていない。

このことを誰もが常にまちがえる。

「ミセス・ペイン？」

「それでも備えはしておくべきね、ステファノ」

23

私は足早にマンハッタンの通りを歩く。

走ってめだちたくはないが、十二丁目のアパートメントからは離れたい。北をめざす。十四丁目の地下鉄の駅を過ぎる。次に二十三丁目の駅も。下を向きたいという衝動と戦う。警察の追跡と捜索は、まちがいなくあたりのあらゆる地下鉄の駅に及んでいる。

そうでもないのか。

正直なところ、何もわからない。

ただ、目的地はわかっている、もちろん。

マサチューセッツ州リヴィア。私の故郷だ。

ヒルデ・ウィンズロウを脅迫していた男、前髪の白い男。リヴィアはその男が住んでいる市《まち》でもある。

私はこの男を知っている。

FBIはまちがいなく私の父の家を監視しているだろう。一方、警察機関も一度にあらゆる場所にいられるわけではない。テレビや映画の中では、悪人は果てしない監視、指紋、DNAのおかげで、またたくまに法で裁かれるので、われわれは勘ちがいしがちだが。

ヒルデ・ウィンズロウが警官に何を話したのか、私には知るよしもない。彼女は私の窮状に心から同情しているようだった。彼女のアパートメントから脱出するのに手を貸してもくれた。それでも、確かなことはわからない。演技かもしれない。警察が突入してきたとき私がそばにいたら起きるであろうことを恐れていたのかもしれない。そこのところはわからない。

いずれにしろ、選択肢はない。危険を承知でリヴィアに行くしかない。

三十分後、タイムズ・スクウェアに着くと、どれほど自分の考えが浅はかだったか気づく。人が大勢いる場所はこんなふうだろうと予想はしていた——人混み、騒音、まばゆい明かり、巨大スクリーン、ネオンサイン――けれども、今、自分が体感していることに対してあまりに準備不足だった。私は足を止める。あまりに刺激が多すぎる。暴力的な渦のような喧騒や色彩、においや人々の顔――その生活感――に私はよろめきさえする。五年間、暗い部屋で過ごしてきて、いきなり眼に閃光《せんこう》をあてられたのと変わらない。頭がぐらつき、どこかの壁に寄りかからないと倒れてしまいそうになる。

ここまで私を走らせつづけてきたアドレナリンがすっかり減退している。いや、煙となって夜気に消えてしまっている。今さらながら疲労感にどっと襲われる。もう時間も遅い。ボストン付近の列車やバスは最終が出てしまっている。ここは賢明な判断が必要だ。リヴィアに戻ったらすべきことはわかっている。うまくことを運ぶには自分の能力を最大限に発揮しなければならない。つまり今必要なのは睡眠だ。

このあたりには地下鉄の駅がいくつもある――警官が監視するには多すぎるくらい――が、結局、私は歩くことを選ぶ。丸刈り姿なら相手はごまかされてくれるだろう――ヒルデ・ウィンズロウはもう捨てた野球帽をかぶった私しか見ていない――さらにマスクもつけている。今はもうマスクをしている人はあまり多くはないので、めだっているのではと不安になる。しかし、マスクは変装には打ってつけだ。つけたままにすべきだろうか？　むずかしいところだ。寝る場所を決めることとも。セントラルパークへ行くため北へ歩こうか考える。あそこなら身を隠して寝られそうな場所がいくらでもある。とはいえ、警察がまず捜索しそうな場所とも言えるのではないか？　私は使い捨ての携帯電話を確認する。これを買ってくれたレイチェルだけが番号を知っている。彼女からの連絡を待っているが、まだ来ていない。そのことに意味があるのだとしても、それがなんなのかわからない。彼女はまだ見張られていると感じているのかもしれない。

私は計画を立てる。マスクをつけたままセントラルパークに向かう。七十九丁目近くにある〝ランブル〟――緑豊かな自然保護区域――へ続く小径《こみち》にはいる。ここならほかより木々が鬱蒼としている。私はどこより木に覆われていて、安全と思える場所を見つける。人が近づいてきたらすぐに音がして気づけるよう、周囲にできるかぎり枝をまき散らす。横になり、市《まち》の喧騒とせせらぎの音の入り交じる音に耳を傾ける。眼を閉じると、ありがたいことに夢も見ずに眠りに落ちる。

ペンシルヴェニア駅のラッシュアワー。人でごった返している。私は〈アムトラック〉に乗ってボストンへ向かう。きれいに剃った頭にマスクという恰好で。車中でふと思う、自分はすでに二十四時間自由の身でいられたことを。緊張しっぱなしだったが、トイレに行って鏡を見て、人に気づかれる恐れはほぼなさそうだと思う。この列車に乗ることがどれほど危険かわからない。だけど、ほかに選択肢があるか？

ボストンまで一時間というところで、やっと使い捨ての携帯電話が鳴る。かかってきた番号に覚えはない。通話ボタンを押す。こちらからは何も言わない。電話を耳にあてて待つ。

「アルパカ」とレイチェルが言う。

一気に安堵に襲われる。私たちは会話を始めるときのための合いことばを七つ決めていた。彼女が合いことばから話しはじめなかったら、会話は安全ではなく、何者かに電話を強制されているか、話を聞かれているということだ。もし彼女が同じ合いことばを二度使ったら――彼女がまた「アルパカ」と言ったら――何者かが、なんらかの形で、会話を聞いていて、私を騙そうとしているということだ。

「大丈夫か？」と私は訊く。

私のほうに合いことばはない。必要だと思わなかった。注意深さと馬鹿らしさは紙一重だ。

「予想どおりってところね」

「警察に尋問された？」

「ええ、FBIに」

「おれがどこに向かっているか、突き止められていた」

「FBIに？」

「ああ。ヒルデの家で捕まりそうになった」

「わたしは何も話してないわ、誓ってもいい」

「わかってる」

「じゃあ、どうして?」

「わからない」

「でも、逃げられたのね?」

「今のところは」

「話は聞けた?」

彼女が言っているのは当然、ヒルデ・ウィンズロウのことだ。ああ、と私は答え、わかったことを伝える。ヒルデは証人席で嘘をついたことを自ら認めたと。しかし、ギャンブルの借金のこととリヴィアとのつながりについては伝えない。なんらかの手段で何者かが話を聞いているかもしれないので――こんなことを言うと、疑いすぎだと思われるだろうが――行き先についてわずかなヒントも与えないほうがいい。

「できるかぎり現金を掻き集めてる。打ち合わせどおり、FBIの尾行を振り切る方法を実行する」

「どれくらいかかりそうだ?」

「一時間か二時間。目的地に着いたら居場所をピンで教えて。そこに行くから」

「ありがとう」

「あともうひとつ」私が話を終えるとレイチェルが言う。

私は待つ。

「昨夜、シェリルが訪ねてきた」

胸が締めつけられる。「どんな話をした？」

「写真を見せたわ。わたしたちの妄想だと思ったみたい」

「それに反論するのはむずかしい」

「それと、わたしの判断には個人的な事情が影響してるとも言っていた」

「ほう？」

「リンクをいくつか転送するわ、デイヴィッド。説明するよりそのほうが簡単だから」

レイチェルは三件の記事のリンクを送ってくる。いずれも彼女が企画した〝ミー・トゥー〟の記事の結果、自殺したキャサリン・トゥロという若い女性についてのものだ。私は坐り直して三件の記事を読む。大切に思っているレイチェルとは関係のない記事であるかのように、状況を努めて客観的に判断しようとする。

けれども、いくつかの理由から客観的にはなれない。

レイチェルに尋ねたいことはあるが、それは今訊かなければならないことではない。

座席の背にもたれて眼を閉じる。やがてボストン北駅に着くという案内が流れる。私は列車が駅にはいっていくあいだ、大人数の警官隊がいるのではと怯えながら窓の外を見る。普段どおり数人の警官はいたものの、特に警戒しているようではなさそうだ。それは何かを意味するものでもないが、百人の警官が銃を構えているのに出くわすよりはるかにいい。駅を出て故郷の市《まち》に降り立つ。口元がゆるむのを抑えられない。コーズウェイ通りを進むとランカスター通りとぶつかるところに、ボストンではいたるところにあるダンキンドーナツがある。ドーナツを六個と――フレンチクルーラーが二個、チョコレート・グレーズドが二個、トーステッド・ココナッツが一個、オールド・ファッションが一個――フレーバーコーヒーではない普通のコーヒーのLサイズをひとつ手に入れる。フレーバーコーヒーは好きではない。特にダンキンのは。

ダンキンの袋を手にランカスター通りを歩く。まだマスクはしたままだが、フレンチクルーラーを食べるには危険を冒すしかない。思っただけで唾が湧いてくる。十五分後、ボウディン通りの地下鉄の駅に着くと、ブルーラインに乗ってリヴィア・ビーチ駅に向かう。若い頃、この線に乗ったときのことを思い出す。当時は、リヴィア高校のクラスメートの男ばかりのグループで出かけた。私が一番仲がよかったのはアダム・マッケンジーだが、ほかにTJやビリー・シンプソン、これから訪ねていこうとしている男、エディ・グリルトンがいた。エディの一家はリヴィア・ビーチ駅のすぐ近く、センテニアル通りとノーショア通りに面した角で薬局を経営していた。その場所で店を始めたのは彼の祖父だ。私の知る人間は誰もがそこで処方箋を調剤してもらっていた。そして最初はエディの祖父、次に父親が犯罪一家、フィッシャー・ファミリーの違法賭博の手先になっていた。

薬局の裏に狭い駐車場があり、そこはまわりから隔絶された感じで、当時の私たちのたまり場になっていた。そこでビールを飲んだり大麻を吸ったりしたものだ。もちろん、はるか昔の話だ。あのときの仲間は今ではもう大半が故郷を離れている。ＴＪはニュートンで内科医になり、ビリーはマイアミでバーを開いている。が、エディは——誰より故郷を離れたがっていたのに、祖父と父親の生き方を嫌悪していたのに、薬局で働くことを強制される十代を過ごしたのに——結局、地元に残ることになった。親が望んだとおり、薬科大学に進学し、卒業するとカウンターの中に立って働きはじめた。やがて父親が、祖父と同じようにいきなり心臓発作で倒れて亡くなると、エディが薬局を経営し、自分が倒れる番を待つようになった。

リヴィア・ビーチ駅で地下鉄を降りて周囲を警戒する。警官がいる可能性があるからではなく、私は昔ここに住んでいた。だから変装が見破られるとしたらこの地だ。駅は子供の頃住んでいた家からも、マッケンジーの家からも、〈サルズ・ピッツェリア〉からも、グリルトン薬局からも、三百メートルほどしか離れていない。

グリルトン薬局は多少くたびれて見えたが、覚えているかぎり、当時からゆっくりと古びはじめていた。質の悪い煉瓦は当時から色褪せ、店の上に掲げられたネオンサインも端が錆びていて、ネオンがつくと、文字の明かりがちかちか点滅したものだ。うつむいたまま店の裏手にある、かつてのたまり場に向かって路地を抜ける。駐車スペースは一台分しかない。

エディの父親がいつもキャデラックをここに停めていた。その車はエディの父親にとっては何か意味があったのだろう、いつもきれいにワックスがかけられていた。今はエディが自分のキャデラックATSを同じ場所に停めている。物事は移り変わる。が、ここは何もかもが昔のままだ。

私は疲れるとかえってあれこれ考える性質《たち》だ。

大型ゴミ容器のうしろにうずくまる。ダンキンのおごりのコーヒーはまだ温かい。フレンチクルーラー一個を一気に食べ、ココナッツ味を途中まで食べたところでペースを落とす。刑務所はかなり体に厳しい場所だ。それでも味蕾《みらい》にまで影響を及ぼすほど過酷だとは思わなかった。味のせいなのかシュガーハイなのか、めまいがする。もしかしたら、自由を実感しているからかもしれない。少しでも愉しみを感じたり経験したりしないように心を閉ざす。感覚を麻痺させる。刑務所内ではそういうことが容易にできる。そうすることは役に立った。そうすることで、正気を保って生き延びることができた。が、今、その防護壁が崩れかけている。マシュウのことを思うことで。汚名を雪《そそ》げる可能性を考えることで。あらゆる感覚が私の心に雪崩《なだ》れ込んできている。

時間を確認する。誰もこの裏口は使わない。それはここに屯していた十年の経験からわかっている。それほどは待たずにすむはずだと思っていると、まさにそのとおり、裏口が開いてエディが出てくる。火のついていない煙草をくわえている。ガラスのドアを閉めて手に持ったライターで煙草に火をつける。眼を閉じ、煙草を深々と吸う。

エディは老けたように見える。痩せているのに腹だけ出ている。昔はごわついていた髪はだいぶ薄くなっている。まだ禿頭《はげあたま》というほどではないにしろ。細い口ひげをたくわえており、眼は落ちくぼんでいる。その変わりようをどう受け止めたらいいのかわからないまま、私は彼に見えるところに出ていく。

「やあ、エディ」

私の顔を見て、彼はぽかんと口を開ける。くわえていた煙草が口から落ちる。エディはその煙草を手で受け止める。それを見て私は笑う。昔からエディは反応が速かった。卓球がうまかったし、ビリヤードもなかなかの腕前だった。ビデオゲームもピンボールもボウリングもミニゴルフも――手と眼の連携がものを言うスポーツならなんでも名人級だった。

「驚いたな」とエディは言う。

「大声を出さないでくれと頼んだほうがいいか？」

「まさか、冗談だろ？」彼は速足で近づいてくる。「会えて嬉しいよ」

彼にハグされて――新鮮でいて懐かしい感覚――私は身を強ばらせる。この気持ちに流されたら、倒れてもう二度と起き上がれないような気がする。それでもハグは嬉しい。煙草臭ささえ嬉しい。「おれもだ、エディ」

「脱獄したってニュースで見た」彼は私の頭を指差して言う。「おまえも薄くなってきてるのか？」

「ちがう。変装だ」

「考えたな」とエディは言う。「ひとつ確認しておきたいんだが、いいか？」

「もちろん」

「おまえはマシュウを殺してない、だろ？」

「ああ、殺してない」

「わかってた。計画は？　いや、忘れてくれ。知らないほうがいい。現金が要るのか？」

「ああ」

「わかった。店はうまくいってないが、金庫には金がある。何があったにしろ、金はやるよ」

　私は涙をこらえる。「ありがとう、エディ」

「ここに来たのは金が要るからか？」

「ちがう」

「話してくれ」

「おまえはまだ賭け屋をやってるのか？」

「いいや。だから商売あがったりなんだよ。昔は全部やってたんだから。つまり、祖父《じい》さんはナンバーズを扱ってて、親父は百パーセント賭け屋だった。警察はそんな祖父さんたちのことを悪党だって言ってた。ああ、おまえの親父さんのことを悪く言ってるんじゃないぜ」

「気にしてないよ」

「そうそう、親父さんはどうしてる？」

「たぶんおまえはおれより詳しいんじゃないか、エディ」

「ああ、かもな。おれはなんの話をしてたんだっけ？」

「警察はおまえのお祖父さんと親父さんのことを悪党だって言ってた」

「そうだ。でも、最終的にうちをビジネスから締め出したのは誰か知ってるだろ？　政府だ。ナンバーズは違法だった。だから政府はそれを〝ロッタリー〟って名前にして、おまけにそれまでよりひどい賭け率にして合法化した。ギャンブルも違法だったけど、オンライン賭博の胴元が政治家に金をつかませたら、おや、びっくり、クリックすれば賭けができるようになった。マリファナだってそうだ。親父は売ったことはなかったけどな」

「それでも、五年まえはまだ賭け屋をやってた、だろ？」

「五年まえと言えば、あれこれ駄目になりはじめた頃だ。それがどうした？」

「エレン・ウィンズロウって名前の客を覚えてるか？」

彼は顔をしかめて言う。「うちの客じゃなかったけど。彼女の賭けはシャーリー通りのレギーが受けてた」

「でも、名前は知ってるんだな？」

「彼女はどっぷりはまってたからな。なんでそんなことを訊くんだ？」

エディは薬局の白衣を着たままだ。医者か、〈フィレーン百貨店〉の化粧品販売員に見える。

「じゃあ、彼女はフィッシャー兄弟に借金があった？」

エディはこの会話の流れが気に入らない。「ああ、だろうな。なあ、デイヴィ、なんでそんなこと訊くんだ？」

「カイルと話さなきゃならない」

沈黙。

「カイルってスカンク・カイルか？」

「いまだにそう呼ばれてるのか？」

「本人が気に入ってるからね」

スカンク・カイルは私たちが子供の頃から彼のニックネームだった。カイルがここに引っ越してきたのがいつだったかは記憶にない。小学一年か、二年だったかもしれない。彼は当時から前髪に白いすじがはいっていた。黒い髪に白い髪がひとすじ。子供はどこまでも子供だ。彼はあっというまに見た目そのままにスカンクというニックネームを与えられた。そんな名前を嫌がる子供もいるはずだが、幼いカイルはそれが大いに気に入ったようだった。

「話を整理させてくれ」とエディが言う。「おまえは昔の借金の件でスカンク・カイルと話がしたいんだな？」

「そうだ」

エディは口笛を吹く。「あいつのこと、覚えてるよな？」

「ああ」

「おれたちが九歳のとき、あいつがリサ・マイルストーンを屋根から突き落としたことは？」

「覚えてる」

「ミセス・ベイリーの猫たちのことも。あれはおれたちが十二歳のときだ。次々にいなくなった」

「ああ」

「それにパローネのところの女の子。名前はなんだったかな？　メアリーアン——」

「覚えてる」と私は言う。

「スカンクは刑務所にはいっても更生なんかしてないぞ、ディヴィ」

「わかってる。彼はまだフィッシャーの下で働いてるのか？」

エディは右手で顔を激しくこする。「どういうことなのか、話す気はあるんだろうな？」

話さない理由はない。「おれはフィッシャーが息子を誘拐して、おれに殺人の濡れ衣《ぎぬ》を着せたと思ってる」

そのあとかなりの短縮版を話す。エディは口には出さなくても、私の頭がおかしくなったと思ったはずだ。私は遊園地の写真を見せる。エディはちらっと写真を見るが、私から眼を離さない。煙草の吸い殻をひび割れた舗道に捨て、次の一本に火をつける。ずっと黙っている。口をはさもうとはしない。

話しおえると彼は言う。「この件についておまえを説得するつもりはない。お互いいい大人なんだからな」

「助かる。手筈《てはず》を整えてくれるか？」

「電話してみる」

「ありがとう」

「御大《おんたい》は引退した。知ってるか？」

「ニッキー・フィッシャーが引退した？」

「ああ、引退してどこか暖かい土地に引っ越した。今じゃ毎日ゴルフ三昧だって聞いたよ。殺人に強盗、強請《ゆす》りに略奪に暴行に明け暮れた挙句、今はフロリダでゴルフとスパのマッサージとディナーを愉しんでる。これもカルマってやつかね？」

「じゃあ、今のボスは誰だ？」

「息子のＮＪが仕切ってる」

「ＮＪがおれと話すと思うか？」

「頼んではみる。だけど、おまえの思いどおりに白状するとは思えない」

「彼らを面倒に巻き込むつもりはない」

「だよな、でも、そういうこととは関係なく、そもそもほんとうにやつらがおまえに息子殺しの濡れ衣を着せたがったということなら——まるで理屈に合わないって根拠は山ほどあるが、それには触れないとして——今回はやつらのほうが警察に通報するんじゃないか？」

「フィッシャーが警察に通報するか？」

「まあ、みっともないことは確かだが。もちろん、ただおまえを殺すって可能性もある。おまえの話は、やつらのスタイルってよりモンテ・クリスト伯みたいだけどな」

「おれにはほかに手がないんだ、エディ。たったひとつの手がかりなんだ」

エディはうなずいて言う。「わかった。電話してみる」

24

レイチェルは自分が尾行されているのかどうかわからなかった。

おそらく大丈夫だろう。

どうでもいい。こっちには計画がある。

彼女は歩いて駅に行くと、メイン／バーゲン線の列車に乗った。この時間、車内はさほど混んでいなかった。彼女は周囲を確認し、車両を二度替えた。尾行されたり見張られたりしている気配はなかったが、相手はプロだ。セカーカス駅で列車を降りると、ニューヨークのペンシルヴェニア駅行きの列車に乗り換えた。この列車の乗客もさきほどと似たような人たちだった。今度も周囲に眼を光らせたが、監視されてはいないようだった。

どうでもいい。こちらには計画がある。

そのあと四十五分間、彼女はマンハッタンの通りを歩いた。ミッドタウンのあちこちで道を曲がり、パークアヴェニュー四十六丁目にある高層ビルに着いた。彼女の弁護士のヘスター・クリムスティーンに向かうよう指示された場所だ。若い男が待っていた。男はレイチェルに名前を尋ねなかった。ただ笑みを浮かべてこう言った。「こちらへどうぞ」すでにエレヴェーターのドアが開いていた。四階へ上がるあいだ、ふたりとも口を利かなかった。ドアが開くと、若い男が言った。「廊下の先の左側です」彼はレイチェルが降りるのを待ってからまえを歩いた。彼女はドアを開けて中にはいった。別の男がシンクの近くに立っていた。

「おかけになってください」とその男性は言った。

彼女はシンクを背に坐った。男性の作業は手早かった。レイチェルの髪を切り、赤みがかった色に染めた。そのあいだずっとことばを発しなかった。すべて終わると、最初の若いほうの男が戻ってきて、レイチェルと一緒にまたエレヴェーターに乗り、G3のボタンを押した。レイチェルは、ガレージの三階なのだろうと見当をつけた。エレヴェーターの中で車のキーと封筒を渡された。封筒には現金とレイチェル・アンダーソン（彼女の旧姓だ）名義の運転免許証、クレジットカードが二枚と携帯電話がはいっていた。携帯電話はコピー商品のようだ。通常の通話やメッセージのやりとりは問題なくできるが、ＦＢＩには彼女の居場所を特定できない。少なくとも若い男は彼女にそう説明した。

Ｇ3に着き、エレヴェーターのドアが開いた。「四十七番の駐車スペースの車です」と若い男は言った。「お気をつけて」

車はホンダのアコードだった。盗難車でもレンタカーでもない。ヘスターは絶対にどちらでもないと断言していた。レイチェルは運転席に坐り、携帯電話を確認した。デイヴィッドが地図上にピンをドロップしていた。

何、これ？

彼がいるのがリヴィアだと知って、彼女は驚いた。彼の実家があるところだ。なぜそんなところにいるのだろう？　故郷に帰るのは計画にない。実際、デイヴィッドはなじみのある場所に行って危険性を高めることについては慎重な態度だった。

きっとヒルデ・ウィンズロウに何か聞いたせいで、リヴィアに戻ることになったのだろう。

レイチェルには理由はわからなかったが、今のところはわかる必要もない。彼女は車のエンジンをかけると北をめざした。

エディは電話を切ると、会えるまで数時間かかると言う。

「それまでうちの奥の部屋にいるか？」とエディは尋ねる。

私は首を振って使い捨ての携帯電話の番号を伝える。「時間がはっきりしたら電話をくれるか？」

「わかった」

私は礼を言うと道を渡りはじめる。このあたりのことは知り尽くしている。何事にも変化はつきものだが、こんな土地ではそれほど大きくは変わらない。海辺は確かに変わった。リヴィア・ビーチを望む高層ビルが新しく建築されている。それでも、ここは――私が育ったあたりは――テラスハウスの外壁が塗り替えられていたり、アルミサイディングに変わっていたり、増築されていたりはするかもしれないが、基本的にほとんど変わってない。私は子供時代、近道をするためや身を隠すため、もしくはただ単に冒険のために、とにかくあらゆる庭を通り抜けていた。

今、父のそばまで来ている。

ここが危険なことはわかっている。大規模な捜索がなされているにちがいない。つまり、父とおばが今も住んでいる、私の子供時代の家も監視されていることだろう。当然だ。とはいえ、まえにも言ったが、司法機関も万能ではない。世界のあらゆる場所に同時にいられるわけではない。彼らは私が昨夜、ニューヨークにいたことを知っている。そこからリヴィアに向かうと思うだろうか？　それはヒルデ・ウィンズロウがなんと供述したかによる。彼女が私の裁判で偽証したことを告白するとは思えない。

私の青春の象徴とも言える裏庭に忍び込んで、あらゆる方向を確認する。監視活動をするのに家のまえにヴァンを停める必要はない。が、とりあえず怪しげな様子はない。安全なのだろうか？　これがすじが通っていることなのかどうかもわからない。一歩さがって考える。こんなことになったのに、父とソフィおばさんに会うことにどんなメリットがある？　訪ねていっても、彼らを動揺させるだけではないか？

それでも私は懐かしい家に引き寄せられる。いつ殺されてもおかしくない脱獄囚だからこそ、一番愛している人たちに会いたい。これがそんなにおかしなことだろうか？　答は否だ。それでも私の意識の中心にあるのはマシュウを見つけることだ。言うまでもない。それは変わらない。

ソーントン家とハイランド家のあいだの裏庭まで来ると、安全だと確信できる。このあたりの家はほとんどが集合住宅で、くっついて建っているので、どこまでが自分の家の敷地でどこからが隣りの家の敷地なのかわからない。そのせいで何年にもわたっておかしな諍《いさか》いが続いた。たとえば、私が十四歳のとき、シーゲルマン家がミスター・クレスティンの栽培するトマトの分けまえを寄こせと言いだしたことがあった。ミスター・クレスティンのトマトは賞を獲ったこともある見事なトマトなのだが、栽培していた庭が境界線を越えているというのだ。その議論の的となった境界線を越えて、ミセス・ボルディオの敷地にはいる。ミセス・ボルディオはここに息子のパットと一緒に住んでいた。パットのことを私たちは〝ぼんくらぼん〟と呼んでいた。ふたりは二〇〇〇年代前半にどこかへ引っ越していった。今の住人はきちんと庭の手入れをしているようだ。パットの父親のミスター・ボルディオは私が生まれるまえにヴェトナムで亡くなっており、庭はいつも雑草が伸び放題になっていた。結局、近所の男たちがローテーションを組んで、交代で彼女の家の庭の芝刈りをするよう私の父が取り決めた。ミセス・ボルディオはそのお礼にと手づくりのピーナッツ・ブリトル（ピーナッツを練りこんだ平たいキャンディ）を父に渡していた。ミスター・ラスキン——私は今、彼の庭を通っている——は一夏をかけてコンクリートと煉瓦で巨大なピザ窯をつくった。その窯は二〇〇七年に一家が引っ越したあとも残され、今もある。もしこの一帯がトルネードに襲われたら、最後まで無事で残るのはこのピザ窯だろう。

前方に私の実家の裏庭が見えてくる。

低木が生い茂っている。私の一番幼い頃の記憶は——三歳か四歳だろう——父とフィリップが庭にブランコをつくっているというものだ。アダムと私はそんな自分の父親たちを尊敬の眼差《まなざ》しで眺めたものだ。暑い日で、父がバドワイザーの瓶を取り上げてラッパ飲みしていた姿をよく覚えている。父は大きく一口飲むと瓶を口から離し、私が見ているのに気づくと、片眼をつぶってみせた。

　それからもちろん、高校時代のガールフレンド、シェリルのことも思い出す。

　家に近づくにつれて、仮庵《かりいお》の祭り（野外に仮小屋を設けるユダヤ教の祭り）のためにミセス・ダイヤモンドが毎年建てていた天幕にまつわる罰あたりな記憶がありありと甦る。仮庵の天幕は、大小の枝を使ってつくる屋根のない小屋のようなものが普通だ。それを屋外に建てる。そういう決まりになっている。それ以上、宗教的な細かいことは覚えていない。そう言えば、奇妙なことに、刑務所の囚人たちは多くが信心深かった。私が知っている人々の中でも一、二を争うぐらい。私自身はまったくなじめなかった。

　いずれにしろ、ダイヤモンド家の仮庵は近所のどの家のものより立派だった。カラフルで大きな天幕にはヘブライ語が書かれていた。十七歳の私とシェリルは肌寒い十月の夜遅く、ダイヤモンド家の仮庵に忍び込み、初体験をした。

　まあ、それだけのことだが。

　その思い出に私は笑みを浮かべもし、顔をしかめもする。

　私はシェリルを愛していた。

　八年生のとき、シェリルが家族とともにシャーリー通りに引っ越してきてからずっと私は彼女に恋していた。が、高校二年のときのプロムの直前までシェリルが私の思いに応えてくれることはなかった。そのときでさえ、私たちは〝友人〟としてプロムに出席した。この手の約束は見当がつくだろう。私たちは似たような友人グループにいて、ふたりともプロムの相手がいなかったのだ。ただ、その夜のうちに私たちはセックスをした。彼女のほうは退屈しのぎだった。

かくして私たちは恋人同士になった。

私はかつてのダイヤモンド家の裏庭にある木にもたれかかる。シェリルと私はずっとうまくいっていたが、大学時代に少しのあいだ、別れたことがあった。彼女ではなく私のせいで。落ち着くには若すぎる、ほかの人とつきあった経験がないなんて、と周囲に言われたのだ。それで、私たちはほかの異性に眼を向けようとした。が、私の期待に適う女性は見つからなかった。私とシェリルは大学四年のときに婚約したが、シェリルが医大を卒業するまで結婚は待とうとふたりで決めた。私たちはその計画を守り、やがて結婚し、彼女は希望していた分野の研修医となった。そして順調で予想どおりの幸せな流れに乗って、私たちは子供をつくろうと決めた。

ここから状況は悪いほうへ進んでいく。

シェリルは——いや、私たちはと言うべきか——妊娠できなかった。

生殖能力に問題のある人なら、それがどれほどストレスになるか、重圧がかかるものかわかるだろう。シェリルも私も子供が欲しかった。心の底から。当然のことだ。私たちは四人欲しいと思っていた。それが計画だった。私たちの意見は一致していた。が、何ヵ月も努力したのに結果は出なかった。子供を授かりたいと強く願っていると、世界じゅうの誰もが――最低の人間や親にふさわしくない人間、子供を欲しがっていない人たちも――みんな妊娠しているように思えてくる。自分たち以外のみんなが子供をもうけているように。

私たちは専門医を受診し、検査に次ぐ検査の結果、原因は私にあることがわかった。そう、〝誰のせいでもない〟にしろ、〝ふたりで一緒にがんばればいい〟にしろ、〝男として劣っているわけではない〟にしろ、そんなことは誰でも知っている。が、私には子供をつくるのに精子の数が少なすぎることが判明し、私の考えはまずいほうに向かった。今の私にはもっと分別がある。〝有害な男らしさ〟について――その手のことについて――当時の私よりよく理解している。それでも、私みたいな育ち方をしたら、ここのような土地で育ったら、男はどうしても思ってしまうのだ。安定した職に就いて責任を担っている男が自分の妻を妊娠させることができないというのは、男としてどうなんだ？　と。

そう、私は自分を恥じていた。馬鹿げている。今の私にはそのことがわかる。が、馬鹿げていると理解するのは、人の感情のよくするところではない。

シェリルと私は体外受精を三回試みたが、うまくいかなかった。その結果、夫婦のあいだに緊張が深まった。話すことと言えば子供を持つことばかりになった。さらに悪いことに、お互い不妊治療にばかり気を取られないよう心がけると――もっとリラックスすれば、奇跡が起きることもあるとよく言われていたのだ――ゾウが部屋の中だけでなくベッドの上にいるような状態になった（〝部屋の中のゾウ〟で〝見て見ぬふりをする〟の意）。あまつさえ、そのゾウは私たちのもとから決して去ろうとしなかった。

シェリルは寛大だった。

少なくとも私はそう思っていた。

彼女は私を決して責めなかった。が、自尊心に問題を抱えた大馬鹿者だった私は想像を逞しくしすぎ、彼女が私を見る眼が変わったように思った。その眼で私に欠けているところを見抜いていると思った。彼女は別の男たち――男らしくて、生殖能力のある男――を見ながら、どうやってこの役立たずと縁を切るか考えている、と。

私がそんな思いを胸に秘めたままでふたりの関係がうまくいくわけがない。

が、そんなところへいい知らせが舞い込んでくる。ニューハンプシャーで開業医をしている父の古い知人――シェンカー医師――が自分も同じ問題を抱えていたが、精索静脈瘤《せいさくじょうみゃくりゅう》手術を受けて治ったと教えてくれたのだ。詳細を語るつもりはない。みなさんも知りたくもないだろう。手短に言うと、陰嚢《いんのう》内部の静脈を切断するというものだ。簡単に言えば、それがうまくいった。私の精子の数はいきなり人並以上に跳ね上がった。

四ヵ月後、シェリルはマシュウを妊娠した。

すべてがまたうまくいきはじめた。

うまくいかなかったことを別にすれば。

私たち自身も夫婦関係も、苦しかった不妊治療にすでに壊されていたのだが、マシュウが生まれると、すべてが過去のことになった気がした。事実、そうだった。シェリルが私に隠れてほかの生殖医療クリニックに行き、精子のドナーを探していたことがわかるまでは。結局のところ、彼女はその治療には踏み切らなかった。そのことについては本人から繰り返し説明を受けた。きわめて明確に――子供を授かりたかっただけでなく、とにもかくにもこの生き地獄からふたりで抜け出したくて、いわば死にもの狂いだったのよ。で、一瞬、魔が差したのね。ドナーからの精子提供を考えるなんて。あなたが同意してくれるはずがないのはわかっていたから。だから話さなかったのよ。

考えるのもおぞましいことだと彼女は認めた。ひたすら謝った。が、私には彼女の謝罪が受け入れられなかった。最初のうちは。私は深く傷ついた。彼女の行動に馬鹿げた不安を煽られ、妻を激しく非難した。きみはおれの信頼を裏切ったと。そう、この問題の処理をまちがえ、事態を悪化させたのはこの私だ。

実家の裏窓のそばを歩いていると、動くものが眼にはいる。藪《やぶ》に身を隠すと、おばのソフィがキッチンに来て、ひとりでテーブルにつくのが見える。それだけで胸がいっぱいになる。おばはゆったりした青いワンピースを着ている。背を丸めている。髪はピンでとめられているが、いくすじか落ちて顔にかかっている。さまざまな感情がほとばしる。ソフィおばさん。素敵で、寛大で、親切で、情が深くて、積極的なおばは母ががんで亡くなってからずっと私を育ててくれた人だ。窓越しに見えるおばは疲れきって、歳より老けて見える。日々の暮らしがおばの生命力を奪い取ってしまったのか？　私の父の病気のせいか？　それとも私のせいだろうか？

おばはいつでも私を信じてくれた。ほかの人が疑いを持ちはじめても、おばだけはちがった。

どうすべきかわからないまま、気づくと私はためらいながらも裏窓に近づいている。おばはラジオを聞いている。おばはキッチンで音楽を聞くのが好きだった。昔のロックだ。もちろん、今はもうラジオではないかもしれない。アレクサとか、そういったスピーカーデバイスかもしれない。パット・ベネターが力強く歌っている。ソフィはパット・ベネターとスティーヴィー・ニックスとクリッシー・ハインドとジョーン・ジェットが好きだった。私は裏のポーチの階段を忍び足で上がる。何も考えずに窓を拳で軽く叩く。

ソフィが顔を上げて、私を見る。

驚かれるか、困惑されるか、あるいは——少なくとも——いきなり現われた私にうろたえた顔をするだろうと思っていた。ほんの一瞬であっても尻込みするのが当然だと。なのにおばはまったくそんな顔をしない。私にとっておばは無条件の深い愛情だ。今私に見えているのはまさにそれだ。おばは勢いよく立ち上がると、まっすぐに裏口に向かってくる。その顔には明るい笑みが浮かんでいる。そして泣いている。天気雨のように。ドアを勢いよく開けると、左右に警戒の眼を走らせる。それを見て私は胸が痛くなる。おばが言う。「はいって」

私は言われたとおりにする。当然だ。昔のことを思い出す。父が遅い時間に勤めから帰ってきて、デイヴィッドはどこかとおばに尋ねると、おばは適当に言いわけをして、そのあと父に気づかれないよう、この裏口から私をこっそり中に入れてくれたものだ。私は中にはいってドアを閉める。おばに抱きしめられる。昔より小さく、華奢《きゃしゃ》に感じられる。ふと強く抱きしめるのが怖くなる。おばのほうにはそんな心配はないようだ。

おばを抱きしめ返したい。この場の感情に呑み込まれず、まっすぐ立って気持ちをしっかり持っていたいのにまるでできない。ソフィおばさんが相手では。ソフィおばさんのハグのまえでは。膝がくずおれそうになる。たぶん私が小さな泣き声を上げたのだろう、華奢でありながらしっかり立っている女性が私を支える。

「きっと大丈夫」とおばは言う。

私はおばを信じる。

25

ブリッグズ刑務所の刑務官テッド・ウェストンはマックスとサラに供述を繰り返させられた。一度、二度、三度と。マックスとサラはほとんど口を開かなかった。ただ、マックスは励ますように時々うなずいたりはしていたが。サラは取調べ室になった刑務所のオフィスの隅で、腕を組んで立っていた。刑務所長と収容者が刑務所長の車に乗るところを目撃したときの様子をテッドが自慢げに語って、三度目の供述を終えると、うなずきつづけながらマックスがサラのほうを向いて言った。「この最後のくだりが最高だね。そうは思わないか、サラ？」

「刑務所長の車を見つけたあたりのことかしら、マックス？」

「そうだ」

「ええ、わたしもそう思う」

マックスは人差し指と親指で自分の唇を引っぱりはじめた。爪を嚙まないようにしているときの彼の仕種だ。「その部分をサラと私が気に入ってる理由が知りたいかい、テッド？テッドと呼んでもかまわないかな？」

テッドの笑みは不安げだった。「もちろん」

「ありがとう、テッド。で、どうしてか知りたい？」

ウェストンは気乗りしなさそうに肩をすくめた。「ええ、まあ」

「なぜならそこだけは真実だからだ。まさしく供述のその部分を話したとき――窓の外を見て、車を見つけて〝ちょっと待て〟と思ったって言ったとき――きみの顔は誠実さに輝いていた」

「ほんとにそう」とサラが言った。

「まるで最高級の保湿クリームを使ったみたいに」とマックスが続けた。「ただ、ほかの部分を話してるときはそうでもなかった。具合の悪い哀れなデイヴィッド・バロウズを深夜に医務室に連れていったくだりは――」

「――それもあらゆる規定に反して」とサラがつけ加えた。

「――あるいは、いきなり彼がきみに向かってきたあたりも――」

「――なんの動機もなく」

「きみは右利きだね、テッド？」

「なんだって？」

「右利きだ。ずっと観察してた。大したことじゃないよ。バロウズを監房から出して医務室に連れていく話をするとき、きみの視線が右上に向かってたということ以外は」

「それって嘘をついているサインなのよ、テッド」とサラが言った。

「絶対に確実ってわけでもないけれど、実際、そういうことをする人が多いのは確かだ。ほんとうに自分の記憶を呼び起こそうとしているとき、右利きの人間は――」

「正確に言うと、わたしたちの八十五パーセントが――」

「――左上を見る」

「それから、視線がさまようこともあるわね、マックス」

「そうだ、ありがとう、サラ。これってなかなか興味深いことだよ、テッド。きみも興味を持つんじゃないかな。きみは嘘をつくとき、視線がさまようことが多い。きみだけじゃない。たいていの人がそうだ。なぜだか知りたいかい？」

テッドは何も言わなかった。マックスは続けた。

「これは先祖返りなんだ、テッド。ほかの人間だか動物だかなんだかに罠《わな》にかけられたと感じたときに、人は逃げられる出口を探してあたりを見まわす、そんな時代への先祖返りなんだよ」

「それを本気で信じてる、マックス？」とサラが尋ねた。

「わからない。でも、疑ってはいない――視線がさまようのは普通、嘘をついているときだというのはね。でも、そういうことが起源というなら、まあ、説得力はあるね」

「そうね」とサラも同意した。

「視線がさまよう」テッド・ウェストンはおうむ返しに言い、ことさら自信のある顔をつくろうとした。「おれには関係ない話だ」

マックスはサラのほうを見た。

サラはうなずいた。「すごく男らしいのね、テッド」

ウェストンは立ち上がった。「何か証拠があっておれが嘘をついてるというのか？」

「証拠ならもちろんあるよ」とマックスが言った。「われわれは視線がどうのこうのということだけに頼ってるなんて、本気で思ってるわけじゃないよね？」

「彼はわたしたちのことを知らないのよ、マックス」

「確かにそうだ、サラ。だったら見せてやろう」

サラは銀行の取引明細書を机の上に置くと、テッドのほうにすべらせた。テッド・ウェストンは立ったまま書類を見下ろした。その顔から一気に血の気が失せた。

「サラは親切だからね、テッド、重要な場所にマーカーを引いてくれてる。見えるかな？」

「お金が入り用になったら彼に頼めばいいかもね、テッド」

「ああ、それにしても彼はどこに金をやったんだろう？　金額を一万ドル以下に抑えてるのは賢いけど。それで人に気づかれないと思うのは甘いね」

「そう、われわれは気づいちゃった」

「われわれじゃないよ、サラ。きみだ。きみが気づいた。でも、きみがどんなに頭が切れる女性か、そんなことはここにいるテッドにわかるはずがない、だろ？」

「照れるわね、マックス」

サラの電話が鳴り、彼女はふたりに背を向けた。テッド・ウェストンはまた椅子に坐った。

「実際何があったのか話す気になったかな」とマックスが囁くように言った。「それとも、一般の囚人の中に放り込まれて、残りの半生を送ってみたい？」

テッドは明細書を見つめつづけた。

「マックス？」とサラが言った。

「どうした？」

「顔認証システムが彼を見つけたかもしれない」

「場所は？」

「リヴィア・ビーチ駅で列車を降りてる」

ソフィが言う。「ここにいるのは無理よ。今朝ＦＢＩが来たわ。また戻ってくるに決まってる」

私はうなずく。「父さんと話せる？」

彼女は首を傾げ、悲しげな顔になる。「眠ってる。モルヒネで。顔を見ることはできるけど、あなたが来たこともわからないと思う。でも、とりあえず階上《うえ》に行きましょう」

ピアノの横を通り過ぎる。レースが掛けてあり、その上に古い写真が何枚か置かれている。私はシェリルと私の結婚式の写真がいまだに手前の中央にあることに気づく。どう受け止めたらいいのかわからない。この近所に住む私の友人たちのほとんどに少なくともふたりか三人、あるいはもっと大勢の兄弟姉妹がいる。ただ、私はひとりっ子だ。尋ねたことはないが、私の抱えていた問題の原因はわからない。が、それがなんであれ、私はそれが遺伝的なものなのではないかと疑っている。最悪の形の〝似たもの親子〟ではないのかと。となると、そもそも息子はできなかった可能性もないとは言えない。すべては私のただの推測だが。

私はベッドのそばの椅子に坐り——父の古い机とセットの椅子だ——父を見下ろす。父は眠っている。顔をしかめている。おばが私のうしろに立つ。私は父を愛している。世界一の父親だった。しかし、父のことをほんとうにわかっているわけではない。父は自分の気持ちをまわりに伝えない人だった。若い頃の父の希望や夢がなんだったのか、私は知らない。そのほうがいいのかもしれない。なんとも言えないところだが。最近は男が自分の感情を封じ込めても、男らしさをやたらと見せつけても非難される。何がいいのか、私にはわからない。父はヴェトナムで戦った。祖父は第二次世界大戦で戦った。祖母はよく言っていた。ふたりは戦争に行くまえと帰ってきたあとでは別人になっていたと。もちろん当然のことだ。が、祖母はこうも言っていた。ふたりは変わったのではなく、戦地で眼にしたことにしろ、自分たちがしたことにしろ、経験したことにしろ、それがなんであれ、封印する必要があると感じたのだろう、と。自分のためではなく愛する人たちにその恐怖を伝えまいと思ったのだろう、と。祖父も父も非情になることもなければ人を遠ざけることもなく、傷ついている様子を見せることもなかった。彼らは自分を犠牲にしてでも愛するものを守りたいと願う番人だった。マシュウが生まれたとき、私は父がしてくれたことのひとつひとつを思い出そうとした。父のような父親になりたかった。自分は愛されている。自分には安心して頼れる相手がいる。息子にはそう感じてほしかった。子供が一流のマジシャンを見るような眼で父を見ては思ったものだ。父はいったいどうやったのだろう？　どうやって私にそんなふうに思わせたのだろう？　私はその父の秘密を知りたかった。自分もマシュウに同じことがしたかったから。

私は父を愛している。父は疲れて帰ってきても、白いTシャツに着替えて、外でキャッチボールをしてくれた。土曜のランチにはケリーの店に行って、ローストビーフのサンドウィッチとシェイクを買ってくれた。ドッグレースについていくのも許してくれて、本命の犬やオッズを教えてくれた。父がピッチャーを務めるリヴィア警察のソフトボール・チームの試合があるときには、私は応援に行った。消防隊との年に一度の試合のときには特に熱を込めて応援した。父はネクタイの結び方を教えてくれた。七歳のときには、私の顔に石鹼《せっけん》の泡を塗って、刃のついていない剃刀を渡し、ひげ剃りの真似をさせてくれた。一年に二回、レッドソックスを見るためにフェンウェイ・パークに連れていってくれた。私はホットドッグとコーラ、父はホットドッグとビールを手に外野席で観戦し、試合の記念にと相手チームのペナントを買ってくれた。フィリップの家でボストン・セルティックスの試合をテレビ観戦したりもした――彼の家には大画面のテレビがあったのだ。父のおかげで私は自分が厄介者だとか重荷だとかまったく感じずにすんだ。父は私との時間を大切にしてくれ、私としても父との時間が大切だった。

なのに、父の希望も夢も、不安も心配も、母が亡くなったときにはどんなふうに感じたのかも私は知らない。自分の人生にもっと多くを望んでいたのかも、それともそうでもなかったのかといったことも。

今、私は父が眼を開けて私を見てくれるのを待っている。当然のことながら、奇跡を期待している――私の帰宅で父の容態がよくなり、私がここにいるということで、父がベッドから体を起こしたり、せめてほんのひとときでも意識がはっきりして、ただひとりの子供に最後の格言を残してくれないかと。

奇跡は起きない。父は眠っている。

しばらくしておばが言う。「危険だわ、デイヴィッド。行かないと」

私はうなずく。

「あなたのいとこのドゥーギーがサメの調査で一ヵ月いないの。家の鍵はわたしが預かってる。必要なだけそこにいればいい」

「ありがとう」

私は立ち上がる。力のはいらない父の手をしばらく見つめる。この手にはあんなに力があったのに。もう失われてしまった。スクリュードライヴァーやレンチを使うと筋肉が盛り上がっていた前腕も今は見る影もなく、柔らかくなってしまっている。私は父の額にキスをする。眼が開かないかと、もう少し待ってみる。開くことはない。

「おれがやったと思ってる？」と私はソフィに尋ねる。

「いいえ」

私はおばを見る。「今まで一度も——？」

「ええ。一瞬たりとも疑ったことはないわ」

私たちは部屋を出る。もう二度と父に会うことはないかもしれないことに気づく。が、今は時間がない。顔を見つづける必要もない。私の電話が鳴る。メッセージを確認する。

「大丈夫？」

私はおばにレイチェルからだと伝える。彼女は三十分ほど離れた場所にいる。私はドゥーギーの住所と、裏口からはいってくるようメッセージを送る。

「レイチェルが協力してくれてるの？」とおばが尋ねる。

「うん」

彼女はうなずく。「まえから彼女のことは好きだった。あんなことになってほんとうに残念。ドゥーギーの家なら安全よ。ふたりとも。何か必要になったら連絡して。いいわね？」

私はおばをハグする。眼を閉じて抱きしめる。それから馬鹿なことを尋ねる。舌でつつきつづけている虫歯みたいに私の心にひっかかっていることだ。「父さんはおれがやったと思ってた？」

そう、ソフィおばさんは嘘をつけない。「最初は思ってなかった」

私は身じろぎすることなく訊き返す。「でも、それから？」

「彼は証拠がすべての人よ、デイヴィッド。あなたも知ってるでしょうけど。記憶喪失。シェリルとの喧嘩。あなたは十代のとき夢遊病で歩くことがあった……」

「だったら、父さんは……？」

「積極的には信じてなかった」

「でも、おれがマシュウを殺したと思ってた？」

ソフィおばさんは私から離れる。「どっちともわからなかったんだと思う、デイヴィッド。その話は今はここまでにしない？」

髪をボブにカットしたせいで、すぐにはレイチェルだとわからない。

「どう思う？」彼女は努めて明るく尋ねる。

「いいね」

ほんとうに。アンダーソン姉妹は昔から美人だと評判だったが、雰囲気はそれぞれ異なっていた。元妻のシェリルには人が足を止めるほどの美しさがある。彼女を見かけると、人はすぐにその美しさに驚く。レイチェルの美しさはもっとゆっくりと、時間をかけて伝わってくる。ソフィおばさんに言わせると――おばのことばがまさにぴったり言い表わしている――レイチェルの顔は〝心惹かれる〟顔だ。私は今、それを改めて実感する。世間では不完全だと言われるかもしれないその顔だちは、時間帯や部屋の明るさや立っている場所の角度によって見るたびに新たな発見がある絵画に似ている。ボブは彼女に似合っていると思う。頬骨が強調されているとか、そんな感じだ。その手のことに私はまるで詳しくないが。

レイチェルに、ヒルデとエディとフィッシャー・ファミリーのことを話す。話しているあいだに電話が振動し、エディからメッセージを受信したことを伝える。

戻ってくるな。警察がおまえを捜してこのあたりにいる。

私がこっちにいると警察が知ってるみたいか、と返信する。すぐに返信がある。

リヴィア警察がうようよいる。待ち合わせはポップ自動車修理工場。モールデンのハンティング通り二八〇番地だ。午後三時。来られるか？

行ける、と伝える。

左にある車庫にはいれ。ひとりで来ること。そう伝えるようやつに言われた。

私の肩越しにレイチェルもメッセージを読んでいる。ドゥーギーは五十四歳の独身男で、室内はそのことを如実に物語っている。壁は場末の酒場のような濃い色のウッドパネル。ダーツの的。壁全面を覆う大画面テレビ。毛足の長い緑色のカーペット。合成皮革の椅子はリクライニングで、金属の棒が伸びたさきにフットレストがついている。古いオーク材のホームバーの上には、ビールの大きなネオンサイン――ひとつは〈ミケロ・ビール〉、もうひとつは〈ブルームーン・ベルジャンホワイト〉――が掛かっている。家にはいったときは薄暗い中、このネオンだけが輝いていた。私は照明のスウィッチには触れなかったので、今室内でついている明かりはこれだけだ。

「車で送るわ」とレイチェルは言う。

「ひとりで来いって書いてあるのを読んだだろ?」

「わたしはまだ納得してない。フィッシャー・ファミリーが仕切ってるのは強請りやドラッグや売春、そういったことでしょ? そんなギャングがどうしてマシュウの……」彼女はことばを切る。「なんと言ったらいいのかわからないんだけど」

「誘拐ということにしておこう」と私は言う。

「わかった。どうしてギャングが関わってくるの？」

「わからない」

「彼らがすんなり話してくれると思う？」

「ほかに手がかりがない」

「もしかしたらあるかも」とレイチェルは言い、パソコンを開く。ファイルをクリックすると、画像がダウンロードされはじめる。「〈シックス・フラッグス〉でのアイリーンの写真についてわかっていることをもとに、いろんな画像検索をしたのよ。場所はわかってる。日にちも。まずそこから始めた。たとえば、インスタグラムだったら、その日の〈シックス・フラッグス〉のハッシュタグがついている写真を探した。三日後まで範囲を広げて検索した。すぐにアップしない人もいるから。それからアイリーンと家族の画像検索もした。誰かがアップした写真に彼らが写ってるんじゃないかと思って。ほかにもマシュウが写り込んでるのが見つけられないかと思って」

「それで？」

「SNS上で六百八十五件の写真やビデオが引っかかった。インスタグラムにフェイスブック、Xにティックトックとか集めると。まだ少し時間があるわ。眼を通してみない？」

写真は時系列で並べられ――それはアップされた時間で、写真が撮られた時間ではない――さらにSNS別に分けられている。カップルや家族連れがアトラクションに乗る姿や降りる姿、観覧車やメリーゴーラウンド、ジェットコースターで逆さになって手を振る姿の写真がある。ポーズを取っている写真もあれば、スナップ写真やアトラクションを遠くから撮っているものもある。私はアトラクションが好きだ。いとこや甥や姪《めい》を――誰であれ――一番激しいジェットコースターに連れていく役をいつも買って出ていた。私の父も歳を取ってからもアトラクションが好きだった。そのことを振り返ってみる。マシュウを遊園地に連れていったことは何度かある。本格的なジェットコースターに乗るには幼なすぎたが、小さな電車や飛行機、ゆっくり進む船の乗りものがお気に入りだった。マシュウは父に似ていた。誰もがそう言った。父に会いにいったあと改めて思うのは、祖父から父へ、父から私へ、そしてマシュウへと受け継がれたものについてだ。すべてがそこにある。こだまのように響き合っている。

園内を車でまわっている写真も何枚かある。ドライヴスルー形式のサファリパークで動物と写っている写真やアイスクリームやハンバーガーを手にしていたり、長い列に並んだりしている写真もある。バットマンやバッグス・バニーやポーキー・ピッグのコスプレをしている人。ゲームセンターで獲得したカメや青い犬やポケモンのキャラクターのぬいぐるみを持っている人。

遊園地は多様性のるつぼだ。さまざまな教義や宗教の人がいる。ヤムルカ（ユダヤ教徒の男性がかぶる浅くて丸い帽子）をかぶっている少年もいれば、髪を布で隠している少女もいる。誰もが笑顔だ。集合写真も驚くほど多い。十人、二十人、三十人くらいで写っているものもある。集合写真が出てくると手を止めて全員の顔を拡大する。子供の顔を。当然、マシュウを探して。大人については、見覚えのある顔がないか探す。気づくと、誰か――誰でもいい――怪しく見える者も探している。

トムとアイリーンのロングリー夫妻と息子ふたりが、十六人の人たちと一緒に写っている写真を見つける。ふたりで時間をかけてその写真を熟視する。が、何も発見はない。

腕時計を確認する。モールデンのポップ自動車修理工場での待ち合わせに向かわなければならない。すべての写真を見ている時間はなさそうだ。ペースを上げようとして、あとで眼を通せばいいと気づいたが、そのときにはすでにロングリー一家が写る別の写真が表示されている。一家は映画『怪盗グルー』の黄色いミニオンズのコスプレをしたスタッフと写っている。

レイチェルが次へのボタンをクリックする。そこで私は言う。「待って」

「何？」

「戻って」

彼女は〝戻る〟ボタンをクリックする。

「もうひとつまえ」

彼女は言われたとおりに戻す。ロングリー一家の写真だ。ロングリー一家だけの。ほかの人は写っていない。が、眼にとまったのは一家の人々ではない。

「彼らは何のまえに立ってるんだ？」と私は尋ねる。

「どこかの会社のイヴェント用のスクリーンみたいね」

それは映画の試写会や企業のイヴェントで広告に使われる背景用のスクリーンで、普通は一社のロゴが全面に細かくはいっている。が、この写真のものはちがっている。さまざまなロゴが描かれている。

「アイリーンは会社のイヴェントだったって言ってた気がする」とレイチェルは言う。「彼女の夫が〈マートン製薬〉に勤めてるって話はしたわよね？　そこにその会社のロゴがある」

ほかの会社のロゴもある。誰もが知っている店頭販売の鎮痛薬。人気のスキンケア製品。

「巨大複合企業だから」とレイチェルは言う。「食料品ブランドや製薬会社、レストラン・チェーン、病院もある」

「遊園地全体が貸し切りになってたんだろうか？」

「わからない。アイリーンに訊いてみるわ。どうしたの、何か思いついたの？」

「こういう写真はほかにもあるよね？　スクリーンのまえに立ってる写真は」

「ええ、まだ集めはじめたばかりだから、そういう写真はこのあともどんどん出てくるんじゃない？　普通はこういう写真は園内にはいったときに撮ると思うけど、アイリーンたちは帰りぎわまで待って撮りたかったみたいね」

「クリックを続けて」と私は言う。

三度目のクリックで見つける。その瞬間、全身が強ばったのがわかる。

「止めて」

「何？」と彼女は尋ねる。

私は右下のロゴを指差す。ロングリー家の写真では端だけ写っていた。それでも一時停止してもらったのだが、この写真でははっきり確認できる。レイチェルは私の指し示すものを見つめる。彼女にもわかったのだろう。

コウノトリが運んでいるベビースリングに文字が書かれている。

〈ベルグ生殖医療クリニック〉

レイチェルはしばらくその文字を見つめてから、私のほうを向く。

口が渇いてくる。「彼女が行ったところだ」と私は言う。「シェリルが」

「ええ、それで？」

私は何も答えない。

「これがどう関係してくるの、デイヴィッド？　でも、この複合企業はピザ屋もやってるのよ。あなたも行ったことがあるはずよ」

私は顔をしかめる。「おれの結婚生活が破綻したのはピザ屋に行ったからじゃない」

「何を言いたいのかわからないんだけど」

「きみのお姉さんはここに行った」――私は指で引用符の形をつくってみせる――「おれに内緒でこの〝クリニック〟に」

「知ってる」と言う彼女の声はとても柔らかだ。まるで声に撫《な》でられているかのような気がする。「でも、それだけだった。それはあなたも知ってるでしょ？」

「そうでもない」

「どういう意味？」

「おれはそれ以降彼女が信じられなくなった」

「それは過剰反応よ、デイヴィッド。シェリルは苦しんでた。それはあなたもわかってるでしょ？　言うまでもないわね。実際、シェリルは治療は受けなかった」

言い争う理由などないのはわかる。たぶん彼女が正しいのだろう。私はロゴを見つめて頭を振る。「偶然じゃない」

「偶然に決まってる。あなただってわかるでしょ？」

「ああ、わかってる」そう答えた私の声は驚くほど事務的だ。「おれに生殖能力がなかったということは。このことは結婚生活の重荷になっていた。シェリルはドナーの子供を妊娠して、おれの子供だと言い張ろうと考えてたんだろう。彼女が仲介業者なんて飛ばして、どこかの男と寝なかったのが不思議なくらいだ」

「そんな言い方はないわ、デイヴィッド」

「彼女の今の結婚相手は誰なんだ、レイチェル?」と私は言い返す。「そこのところはまだ話してくれてないよね」

「関係ないでしょ?」

「ロナルドだろ?」

彼女は何も答えない。私は心にひびがはいるのを感じる。「ただの友達。彼女はそう言いつづけていた」

「ほんとうにただの友達だった」

私は首を振って言う。「馬鹿にしないでほしい」

「ロナルドにその気がなかったとは言ってないわ――」

「もうどうでもいいことだ」と私は言う。実際そのとおりだ。この件についてはもうこれ以上聞きたくない。「今、関心があるのはマシュウを見つけることだけだ」

「それで、これが」――彼女はそう言って生殖医療クリニックのコウノトリを使った馬鹿げたロゴを指差す──「答だと思うの？」

「ああ、そう思う」

「どうして？」

私は答を持っていない。だからしばらくふたりとも無言になる。

しばらくしてレイチェルが言う。「あのスカンクとまだ会うつもりでいる？」

「ああ」

「だったらもう行ったほうがいい」

「そうだな」私は彼女を見る。「話してないことはなんだ？」

「何もない」と彼女は言う。

私は彼女を見つめつづける。

「ただの偶然」とレイチェルは言う。「それだけのことよ」

彼女自身そう信じているのか、私にそう信じさせたいのか、私には判断がつかない。

26

「ピクシー？」

ガートルードは窓越しの絶景から少年のほうに眼を向けた。四年まえに完成したばかりのこのペイン屋敷は、かつての博物館級のペイン屋敷とは大きく異なっていた。確かに地所は広大だ。テニスコートにプール、乗馬道などもある。しかし、以前の巨大な霊廟《れいびょう》のような大理石の建物とはちがい、明るくて風通しがよく、ポストモダン風で、白い立方体で、壁全面が窓になっている建物が連なっている。当初はたいていの客がその変容ぶりに驚いた。が、ガートルード自身は今の屋敷が気に入っている。

「なあに、シーオ？」

「パパはどこ？」

彼女は少年に笑いかけた。シーオは暗闇の中の純然たる光だった。やさしくて賢く、考え深い。いい子だ。英語だけでなくフランス語とドイツ語も話せるが、それはずっとスイスのザンクト・ガレンの寄宿学校にいたからだ。この学校の生徒数は三百人足らずで、馬屋があり、授業の一環として登山やセイリングもおこなわれる。学費は一年で二十万ドル近くかかる。ヘイデンは不在がちな父親にはなりたくないと、スイスで過ごすことが多い。いずれにしろ、今回はこの子たちにとって（彼女にとってはヘイデンも〝子〟だ）久しぶりのアメリカへの帰国だった。ふたりは彼女の住むペイン屋敷にすでに三ヵ月滞在している。ガートルードはこの帰国に諸手《もろて》を挙げて賛成した。さすがに彼女も歳を感じているのだろう。孫たちとともに過ごすのがなによりの愉しみになっている。

が、帰国したのはまちがいだった。

少年の背後から、ヘイデンが部屋にはいってきた。少年はまばたきをした。「ここだよ」

そう言って、少年の両肩に手を置いた。彼はほんとうにすばらしい少年で、最初の山場を乗り越えたあとは、来た当初からこれがこの子の抱える問題だった。しかるべき場所に落ち着いたように思えた。それでも、今でもどこかおどおどしたところがあり、まるで叩かれるのを予期しているかのようにたじろいだり、ちぢみ上がったりすることがある。叩かれたことなどないのに。これまで一度も。なのに、時折、本人は真実を知らないのに、まるで体の中の何かが、原始的な何かがそうさせているかのように無意識に防御姿勢を取るのだ。

ヘイデンの強ばった笑みを見て、ガートルードはすぐに何かまずいことが起きたのを察すると、ステファノを呼んだ。ステファノは外での遊びにシーオを連れ出し、ドアを閉めた。祖母と孫がふたりだけで話ができるように。もっとも、ステファノは一族の不正行為などすべて知っていたが。

「何かあったの、ヘイデン？」と彼女は尋ねた。

「やつが警官を襲った」

彼女はまだそのニュースはチェックしていなかった。ガートルードはテクノロジーも常時接続の世界についても理解していた。長生きの秘訣《ひけつ》は日々のルーティンを守りながら、新たな経験もすることだと信じていた。そんな彼女の朝はいつも同じように始まる。七時起床。ストレッチを二十分。瞑想を二十分。時間が許せばコーヒーを片手に一時間小説を読む。それからようやくニュースに触れる。この歳になると、ニュースは啓蒙《けいもう》というより娯楽——ストレスの多い娯楽——に近いと思っている。

「彼は捕まったんでしょ？」

「いいや。今のところまだだね」

意外だった。どうやら思っていたよりもデイヴィッド・バロウズは抜け目のない男のようだ。「ここにいたら駄目。それはわかるわね」

「デイヴィッドが何か気づいてると思う？」

何か？ それでも、すべてを知っているはずはない。「警官を襲ったということだけど」と彼女は言った。「どこでそういうことが起きたの？」

「ニューヨーク」

ガートルードには理解できなかった。「なぜ彼がニューヨークにいたのかはわかってるの？」

「噂だけど、証人への復讐のためらしい」

「誰のことだかわかる？」

「たいていの証人は地元の専門家証人だった」

「ひとりを除いて」とガートルードは言った。「彼が野球のバットを持っているのを見たと嘘をついた女性」

ヘイデンはゆっくりとうなずいた。「そうだ」

当然ながら、裁判当時も彼女は困惑したものだった。その女性が嘘をついたことは彼女たちにもわかっていた。が、その理由がわからなかった。

「あの子を隠しつづけるのにはほとほと疲れたよ、ピクシー」

「わかってる」

「あの子にはペイン家の血が流れてる」

「それもわかってる」

「検査までした。あの子は私の子だ。あなたのひ孫だ。つまるところ、あの子はペイン家の男だ」

彼女は笑いそうになった。ペイン家の男。まるでそれがいいことのように聞こえるではないか。ペイン家の男たちの悪行ときたら。予定外の妊娠、脅迫、強請り、殺人まで——一族はそれらすべてを大金で揉み消してきた。ケネディ家のチャパキディック事件（エドワード・ケネディ上院議員の飲酒運転により同乗の不倫相手が死亡した事故、およびそれを隠蔽しようとした事件）が起きたとき、ガートルードはまったく驚かなかった——情報が洩れるまえに隠蔽できなかったのは意外だったが。あの手のことはいくらでも起きている。金持ちは一族のために賄賂をつかませる。これは飴《あめ》だ。が、金持ちは鞭《むち》も使う。そう、人は愛する人が襲われたり怪我を負わされたり殺されたりすると、その人のために行動を起こそうとする。が、たいていろくなことにはならない。正義など手にはいらない。金持ちは否定したり混乱させたり、賄賂を使ったり圧力をかけたり、破産に追い込んだり訴訟を起こしたり脅迫したりする。どれもうまくいかなかったら――たいていはうまくいくが――相手を消す。その中には他人の子供を犠牲にすることも含まれる。子供であれなんであれ。

自分の娘の死と引き換えに金を受け取る親がいるなど信じられないかもしれないが、だからと言って、その親たちは強欲とはかぎらない。人の道にはずれているともかぎらない。

彼らにはほかに選択肢がないのだ。

「わかってるわ、ヘイデン」と彼女は言った。

「ほかに手があるはずだ」

ガートルードは黙っていた。

「もしかしたら、真実を明らかにすべきかもしれない」

「駄目よ」と彼女は言った。

「つまり、もし誰かがどうにかしてシーオを見つけたとしても――」

「ヘイデン?」

「何が証明できる?」

「ヘイデン、やめなさい」

ことばそのものよりその口調に彼は黙った。

「あなたたちはふたりとも今日の午後にはここを発《た》てるよう手配するわ」と彼女は会話を締めくくって言った。「それまではあの子をここから外に出さないように」

第三部

27

嘘をついていることが顔に出ていただろうか。デイヴィッドは気づいただろうか？

レイチェルは危うく彼に真実を打ち明けそうになった。もしかしたら打ち明けるべきなのかもしれない。しかし、今はデイヴィッドに全面的に信頼してもらう必要がある。シェリルがあの生殖医療クリニックを受診したほんとうの経緯を知ったら、そのすべてを知ったら、彼はわたしと距離を取ろうとするかもしれない。そんなことになってはすべてがふいになってしまう。今のところ、正しかろうとまちがっていようと、このまま彼を騙しつづけるしかない。今は誠実でいるより、彼を支えることのほうが大切だ。

ポップ自動車修理工場に行くのにデイヴィッドが家を出ると、レイチェルはもう一度写真を丁寧に見はじめた――今回は頭の中に新たな目的がある。今度はデイヴィッドがよく知らない知人の顔を探した。見あたらなかった。いささかほっとした。デイヴィッドがまちがっている可能性――あの日〈ベルグ生殖医療クリニック〉が遊園地のスポンサーになっていたのは純然たる偶然だった――もないとは言えないが、考えれば考えるほど、何かつながりがあるようにレイチェルにも思えてきた。

でも、これまでのことと生殖医療クリニックがどこでどう関係してくるの？　彼女は電話を見つめた。長いこと、彼に電話をかけるのを先延ばしにしてきた。今、彼女は答を必要としており、彼がその答を持っているかもしれない。彼女は電話をかけた。相手は二度目の呼び出し音で出た。

「もしもし？」

「ハイ」

「レイチェル？」

彼の声はいかにも嬉しそうだった。そのことにレイチェルの口元はほころんだ。

「ええ」

「いやいやいや。ずいぶん久しぶりじゃないか」

「わかってる、ごめんなさい」

「謝らなくていいよ。元気かい？」

「元気よ」と彼女は言った。

「何度も電話したよ」

「わかってる」

「例の記事やわれわれの母校に関するあれやこれやがあって――」

「わかってる」と彼女はまた言った。「あなたには連絡すべきだった。ごめんなさい」

「ほんとうにごめんなさい。わたしはただ……いろいろあったから──」

沈黙ができた。ややあって彼が言った。「電話してきたということは何か用かな？」

「力を貸してほしい」

「いつだって力になるよ。わかってるだろ？」

確かにわかっていた。彼女は咳払いをした。「わたしの義理の兄が脱獄したのは知ってる？ ニュースがそっちまで届いてるかどうかわからないけど──」

「ああ、知ってる」

「ちょっと手を貸してくれると嬉しい」

間《ま》があった。「なあ、レイチェル、今どこにいるんだ？」

「どういう意味？」

「自分の家か？」

「いいえ、わたしは……」伝えるべきだろうか？「ボストンの近くよ」

「よかった」

「なんで？」

「ワシントン通りの〈トロ・レストラン〉に来られるかな？ そうだな、一時間で？」

「待って。こっちに戻ってきてるの？」

「いいんだ」

「直接話をしたほうがいいんじゃないかな？」

そのとおりだ。

「それに、きみに会えたら嬉しいし、レイチェル」

「わたしだって会えたら嬉しい」と彼女は言った。

「〈トロ〉で」と彼はもう一度言った。「一時間後に」

「わかった」


ポップ自動車修理工場の雰囲気がどうにも気になる。

まったくもって気に入らない。

私はレイチェルがリヴィアまで運転してきた、足がつかないと言われた車を運転している。ドゥーギーの野球帽をかぶり、彼のレイバンのサングラスをかけている。完璧な変装とは言えないが、警察もリヴィアとモールデンをつなぐ道路で検問はしていないだろう。私がここにいることを警察が知っているとしたら、列車でこちらに来るところを尾行されていたことになる。私が車を手に入れられるとは警察は思ってもいないはずだ。いや、予想しているだろうか。いずれにしろ、私はリスクを冒すしかない。が、このリスクはそもそも織り込みずみだ。

ハンティング通りが走る中心街のはずれは、住宅街と自動車修理工場が奇妙に入り交じった地域だ。ポップ自動車修理工場は〈アル・オートセンター〉とガルシア自動車修理工場にはさまれていて、通りの反対側はモールデン車体修理場だ。当然のことながら私は警戒している。警官にしろヴァンにしろ何にしろ、不審なものはないか。何もない。普段なら混み合っているこの通りに人は誰もいない――そのことが怪しく思える。

アルの店は閉まっているようだ。ガルシアもモールデンも。ただ音がしていないというだけではない。シャッターが閉まり、ロールスクリーンは降ろされ、明かりもなく、動いているものが何もない。

そのことが気に入らない。

眼にはいってきたのはひとりだけ。青のつなぎを着た男――胸元に筆記体で書かれた名前は読み取れない――が私に向かって手を振っている。空港でパイロットにスポットへの出入りを誘導する人のように、男は開いている工場を手ぶりで示す。私はハンティング通りからはずれてポップ自動車修理工場の敷地にはいる。入口は洞窟のように暗くて広く、すっぽり呑み込まれてしまいそうな感覚に襲われる。

ためらいながら、工場の入口を見ていると、スカンクが暗闇から姿を見せる。まるで幽霊が墓場から現われるホラー映画の一シーンのように。

顔色が悪い。うしろに撫でつけた髪がべたついている。前髪は以前よりめだっている。そんなスカンクに笑いかけられ、背すじがぞっとする。彼は歳は取ったにしても老けては見えない。スーツは午後の陽射しを受けてやたらと光っている。入口の脇にずれると、中にはいるよう私を手招きする。

私に選択肢はあるのか？

私はスカンクに案内されるまま中にはいる。車をまえに進めるよう指示される。それから速度を落として、ブレーキを踏むように合図される。私は指示どおりにする。工場の中にはいったところで、背後でシャッターが閉まる。

中にいるのは私と彼のふたりだけだ。

私は車から降りる。

スカンクが満面の笑みを浮かべて近づいてくる。

「デイヴィ！」

彼に抱きしめられる。今日、そして過去五年間で私を抱きしめた三番目の人間だ。抱きしめられても安心感も温かみも感じられない。ただごつごつと角ばった感覚だけがある。コーヒーテーブルにでも抱きつかれている気分だ。ヨーロッパ製の安っぽいコロンのにおいが鼻をつく。ひどいにおいを嗅いだことは刑務所でももちろんあるが、このにおいには吐き気を催しそうになる。

「デイヴィ」と彼はもう一度言って、体を離す。「元気そうだな」

「あんたもな、カイル」

「今回のことは残念だったな」と彼は言う。

言うと同時に、私の腹を強く殴る。

不意打ちだったが、私には彼の動きが見えていた。刑務所で得た大事な教訓のひとつ——警戒を怠らないこと。だから常に用心し、常に身構えていなければならない。高校生のとき、私はラクロスのチームでアタックのポジションを務めていた。コーチはいつもこう怒鳴りつづけていた。「頭を左右に振れ！」これはつまり、不意を突いてくる相手がいないか、常に見張っていろということだ。この指示は刑務所での生活にも役立った。

私はとっさに少し体を引き、腹筋に力を込める。それでも衝撃は来る、もちろん。ただダメージは受けない。彼の拳が腰骨をかすめる。私より彼のほうが痛みは大きいだろう。私は本能的に反応する。頭のどこかからさがれという声が聞こえてくる。ヒルデ・ウィンズロウについての情報を彼から引き出す必要がある、ひどく痛めつけては駄目だ、と。

とはいえ……どうでもいい。

スカンクは何も話そうとしないだろう。そんなことは初めからわかっているべきだった。真実を引き出せる可能性が一番高い方法は？

拳にものを言わせる。

スカンクのパンチを食らうよりまえに、私は肩の筋肉を動かして右腕をうしろに引く。重心をいったん下げてから左に移し、相手のパンチの威力を削《そ》いでカウンター攻撃に勢いをつける。親指を内側に折って手刀を叩きこむ。

手刀はスカンクの側頭部に命中する。音叉《おんさ》が手の骨に響くときのような振動を手に感じる。そんなものは気にしていられない。スカンクは手段を選ばず、凶暴なまでの残忍性を発揮できる男だ。攻撃の手をゆるめたら殺される。これはどんな喧嘩にもあてはまる真実と言える。気軽な喧嘩などというものはない。普通の人には理解できないだろう。どんな喧嘩にも——酒場での酔っぱらいの喧嘩にも、アメリカン・フットボールの試合にも——怪我人か死人が出て終わるという危険は常にある。スカンクは側頭部に打撃を受けてふらついている。私は片足を突き出して体を回転させる。足の甲が彼の脛に命中する。スカンクはノックダウンこそしないものの、バランスを崩す。よろめきながらも、私と少しでも距離を取ろうとする。

そうはさせない。

私はまえに出て彼に飛びかかる。スカンクは地面に倒れ、私は馬乗りになる。彼を仰向けにすると、胸の上に乗る。両手で拳をつくり、左右から殴る構えを取る。ヒルデ・ウィンズロウのことを尋ねるまえに、口をほぐしてやることにする。が、右の拳を振り上げたところで、ドアが勢いよく開く。何者かが怒鳴る声がする。「動くな。警察だ！」

振り返ると、銃口が私を狙っている。胃袋が一気に重くなる。もうひとり警官が工場にはいってくる。その銃口も私に向けられている。さらにもうひとり。

どうすべきか考えていると、頭の中で小さな声がする。スカンクから注意をそらしている、と。

どうでもいい。

何か固いもので——銃のグリップかタイヤレヴァーか——側頭部を殴られる。

私は白眼を剝く。何者かが——警官のひとりだろう——ボディブロウを食らわせてくる。

私はスカンクの上からすべり落ちる。もうひとりの警官が私の上に飛び乗ってくる。両手を突き出し、抵抗しようとするが、できることは何もない。

私はもううつ伏せにされる。何者かに両腕を背中にまわされる。感じなくても手錠がかかったのが音でわかる。

側頭部にもう一撃。意識がなくなる。私は最後に喘ぐ。

そこからさきは無だ。

レイチェルはデイヴィッドに、すませなければならない用があるというメッセージを送った。

行き先も理由も書かなかった。

電車に乗ったのは、彼女の車はデイヴィッドが使っており、この携帯電話にはライドシェアのアプリがはいっていないからだ。時間を確認した。さらにもう一度。デイヴィッドが出ていってそろそろ一時間になる。なんの連絡もない。彼女は最悪の事態を想像して思った――こういうとき常に最悪の事態を考えるのがわたしという人間だ。それがわたしの人生においては日常茶飯事であるかのように。それでもまえに進まなければならないことはわかっていた。スカンクという男がデイヴィッドに危害を加えても、自分にできることは何もない。デイヴィッドが警察に見つかり、逮捕されたとしても、そう、それは同じことだ。

まえへ進まなければ。

〈トロ〉に着くとレイチェルは少し浮ついたことを考えた。このヘアスタイル。今朝、ニューヨークでスタイリングしてもらったこのヘアスタイルは、変装の一種のつもりだった。彼に個人的に会うのはかなり久しぶりになる。

わたしのことがわかるだろうか？

その答はすぐに出た。彼女がレストランにはいるなり、彼はテーブルから立ち上がって、どこまでも温かい笑みを浮かべた。笑みを返しながら、彼女はほんの一瞬にしろタイムトンネルをくぐり、ここに来たほんとうの理由を忘れた。友情が復活したかのように思えた。悲劇で結びつけられた、表面的ではない深い友情が。どうしてふたりとも、友達づきあいが自然消滅するのに任せてしまったのだろう。でも、それが人生というものでは？　大学を卒業したり、引っ越ししたり、仕事に就いたり、新しい人たちやパートナーに出会ったり、家族をつくったり、離婚したり、あれやこれやあるのが人生というものだ。連絡は取り合っていた。SNSをチェックしたり、たまにメッセージをやりとりしたり、今度会おうと約束したりはしていた。そんなこんなであっというまに年月が過ぎ、今、こうしてここにいる。頼みごとをしたくて。なのに一気に昔に戻っている。

どう挨拶したものか、ともに迷い合ういっときが過ぎた。が、彼女が彼を抱きしめると、彼もすぐに抱き返してきた。年月は消え去った。一緒に多くのことを乗り越えてきた者たち——彼らのように悲劇によって結びついている者たち——にはほんとうに縁が切れるということはないのだろう。

「会えてほんとうに嬉しいよ、レイチェル」と彼は言った。

彼女は彼を抱きしめたまま答えた。「わたしもよ、ヘイデン」

28

意識を取り戻す。手錠はかかったままだ。おまけに小型飛行機の座席に坐っている。もう終わりだ。

スカンクか、フィッシャー・ファミリーの誰かが警察に私を売ったのだ。どこまで私は馬鹿だったのか。いったいどこまで。何を期待してた？　やつらは私をはめて、息子殺しの濡れ衣を着せ、警察に私を逮捕させた。そんなやつらが私を売るはずがない？　どこまで私はまぬけだったのか。

私は首をめぐらせ、うしろを見ようとする。アームレストに手錠でつながれているのでむずかしい。いかつい男がふたり——私服警官か連邦捜査員か保安官かはわからないが——後部座席に坐り、携帯電話をいじっている。ふたりともスキンヘッドで黒いTシャツに青いデニム姿だ。

「いつ着陸するんだ？」と私は尋ねる。

携帯電話から顔も上げずに、通路側に坐っている男が答える。「よけいな口は利くな」

よけいな反感は買わないようにしよう。反感を買っていいことなど何もない。三十分後、飛行機が着陸する。完全に停止すると、ふたりの男がシートベルトをはずして私のほうにやってくる。前置きもなしに、ひとりが私の頭に黒い袋をかぶせ、もうひとりがアームレストの手錠をはずす。

「この目隠しはなんのためだ？」と私は尋ねる。

「よけいな口は利くな」いかつい男その一がまた同じことを言う。

飛行機のドアが開く。私は立ち上がる。何者かにまえへと押され、何かが根本的におかしいと気づく――それは滑走路に降り立つまえから、袋のせいで完全に視界をさえぎられたときから思っていることだが。

ここはブリッグズ刑務所ではない。

一気に汗が噴き出してくる。暑い。じめじめしている。眼で確認することはできなくても、ここが熱帯であることがにおいや感覚や肌に触れる空気でわかる。黒い袋を貫く陽射しが強い。

ここはメイン州ではない。

「いったいここはどこだ？」と私は尋ねる。

答はない。私は続ける。「ここはよけいな口は利くなと言うところじゃないのかい？」

ふたりの男はエアコンの利いた車の後部座席に私を押し込む。十分ほども走っただろうか。時計もなく目隠しをされた状態で、このさき一生を過ごす刑務所に逆戻りするのだろうなどと考えている人間には、時間の見当をつけるのはむずかしい。それでも、さほど長くは車に乗っていなかった気がする。車――乗り込むとき車高が高かったのでSUVなのはまちがいない――が停まると、男たちが私を押し出す。足の下は舗装されている。外は暑く、路面の熱が靴を通して伝わってくる。音楽が聞こえる。ひどい曲だ。インストゥルメンタルのカントリー・ロックをミキシングした曲で、〈カーニヴァル・クルーズ（マイアミ拠点のクルーズ船会社）〉のバンドが、プールサイドで開かれる〝いちばん濃い胸毛〟コンテストの合間に演奏していそうなやつ。

　今の自分が陽気でおしゃべりな男になっているのは自分でもわかる。可笑しなことに、実際、そんな気分なのだ。絶望感は心のどこかにある。言うまでもない。またも息子を見捨てることになってしまったのだから。とことん落ち込んでもいる。見るかぎり、刑務所か、それより悪いところへ連れていかれているのだから。ただ、びくつきながらも心の片隅では好奇心も湧いている。こんな南国でいったい自分は何をしているのか？

　それでも、今私の心の大半を占めているのは――今この瞬間は――なりゆきに任せようという思いだ。

　私はまさに狂気に取り憑かれて脱獄した。今はそのあとのなりゆきに任せるしかない。自分でコントロールできない以上、流れに身を任せるしかない。

　もちろん不安がないとは言えない。ただ自分を抑制しているのだ。これこそ生存本能なのかもしれない。私はいかつい男ふたりに――たぶん同じ男たちだろう、まだ目隠しされたままなので断言はできないが――腕をつかまれ、家の中に引きずり込まれ、椅子の上に放り出される。車内と同じように、ありがたいことにこの部屋もエアコンがよく利いている。上着が欲しいくらいだ。

　誰かが私の手首をつかむ。引っぱられる感触のあと、手錠がはずれる。

「動くなよ」いかつい男その一が言う。

　私は動かない。クッションのない椅子に坐って、このあとの自分の行動を考える。が、どこまでも寒い選択肢しかない。だから、脳はその明白な現実を受け入れようとしない。万事休す。人が動く気配がある、少なくとも三、四人はいるだろう。まだあのひどい音楽が聞こえている。スピーカーから流れているらしい。

やがてまたなんの前置きもなく、頭から黒い袋がいきなりはずされる。突然のまぶしい光の猛攻に眼をしばたたきながら顔を起こす。私の真正面に立っているのは——私の顔から数センチのところにいるのは——まるで干からびてしまったように見える、八十代と思《おぼ》しい老人だ。粋な麦わら帽をかぶり、黄緑の地に跳ねるカジキマグロが描かれたアロハシャツを着ている。その老人のうしろには、飛行機で一緒に来たスキンヘッドの男たちが立っている。ふたりとも胸のまえで腕組みし、今はパイロットサングラスをかけている。

干からびた老人がしみの浮き出た手を差し出す。「こっちへ、デイヴィッド」その声はすり減ったタイヤで砂利道を走る音を思わせる。「少し歩こう」

名乗られなくても私は彼が何者か知っている。彼も私のことを知っている。ずっと昔から眼にしてきた写真では、彼はがっしりとした体格で、男たちの中央にいることが多く、人間というより爆破装置のように見えた。年月とともに体が縮んでしまった今でも、即座に火がつきそうな雰囲気を醸している。

彼の名前はニッキー・フィッシャー。時代がちがっていたらゴッドファーザー、あるいはドンなどと呼ばれていただろう。私がまだ学生の頃、彼の名前は小声で囁かれた。のちの世代の子供たちが〝ヴォルデモート（『ハリー・ポッター』シリーズの悪役、最強の闇の魔法使い）〟と囁くように。私の父が警察にはいるまえから、ニッキー・フィッシャーはリヴィアからチェルシー、エヴァレット一帯を支配する犯罪組織のトップだった。

そして――今はちがうのかもしれないが――スカンクのボスだった。

外に出ると、私は陽射しのまぶしさに眼をしばたたく。左右を見て、眉をひそめる。

いったいここはどこなんだ？

南国なのはまちがいないが、モヒートを飲みすぎたあとにつくった退職者向けの〈ディズニー・エプコット（フロリダ州のウォルト・ディズニー・ワールド・リゾートにあるディズニーパークのひとつ）〉のようにも見える。家が建ち並んだ先は行き止まりになっていて、建物は昔のフリントストーン一家（原始時代を舞台にした六〇年代のアニメTV番組の主人公）でも住んでいそうな感じで、アニメっぽい丸みを帯びている。造りはすべてバリアフリーの平屋で、きれいに整えられすぎた日干し煉瓦でできている。行き止まりには眼を惹く巨大な噴水があり、あのひどい音楽に合わせて噴き出す水がダンスしている。音楽はノンストップで流れているらしい。

「おれは一線を退いた」とニッキー・フィッシャーが言う。「知ってたか？」

「こっちは世間から隔絶されたところにいたんで」と私は皮肉を込めて言う。

「そうだったな、当然だ。刑務所だからな。だからおまえをここへ連れてこさせた」

「おれの息子に何をした、ミスター・フィッシャー？」

ニッキー・フィッシャーは足を止める。私のほうを向くと首を伸ばし、私の眼をじっと見つめる。氷のように冷たい青い眼は、何十、いや、もしかすると何百もの人が死を迎える最後の瞬間に見た眼だ。「おまえの息子に手出しはしてない。そういうのはうちのやり方じゃない。子供は傷つけない」

私は顔をしかめそうになるのを我慢する。ギャングのたわごとを聞いている暇はない。子供は傷つけない、教会には寄付をする、近所の人の面倒をみる、どれもこれも犯罪者であることを正当化するための反社の妄言だ。

「ここはディトナだ」とニッキー・フィッシャーは言う。「フロリダ州の。来たことはあるか？」

「いや、今回が初めてだ」

「おれはここで隠居生活を送っている」

私たちは噴水のまわりを歩く。ダンスしている水が人工大理石にあたって、しぶきが私たちにかかる。そのしぶきが気持ちいい。大男ふたりはそれなりの距離を取ってついてきている。老人たちがどこへ行くでもなく歩いている。老人たちは私たちに会釈する。私たちも会釈を返す。

「ここへ来る途中にあった大きな看板を見たか？」と彼が尋ねる。

「目隠しをされてたので」

「そうだったな、当然だ」とニッキーはさっきと同じことを言う。「おれはそんなことは命じてないが。おれの手下たちはドラマが好きでな、わかるだろ？　スカンクのことも申しわけなかった。あいつがどんな男かは知っているよな。おまえを飛行機に乗せるだけの役目だったのに。貨物に傷はつけるなと言ってあったのに、聞いちゃいなかったんだろう」ニッキーは片手を私の腕に置く。私は振り払いたいのをこらえる。「大丈夫か、デイヴィッド？」

「大丈夫だ」

「おまけに警官におまえを捕まえさせた——馬鹿げてるが、スカンクのやり口はなかなかのものだ。あいつはおまえに、刑務所に戻されると思わせたかったんだ。面白いだろ？」

「ものすごく」

「やりすぎではあったが、それがスカンクだからな。あとで言い聞かせておくよ。それでいいかな？」

なんと答えていいかわからない。だからただ黙ってうなずく。

「話を戻すと、看板には〝ボードウォークス〟と書いてあったはずだ。それだけだ。それがこの村の名前だ。ボードウォークス。なんともまぬけな名前だよ。だからおれは反対した。想像力があまりに欠けてるって言ってな。もっと洒落た、たとえば〝ミュウ（隠れ家）〟とか〝ヴィスタ（絶景）〟とか〝プリザーヴ（禁猟地）〟とか、そんな感じがいいと言った。しかしコミュニティの全員で投票したら……」ニッキーはどうしようもないというふうに肩をすくめて歩きつづける。「通りを行ったところになんという退職者向けの村があるか、知ってるか？」

私は知らないと答える。

「マルガリータ・ヴィルだ。歌みたいだろ？　知ってるか？（邦題『魅惑のマルガリータヴィル』、カントリー・ミュージックのシンガーソングライター、ジミー・バフェット最大のヒット曲）」

「歌を？　知ってる」

「〝マルガリータ・ヴィルでだらだら過ごす〟。いや、〝過ごした〟か。歌詞はちゃんと覚えてないが。とにかく、あそこはそんな名前だ。これまたひどいもんだろ？　ジミー・バフェットは退職者用コミュニティを所有してて――それも何個所か――マルガリータ・ヴィルは今、全国に三個所ある。ここと、南カリフォルニアと、三つ目はどこだか忘れたが。ジョージア州だったかな。しょぼいレストラン・チェーンを買い取って、住宅街に変えた感じだ。そんな家、誰が欲しがる？」

私は返事をしない。まさにこの場所がそんなふうに見えている。

「とにかく、おれは思いいたったのさ。マルガリータでだらだら過ごしたり、ビーチをぶらついたりすることを自分は少しもいいと思ってないことに。自分はまるで魅力的な場所とは思ってないことに。ただ、ボードウォークスはちょっとちがう感じだ。来い、見せてやろう」

私たちは椰子《やし》並木の歩道を歩く。案内板にめだつ色で書かれた矢印があちこちを指差している。プールはこっち。ダイニングルームはあっち。左を指す矢印には〝ボードウォークス〟と書かれている。私たちはその矢印に従って進む。ニッキー・フィッシャーは黙っている。彼の視線を感じる。開けた場所に出ると、その理由がわかる。彼は私の反応を知りたがっている。

眼のまえには見渡すかぎり延々と続くボードウォークが延びている。

それにこのボードウォークはやたらと広い。古びた感じを出そうとしているのはわかるが、整然ときれいにできすぎている。が、ディズニーが再現したかのように小ぎれいでもあり、同時に昔のテレビの『トワイライト・ゾーン』のエピソードに出てきそうな雰囲気もある。ジェットコースターにアーケードにソーダファウンテン（ソーダ水や清涼飲料、軽食を売る店）、安っぽい店にメリーゴーラウンドもある。ジェットコースターは動いているが、誰も乗っていない。おかげで非現実的なゴーストタウンのような感じがいや増している。蝶ネクタイをつけたカイゼルひげの男が綿あめを売っている。〈プランターズ・ピーナッツ〉のCMに出てくるミスター・ピーナッツみたいな恰好をした男がいる。〈スキーボール　ピンボール　ミニゴルフ〉と書かれた看板がある。

「ボードウォークス」ニッキー・フィッシャーが私に言う。「複数形のSがついてる。ここはリヴィアのボードウォークをもとにしているが、コニーアイランドやアトランティックシティ、カリフォルニアのヴェニス・ビーチも参考にしている。それから乗りものも、ジェットコースターと観覧車があるのが見えるだろ？　あれは当時のものより年寄りにやさしい仕様になってる」ニッキーは親しげに私の腕を叩き、笑顔になる。「悪くないだろ？　毎日がヴァケーションみたいな暮らしだ——いいじゃないか？　おれたちの努力の成果だ」

彼は私を見る。同意してほしいのだろう。私はわかったしるしにただうなずく。その程度の熱意で満足してもらえたかどうかはわからないが。

「ああ、一番の見ものに案内しないとな、デイヴィッド。あっちだ。おまえの親父さんも連れてきて、見せたかったよ。わかってる、わかってる。レニーとおれは昔から敵同士《かたき》だった。でもな——親父さんもこれが気に入らないとは言わないはずだ」

そう言うと、彼は〈ピッツェリア・ナポリターナ〉と看板の上に書かれた白い小屋を指差す。看板には白いエプロンをつけてカウンターの中に立つ三人の男が描かれ、彼らの下には〝イタリア料理専門店〟と〝C・Bコーツ・トニック〟という飲みものの名が書かれている。

私は目顔で問いかける。

「あれは昔リヴィアにあったピザ屋で、今は〈サルズ・ピッツェリア〉だ！」と彼は声を大きくして言う。「信じられるか？　一九四〇年当時の姿を忠実に再現したんだ。坐ってくれ。ピザを二枚注文してある。ピザは好きだろ？」ニッキー・フィッシャーは私にウィンクする。

私はそのウィンクに——想像がつくと思うが——ぞっとする。「〈サルズ〉のピザが気に入らないなんて言ったら、そこのジョーイにおまえの脳みそを撃ち抜くよう命じてやるよ。それでおまえも不幸からおさらばできる」

ニッキー・フィッシャーは自分の冗談に笑い、私の背中を叩く。

私たちはパラソルの下に坐る。二台の扇風機から涼しい風が流れてくる。エプロンをした男が一人前サイズのピザを一枚ずつ持ってくる。そのあとすぐにまたふたりだけになる。

「親父さんはどうしてる?」とニッキー・フィッシャーが言う。

「死期が近い」

「ああ、知ってる。残念だ」

「どうしておれはここにいるんだ、ミスター・フィッシャー?」

「ニッキーと呼んでくれ。ニッキーおじさんと」

私は返事をしない。彼をおじさんなどと呼ぶ気はない。

「ここに来てもらったのは」と彼は続ける。「おまえにゃちょいとした話をしなきゃならんからだ」

ニッキー・フィッシャーは映画の中のギャングのような台詞を吐く。今では私もならず者を大勢知っているが、こんな物言いをするやつはいない。終身刑でブリッグズにいるある殺し屋は、本物のギャングが映画のギャングみたいな話し方をするようになったのは映画の人気が出たせいで、その逆ではないと言っていた。世界は芸術を模倣する。そういうことだ。

「続けてくれ」と私は言う。

彼は身を乗り出し、視線を上げて私を見る。やっと本題にはいる。静かだ。あの有線放送の音楽もやんでいる。「おまえの親父とおれとのあいだには、不愉快ないきさつがある」

「父は警官だった」と私は言う。「あんたは犯罪組織を率いていた」

「犯罪組織か」とニッキーは小さく含み笑いをしながら言う。「むしろいい響きだな。おまえの親父も清廉潔白とは言いがたかった。そのことは知ってるか？」

私はあえて返事をしない。彼はじっと私を見ている。この耐えがたい蒸し暑さの中、私は背すじが寒くなる。

「おまえは親父が好きか？」と彼は尋ねる。

「とても」

「いい親父だったか？」

「最高だ」と私は言って続ける。「話の腰を折って悪いんだが、ニッキー、どうしておれはここにいる？」

「おれにも息子がいるからだ」その声にはいくらか棘《とげ》が含まれている。「知ってるか？」

知っている――この話の行き着く先が不快なものになることがようやくここでわかる。

「三人だ。いや、三人だった、だ。ミッキーのことは知ってるか？」

これも知っている。ミッキー・フィッシャーは二十年まえに刑務所で死んだ。

私の父がミッキーを刑務所送りにした。

ニッキー・フィッシャーは、私が彼の眼を見ていることを確認してから言う。「これでわかってきたんじゃないか？」

奇妙なことだが、私はわかることを恐れている。「おれの父親はあんたの息子を刑務所に入れた」と私は言う。「で、あんたはやり返したわけだ」

「まあ、当たらずとも遠からずだ」

私は待つ。

「おまえの親父は、さっき言ったとおり、清廉潔白とは言えなかった。彼とパートナーのマッケンジーはラッキー・クラヴァー殺害の罪でミッキーを逮捕した。ミッキーはラッキーを傷つけるだけのはずだったんだが、確かにあいつはやりすぎることが多かった。ラッキーを知ってたか？」

「いいや」

「そう呼ばれてたのは、あいつの人生でラッキーだったときなんぞ一度もなかったからだ。人生の終わり方も含めてな。まあ、いずれにしろ、おまえの父親はラッキーの件でミッキーを逮捕した。その話は知ってるだろ？　問題は、おまえの親父とマッケンジーは事件を立証できなかった。ミッキーが犯人だというのは誰もが知ってたことだ。それでも、裁判じゃそれを証明しなきゃならん、だろ？」

私は黙ったままでいる。

「おまえの親父はこの事件について、手堅い捜査をした。それはまちがいない。重要な目撃者を数人見つけた。ラッキーの元妻も証人席に着くことになった。それでも警官は規則を守らにゃならん。おれか？　おれは守らない。だから目撃者のところに手下を遣《や》った。おまえの旧友のスカンクみたいなやつらをな。するといきなり目撃者の記憶はあいまいになった。おれの言っている意味はわかるな？」

「ああ」

「ラッキーの元妻はいささか頑固だったが、こっちもそれなりの対応をした。証拠品は警察のロッカーに収められていた。エンジェルダスト。釘抜き金槌《かなづち》。どちらもなくなった。煙みたいに消えた。そうなると、おまえの親父としても立件するのがむずかしくなった。さぞ腹を立てたことだろう」

私は身じろぎしない。息が苦しい。

「で、おまえの親父とマッケンジーは、越えてはならない一線を越えた。突然、新しい証拠を見つけた。その入手方法についちゃ今さらここで説明するまでもないよな。それは大した問題じゃない。いずれにしろ、おれの息子はそのでっち上げられた証拠のせいで刑務所送りになった。おまえの親父とマッケンジーが仕込んだ偽証拠のせいで」

ニッキー・フィッシャーはピザを一口食べて咀嚼《そしゃく》しながら椅子の背にもたれる。「食べないのか？」

「話を聞いてる」

「それは同時にできないことか？」彼はまだ咀嚼している。「わかった。話の続きを聞きたいんだな？　しかし、もう見当はついているんじゃないのか？　私のミッキーは刑務所送りになったが、実のところ、それは大した問題じゃなかった。控訴審で知り合いの判事に判決をひっくり返してもらう手筈になっていたから。だからミッキーには、数週間は刑務所で大人しくしてろと言い聞かせた。だけど、息子にはそれがむずかしかった。あいつは心のやさしいやつだったよ。ただ、かっとなりやすいところもあった。でもって、親父はギャングのボスだ。だから、馬鹿にされてたまるか、みたいな気持ちがあったんだろう。刑務所の中庭で大男ふたりと揉めたのはそのせいだろう。ふたりはドーチェスターのギャングだった。ひとりがミッキーの腕をつかんで、もうひとりが手製のナイフでミッキーの心臓を突き刺した。そのことは知ってるんだろ？」

「ああ。聞いたことはある」

ニッキー・フィッシャーはピザを口へ運びかける。が、あれこれ思い出したせいで、食欲をなくしたようだ。視線を下げる。眼が潤んでいる。また話しはじめたものの、その声には悲しみと怒りと苦痛がにじんでいる。「そのふたりのギャングだが、おれがそいつらをどうしたかなんぞ知りたくないだろうが、すぐには楽にしてやらなかった。それだけは言っておくよ」

私は彼の話の続きを待つ。彼はすぐには話しださない。私は尋ねる。「私の息子に手を出したのか？」

「いいや。言っただろ？ おれはやってない。おれはおまえの親父を責めなかった。あのときにはな。とはいえ月日が経って、おまえがどんなふうに自分の息子を殺したかという記事を眼にして——」

「おれはやってない——」

「しいっ、デイヴィッド、黙って聞け。今時の若いやつの悪いところだ。話を聞こうとしない。話の続きを聞きたいのか、それとも聞きたくないのか？」

私は聞きたいと答える。

「さっきも言ったが、おまえの親父は自分に都合のいいときには法を曲げることをためらわなかった。ミッキーのときのように。無茶をするお巡りが大勢いるのはおまえもおれも知ってることだ。やつらは袋詰めした麻薬を車に仕込む。相手を撃つ正当な理由が必要なときには、銃を仕込む。そういうことは今さら言うまでもない。だからおまえの息子が——なんという名前だったか、もう一度教えてくれ」

「マシュウだ」と私は言って、その名を口にしたことで込み上げた苦い思いを呑み込む。

「そうだった、すまん。いずれにしろ、マシュウが殺されたあと、あるお巡りがおまえの家の地下室で野球のバットを発見した」

私は顔をしかめる。「バットが発見されたのは地下室じゃない」

「ああ、そうだ」

私は首を振る。

「おまえがそこに隠した。通気口だかパイプだかなんだかの中に」

私はまだ首を振っている。が、彼の話がどこに向かっているかはわかっている。それはここに坐った瞬間からわかっていたような気さえする。

「さて、どこまで話したんだったか？　ああ、そうだ。野球のバットだ。あるお巡りがおまえの地下室で見つけた。そのお巡りは警察にはいったばかりの新人だった。ロジャースと言ったかな。どうして今でも彼の名前を覚えてるのかわからんが。そのロジャースはおまえの親父と親しくなりたがってた。お巡り同士だから。理由はただそれだけだ。で、おまえの親父にバットのことを話した。そのバットが決定的な証拠になるのは明らかだ。地方検事がそのバットのことを知ったら、おまえは死刑になる。おまえの親父としてはそれだけは赦せない。息子を守らなければならない。とはいえ、完全にバットを葬り去ることもできない。そこまでやるのはさすがにやりすぎだ」

　ニッキー・フィッシャーは私を見てにやりと笑う。下唇にトマトソースがついている。

「おまえの親父はどうしたか？　今ならもう見当がつくんじゃないか？　なあ、ディヴィッド、話してくれ」
「父は森の中にバットを捨てにいった。そう思ってるんだな？」

「思ってるんじゃない、知ってるんだ」

わざわざ反論はしない。

「いい手だった。おまえが殺人犯なら、あのバットは地下室に残されてるはずだ。隠されて。通気口だかどこだかに。しかし、もしほかの人物が殺人犯なら、犯人は逃げたはずだ。バットはどこか近くに捨てるか埋めるかしてあることになる」

私は首を振って言う。「ほんとうはまるでちがってた」

「いや、ちがっちゃいないよ、デイヴィッド、おまえは自分の息子を殺した。凶器はとりあえず隠してから折りを見て、埋めたと見なされた」彼はテーブルの上に身を乗り出してまたにやりとする。細くとがった歯が見える。「父親と息子。誰も同じだ。おれだってミッキーを刑務所から出すためならなんだってしただろう、息子が有罪だとわかっていてもだ。おまえの親父も変わらない」

私はまた首を振る。しかし、彼のことばは真実の悪臭を放っている。私の父は、私が誰より愛する私の父は、私が息子を殺したと信じたのだ。そう思うと、心が引き裂かれる。

「地方検事は難問に直面することになる」とニッキー・フィッシャーは続ける。「あの夜は雨が降っていた。森の地面はぬかるんでいた。鑑識はおまえの靴や衣服をすべて調べた。だけど、土も泥もついてなかった。だからおまえの親父があのバットを隠してしまえば——バットが森の中で見つかってしまえば——おまえが自由の身になるのに大いに役立つ。そこがおれには納得できなかった。言っていることはわかるな？」

私は黙ってうなずく。やっと話がはっきりと見えてくる。「だからあんたはヒルデ・ウィンズロウにおれがバットを埋めるところを見たと証言させた」

「当たりだ」

「あんたが仕組んだ」

「ああ、そうだ」

「ミッキーの復讐をしたかったからか？」

ニッキー・フィッシャーは私を指差す。「もう一度息子の名前を口にしたら、その舌を引っこ抜いてピザと一緒に食ってやる」

私は何も答えない。

「はっきり言っておく、おまえはおれの話をちゃんと聞いてたか？」彼は両手の拳をテーブルに叩きつけて怒鳴る。いかつい男ふたりがわれわれのほうを見る。が、動くことはない。

「これは復讐とはまったく関係ない。すべきことだからしたまでだ」

「まるで話が見えない」

「おれがやったのは」と彼は食いしばった歯の隙間からことばを押し出すようにして言う。

聞く者誰しも怖気《おぞけ》を震いたくなるような声だ。「おまえが自分の息子を殺したからだ。おまえは救いようのないイカレ頭だ」

私は自分が耳にしていることばが信じられない。

「おまえの親父にはわかってた。おれにもわかる。もしかするとおまえは一時的に記憶喪失になっていたとか、健忘症が進行してたとか、そういうことがあったのかもしれん。そういうことはおれにはわからんが、それはどうだっていいことだ、ちがうか？　いずれにしろ、地方検事は決定的な証拠を手にしていた。なのに、おまえの親父——偽の証拠でおれの息子を刑務所送りにして叙勲されたくそお巡り——が息子を救うために細工をした。おまえは正義の女神の像を見たことがあるか？　おまえの親父は女神の天秤《てんびん》に指をかけた。おれがしたのは天秤の釣り合いがちゃんと取れるよう、天秤の反対側に指をかけたということだ。やっとわかったか？」

私はまだなんと言えばいいのかわからない。

「それで正義はなされ、おまえは服すべき刑期を務めることになった。それで宇宙のバランスが保たれた。そういうことはよくは知らんが。だけど、おれのほうはどうなる？　おれの息子、おれのミッキーはもう還ってはこない。なのに、デイヴィッド、おまえは生きてて息をしててピザを食ってる」

静寂。完全な静寂。ボードウォーク全体が動きをこらえているかのように静まり返る。

低くなった彼の声が死神の大鎌のように湿った空気を切り裂く。「おれには選択肢がある。おまえを刑務所に戻すか――終身刑は死も同然だろう――あるいは殺して、手下に命じてワニの餌にするか？」

彼はこれで話は終わりだと言わんばかりに、ナプキンで両手を拭きはじめる。

「あんたはまちがってる」と私は言う。

「どこが？」

「あんたのしたことだ。おれの父親がしたことと同じじゃない」

「どこがちがう？」

そこで私は名前を口に出すという危険をあえて冒す。「ミッキーは罪を犯した。あんたは自分でそう言った」

ニッキー・フィッシャーは嘲笑って言う。「ああ、そうだ。おまえは自分は無実だと言うつもりか？」

そう言って、男たちに右手で合図する。ふたりがこちらに向かってくる。私は逃げようかと考える。このコミュニティから逃げ出すチャンスはあるかもしれない。撃ってはこないのではないか？　しかし、走って逃げるのは無理だと考え直し、別の手段を試すことにする。

「無実どころじゃない」と私は言って、無機質なアイスブルーの眼をまっすぐに見つめ返す。

「おれの息子は生きている」

さらに続ける。

何もかもすべてを話す。順序立てて、熱意を込めて必死に話していることに自分でも驚く。彼は男たちをもとの場所に戻らせる。私は話しつづける。ニッキー・フィッシャーは表情を変えない。彼の得意とするところだ。

私の話が終わると、ニッキー・フィッシャーはまたナプキンを手にして、しばらくナプキンを見つめている。そして、時間をかけてナプキンを半分に折り、また半分に折ると、きちんとテーブルの上に置いて言う。

「突拍子もない話だな」

「ほんとうの話だ」

「おれの息子は生き返らない、わかるな？」

「おれにできることは何もない」

「そう、何もない」彼は首を振る。「おまえは今の話を本気で信じてるんだな」

今のは質問なのか、単に事実を述べているのか、私には判断できない。どっちにしろ、私はうなずいて言う。「そうだ」

「信じられない」と彼は言う。口元がわずかに引き攣《つ》っている。「たわごとにしか思えない」

気持ちが沈む。彼は椅子の背にもたれて顔をこすり、まばたきをする。大海の役を押しつけられている細い水路のほうを見やる。「ただ、それとは別に納得のいかないことがいくつかある」

「たとえば？」

「たとえば、フィリップ・マッケンジーだ」

「彼がどうした？」

「彼はおまえが脱獄するのを手助けした。それが事実なのはわかる。だからどうしても訊きたくなる。やつはどうしてそんなことをした？　いくらおまえの親父のためだと言っても、そこまではやらんだろう。それにそもそもどうして今なんだ？　そんなふうに思うと、もっとほかにも気になることが出てくる」彼は指でテーブルを軽く叩きはじめる。「おまえは刑務所から出たあと、地下に潜伏して新しい人生を始めることもできた。しかし、そうはしなかった。頭のネジが飛んじまった馬鹿者みたいな真似をした。おまえはまっすぐにおれたちの偽の証人のもとへ向かった。なぜだ？　それだけじゃない。彼女と会ったあとは愚かにも――いや、自殺行為だ――リヴィアにいるおれの手下に会いにいった。それもよりにもよってスカンクに」

　私は口をはさまない。彼に話を続けさせる。

「こうなると当然おれにも疑問が出てくる。もしおまえが真実を話してるのなら――おまえがやってないなら――おれはまちがっておまえを刑務所送りにしたことになる。少なくとも、それに手を貸したことになる。ああ、それ以上のことをしたわけじゃないが。そういうことはおまえ以外にも何度もしてきたことだ。しかし——おまえの場合はほかの場合とはちがった。子供を失うというのはどんな親にもとことん辛いことだ。なのに自分の子供を殺す？それで刑務所送りになる？今は何がなんだかわからなくなった。これまで収まってたものが収まらなくなった。おれは天秤の釣り合いを取った。ずっとそのつもりでいた。そう、正義を求めたのさ。自分のために、ミッキーのために——それから、たぶんこの世界のために。おれの言ってることがわかるか？」

彼はためらっている。私の答を必要としている。私はおもむろにうなずく。

「おまえがやったんだと確信してた。しかし、もしおまえがやったんじゃなければ、おまえの息子がどこかで生きてるんだとしたら……」

ニッキー・フィッシャーは首を振る。それから立ち上がり、大洋と潟の二役を負わされている水路に眼をやる。その眼はまだ潤んでいる。ミッキーのことを思い出しているのだろう。

「どこへでも行くがいい」と彼は私に言う。「行きたいところまで手下に飛行機で送らせる」

私のほうを見ずに言う。私はことばを返すなどというリスクは冒さない。

「おれは年寄りだ。まちがいをいっぱい犯してきた。死ぬまでにまだ何回かまちがうだろう。天国に行ったやつらに対してまちがいを正そうとは思わない。遅すぎるからな。だけど、おれはどうしても思ってしまう……この場所のことを。おれにとっちゃここはただ郷愁を覚える場所というだけじゃない。やり直しの場でもあるのさ。言ってることがわかるか？」

わからない。正確には。

「おまえの親父の調子がよかったら、飛行機でここに連れてくるんだがな。もちろん客として。一緒にここに坐って、ピザを食いたい。お互い愉しめると思うんだが、どう思う？」

そうは思わない、ありえない、それでも私はその思いを胸の内から出さない。

ニッキー・フィッシャーは私をテーブルに残して立ち去る。

29

「勝手をして悪かったけど、注文は店主にもう任せてある」とヘイデンは言った。「ここはタパスが最高でね」

レイチェルは心の内を読まれないようにと念じながらうなずき、バイブにしてあった携帯電話を鳴るように変えた。デイヴィッドが出ていってからずいぶん時間が経っている。捕まったのでは――あるいはもっと悪いことが起きたのでは――そう思うと、不安に心臓を鷲《わし》づかみにされたような思いがした。その不安を無理やり押しやり、ヘイデンの緑の眼を見つめた。彼はカーキ色のズボンに、何かの紋章が胸に付けられた青いブレザーという、有閑階級の制服とも言える恰好だった。薄くなった髪は頭に撫でつけられている。それでも整った顔だちは変わっておらず、少年らしさもそのままだ。ただ、昔より〝丸く〟なっている。少し顎が垂れ、顔は赤みを増している。ペイン美術館に保管されている一族の古い肖像画の先祖にだんだん似てきている、とレイチェルは内心思った。

ふたりはまず儀礼的なやりとりをした。ヘイデンは彼女の新しい髪型について感想を述べた。誉めことばではあったが、レイチェルには本心からのことばには聞こえなかった。離婚したとメールで伝えてあったので、その話をする必要はなかった。ヘイデンは数年まえに、B級映画に出ていたイタリア人女優と何年かつきあって結婚しており、息子もいることがわかった。息子の名前はシーオ。今は妻とふたりで子育ての真っ最中ということだ。彼自身はこの十年、ほとんど海外で暮らしていた。ヨーロッパにある一族の資産の管理をしていると言っていたが、セントモーリッツでスキーをしたり、フランスのリヴィエラでパーティ三昧だったりするのだろう、とレイチェルはこれまた内心思った。

そう思うのはフェアではないかもしれないが。

彼女のジャーナリスト生命が断たれた事件に話が及ぶと、ヘイデンが言った。「きみはきみの仇敵《きゅうてき》を追っていた」

「それを強引に進めすぎた」

「わかるよ」

「あなたには話すべきだった。今もそう思ってる――」

彼は彼女のことばを退けるように手を振った。あのパーティにはヘイデンもいた。もう何年もまえのことだ。ふたりが大学一年のときのレムホール大学のハロウィーンパーティ。その夜、パーティ会場に持ち込まれたビア樽《だる》のそばでふたりは出会い、そこで少しいちゃついた。ヘイデン・ペインが何者なのかはレイチェルももちろん知っていた。この富豪一族の御曹司を知らない者などキャンパスにはいなかった。だから、じゃれ合うのは愉しかった。実際、ヘイデンは魅力的でやさしかった。が、レイチェルが彼に恋することはなかった。

その夜、『アダムス・ファミリー』のモーティシアの仮装をしていた彼女はいささか酒を飲みすぎた。が、それだけではなかった。実は睡眠薬を盛られていた。そのせいで、ヘイデンと出会って二時間後くらいから、その夜はまるで暴走する列車のようにおかしな方向へ進んでいった。彼女は今でも自分が愚かだったと思っている。さんざん警告されていたのに、自分の飲みものをきちんと見張っていなかったのだ。

イヴァン・タイラーという人文科学科の若い教授がいた。彼の母親は大学の評議員のひとりで、レイチェルはそんなクソ教授に薬を盛られたのだ。そのあとのことはぼんやりとしか覚えていない。ガーゼ越しにものを見ていたかのように漠然とした記憶しかない。服が引き裂かれ、彼の巻き毛や口がおおいかぶさってくるのを感じた。イヴァン・タイラーの体の重みを感じた。押さえ込まれ、息が苦しくなった。レイチェルはやめてと言おうとした。助けを求めて叫ぼうともしたし、彼を押しのけようともした。

そのときの残像がレイチェルの脳裏にいつまでも焼きつくことになる——イヴァン・タイラーの残像が。のしかかってくる彼の姿が。あの狂気じみた笑みが。残像は眠っているときはもちろん、起きているときにさえ甦った。最低最悪のびっくり箱。リラックスしてくつろいでいるときにさえ飛び出してくる。今でも。何年経ってもあの残像——狂気じみた笑み——が彼女から離れることはない。数歩うしろをついてきて彼女をからかったり、彼女が自信に満ちているときには肩を叩いてきたりした。何日にも何ヵ月にも何年にもわたって、レイチェルにつきまとい、彼女の怒りを煽りつづけた。もっと必死で働けと。いい記事を書いて正義を求めろと。相手が誰でも圧力をかけろと。そうした圧力をかける相手のひとりにキャサリン・トゥロがいた……

が、あのとき、あの最悪のハロウィーンの夜、彼女が息もできずにいたとき、もっと悪い結末になっていたかもしれないとき——あるいは彼女が気を失い、すべてを忘れていたかもしれないあのとき——イヴァン・タイラーが突然彼女の上からいなくなったのだ。胸にのしかかっていた重みが一瞬で消えた。まさにそんな感じだった。いきなり消えたのだ。

気づいたときには、誰かが彼に飛びかかっていた。

レイチェルは体を起こそうとしたが、まだ脳からの指示は筋肉まで届かなかった。彼女は横になったまま、ヘイデンの荒々しい叫び声が聞こえたほうに顔を向けた。彼がタイラーを殴っていた。何度も何度も。拳がうなり、血が部屋じゅうに飛び散った。ヘイデンは疲れを知らず、力をゆるめることもなかった。もし騒ぎを聞きつけた男ふたりが部屋に飛び込んで血だらけのヘイデンを引き離さなかったら、イヴァン・タイラーはおそらく殴り殺されていただろう。レイチェルは今でもそう思っている。

実際、イヴァン・タイラーはその後二週間、昏睡《こんすい》状態に陥った。

それでも、レイチェルは告発したいと思っていた。自分がタイラーの最初の被害者ではないと知ったあとはなおさら。しかし、学校は隠蔽しようとした。タイラーは昏睡状態で、全治数ヵ月の顔面骨折を負っている。これだけ苦しめば充分ではないか？　彼の母親は有力者だ。大学を泥沼に引きずり込むことにどんな意味がある？

レイチェルはそんなことなどまったく意に介さなかった。

が、ヘイデンのことは心配だった。

そこが問題だった。彼の暴力は犯罪をやめさせるという域をはるかに超えていた。ペイン家の財力をもってすれば、ことを無難に収められるのはまちがいなかったが、彼の暴行には正当な理由があった。にもかかわらず、ヘイデン一家も隠蔽を望み、結局、その方向で処理された。取引きがなされた。金のやりとりもあったのかもしれない。

より多くの利益のために事件は葬られた。それでおしまい。あとは前進あるのみ。

ただ、イヴァン・タイラー――のちに大学の学長になる男――の残像がレイチェルの脳裏を離れることはなかった。

　レイチェルとヘイデンはその後、親しい友人同士となった。悲劇や秘密で結びついた人間関係にはよくあることだ。そのことにはもちろんレイチェルも気づいていた。ふたりの場合は悲劇と秘密の両方だった。

　デイヴィッドとシェリルは、レムホール大学を訪ねたときにヘイデンに会ったことがある。デイヴィッドはそのときレイチェルを脇に引っぱって言った。「彼はきみにかなり好意を持ってるみたいだけど」

「いいえ、そんなことはないわ」

「友達という立ち位置で妥協してるんだろう」とデイヴィッドは言った。「おれがいちいち言うまでもないことだけど」

　レイチェルにはわかっていた、もちろん。しかし、当時、キャンパスでの男と女のあいだの友情は九十パーセントがそんなふうだった気がする。男が女に好意を抱き、彼女と寝たいと思うが、それは叶わず、友人に落ち着いて、そのあとは緊張感がなくなるというパターンだ。いずれにしろ、彼女とヘイデンは親友になった——恋人になりたいと思っても、親しくなったあとではもうなれない。そんな親友になった。

　ウェイターが料理を持ってきて、ふたりのあいだに置くと言った。「ロブスターのパエリアでございます」

ヘイデンはウェイターに笑いかけて言った。「ありがとう、ケン」

いいにおいがした。

彼はフォークを取り上げて言った。「話はこれを食べてから」

「わたしがあなたに電話したのは、大学のこととかあのときのこととか、そういう話をしたかったからじゃない」と彼女は言った。

「ああ」

「五月二十七日に遊園地の〈シックス・フラッグス〉で〈ペイン・インダストリーズ〉のイヴェントがあったこと、知ってる？」

彼は眉をひそめた。ヘイデンはまだレムホール大学の指輪をつけていた。紫の石と学校の紋章がついている悪趣味な指輪で、なぜそんなものをつけているのか彼女には理解できなかったが。今、彼はその指輪を弄んでいた。それでストレスが和らぐというかのように指輪をまわしていた。たぶんそうなのだろう。それでも、その指輪はめだちすぎる。彼女は想像した——自分は大学のことを忘れたい。でも、彼には思い出さなければならない理由が何かあるのだろう。

「五月二十七日？」と彼はおうむ返しに訊いた。「わからないな。どうして？」

彼女は携帯電話を取り出すと、スワイプしてロゴ入りのスクリーンのまえに立つ家族の写真を見せた。ヘイデンは彼女から携帯電話を受け取って見た。

「なるほど。あったみたいだね」とヘイデンは言い、携帯電話を返した。「それがどうかした？」

「これって会社のイヴェントか何か？」

「たぶん。うちは劇場や野球場や遊園地のチケットを山ほど買ってる。従業員の福利厚生や顧客に配るために。これはきみが手がけてる記事のための調査か何かなのか？」

彼女はさらに尋ねた。「当然、カメラマンは自分のところで用意していた」

「と思うけど」

「スクリーンのまえで撮ったこういう写真なんだけど。会社が雇ったカメラマンも撮っていそう？」

「もう一度言うよ。と思うよ。いったいなんなんだ、レイチェル？」

「その写真を全部見せてくれない？」

ヘイデンの眼が一瞬光った。「なんだって？」

「写真を調べる必要があるの」

「この手の企業イヴェントは」と彼は言った。「遊園地の半分を借りることもある。だから来場者は五千人、いや、一万人いたかもしれない。何を探してるんだ？」

「話したところで信じてもらえない」

「とにかく話してみてくれ」そのあとヘイデンはつけ加えた。「これはきみの義理の兄さんが刑務所から逃げたことと何か関係があるんじゃないか？」

「そのとおり」

「レイチェル、きみはまだ彼のことが好きなんじゃないだろうな」

「ばかばかしい。デイヴィッドを好きになったことなんて一度もないわ」

「彼のことをとめどなく話してはいたけど」

「まるで嫉妬してるみたいに聞こえるわよ、ヘイデン」

彼はにやりとした。「そう、嫉妬していた、たぶん」

この話題は足を踏み入れたくない地雷原だ。「わたしを信頼してる？」と彼女は尋ねた。

「いちいち訊かないでくれ」

「写真を持ってきてくれる？」

彼はグラスを手にして水を一口飲んだ。「ああ」

「ありがとう」

「まだあるんだろ？」と彼は尋ねた。

彼女には彼がよくわかっていた。察しがいい。「こっちはもっとややこしいんだけど」

ウェイターが次の料理を持ってきた。「ハモン・イベリコのキャビア添えです」

ヘイデンは彼に笑いかけた。「ありがとう、ケン」

「ごゆっくり」

「きっと気に入るよ」とヘイデンはレイチェルに言った。そして、彼女の皿にパエリアを取り分けた。いいにおいがしたが、レイチェルはとりあえず無視した。ヘイデンは一口食べると、味わうように眼を閉じた。そして、眼を開けると言った。「で、お願いというのは？」

「そのスクリーンにあるロゴのひとつは」とレイチェルは言った。「〈ベルグ生殖医療クリニック〉のものだわ」

「あっても不思議じゃない」とヘイデンは言った。「うちが所有してる会社だ。きみも知ってると思うけど」

「ええ」

「で？」

「十年まえわたしは予約を取った」

ヘイデンは食事の手を止めた。「なんだって？」

「バーブに電話したのよ」当時、バーブ・マトソンはクリニックの女性責任者だった。「あなたが紹介してくれたのよ」

「覚えてる。わが一族の休日のパーティで」

「そう」

「きみの話についていけてない」ヘイデンはフォークを置いた。「どうして予約したんだ？」

「わたしはバーブに、ドナーの精子による妊娠を検討したいと伝えた」

「今のはほんとの話なのか？」

「予約したこと？　ほんとうよ。実際に治療を受けるかどうかは別の話だけど」

「ますます話についていけなくなった」

「シェリルのための予約だった」

「なるほど」と彼はおもむろに言ってからつけ加えた。「それでもまだ話が見えない」

「姉はデイヴィッドに知られたくなかった」

「なるほど」

「そういうこと」

「だからシェリルの夫に知られないよう、きみの名前で予約した。そういうことか？」

「そのとおり」

ヘイデンは首を傾げて言った。「法律違反になるかもしれないということはわかってたんだよね」

「法律には違反しないけど、倫理的には違反する。それはともかく、シェリルはわたしの名前で受診した。身分証明書はわたしのを使った。わたしたち姉妹はよく似てるから。請求書はわたしの家に届いた」

「わかった」と彼はまたおもむろに言った。

「バーブがボストンに来ることもあるかもしれないと思って、シェリルの予約はローウェルの分院でした」

「すべてはデイヴィッドにばれないように。シェリルを守るため？」

「そう」

「なるほど」と彼は言った。

「姉はいくつか検査を受けた。わたしはそれくらい問題はないと思っていた」

「いや、それはどうかな」とヘイデンは言った。「デイヴィッドは今では知ってるのか？」

「ええ」

「彼はきみに腹を立てただろうな」

「彼はわたしがどんな役割を果たしたかは知らない」

「でも、彼はシェリルがドナーからの精子提供を考えたことを知ってる」

「ええ」

「でもって、きみは自分が果たした役割を彼に話していない――それって〝欺瞞《ぎまん》〟と言ってもいいかな？」

「絶対に彼には話さない」とレイチェルは低い声で言った。

ウェイターがやってきてワインを注いだ。立ち去ると、ヘイデンが尋ねた。「で、何をしてほしいんだ？」

「デイヴィッドはこれが偶然だと思ってないの」

「何を偶然だと思ってないんだ？」

「頭がどうかしてるって思われそうなんだけど」

「さっきは思ったよ、レイチェル」

「彼は……わたしたちは……」今になってひどく馬鹿げた考えに思えてきて、レイチェルはことばを続けられなくなった。それでも言った。「わたしたちはあなたの会社の人と一緒にマシュウも遊園地にいたと思ってる」

ヘイデンは顔を殴られたかのように、激しくまばたきをした。それから咳払いをして尋ねた。「マシュウって？」

「わたしの甥」と彼女は言った。「デイヴィッドの息子よ」

さらにまばたき。「彼が殺したっていう子のこと？」

「そこが重要なの。わたしたちは彼が死んでないと思ってる」

レイチェルはヘイデンにもう一度携帯電話を渡した。マシュウと思われる子供の写真が画面に表示されていた。「うしろにいる男の子。誰かと手をつないでる」

ヘイデンは電話を受け取ると、顔のまえに持ってきて、指で画像を拡大しようとした。彼女は待った。彼は眼を細くした。「かなりぼやけてる」

「わかってる」

「きみは本気で――」

「わからない」

彼は眉をひそめた。「レイチェル」

「わかってる。常軌を逸してる。何もかもが」

ヘイデンは首を振りながら携帯電話を彼女に返した。まるで携帯電話にいきなり火がつい
たかのような手つきで。「きみがぼくに何をさせたがってるのかわからない」

「〈シックス・フラッグス〉のイヴェントのときに会社が撮った写真を全部送ってほしいの」

「どうして?」

「写真を調べたいから」

「調べて何を探す?」

「この少年が写ってる別の写真」

彼は首を振った。「見てもたぶんほかの男の子と区別がつかないんじゃないか?」

「あなたにわかってもらおうとは思わない」

「ああ」

「でも、わたしのためだと思って、ヘイデン。お願いできる? 力になってくれる?」

ヘイデンはため息をつきながら言った。「ああ、もちろん」

30

多くのまっとうな尋問者がそうであるように、マックスも犯罪者に対してさまざまな戦略を用いた。目下のところもっとも効果的なやり方は相手を混乱させることだ。サラとタッグを組んで、非難、ユーモア、嫌悪、希望、友情、脅迫、提携、懐疑など次々にぶつけて容疑者の精神のバランスを崩す。彼とサラは善玉警官と悪玉警官を演じ、話の途中で役割を交代したり、ときにはふたりとも善玉になったり、悪玉になったりした。

カオス。カオスをつくり出すのだ。

ふたりは容疑者に矢継ぎ早に質問を浴びせた——そのあと長い沈黙の中に放っておいた。メジャーリーグの一流の投手のように——野球はマックスがどうにか理解しているただひとつのスポーツだ——常に変化しつづける。ファストボール、チェンジアップ、カーヴ、スライダー、そのほかなんであれ。

しかし、〈マクダーモット・パブ〉の隅のブースでフィリップ・マッケンジー刑務所長をまえにして、彼はすべての戦術を投げ捨てた。サラは今ここにはいない。マックスがここにいることさえ知らない。こんなやり方はきっと認めないだろう——彼女は杓子定規《しゃくしじょうぎ》なのだ

——なにより今彼は（彼の最悪の比喩で言うと）ボールに細工をした、明らかにルール違反のスピットボールを投げている。もし誰かがフィールドから放り出されるとしたらそれは彼だろう。彼ひとりだろう。

マッケンジーは〈ライターズ・ティアーズ〉というアイリッシュ・ウィスキーを注文していた。マックスはクラブソーダにした。蒸留酒は苦手だ。

「で、どういうご用件かな、バーンスタイン特別捜査官？」とマッケンジーはおもむろに尋ねた。

マックスがマッケンジーと会うのに、刑務所長の気に入りのこの酒場を選んだのは、脅そうとか優位に立とうとか、そんな魂胆があるからではない。実のところ、まったく真逆の理由からだった。

「デイヴィッドを見つけるのに力を貸してほしい」

「もちろんだ」とマッケンジーはいくらか姿勢を正して言った。「協力させてくれ。彼はうちの囚人だ」

「あんたの名づけ子でもある」

「ああ、そうだ。だからこそ無事に連れ戻したい」

「今まで誰も気づかなかったとは信じられない」

「気づかなかった？　何に？」

「あんたと彼の関係に。でも、それは私も気にしない。とにかく、あんたが脱獄に手を貸したのはお互いわかってることだ」

マッケンジーは笑みを浮かべ、ぐいと一口ウィスキーを飲んだ。「私の弁護士から聞いただろ？　防犯カメラ映像も私の話を裏づけている。バロウズが銃を持っているところはもう確認されてるんだし――」

「いいかな。今は私とあんたのふたりだけで話してる。録音もしていない。あんたを罠にかけようなんて思ってない」

マックスはひどくべたつくテーブルの上に――自分たちのあいだに――携帯電話を置いた。

「なるほど」と皮肉めいた口調でマッケンジーは言った。「きみの携帯はテーブルの上に置かれてる。だから、この会話を録音する方法はないというわけだ」

「隠しマイクなんか仕込んでない。それはあんたもわかってるはずだ。それでも、誰かに話を聞かれないともかぎらない。だから、これはすべて仮定の話ということにしよう。いいかな？」

マッケンジーは眉をひそめて訊き返した。「本気で言ってるのか？」

「なあ、フィル、私はおだやかにやりたいんだ。脅迫なんかしたくない。いいかな？　私があんたを幇助罪と教唆罪で逮捕したら、あんたはそれで一巻の終わりだ。あんたの息子も。ふたりとも刑務所行きだろう。もし私が大失態を演じたら、仕事と年金を失うだけですむかもしれないが。いずれにしろ、私を怒らせたら――いや、サラを怒らせたら――とことんまずいことになる、あんたたち親子は完全に終わりだ。彼女はあんたのケツの穴にもぐり込んで、そこにいつづける」

「実に気持ちのいい喩えだ」

「でも、今日はそういう話じゃない。どうしてあんたはあんな真似をしたのか。わざわざ呼び出したのはそのわけを聞くためだ。どうして今なのか。もちろんこれは仮定の話だ」

マッケンジーは酒を飲んだ。「きみには仮説がありそうだな、バーンスタイン特別捜査官」

「ある。聞きたいかな？」

「もちろん」

「デイヴィッド・バロウズには何年も面会に来る者はいなかった。そこへいきなり義理の妹が訪ねてきた。そのことは確認ずみだ。面会までは手紙のやりとりも電話も何もなかった。彼女が最初に面会に来たときのビデオも見た。彼は義理の妹が来ることを知らなかった。ここまではいいかな？」

「ああ」

「彼女はデイヴィッドに写真を見せた。どんな写真かまでは私には見えなかった。そこが問題なんだが、バロウズが写真を見たとたん、すべてが変わった。それは防犯カメラ越しでもわかる。面会が終わると、彼はあんたに会いたいと言った――これまた私の知るかぎり初めてのことだ。彼が何を希望したのか教えてもらえないだろうか？」

「すでに話したとおり――」

「わかった。あんたには私に力を貸す気などさらさらない。それでいい。話を続けよう。彼と面会したあと、あんたは警官時代のパートナーに会いにいった。これがなんと偶然にもバロウズの父親だ。で、戻ってくるなり、あんたはバロウズの脱獄に協力した。ロス・サムナーとの喧嘩がどう関係してくるのかはわからない。刑務官のテッド・ウェストンのこともわからない。彼はあんたの部下だ。私より彼のことを知ってるだろう。いずれにしろ、彼が何者かから賄賂を受け取っていたことを突き止めたら、ウェストンは弁護士を立てた。そのことは知ってたかな？」

「いや」

「驚いた？」

「賄賂を受け取っていたことか？」

「そう」

マッケンジーは一口酒を飲んで肩をすくめただけだった。

「わかった。答えるつもりはないんだね？　しかし、このことが重要なのには理由があるんだ。バロウズがウェストンに襲いかかったとは思えない。逆だったんじゃないか？　ウェストンがバロウズを襲ったんじゃないのか？　それはそれで奇妙と言えなくもないが。あとひとつ。バロウズが脱獄したあと、まっさきに会いにいったのは裁判の重要証人だった。この老女は裁判が終わった直後に、名前を変えて引っ越している。その老女はどういう人物なのか？ 私は彼女とじかに話した。すると、彼女はバロウズが来たときのことについて嘘をついた。どういうわけか、彼女はバロウズを庇《かば》っているように見えた」

マックスは両手を広げて続けた。「それやこれや考え合わせて、フィル、私は何を思いついたと思う？」

「なんだね？」

「以前はきわめて優秀なジャーナリストだった、バロウズの義理の妹が彼を無実にできる何かを発見した。そして、それを彼に見せた。刑務所のプレキシガラス越しに。バロウズは即、あんたのところに行った。レイチェル・アンダーソンが持ってきたものについて話すために。で、あんたは彼に手を貸すことにした。問題は、あんたはきちんと計画も立てず、こんないきあたりばったりの脱獄をさせ、すべてをなりゆき任せにするほど馬鹿じゃないということだ。だから私はこう思った。サムナー、あるいはウェストンの襲撃のせいで——もしかしたらその両方のせいで——彼を脱獄させるしかなかったんじゃないか？」

「途方もない話だな、バーンスタイン特別捜査官」

「マックスと呼んでくれ。正確なところはわからない。つかみきれていないことも多々ある。それでも、いい線を行っていることはあんたにはわかってるはずだ。さて本題だ。デイヴィッドは刑務所に連れ戻さなきゃならない。言うまでもないが、どうして彼は弁護士にしろ誰にしろ、その証拠を渡さないのか。そこが理解できない。もちろんそれには理由があるんだろうが」

マッケンジーはそれでも黙ったままだった。

「サラはどうする？　彼女は杓子定規だ。もしバロウズがはめられたのなら、やっていないのなら、私は『逃亡者』に出てくる刑事みたいな役はやりたくない――あの映画を覚えてるか？」

マッケンジーはうなずいた。「テレビシリーズのほうも覚えてる」

「そっちは私の生まれるまえだな。いずれにしろ、映画には、逃亡者のハリソン・フォードが彼を追ってる刑事のトミー・リー・ジョーンズに向かって、〝私はやってない〟と叫ぶ名場面がある。そのときトミー・リーがなんと言ったか覚えてるか？」

彼はうなずいた。「彼はこう言うんだ――〝そんなことはどうでもいい〟と」

「そのとおり。それがサラだ。彼女は気にしない。私たちにはすべき任務がある。バロウズを連れ戻す。終わり。ジ・エンド。だから私はひとりでここであんたと会ってるんだ。正直に言おう。私の考えは今ぐらついている。それはもうあんたにも伝わってるんじゃないかと思うが。私はトミー・リー・ジョーンズじゃない。どうでもいいとは思えない。もしバロウズがやってないなら、彼を助けたい」

刑務所長はグラスを手に取り、明かりにかざして言った。「仮に——きみの話は大方正しいと私が言ったとする」

マックスは鼓動が一気に速まるのを感じた。

「もうひとつ仮に——」とマッケンジーは続けた。「ほんとうの話はきみが考え出したものよりさらに奇妙だとも言ったとする」

「奇妙とはどんなふうに?」

「仮に——デイヴィッドが脱獄したほんとうの理由は、子供が重大な危険にさらされているかもしれないからだと言ったとしよう」

マックスは困惑した顔を見せた。「もうひとり子供がいるってことか?」

「ちがう」

「説明してくれ」

フィリップ・マッケンジーは笑みを浮かべた。が、それはユーモアのかけらもない笑みだった。「よし、こういうことにしよう」と言って、マッケンジーはウィスキーを飲み干すと、ブースから立ち上がった。「きみは私の息子に対し全面的な免責を与える書類を作成する。そうすればこの話の続きをするよ」

「あんたの免責は?」

「私には免責は要らない」とマッケンジーは言った。「少なくとも今はまだ」

いかつい男ふたりに連れられ、私は飛行機に戻る。手錠も目隠しも、暴力もなく。滑走路に着いたところで私はようやく口を開く。

「携帯を返してほしい」

〝よけいな口は利くな〟男が自分のポケットに手を入れ、私に携帯電話を放る。「充電しといてやった」

「それはどうも」

「あんた、警官を殴ったんだってな」

「いや」

「ニューヨークで。ニュースで言ってた。警官は今もまだ病院だってよ」

「おれは逃げようとしただけだ」

「それでもだ。やるじゃん」

「ああ」ともうひとりの男が言う。この男が口を開くのはこれが初めてだ。「やるじゃん」ここで〝ありがとう〟と答えるのがふさわしいとは思えない。だから私は何も言わない。

三人とも行きと同じ飛行機に乗り、行きと同じ座席に坐る。携帯電話のメッセージを確認すると、当然ながらすべてレイチェルからで、時間を追うにつれ、パニックになっているのがわかる。

私はメッセージを返す——大丈夫だ、すまない。待ち伏せされた。
カーソルが点滅しはじめる——何か重要な手がかりはあった？
レイチェルはさすがだ。彼女は何があったかとか、どこに連れていかれたのかとか尋ねて時間を無駄にしない。まだ集中力を切らしていない。
私はメッセージを送る——ヒルデ・ウィンズロウは、マシュウにはつながらなかった。

行き止まり？

ざっくり言うと、そうだ。


私は飛行機が離陸して、Wi-Fiがつながる高度まで上昇するのを待つ。うしろを振り返る。付き添い役はふたりともヘッドフォンをつけて、携帯電話を眺めている。私はレイチェルに電話する。

「この雑音は何？」とレイチェルは尋ねる。「声がほとんど聞こえない」

「飛行機の中なんだ」

「待って。なんですって？」

多少は細かい説明をしないと話が続けられないので、リヴィアを離れてから何があったのか、暴力抜きヴァージョンでざっと伝える。

「きみはどうしてた？」話しおえると私は尋ねる。「何か新しい情報は？」

沈黙が流れる。私は一瞬、電話が切れたのかと思う。

「手がかりをつかんだかも」と彼女の声がする。「わたしの昔からの友達のヘイデン・ペインを覚えてる？」

その名前を思い出すのに数秒かかる。「きみにべた惚れだった金持ちか？」それから気づく。「ああ、待ってくれ。彼の一族があの一連の会社に関わってるんだったね？」

「所有してる。全部ペイン一族のグループ企業よ」

私はそのことについて考える。「それまた偶然とは思えない」

「どういう意味？」

彼女の話を脱線させたくない。「ヘイデンがなんだって？」

「ペイン家が〈シックス・フラッグス〉の企業イヴェントを開催した。あの写真が撮られた遊園地の。彼にはその日に撮影された写真を全部見せてくれるよう頼んだ」

「参加者のリストも手に入れられるかな？」

「できると思うけど、何千人にもなるだろうって言われた」

「取っかかりにはなる」

「かもね。会社は遊園地全体を借り切ったんじゃないって言ってたから、マシュウは会社とは関係ない人と一緒だった可能性もある」

「それでも、やってみる価値はある」

「ええ、わかってる」

「ほかには？」と私は尋ねる。

「飛行機でボストンに戻ってるの？」

質問に質問で返される。「いいや」

「じゃあ、どこへ？」

「ニュージャージーに向かってる」

「どうしてニュージャージーなの？」

「シェリルだ」と私は言う。「彼女と面と向かって話す必要がある」

31

「お願いだから、冗談だって言って」と彼女は言った。

マックスは彼女を睨《ね》めつけようとした。人と眼を合わせるのが得意だったためしはこれまで一度もないのだが。まえにも自ら述べているが、アイコンタクトは過大評価されているというのが彼の意見だ。それでも、眼をそらすのはこらえた。今、彼が相手しているのはローレン・フォード。ボストン地区の犯罪捜査ユニットのトップ。実際のところ、燃えるような眼で睨んでいるのはローレンのほうだった。

「冗談は得意じゃない」とマックスは言った。

「じゃあ、わたしがちゃんと理解しているかどうか確認させて」ローレンはそう言って立ち上がると、机の向こうを行ったり来たりしはじめた。「被害者はほんとうにマシュウ・バロウズだったかどうか、うちのラボでもう一度DNA検査で確認する許可が欲しい。あなた、そう言ってるの？」

「そのとおり」

「もう五年もまえの事件でしょ？」

「六年近くになる」

「すでに犯人は逮捕されて有罪判決が出ている」

「そのとおり」

「犯人は最近、州刑務所から脱獄した」

「もう一度言うよ。そのとおりだ」

「わたしの知るかぎり、彼を捕まえてしかるべき場所へ連れ戻すのがあなたの任務であって、それは再審理が目的じゃない」

マックスはそれには答えなかった。

「それで」と彼女は両手を広げて尋ねた。「脱獄犯を見つけるのに、どうして何年もまえに死亡した被害者のDNA検査が必要なの?」

「一度は検査してるのか?」

ローレンはため息をついた。「わたしが〝もう一度DNA検査〟って言ったの、聞いてた?」

「聞いてた」

「それはつまり一回は検査してるって意味よ」

「ああ」とマックスは認めた。

「一応説明しておくと、ほんとうは通常の手順にはないことだった。遺体の状態にもかかわらず、すでに確実な身元確認はできていたから。みんな『CSI』の見すぎよ。実際は、殺人事件の被害者にDNA検査をすることは稀《まれ》よ。少なくとも、この国の警察はやらない。指紋の照合もしない。被害者の身元がわからないときに検査するだけ。この場合はそうじゃなかった。被害者が誰かは初めからわかってた」

「それなのに検査した?」

「ええ。さっきも言ったけど、陪審員はみんなテレビの見すぎだったから。科学捜査とDNA検査はすべての事件でおこなう、そうしなかったら、するべきことがわかってないって思われてしまう。だから、やりすぎなのはわかっていても検査をした」

「どうやって？」

「どういう意味？」

「被害者のDNAを母親か父親のDNAと比較したのか、それとも……？」

「覚えてる人なんている？　当然わかってるでしょうけど、この事件はわたしたちにとってても注目度が高かった」

「わかってる」

「わたしたちはミスなんかしてない」

「ミスしたとは言ってないよ。なあ、被害者の血液はまだ保管してあるんだろ？」

「ええ。つまり、保管庫にだけど。確かに今も保存されてる」

「で、デイヴィッド・バロウズのDNAもシステムにはいってる」

現在ではそれはルーティン化された手続きだ。刑事被告人は有罪になった時点で、その全員のDNAが自動的にデータバンクに登録される。

「もう一回検査をするというのは――どんな形であれ、そのハードルを越えるというのは――すごく大変なことよ」とローレン・フォードは言った。

「だったら黙ってやればいい」とマックスは言った。「きみと私だけで」

「わたしがラボの技術者に見える？」

「きみと私、ラボの技術者がひとり。きみなら秘密にしておけるだろ？」

彼女は顔をしかめた。「今、あなた、本気で〝秘密〟ってことばを使ったの？」

マックスは待った。

「わたしにはあなたに、わたしのオフィスから出ていけと言うこともできる」と彼女は言う。

「ああ」

「正当な逮捕だった。捜査は規則どおりにおこなわれた。その結果、警官の息子が――人望ある警官の息子が――犯人だった、わたしたちは絶対に誰のことも特別扱いしない」

「すばらしい」とマックスは言った。

彼女は壁にもたれ、爪を嚙みはじめた。マックスみたいに。「でも、内緒の話をしてあげる。あなたが調べ直したところで、有罪判決は揺るぎようがないんだから」

「話してくれ」

「当時のDNAラボなんだけど」

「なんだ？」

「何回かミスがあったの」

「どんな？」

「内部調査がはいったとたん、仕事を辞めて海外に移住しちゃう人がいた」

沈黙ができた。

「そうなの」とローレンは続けた。「あなたは被害者がほんとうはちがってたって言ってるのよね？」

マックスは言った。「私は検査をしてくれって言ってるだけだ。検査したあとは？　そのDNAを行方不明者の全データベースで検索する。もし亡くなった少年がマシュウ・バロウズでないのなら、その少年が誰なのか突き止めなきゃならない」

レイチェルは車で滑走路まではいってきている。プライヴェート・ジェットを使う人たちの特権のひとつなのだろう。飛行機を降りると、いかつい男ふたりに求められるまま固い握手をする。

「水に流してくれるな？」と〝よけいな口を利くんじゃない〟男が言う。

「水に流す」と私は答える。

レイチェルの車に乗る。彼女は飛行機を見て言う。「大物犯罪者の特権ね」

「ああ」

レイチェルは車を出して言う。

「シェリルに会いたいのは――あの生殖医療クリニックのせい？」

「あれは偶然じゃないよ、レイチェル」

「あなたはずっとそう言ってる」ハンドルを握る彼女の手に力がこもる。「ちょっと話しておかなきゃいけないことがあるんだけど」

「何について？」

「まえにも聞いてるはずよ。もう大したことじゃないんだけど」

とはいうものの、彼女の口調からすると大したことのように聞こえる。私は彼女のほうを向く。彼女の視線は不自然なほど眼のまえの道路に据えられている。

「続けてくれ」と私は言う。

「わたしはシェリルがあの生殖医療クリニックの予約を取るのを手伝った」

彼女が言っていることがちゃんと理解できているかどうか自信がない。「手伝ったというのは——」

「ヘイデン・ペインを通じて〈ベルグ生殖医療クリニック〉の女性所長に会った」と彼女は言う。「そのあとわたしが彼女に電話して予約を取った」

「シェリルのかわりに？」

「そう」

「きみの言うとおり、大したことじゃないよ」と私は言う。「そりゃもっとまえに話してくれてたらとは思うけど——」

「その予約はわたしの名前だった」とレイチェルは道路を見すえたまま感情を抑えるように唾を飲み込む。「だから、診察を受けたとき、シェリルは自分のじゃなくてわたしの身分証明書を使った」

私は彼女の横顔をじっと見つめる。自分でも奇妙に思えるほどおだやかな声で尋ねる。

「どうしてそんなことを？」

「どうしてだと思う、デイヴィッド？」

答はわかりきっている。「おれに隠しておくため」

「そうよ」

涙が込み上げてきそうになる。なぜだかはわからない。「今さら気にしないよ、そんなこと、レイチェル」

「いいえ、これはあなたの思ってるようなことじゃないの」

「シェリルは精子のドナーを探したがっていたけど、絶対におれに知られたくなかった。で、きみは彼女と共謀した。これでまちがってるかな？」

レイチェルはまだきつくハンドルを握りしめている。

「刑務所にいるとわかることだ」と私は言う。「味方なんて誰もいない」

「わたしはあなたの味方よ」

私は何も言わない。

「でも、シェリルはわたしの実の姉なのよ。わかるでしょ？」

「だから協力した」

「いい考えとは思えないとは言ったけど」

「それでも協力した」

レイチェルはウィンカーを出し、慎重にバックミラーを確認してから車線を変更する。彼女に会うのは五年ぶりだが、それでも彼女のことはわかっている。

「レイチェル？」

返事がない。

「まだ話していないことがあるんだね？」と私は言う。

「姉のしていることには賛成できなかった。あなたには伝えるべきだと思った」

私は不安な気持ちで続きを待つ。

「シェリルが実行しないとなったとき、思ったのは……」

「思ったのは？」

レイチェルは私の質問を受け流す。

「どうしてシェリルが〈ベルグ〉に行ったってわかったの？」

「クリニックの人が家の留守番電話に伝言を残したんだ」

「考えてみて」とレイチェルは言う。「患者の記録は全部わたしの名前になってるのに、なんでそんなことになったんだと思う？」

思考が停止する。答えるまでに必要以上に時間がかかる。「きみか？」

彼女は道路を見つめたままだ。

「メッセージを残したのはきみか？」

「もう終わったこと。姉は実行しなかった。わたしはあんなことに巻き込まれるのは嫌だったけれど、どんなに正当化しようとしたところで、あなたを裏切った事実は変わらない。そう思うと落ち着かなかった。だからある夜、お酒を飲みすぎたときに、こんなの最低、シェリルはあなたに打ち明けるべきだって思った。彼女のためにも。あなたのためにも。あとはそうね、わたしのためにも。そうすれば、こんな最低の嘘を心の中に抱えたまま生きていかずにすむ。あなたたちふたりは自分たちの子供をもうけようとするはず」

私はじっと坐っている。もうこれ以上驚かされることはないだろうと思ったところで、彼女が言う。

「わたしは辛い経験から学んだ」とレイチェルは言う。「この手の嘘はその場に残る。決して消えない。嘘は内側からゆっくりと人を蝕《むしば》んでいく。あなたとシェリルがこんな秘密を抱えて家族としてやっていけるはずがない。でも、そう、これはわたしが告白すべき嘘じゃない。この策略にわたしを巻き込んだのはシェリルなんだから。でも、この秘密はわたしたちの関係にも悪影響を及ぼしはじめた。あなたとわたしの関係にも」

「だからきみは秘密を終わらせることにした」と私は言う。

レイチェルは黙ってうなずく。私は顔をそむける。

「デイヴィッド？」

「どうでもいい」と私は言う。「きみが言ったとおり、ずっと昔のことだ」

「ごめんなさい」

私の中で何かが壊れる。この話題から離れなければ。「おれがこれから向かってるってシェリルは知ってるのか？」

レイチェルは首を振る。「シェリルには伝えるな。あなたはそう言った」

「じゃあ、彼女はきっと――」

「姉はきっとわたしひとりが来るんだと思ってる。彼女のオフィスで会う予定よ」

「あとどれくらい？」

「三十分」とレイチェルは言い、そのあとは長い沈黙となる。

32

ニュージャージー州リヴィングストンの〈セント・バルナバス・メディカル・センター〉に着くと、レイチェルは来客用駐車場に車を停める。ふたりともサージカルマスクをつけている。コロナ禍以来、マスクをしている人を見かけても違和感を覚える人はまずいない。病院付近ならなおさら。きわめて効果的な変装。

私たちは正面入口に向かう。

「シェリルはここで働きはじめてどれくらい経つ?」と私は尋ねる。

「三年。ここは腎臓移植手術で有名なの」

「でも、シェリルはボストン総合病院での仕事が気に入っていた」

「そうね」とレイチェルは同意する。「でも、あなたが逮捕されたあとは続けるのはむずかしくなった。姉は病院からこう言われたそうよ」――レイチェルはそう言って指で引用符をつくる――「邪魔者って」

私は天を仰ぐ。

「もうひとつ言っておくと」とレイチェルは続ける。「姉の名前は今、ドクター・シェリル・ドリーズン」

またも衝撃。「ロナルドの苗字《みょうじ》を名乗ってるのか?」

「そうすれば姉が何者なのかばれにくくなるでしょ?」

「賢いもんだ」と私は言う。

「本気で言ってるの?」

私は顔をしかめる。

「あなただけじゃなくて姉もすべてを失ったのよ」

そして今は新たな夫を得て、新たな命を授かって、やりたかった移植手術を続けている――今のレイチェルのことばは百パーセント正確だとは思えないが、私がそんなふうに言うのはフェアではない。

私たちは中にはいる。レイチェルは受付に行くと来客用パスを受け取る。エレヴェーターで四階まで行き、〝腎臓・脾臓《ひぞう》移植科〟と書かれた案内に従って進む。レイチェルはマスクをずらして受付に手を振る。

「ハイ、ベッツィ」

「ハイ、レイチェル。彼女はオフィスで待ってる」

レイチェルはもう一度微笑むとマスクをもとに戻す。私は彼女の脇を歩く。いかにもこれは何度もしていることで、行き先もちゃんとわかっているといった顔をして。彼女のオフィスに近づくと、一気に心臓の鼓動が速まる。呼吸も乱れる。

あとほんの数メートル先にシェリルがいる――元妻、私の子供の母親、私が愛したただひとりの女性がいる。

さまざまな感情で胸がいっぱいになる。この瞬間を考えたり、想像したりすることはあった。しかし、いざそれが現実となると……

突然、レイチェルが立ち止まる。「まずい……」

警官か、相手を見るまえにとっさにそう思う。が、レイチェルが〝まずい〟と言ったのは警察関係者のことではなかった。シェリルの新しい夫、ロナルド・ドリーズンのことだ。当然ながら、私はロナルドを知っている。彼はボストン総合病院の理事で、いつもシェリルに〝気を配って〟いた。それだけ言えばわかってもらえると思うが。本人はシェリルの〝友人〟になりたいだけだと言っていたが、私にとっても誰にとっても、ロナルドの妻にとってさえ――公正を期して言っておくと、当時彼は妻と別居していた――明らかに大嘘だった。言うまでもないが、私としては〝仕事〟のメッセージが頻繁に送られてくるのが苛立たしかった。理由は言うまでもない。シェリルはそれを笑い飛ばして言ったものだ。

「そうね、ロナルドはちょっとわたしのことが好きかもしれない。でも、害はないわ」

害はない⁉　声を大にして繰り返してやりたくなる。とんだお笑い種《ぐさ》だ。

ロナルドはまず最初にレイチェルを見て笑みを浮かべる。シェリルとレイチェルは仲のいい姉妹だ。レイチェルはきっとここによく来ているのだろう。そうしょっちゅうというわけではなくても。だから、ここで顔を合わせるのはことさら珍しいことでも、意外なことでもないのだろう。私はうつむき加減に少し右によける。マスクはきちんとしている。歩をゆるめ、レイチェルと一緒に来た人間ではないように見えるよう、うしろを振り返る。レイチェルの足取りは揺るがない。ロナルドに向かって歩いていき、彼の腕を取ると、少し陽気すぎる声で言う。「ハイ、ロナルド」

ロナルドは彼女の頰にキスをする。

堅苦しいキスだ。が、それを言えばロナルドはすべてが堅苦しい。私はそれ以上考えるのはやめて、その場に立ち止まる。壁のほうに顔を向けながら、ふたりのほうに壁ぎわを歩く。しっかりとした足取りで。ロナルドのほうを見るなどという危険は冒さない。

私は眼を閉じ、彼の横を通り過ぎる。

セーフ。

レイチェルはロナルドを私から遠ざけようとするが、彼に止められる。

「今日ここで会うとは思わなかったな」とロナルドが彼女に言う。「デイヴィッドが脱獄したのはもう聞いた?」

私は足早にその場を離れる。眼のまえには何も案内が出ていないドアが三つ。このどこかひとつの奥に私の妻が――いや、元妻が――いる。時間は刻々と過ぎていく。一番目のドアのノブをつかんでまわして中にはいる。

彼女がいる。

私はシェリルがタブレットらしきものをタップしている邪魔をしたらしい。彼女が顔を起こす。私はサージカルマスクをしたままで、頭は丸刈りだ。しかし、そんなことは関係なかった。彼女はすぐに私だと気づく。一瞬、お互い身じろぎもしない。ただ見つめ合う。自分が何を感じているのか、もっと正確に言うと、何を感じていないのか、わからない。ありとあらゆる感情が疲れきった血管を駆けめぐる。その感情に圧倒される。

彼女も同じだ。

シェリルと私が恋に落ちたのは高校生のときだ。私たちはデートをし、婚約し、結婚し、最高に可愛い男の子を授かった。

嫌なことを思いつく。ロナルドが戻ってくるかもしれない。看護師や同僚がはいってくるかもしれない。私は振り返ってドアに鍵をかける。そう、シェリルと会って最初の行動がそれだ。どんな顔をされるのか、どんな反応をされるのかわからないままシェリルのほうを向くと、彼女はすでに立ち上がっている。急ぎ足で机をまわり、いささかのためらいもなく、私のところまでやってくる。そして、私に抱きついて自分のほうに引き寄せる。私は文字どおりくずおれそうになる。彼女はそんな私を抱きしめる。

「デイヴィッド」とシェリルは柔らかい声で言う。そのやさしさに心臓が飛び出して散り散りに引き裂かれる。

私は彼女を抱きしめる。彼女は泣く。私も泣く。駄目だ。これでは駄目だ。訊きたいことが山ほどあるのに。ここに来たのには理由があるのに。泣くためではない。少し強すぎる力で、私は彼女の腕を取り引き剝がす。

前置きに時間を取っている暇はない。

「おれたちの息子はまだ生きているかもしれない」と私は言う。

彼女は眼を閉じる。「デイヴィッド」

「話を聞いてくれ」

彼女はきつく眼をつぶったままだ。「それがほんとうだったら死んでもいいって思ってる」

「写真を見ただろ？」

「あれはマシュウじゃないわ、デイヴィッド」

「どうしてそんなふうに言いきれる？」

彼女の頬を涙が伝う。彼女は両手を上げて私の顔を包む。一瞬、私はまたくずおれ、もう二度と立ち上がれなくなるのではと怖くなる。「だって、マシュウはもう亡くなったんだから」彼女はやさしすぎる声音で言う。「わたしたちは幼い息子を葬った。あなたとわたしで。ふたりで佇み、手を取り合って、小さな白い棺《ひつぎ》が地面に下ろされるのを見送ったんだから」

私は首を振る。「おれは息子を殺してない、シェリル」

「それがほんとうだったらどんなにいいか」

思っていた以上にそのことばは胸に突き刺さる。彼女は眼を伏せる。その顔には深い苦痛が刻まれている。今もこれからもずっとこんなことは訊きたくない。しかし、私にはどうすることもできない。

「なんでおれのことを見捨てたんだ、シェリル？」

どこまでも情けなく、哀れっぽい声にわれながら嫌気が差す。

「見捨ててなんかいない」と彼女は言う。「絶対に」

「なんでおれがやったなんて思えたんだ？」

「あなたのことは責めてない……それほどには」

どうして信じつづけてくれなかったんだと、もう一度尋ねようと口を開いたところで、私は自制する。またた。今はそんなことを話している暇はない。今このときに集中するんだ。

「あの子は生きてる」と私はいくぶん強い口調で言う。「きみが信じようと信じまいと関係ない。訊かなければならないことがある。そのあとはもうきみには近づかない」

私に同情するような表情が逆に残酷に感じられる。「なんなの、デイヴィッド？　何を訊きたいの？」

「きみは〈ベルグ生殖医療クリニック〉に行った」と私は言う。

同情が混乱へと変わる。「なんの話をしてるの？」

「きみがかかったクリニックだ」

「それがどうしたの？」

「マシュウに起きたこととクリニックが関係してる」

彼女は一歩うしろに下がる。「どうして……いいえ、ありえない」

「レイチェルが写真を見せただろ？　あれは会社のイヴェントで撮られたものだ。〈ベルグ生殖医療クリニック〉の。つながってるんだよ」

シェリルは首を振る。「そんな……」

私は何も言わない。

「どうしてそう思うの？」

「とにかく話してくれ、シェリル」

「全部話したでしょ？」

「レイチェルの名前で受診したとは話してくれなかった」

「彼女がそう言ったの？」

返事をする必要はない。

「理解できない」すべてを締め出そうとするかのように、シェリルはまた眼をきつくつぶる。「それが今さらなんだって言うの？」質問というより哀訴するような口調になっている。さらなる苦しみが彼女を疲弊させる。今になっても、あれだけのことがあったあとでも、私は彼女を慰めたいという思いに駆られる。が、そんなことができるはずもない。「わたしはクリニックに行くべきじゃなかった」

私は何も言わない。

「全部わたしのせい」と彼女は言う。

彼女の声の調子が気に入らない。部屋の温度が十度くらい下がった気がする。

「どういう意味だ？」

「あなたに内緒でクリニックに行った。ごめんなさい」

「わかってる。それは今さらどうでもいい」

「あなたに対してあんなことをすべきじゃなかった」

私は顔をしかめそうになる。「シェリル」

「わたしたちの関係はもう壊れかけていた。でも、どうしてなの、デイヴィッド？」彼女はいつものように首を傾げる。私は一瞬昔に戻ったような気持ちになる。朝の陽射しに黄金色に輝く庭で、本とコーヒーをまえに、彼女は何かを私に訊くとき、よく首を傾げた。「不妊を経験したのはわたしたちが初めてというわけじゃない」

「ああ」

「だったらどうして――どうしてわたしたちは別れたの？」

「わからない」と私は言う。

「まえからひびがはいっていたのかもしれない」

「かもしれない」こんな話は聞きたくない。「もうどうでもいい」

「でも、わたしのしたことはひどい裏切りよ」

私は何も言わない。何か言えるとも思えない。

「でも」――彼女の声が少しかすれる――「わたしがあなたにしたことのせいでわたしたちの息子が……」

シェリルはいきなり泣きだす。

私は元妻のことをよく知っている。言うまでもない。さまざまな感情が昂るところも見てきた。泣くところも。しかし、こんなではなかった。マシュウが亡くなったときでさえ、こんなではなかった。シェリルは自制心を失うタイプではない。完全に失うことはなかった。愛し合うときでも、息子を抱きしめるときでも、どこかに自制心を残していた。それがいつも冷静で超然と見えた。批判しているように聞こえるかもしれないが、批判ではない。彼女は完全に自制心を失うことはなかった。

今、この瞬間までは。

何かしてやりたい。抱きしめるとか、せめて肩を貸すとか。その一方でまえぶれもなく心の中を冷たい風が吹き抜ける。

「どうしたんだ、シェリル?」

彼女はすすり泣きを続けている。

「シェリル?」

「わたし、実行したのよ」

いきなりの告白。反射的に全身が強ばる。彼女の言いたいことはすぐにわかる。が、あえて尋ねる。「実行した?」

彼女はそれには答えない。「あなたもそれを知っていた」

私は首を振る。

「あなたもそれを知っていた」と彼女は繰り返す。「そのせいで、怒りや恨みやストレスが……」

私は首を振りつづける。

「あなたの夢遊病がまた始まった」

「ちがう」

「今のは事実でしょ、デイヴィッド？　それもこれもわたしのせい。あなたは怒っていた。心が壊れかけていた。こうなるってわかっていてもよかったのに。すべてはわたしのせい。そんなある日、きっとあなたは飲みすぎるかしたんでしょう。それともストレスに耐えられなくなったか」

私は首を振りつづけて言う。「ちがう」

「デイヴィッド、聞いて」

「きみはおれが自分の息子を殺したと思ってるのか？」

「いいえ」と彼女は言う。「わたしが殺したんだと思ってる。わたしがあなたにしたことのせいだと思ってる」

私はほとんど息もできない。

「でも、わたしは治療を受けても妊娠にはいたらなかった。だからマシュウがあなたの子であることにまちがいはないわ。でも、それは問題じゃない。わたしは一線を越えてしまった。

わたしはあなたを裏切った。そのせいであなたは変わってしまった」

私は感情の津波の中を必死に泳ぐ。ここまで来た目的を努めて果たそうとする。「きみはドナーの精子で妊娠しようとした」

「ええ」

「そんなことしていないときみは話した」

「わかってる。わたしはあなたに嘘をついた」

ここまで来て、なんと言ったらいいのかわからなくなる。「きみは何を考えて――?」

今ならわかる――われわれはどういう経緯をたどったと彼女が思っているのか。私は彼女がドナーから精子提供を受けたことに気づき、正気を失い、マシュウは自分の子供ではないと思った。そして〝怒りや恨みやストレスが……〟。

その上、夢遊病が始まった。彼女は思ったのだろう。私は意図的にやったのではない。押し殺した怒りが表面化したのに加えて、酒を飲みすぎたか、抗鬱剤とアルコールの組み合わせが悪かったのか、傷ついた精神に過去のトラウマが甦ったのか……いずれにしろ、私は眠ったままの状態で起き上がり、野球のバットを手に持って、マシュウの部屋にはいった。そして……

起きたことの多くが今になってようやく理解できる。シェリルは自分を責めている。あれ以来ずっと。彼女はたったひとりの息子を失っただけではない。私が息子を手にかけたと信じている——さらに悪いことに、それは自分のせいだったと信じている。

「シェリル、話を聞いてくれ」

彼女はまた泣きだし、その場にくずおれる。このままではいけない。彼女をこんなふうに打ちのめされたままにしておくことはできない。私は彼女のそばに行く。彼女は私のシャツをつかんで涙を流す。「ごめんなさい、デイヴィッド」

謝罪のことばなど要らない。そんなことばは聞きたくない。目的に集中するんだ。私は自分に言い聞かせる。「もうそんなことはどうでもいいんだ」

「デイヴィッド……」

「頼むから」と私は言う。「写真を見てくれ」

「できない」と彼女は言う。

「シェリル」

「そういう希望は持ちたくない。そんなことをしたら、きっとわたしは壊れてしまう」

なんと答えたらいいのかわからない。

「信じたくてたまらないのよ、デイヴィッド、でも、自分にそんなことを許したら……」ことばを切り、彼女は首を振る。「わたし、また妊娠したの」

「知ってる」と私は言う。

そのとき、ドアの鍵がまわる音が聞こえる。すぐにドアが開く。

ロナルドだ。

一瞬の間《ま》ののち、私が誰なのか彼は気づく。とたん彼の眼が見開かれる。

「いったいここで何をしてる？」

もう時間がない。私は振り返ってシェリルを見る。

「行って」涙を拭いながらシェリルは言う。「彼は何も言わないから」

私はドアへと急ぐ。一瞬、ロナルドが私の行く手を阻むのではないかと考える。が、そうはならない。彼は脇によける。私は声をかけたくなる。「彼女にやさしくしてやってくれ」とか「ふたりともおめでとう」とか。現実には私はそこまで心やさしい人間ではない。それに今日はもうメロドラマはたくさんだ。

私はロナルドに小さくうなずいて廊下に出る。

33

マックスは携帯電話の画面を見た。ローレン・フォードのオフィスからの着信と表示されていた。部屋を見まわし、自分しかいないことを確認してから彼は電話に出た。きっとサラは気に入らないだろう。ローレンが指摘したとおり、自分たちの任務はデイヴィッド・バロウズを再逮捕することであって、彼の容疑を晴らす手伝いをすることではない。サラがそんなことを認めてくれるわけがない。

「もしもし？」

「わかったことがある」とローレンは言った。

「バロウズが父親だったのか？」

「そっちはまだわからない。信じてもらえないかもしれないけど、受刑者のデータバンクにアクセスするには少し時間がかかるの。でも、被害者のＤＮＡを行方不明児童のデータベースと照合した」

「それで？」

「ヒットしなかった」

「そもそも見込みはなさそうだった」

「いいえ、マックス——マックスと呼んでもいい？」

「もちろん」

「それが見込みがないわけじゃないのよ。行方不明児童のデータベースはかなり充実している。子供が行方不明になると、ほとんどの場合、なんらかの方法でＤＮＡが採取される。百パーセントじゃないけど、かなりの確率でね。しかもそれだけじゃない」

「それだけじゃない？」

「行方不明児童のあらゆるデータベースの身体特徴で検索をかけたのよ。DNAのデータだけじゃなくて。行方不明児童のデータベースすべてで。年齢、身長、体重、なんであれ、そういったことを調べたの。見落としがないように国じゅうのデータベースを検索した。この国全体の。うちの優秀な職員に調べてもらった。被害者がマシュウ・バロウズでなかったとしたら――まったく、そう口にするだけでも、自分の頭がおかしくなったんじゃないかって思うけど――もしマシュウが被害者じゃなかったら、あの夜、どこかのほかの少年がむごたらしく殺されたことになるから」

「そのとおりだ」とマックスは言った。「それで?」

「それでも何も出なかった。マッチするデータはなかった。ゼロ。似ている少年すらいなかった」

マックスは顔を引き攣らせた。

「わたしの話、聞いてる、マックス?」

「聞いてる」

「誰もマッチしなかった。あのベッドにいたのは、マシュウ・バロウズということになる」

彼は爪を噛んだ。「ほかに何かわかったことは?」

「ほかに何かとはどういう意味? 話をちゃんと聞いてた?」

「ああ」

「まったく」とローレンは言った。「それでもまだ実父確定検査をやってほしい？」

「そうだ」

「やる必要はないのに」とローレンは言った。

「わかってる」

「でも、わかったわ。それはやるわ。それでこの件は終了。いい？」

「わかった」

「結果はすぐに出るはずよ」

ローレンは電話を切った。

背後からサラの声がした。「相手は誰、マックス？」

「別の用件だ」と彼はぼそぼそと答えた。「どうした？」

「別の用件って？」

彼女がこのまま見逃してくれるはずがない。「ある男についてだ、もういいだろ？」

「男？」

「デートアプリで知り合ったんだよ。これ以上は話したくない」

「よかったじゃない」とサラは言った。

「ありがとう」

「わたしには信じられないけど。まあ、その話はあとでもいい。行きましょう」

「バロウズがついさっきニュージャージーのセント・バルナバス病院を出た。元妻の職場よ」

「行く？　何があった？」

「ごく普通の一日を過ごしたかっただけなんだよ」とヘイデンは言った。「それがそんなに大それた望みかな？　あのときのあの子を見せたかったよ、ピクシー。遊園地で遊ぶただの男の子だった。シーオのあんなに嬉しそうな顔は見たことがない。何もかもがものすごく」――ヘイデンはぴったり合ったことばを探そうとでもするかのように天井を見上げてから言った――「普通だった」

普通、とガートルードは胸につぶやいた。わが一族自体も、自分たちの暮らしぶりも、普通とはかけ離れている。誰も普通など求めていない。ほんとうのところは。彼女ははるか昔、ヘイデンの父親とその兄弟をディズニーランドに連れていったときのことを思い出した。かなりの大金を支払って、開園まえの時間にはいった。〝普通〟の客はいれない園内でペイン一家は二時間貸し切りで遊んだ。開園したあとは副社長が案内役を務め、どんなアトラクションの列でも一番まえに入れてくれた。

あの日、スペース・マウンテンに乗るために二時間並んでいた人の中で、〝普通〟を望む人はひとりもいなかっただろう。

「あの子を連れていくつもりだってひとこと言ってくれてたらよかったのに」

「あなたはきっと止めたでしょ？」とヘイデンは言った。

「だったら、今はその理由がわかるわね」

「気をつけてたよ、もちろん。私は野球帽をかぶってサングラスをかけてた。行くことは誰にも伝えなかった。会社が雇ったカメラマンにはできるだけ近づかないようにした。それに、ピクシー、どんな確率だと思う？　私が助け出したとき、あの子はまだ幼かった。まともに顔をつきあわせてもわかるわけがない。それにあの子は行方不明の子供じゃない。世間では死んだことになってるんだから」

ガートルードの脳裏に五年まえのあの夜のことが甦った。ヘイデンは最初から相談してきたわけではなかった。許可してもらえないのはヘイデンにもわかっていた。だから、あのときもまえもって話はなかった。ヘイデンがペイン屋敷にあの幼い少年を連れてきたのは、そろそろ朝になるという時間だった。

「ピクシー、話さなきゃならないことがあるんだけど……」

人が自分を正当化する力には驚かされる。人は誰しも自己弁護と自己正当化をしながら生きている。もっとも、ピクシーはそうしたこととはほぼ無縁だったが。道徳とは主観的なものだ。それが彼女の考えだった。あの夜、彼女は〝正しい〟こともできたはずだが、人が正しいことをするのはそれが自分の負担にならないときだけだ。彼女はふと〝鶏絶滅問題〟を思い出した。昔から言われていることだが、もし人間が鶏を食べるのをやめたら鶏は絶滅する、というものだ。だから食べるのをやめるのは鶏のためにならない。菜食主義の友人はガートルードに、そんなのは屁理屈だと言ったが、問題はそこではない。確かに何百万羽の鶏が生まれて生きている。それがどれほど短くつらい一生であっても。最終的には食べられるためであっても。こうした命でもまったく生まれないよりはましなのだろうか？　鶏にとって、生を授かることが、たとえば六週間生きることが、生まれないよりはましなのだろうか？　いや、そもそもそういうことを鶏のために決めるなど、いったい何さまのつもりなの？　鶏を食べることを完全にやめて鶏が絶滅に向かうほうがましなのか？　逆に鶏を食べればいいことをしていることになるのか？　こんなことは考えても切りがない。だから、問題はどちらか一方が正しいとかまちがっているとかといったことではないのだ。問題は、鶏が食べたいとなると、実のところ、鶏のことも鶏という種の存続についてもまったく気にかけていないくせに、こうした主張を持ち出すことにある。ただ鶏を食べたいだけなのに。

これを十倍の規模にして家族にあてはめてみる。家族の問題に。自分の家族について考えてみる。裕福でも貧乏でも、古代でも現代でも――常に変わらない。みんなわかっている。否定する者は妄想を抱えているか、嘘をついている。私たちはあいまいな大義を口先では支持するけれど、それも自分に利があるときにかぎる。われわれが本気で他者を気にかけるのは、自分に都合がいいときだけだ。信じられない？　だったら胸に手をあてて自分の心に訊けばいい。自分の子供、あるいは孫が殺されるのを回避するために、何人の命を犠牲にしてもかまわないか。

ひとり？　五人？　十人？

百万人？

その答に正直に向き合えば、あの日ガートルードがしたこともいくらかは理解できるかもしれない。

彼女はヘイデンを選んだ。家族を選んだ。オムレツをつくるには卵を割らなければならないということわざは誰でも知っている。それが真実なのは当然だが、たいていの場合は今回のように、卵はすでに割れている。となると質問はこうなる。オムレツをつくるか、それともすべてを台無しにするか？

「それでも」ピクシーは両腕を広げて言った。「こうなった以上、あなたたちはここを離れる潮時よ、ヘイデン。ふたりとも」

ヘイデンは視線をそらした。「あの赤い痣」と彼は言った。なんとも弱々しい声音になっていた。

ガートルードは眼を閉じた。その話はもう聞きたくない。

「あの子の顔に神があんなものを与えたことにはやはり理由があったんだよ」

「あれはただの母斑よ、ヘイデン」

「あの母斑で彼らはあの子を見つけた。やはり理由があったんだよ」

それが屁理屈なのは彼女にはよくわかっていた。あれは運命でもなければ神の意思でもない。そういうことではない。ここに交差点がある。何百万人もの人が毎年その通りを行き交う。何も起こらない。やがてある日、複数の事象が発生し――道路が凍結したとか、運転手が携帯電話でメッセージを打っていたとか、飲みすぎていたとか、なんであれ――歩行者が撥ねられ、死亡する。一千万分の一の確率だが、それはただの偶然ではない。そういうことは起こるものなのだ。そうでなければ、世の中に物語は生まれない。

あの写真は自分たちにとってそうした一千万分の一だったのだ。

いや、もしかしたらヘイデンが正しいのかもしれない。神さまがこうなることを望んだのかもしれない。

「とにかく」とガートルードは言った。「ふたりともここを離れなさい」

「かえって怪しく見えないかな」とヘイデンは言った。「遊園地の写真が欲しいとレイチェルに頼まれたら、いきなり国外に出ていったなんて」

〝ピクシー、話さなきゃいけないことがあるんだけど……〟。

あの夜、ヘイデンは幼い男の子のような声でそう言ってきた。男はトラブルに巻き込まれて助けが必要になると、必ずそういう声を出す。彼女は助けた。家族を助けた。家族全員を。

そのときもまた。

しかし、それでシーオも助けることになったのだろうか？

いや、どうでもいい。この秘密は絶対に守りつづける。今回もまた。

あのとき彼女には新しい秘密が増えた。この少年に関する、誰も知らない、ヘイデンでさえ知らない秘密だ。

今はそれもどうでもいい。関係ない。今回もまた家族を助ける役目がガートルード・ペインに託されただけのことだ。だから、そう、どれほどの犠牲を払うことになってもやり遂げる。

マックスとサラはシェリル・バロウズを事情聴取するため〈セント・バルナバス・メディカル・センター〉にはいったところだった。そこでマックスの携帯電話が鳴った。画面を確認すると、相手はローレンだった。

「ちょっと待っててくれ」と彼はサラに言った。

そう言って、サラには聞こえないところまで移動した。ただサラは彼のほうをずっと見ていたが。電話を耳にあてると彼は言った。「どうした？」

「実父確定検査の結果が出た」とローレンは言った。

彼女は結果を伝えてから言った。「いったい何が起きてるのか話す気はある？」

「たぶん何も起きていない。一時間くれ」

彼は電話を切り、サラのところに戻った。

「誰から？」と彼女が尋ねた。

「ああ、新しい男から」

「また？　ずいぶんべたべたした男ね」

「サラ――」

「サマーキャンプででも出会った？　相手が住んでるのはカナダ？」

「なんだって？」

「誰からの電話なの、マックス？」

「すぐにわかる」

「どういう意味？」

「バロウズの元妻はどこにいる？」

「自分のオフィス」

「行こう」

「今の夫も一緒にいる」とサラは言った。「ロナルド・ドリーズン」

マックスは考えた。「二手に分かれて攻め立てる？」

「いいえ、マックス。今回はわたしたち、一緒のほうがいいと思う。夫のほうは別の部屋に移ってもらう。まあ、気持ちを落ち着かせてもらうということで」

マックスは反対しなかった。ふたりは廊下を進み、シェリル・バロウズのオフィスにはいった。シェリルはふたりが患者でもあるかのように、医者らしい顔で迎えた。自分の机の向こうに坐っていた。ふたりは机の正面の椅子に坐った。オフィスは飾り気がなかった。マックスは壁に資格証が掛かっているかと思ったが、それもなかった。

サラはだいたいのところマックスに先陣を任せていた。彼はストレートに切り出した。

「あなたのまえの夫はあなたになんと言ってましたか?」

「何も」

ヒルデ・ウィンズロウと同じだ。マックスは坐ったまま身じろぎしてから言った。「あなたに会いにきたんですよね、でしょ?」

「彼がなぜここに来たのかはわかりません」と彼女は言った。

「話はしなかった?」

「話ができる間《ま》もなく、ここから逃げていきました」

サラとマックスは顔を見合わせた。サラはため息をつき、指摘した。「防犯カメラの画像があるんですよ、ドクター・バロウズ」

「今はドリーズンです」と彼女は言った。

サラは機嫌が悪かった。「ええ、あなたの名前がなんであれ、あなたの元夫、息子を殺した罪で有罪となった脱獄囚は、あなたの現在の夫がはいってくる八分まえから、まさにこのオフィスにいたんです。八分ものあいだ彼はひとことも話さなかったんですか？」

シェリルはしばらく黙ったあと、窓のほうに顔を向けた。彼女の眼が赤いことにマックスはそのとき気がついた。泣いていたのだろう。「わたしは強制的にしゃべらせられているわけじゃありませんよね？」

サラはマックスを見た。マックスもサラを見た。

「どうしてわれわれに話したくないんです？」とサラが尋ねた。

「患者が待ってますので。失礼させていただきます」

マックスはそろそろ爆弾を落とす頃だと判断した。

「あなたの元夫ですが」と彼は言った。「彼はマシュウの父親ではありませんね、でしょ？」

女性はふたりとも驚き顔でマックスを見た。

「何を言ってるんです？」とシェリルが尋ねた。

サラの顔にも同じ疑問が浮かんでいた。

シェリルは続けた。「もちろん、マシュウの父親はデイヴィッドです」

「まちがいありませんか？」

「何が言いたいんです、バーンスタイン捜査官？」

サラのほうも同じ気持ちでマックスに眼を向けていた。その顔に書いてあった——わたしもぜひ答が聞きたい。

「マシュウが殺されたとき」とマックスは言った。「あなたはすでに今の夫、ロナルド・ドリーズンと面識があった。まちがいありませんね?」

「同僚でしたから」

「寝てはいなかった?」

シェリルは挑発には乗らなかった。落ち着いた口調で答えた。「寝ていません」

「ほんとうですか?」

「ほんとうです」とシェリルは答えた。「何が言いたいんです、特別捜査官? はっきり言ってください」

「あなたの息子さんの事件を担当した地方検事局に行ってきました。まだマシュウのDNAが保管されていた」

そのことばにシェリルの顔色が変わった。

「元夫のDNAも。有罪判決を受けた刑事被告人にはDNAサンプルを提出する義務があります。で、実父確定検査をおこなったんです」

シェリルは首を横に振っていた。もうこれ以上聞きたくないと態度で示していた。

「検査によると、マシュウ・バロウズ殺害容疑で有罪となったデイヴィッド・バロウズは、ベッドで発見された少年の父親ではなかった」

驚きにサラの眼が見開かれた。「マックス？」

シェリルの声は囁き声に近かった。「そんな……」

マックスはシェリルから眼を離さず続けた。「ドクター・ドリーズン？」

彼女はひたすら首を振っていた。「デイヴィッドはマシュウの父親です」

「地方検事局の結果にまちがいはありません」

「なんてこと」彼女の眼に涙があふれた。「デイヴィッドは正しかったんだわ」

「何が？」

「マシュウはまだ生きてる」

34

レイチェルはガーデンステート・パークウェイを降りると、〈PGAゴルフストア〉の駐車場に車を入れる。そこで私はようやく自分が以前使っていたメールのアカウントにアクセスできる。八年まえのメールを探す。サーチエンジンの力を借りて。単に確認のためにそのメールを読む。さらにもう一度。

「デイヴィッド？」

〈PGAゴルフストア〉の駐車場はだだっ広い。店の規模に対して広すぎるので、まだ何か建つのだろうかと思う。森に近い奥の隅に車が一台だけ停まっている。トヨタのハイランダー。木々のあいだからゴルフコースが見える。ロケーションは悪くない。

「シェリルとどんなことを話したの？」とレイチェルが尋ねる。

「彼女は精子提供を受けていた」

沈黙。

「知ってたのか？」と私は尋ねる。

「いいえ」声がやけに弱々しい。「デイヴィッド、わたしには何も言えない」

「それが事実だとしても何も変わらない」

彼女は答えない。

「たとえ生物学上は父親でなかったとしても、あの子はおれの息子だ」と私は言う。

「わかってる」

「あの子はおれのものだ。だから、今言ったことはどうでもいいことだ。そんなことはわかってる」

「わたしにもわかってる」レイチェルはそう言って、トヨタ・ハイランダーの横に車を停める。

ヤンキースの野球帽をかぶった男がハイランダーから降りてくる。

レイチェルが私に言う。「行きましょう」

車にキーをつけたまま、私たちはハイランダーのほうへ歩く。ヤンキースの野球帽の男が言う。「木立ち沿いの道を進むといい。あのあたりは防犯カメラがない」

私たちは車を交換する。いたって単純な手口。手配したのはレイチェルの弁護士。ロナルドが通報しないともかぎらない。変装がばれていない保証はない。病院を出て、私たちはそのことにすぐに気づいた。

レイチェルの運転で車はパークウェイに戻る。ヤンキースの野球帽の男が用意してくれた新しい使い捨て携帯電話がシートに置かれている。私たちはまえの使い捨て携帯電話への着信やメッセージが新しいものへ転送されるようセッティングする。食料品店のエコバッグのひとつにハンマーもはいっている。途中の〈バーガーキング〉で、私は古い携帯電話とハンマーを手に車を降りる。そして、トイレに行き、個室にはいり、ハンマーで携帯を叩き壊して破片をゴミ箱に捨てる。

レイチェルはドライヴスルーで食べものを調達している。私は昔からファストフード店が苦手だった。今は〈ワッパー〉とフライドポテトが何か宗教的な体験のようにありがたく思える。私はハンバーガーを貪る。

「次はどうする？」とレイチェルが尋ねる。

「手がかりはあとふたつしか残ってない」と私は食べながら言う。「遊園地と生殖医療クリニックだ」

「ヘイデンに、会社のカメラマンから写真を全部もらっておいてって頼んである」赤信号に引っかかる。レイチェルが携帯電話をチェックする。「どうやら……」

「なんだ？」

「ヘイデンは頼みを聞いてくれたみたい」

「写真を送ってきた？」

信号が青になり、レイチェルは言う。「車を停めて確認しましょう」

そう言って、〈スターバックス〉へ続く私道にはいって車を停めると、携帯電話を操作する。「クラウドみたいなのにアクセスしないといけない。ファイルが大きすぎてダウンロードできないから」

「使い捨て携帯でできるのか？」

「パソコンが必要だと思う。わたしのがあるけど、追跡されるかも」

「賭けてみるしかないな」

「わたしは仮想プライヴェート・ネットワークを持ってるの。そこを経由すれば大丈夫かも」

レイチェルはバッグに手を伸ばし、極薄のパソコンを取り出す。電源を入れる。該当のサイトを開く。長く開いているわけにはいかないので、写真を一気に見ていく。どれも会社のバナーやスクリーンのまえで撮られたものだ。

「どれくらいここで写真を確認するつもり？」と彼女が尋ねる。

「わからない。車を出したほうがいいか？　移動しているほうが居場所の特定がむずかしいかもしれない」

「どうかな。でも、了解」

私は写真に眼を通しつづける。すごい勢いで大量に見ていくが、時間の無駄という気がしてくる。誘拐した少年と遊園地に来て、歓迎のスクリーンのまえでポーズを取るとは思えない。いや、取るか？　五年も経っている。少年は成長しているし、人からは死んだものと思われている。怪しむ者はいない。撮るかもしれない。時間はもう充分経ったと考えるかもしれない。死んだはずの少年だなどと見咎《みとが》める者などいるはずがない。多少の危険があったとしても何ができる？　少年をずっと檻《おり》に閉じ込めておく？

飛ばしながら見ていくが、ますます意味がない気がしてくる。写真を拡大して背景をよく見ることにする。むしろそこに手がかりがありそうな気がする。どの写真も画素数が高いので、拡大してかなり細部まで確認することができる。一枚の写真に、マシュウと同じくらいの歳の少年が写っているのを見つける。が、ズームしてみると似ているのは背恰好だけだ。

電話が鳴る。レイチェルの電話だ。彼女は番号を確認してから出る。近づいて一緒に話を聞くよう、私に合図する。

「もしもし?」

「話せる?」

「ええ、ヘスター」

ヘスター・クリムスティーン、レイチェルの弁護士だ。

「あなた、ひとり?」とヘスターが尋ねる。「はいかいいえだけで。名前は言わないで」

私の名前を言うなということだろう。何者かに聞かれている場合に備えて。

「ひとりじゃない」とレイチェルは言う。「でも、話すのは大丈夫。何かあった?」

「ついさっきFBIがわたしのところに来た」とヘスターは続ける。「今、誰が容疑者になってると思う?」

レイチェルは私のほうを見る。

「あなたよ、レイチェル」とヘスターは言う。「あなた」

「まあ、予想はしてたわ」

「向こうはお姉さんの病院の防犯カメラのビデオを持っていた。あなたが脱獄犯とされる人と歩いているところが映っていた。新しい髪型は可愛いけど。もう変装としては使えない。FBIにはビデオに映ってるのはあなたじゃないって言っておいた。フォトショップで加工してあるともね。あなただとしたら、強要されているにちがいないとも。ほかにもあれこれ言ったけど、全部は覚えてないわ」

「少しはごまかせた？」

「全然。あなたは広域手配されてる。新しい髪型のあなたの写真がすぐにでもニュースで流れるはず。有名人になるわよ」

「最悪」とレイチェルは言う。「教えてくれてありがとう」

「最後にもうひとつ大事なこと」とヘスターは言う。「世間の人たちにとって、あなたの義兄は脱獄した殺人犯。最悪の部類の。子供を殺した。刑務官から銃を奪った。警官に暴行を働き、その警官は入院中。わたしが言ってること、わかるわよね？」

「わかると思う」

「だったら、はっきりさせておきましょう。デイヴィッド・バロウズは武装しており、非常に危険な人間と思われている。だから、それ相応の扱いになる。もし警官が彼を見つけたら、まったくためらわずに撃つでしょう。あなたはわたしの依頼人よ、レイチェル。依頼人には集中砲火に巻き込まれてほしくない。死んだ依頼人は弁護料を払ってくれないから」

ヘスターは電話を切る。私はパソコンの画面を見つめる。三十代前半の男三人が観覧車に乗っている写真が表示されている。男たちは笑顔だ。顔色が赤いのは陽射しのせいだろうか、それとも酔っているのか。

「おれひとりでなんとかすべきだ」と私は彼女に言う。

レイチェルは言う。「しいっ」

私は笑みを浮かべる。私の言うことを聞く気は彼女にはない。私も強く言い張るつもりはない。彼女が必要だから。私の指は画面に触れ、写真を拡大しつづけている。やがてある考えが思い浮かぶ。

「マシュウの写真」と私は言う。

「写真がどうしたの？」

「きみは友人のアイリーンがたくさん写真を見せてくれたと言ったね？」

「ええ」

「何枚？」

「わからない。たぶん十枚から十五枚、拡大して見た」

「きみはマシュウを見つけたあと、その写真を全部見たんだよね？」

「ええ、そうよ」

「彼女はどうやって写真を撮った？」

「どういう意味？」

「フィルムなのか、デジカメなのか、携帯――」

「ああ、そういうこと。彼女の夫のトムは写真オタクだけど、でも、わからない。アイリーンにはほかの写真のことも訊いたけど、これで全部だって言ってた」

私は彼女のほうを向いた。「〝すごく愉しい〟アイリーンに連絡できる？」

「刑務所に面会に行く直前に連絡しようとしたんだけど、ふたりとも結婚式に出るのにアスペンに行ってた。昨日の夜、帰ってきてるはずだけど。なぜ？」

「彼女かトムが写真を拡大してくれるかもしれない。ほかの写真も。私たちがここでやってるように。もっとよく見えるように。マシュウをあそこに連れていったのが誰なのかわからないけど、会社が雇ったプロのカメラマンには撮られないようにしていたかもしれない。マシュウの写真を撮ったのが誰なのかわかっているのはただひとり、トムだ」

「だから彼の写真の中からほかの手がかりが見つかるかもしれない」

「そのとおり」

レイチェルはしばらく考える。「ただ、アイリーンに電話するというわけにはいかない」

「どうして？」

「容疑者としてわたしがニュースで報じられていて、アイリーンがそれを見たら――」

「彼女は通報する」と私は彼女のかわりに言う。

「そうなりかねない。いずれにしろ、そんなわたしを歓迎してくれるわけがない」

「そもそも家にいないかもしれない」

「危険は冒せないわ、デイヴィッド」

彼女の言うとおりだ。「ロングリー夫妻の家はどこだ？」と私は尋ねる。

「スタンフォード」

「ここからほんの一時間だ」

「そもそも、デイヴィッド、わたしたちの計画は？　ただ車で乗りつけて、ドアベルを鳴らして、写真を見せてほしいって言うの？」

「そのとおり」

「その場で彼女が警察に通報するかもしれない」

「彼女がニュースを見ていたら、すぐ顔に出るだろう。そのときはすぐ逃げればいい」

レイチェルは顔をしかめる。「リスクが大きすぎる」

「ここは危険を冒すしかない。とりあえず、スタンフォードに行ってみよう、それから決めればいい」


バルカン半島にある小さな国のその児童養護施設はその赤ん坊をミロと名づけた。ミロは死んだものと思われ、公衆トイレに捨てられていた。両親が誰なのか知る者はいなかったので、児童養護施設に預けられたのだ。とりあえず一命は取りとめたものの、一日じゅう泣いてばかりいた。痛がっていた。医師はメライン症候群だと診断した。遺伝子の異常により惹き起こされる致死性の希少遺伝性疾患で、五歳すぎまで生存できることが稀な病気だ。

たいていの場合、ミロのような子供は生後数週間で亡くなる。五歳近くになっても苦しまずに生きていくには、莫大《ばくだい》な金が必要になる。この児童養護施設にしても――篤志家のアメリカ人一族が資金援助している施設のひとつだ――かぎられた資金を生きる望みのない子供ひとりに注《つ》ぎ込むわけにはいかなかった。そもそも多額の費用を費やして、必要な治療をしたとしても、できるのはみじめで苦痛に満ちた人生を引き延ばすことだけだ。それより安らかで慈悲深い死の準備をするほうがいい。誰しもそう思うところだ。

ところが、そうはならなかった。

ヘイデン・ペインが――篤志家のアメリカ人一族のひとりが――この少年の窮状を聞きつけた。ペイン財閥の御曹司がどうしてこの子供のことを耳にして、この子供に強い関心を示したのか、それは誰にもわからなかった。人々は噂はした、もちろん。が、実のところ、ヘイデンは身長体重と身体的特徴が希望と一致する少年が見つかったら連絡してくれと、児童養護施設に依頼していたのだ。児童養護施設の職員の大半が知らないところで。さらに少年が不治の病であることを知ると、ヘイデンはなおさらこの少年に興味を寄せた。特定の身体的特徴に合致する少年を見つけることに彼が固執する理由については、その疑問をあえて口にする者は児童養護施設にはいなかった。

どうして誰も口にしないのか？　児童養護施設経営はひとえにペイン一族の資金援助に頼っているからだ。

一族の欠点がどうであれ、まぎれもない事実があった。ペイン一族がいなければ、児童養護施設もない。子供も救えない。仕事もない。

ヘイデンとこの幼い少年が一緒にいるところを見た人々はみな――それほど大勢が見たわけではないが――ヘイデン・ペインのことを神からの贈りものと思った。実際、彼はミロのためにできることはなんでもした。ミロの存在はヘイデンにとってそれほど大きな意味を持っていた。彼は自分の持てる力を惜しみなく使い、この幼い少年の短い人生が喜びで満ちあふれるようにした。そのためなら文字どおり金に糸目はつけなかった。ほぼ毎日、ヘイデンは少年をわくわくする冒険に連れ出した。一日消防士になったときには、ミロは大きな消防車に乗せてもらった。ある日には警察官になり、運転中にサイレンのボタンを押させてもらい、ミロはそれが大いに気に入った。アメリカン・フットボールの試合も見にいった。選手と同じユニフォームを着て、フィールドぎわで観戦した。ヘイデンはミロを競馬やカーレース、街の市場や動物園、水族館にも連れていった。

可能なかぎり、ミロの短い人生をすばらしいものにした。

もちろんヘイデンにはそんなことをする必要はなかった。が、いつのまにかそうすることが彼にとっても意味を持ちはじめた。実際、ヘイデンが介入しなかったらミロはもっと早く痛みに苦しみながら死んでいたはずだった。ヘイデンのおかげで――ヘイデンの気前のよさのおかげで――この少年のかぎりある日々は幸せで喜びに満ちたものとなった。だからヘイデンも内心思っていた。こんなことをする自分は賞賛されてしかるべきだ、と。彼としてはそこまでする必要はなかった。もっと実務的に進めることもできた。誰にも顧みられない健康な子供を引き取ることもできた。そのほうがヘイデンにとっても簡単だったはずだ。さらにそのほうがもっとうまくいっていただろう。少ないリスクでもっと迅速に進めることができていただろう。が、ヘイデンはそうはせず、チャンスがめぐってくるのを辛抱強く待った。そして、正しいことをした。モラル的にも。いずれにしろ、すぐに失われてしまうであろう命を見つけると、彼はその命を特別で輝かしいものにした。人は誰しもかぎられた時間を生きており、誰もがそのことを理解している。ミロの時間はヘイデン・ペインのおかげで延ばされ、とびきり充実したものになった。

やがてしかるべきときが来て、少年はちょうどいい身長と体重になった。計画も完璧に仕上がり、幼いミロに薬を投与しても痛みが治まらなくなってきたところで、ヘイデンはプライヴェート・ジェットで彼をアメリカに連れてくると、マサチューセッツにあるその家まで車で連れていった。そして、少年に鎮静剤を与えた。何も感じなくはなっても、血液中から検出されることのない程度の少量の鎮静剤を。ヘイデンは少年を階上《うえ》にある、もうひとりの少年の部屋に連れていった。そして、もうひとりの少年にも同じ鎮静剤を与えて車に乗せた。少年の父親が好きなウィスキーにはすでにもう少し強い鎮静剤が混ぜられていた。

ヘイデンはミロにもうひとりの少年が着ていた〈マーヴェル〉のパジャマを着せた。ベッドで眠るミロの頭の上で、ヘイデンは野球バットを振り上げた。眼を閉じて、タイラー教授のことを思い出した。八年生のときのいじめっ子のことも。そのいじめっ子にいじめられ、悲鳴をあげつづけていた女の子のことも。彼が怒りを爆発させるのは常に〝正しい〟理由からだった。その理由にチャンネルを合わせ、彼は眼を開けた。

ミロは最初の一撃で死んだ、ヘイデンはそう願い、そうと信じた。

それからもう一度、バットを振り上げた。それからもう一度。さらにもう一度。もう一度。もうひとりの少年を連れてペイン屋敷に着くと、やっと自分は安全だと感じられた。と同時に、奇妙なことにパニックに襲われた。

〝ピクシー、話さなきゃいけないことがあるんだけど……〟。

私はいったい何をした？　これは入念に計画を練ったことだ。何年も待ちつづけたことだ。まちがいを正すために。なのにどうしてここで急に不安に苛まれなければならない？　彼は祖母に話した。自分はひどい過ちを犯したのかもしれない。この少年は自分のものではないのかもしれない。時間を巻き戻して、すべて問題なしとするわけにはいかないだろうか？

もう手遅れだろうか？

いつものように、ピクシーは慎重で冷静で理性的だった。ステファノを遣って、ヘイデンがミスを犯していないか、ペイン家につながる手がかりを残していないかどうか、確認させた。そのあと、疑念を解消するためにヘイデンと子供の実父確定検査をさせた。結果が出るまで丸一日かかったが――ヘイデンにはその一日が永遠にも感じられた――結局、ヘイデンは正しいことをしたという検査結果が出た。ピクシーはそのことをヘイデンにむしろ誇らしげに伝えた。

シーオは——以前はマシュウと呼ばれていた——やはりヘイデンの子供だった。

そのピクシーの声に彼は現在に引き戻された。「ヘイデン？」

彼は咳払いした。「なんだい、ピクシー？」

「彼女に写真を送ったんだったわね」とガートルードは言った。

「四人のカメラマンのうちのふたり分を」とヘイデンは言った。「そのふたりは私たちの近くにはいなかった。自分でも写真は全部確認した」

「わかった。それでもあなたとシーオは今すぐここを離れるべきだと思う」

「朝になったら出発するよ」とヘイデンは言った。

35

アイリーンとトムのロングリー夫妻の家のまえで車を停める。ノーススタンフォードのバークレー・ドライヴに面した、寝室が三部屋のランチハウス風の家だ。車で移動しているあいだ、私はこの家を不動産データベースで調べていた。角地になっている敷地は一エーカーあり、資産価値は八十二万六千ドル。バスルームがふたつ、シャワーだけの簡易バスルームがひとつ、裏庭にはプールがある。

私は姿が見えないよう後部座席で横になり、上から毛布をかぶる。バークレー・ドライヴはどこにでもありそうな郊外の通りだ。車で男がひとりで坐っていたらめだつ。

「大丈夫？」とレイチェルが尋ねる。

「完璧」

レイチェルは携帯電話を手にすると、私の携帯電話に電話をかける。私は電話に出ると、彼女が話したことが聞こえるかすばやく確認する。これで誰かが家にいたとしたら、アイリーンにしろトムにしろ、玄関に出てきた人とレイチェルとの会話が私にも聞こえる。原始的だが、確実だ。

「キーは車に置いていく」と彼女は言う。「まずい状況になったら車で逃げて」

「わかった。こっちには銃もある。もしきみが逮捕されたら、警察にはおれに強要されたと言ってくれ」

彼女は顔をしかめてみせる。「それには答えられない」

私はまた毛布をかぶる。そして待つ。ヘッドフォンはないので、携帯電話を耳に押しあてる。車の後部座席にただ隠れているのはなんとも落ち着かない。が、そんなことは私の抱えている問題の中ではいたって些細なことだ。

電話を通してレイチェルの足音が聞こえ、やがてドアベルのかすかな音がする。

数秒が経つ。レイチェルが小さな声で言う。「誰か出てくる」

ドアが開き、女性の声が聞こえる。「レイチェル」

「ハイ、アイリーン」

「ここで何してるの？」

その口調が気に入らない。まちがいない。彼女は広域手配のことを知っている。レイチェルはどう話を進めるつもりなのか？

「あなたが見せてくれた遊園地の写真のことなんだけど。わかるわよね？」

アイリーンは戸惑っている。「なんですって？」

「あれはデジタル写真？」

「そうだけど。待って。写真のために来たの？」

「あの写真を一枚わたしのカメラで撮った」

「見てたわ」

「ほかの写真ももう一度見せてもらえないかと思って。あるいはファイルを」

沈黙。心地よい沈黙とはほど遠い。

「ねえ」とアイリーンが言う。「ここで待ってて。ちょっと時間をもらえる？」

これからやろうとしていることは愚かなことだ。それは自分でもわかっている。それでもまたも私は本能に従って動く。本能は過大評価されている。直感に頼るのは頭を使わない者のやり方だ。考えもしなければ頭を働かせることもしない、適切な意思決定をするのに必要な手間暇から逃げるための口実だ。

しかし、私には考えている時間はない。

車から飛び出したときにはもう手に銃を握っている。

玄関に駆け寄る。けっこう距離があっても、アイリーンの眼が驚きに見開かれるのがわかる。彼女は凍りつく。こちらにとっては好都合だ。彼女がすぐにうしろにさがり、ドアを閉められては万事休すだ。ただ、私は銃を構えている。

レイチェルが言う。「デイヴィッド？」しかし、彼女には「いったい何してるの？」とまで言う暇はない。そのまえに私がアイリーンに近づき、半ば叫ぶように、半ば囁くように言う。「動くな」

「やめて！　撃たないで！」

レイチェルが私をちらっと見たのがわかる。私はほかにどうしようもなかったと目顔で伝える。

「なあ、アイリーン」と私は言う。「警察に通報してほしくないだけだ。きみに危害を加えるつもりはない」

が、彼女は両手を上げる。その眼はさらに見開かれる。

「写真を見たいだけなんだ」と私は彼女に言う。銃を下げ、ポケットから写真を取り出す。「この少年がわかるかな？　うしろにいる子だ」

彼女は怯えすぎていて、私から眼を離せない。

「見てくれ」と私はいささか大きすぎる声で言う。「いいかな？」

レイチェルが言う。「中にはいりましょう、いい？」

私たちは中にはいる。アイリーンはひたすら銃を見つめている。私は気分が悪くなる。この件がどう転ぶにしろ、彼女はこれまでとは変わってしまうだろう。彼女は恐怖を知る。眠れなくなるだろう。今日、彼女は何かを失った。銃を取り出した瞬間、私はその何かを彼女から奪った。あらゆる脅迫や暴力が人に与える後遺症。それは人の中に残りつづける。永遠に。

「きみに危害を加えるつもりはない」と私は口早に繰り返す。「おれはこの五年、息子を殺した罪で刑務所にいた。おれはやってない。この写真に写ってるのが息子だ。それが脱獄した理由だ。だからレイチェルとここに来た。おれたちは息子を見つけようとしてるだけだ。頼むから力を貸してくれ」

彼女は私の話を信じない。あるいは、気にかけてもいない。ここでも本能が働いている。もっとも基本的な本能——生存本能が。

「彼が言っていることはほんとうよ」とレイチェルが加勢する。

またも私はそれもどうでもいいと思う。

「わたしにどうしてほしいの？」とアイリーンがパニックになりかかった声で言う。

「写真だけ」と私は言う。「それだけだ」

三分後、私たちはアイリーンのキッチンにいる。冷蔵庫にはアイリーンとトムとふたりの息子たちの写真が何枚も貼ってある。彼女はキッチンのストゥールに坐る。そして震える手でパソコンを開く。彼女がちらちらと冷蔵庫を見ていることに気づく。家族の写真に力づけられているのか、自分には家族がいることを私に思い出させたいのか、どちらとも私には判断できない。

「大丈夫」と私はアイリーンに話しかける。「約束する」

そんなことを言ってもなんの慰めにもならない。自分が彼女にしてしまったことを思うと、胸がまた苦しくなる。彼女にはなんの罪もない。私の無実が証明できたら、私が今日彼女に与えたにちがいないPTSDが薄らぐこともあるかもしれない。自己弁明はそれぐらいしか思いつかない。

「わたしにどうしてほしいの？」とアイリーンが尋ねる。

レイチェルは彼女の肩に手を置いて落ち着かせようとする。アイリーンは肩をすくめてその手をよける。

「あの日の写真を呼び出してくれればいい」と私は言う。

アイリーンはタイプミスをする。神経が張りつめているのだろう。私は彼女の見えないところに銃をしまう。が、まさに部屋の中のゾウになったにすぎない。ようやく彼女がフォルダーをクリックして、サムネイルが画面上に縦横に表示されはじめる。

彼女はストゥールから立ち上がると、私たちのどちらかに代わるよう合図する。レイチェルが坐り、最初の写真をクリックする。少年が笑顔で、背後にある緑色の巨大なジェットコースターを指差している。

「もう行ってもいい？」とアイリーンが尋ねる。声が震えている。

「すまないが」と私はできるだけおだやかな声音で言う。「きみは警察を呼ぶかもしれない」

「呼ばない。約束する」

「あと二分だけここにいてもらえるかな？」

彼女に選択肢などあるだろうか？ 私は男で銃を持っている。私たちは写真をクリックしはじめる。ジェットコースターが写っている写真がさらにあり、着ぐるみのキャラクターやイルカショーといったものも交じっている。私たちはすべての写真の背景を調べていく。

ようやくすべての始まりとなったあの写真にたどり着く。私は写真を指差してアイリーンに尋ねる。「スクリーンのところにいる少年だけど、なんでもいいからこの少年のことを覚えてないかな？」

彼女はまるで私の顔に正解が書かれているとでも言うかのように、私をじっと見つめて答える。

「覚えてないわ。悪いけれど」

「顔に母斑があるんだ。それで思い出さないかな？」

「いいえ、悪いけれど。ちょっと……うしろに写り込んでるだけだし。まるで覚えてないわ。悪いけれど」

レイチェルが写真を拡大したとたん、心臓の鼓動が速くなる。オンライン上にある写真の画質はすばらしい。私が面会室で見た、レイチェルが写真を写した写真と比べるとなおさら。この写真の画素数はわからないが、彼女が少年の顔に焦点を合わせて＋のボタンを押してゆっくり拡大すると、自分の全身が沸き立ったのがわかる。私はちらっとレイチェルを見る。彼女も同じものを見ている。ピントが合う。すぐに少年の顔が画面一杯に表示される。

私たちは顔を見合わせる。もう疑う余地はない。

これはマシュウだ。

それとも……私たちの思いがそんなふうに見せているだけなのか。現実になってほしいという願望の為《な》せる業《わざ》なのだろうか。私にはわからない。いや、私にわかろうとわかるまいと、それはどうでもいいことだ。ただ、これで行き止まりなのかと思いかけたところで、レイチェルが右矢印のボタンを押しはじめる。画像はゆっくりと少年の顔から離れていく。

「何をしてるんだ？」

レイチェルは返事をしない。彼女は右矢印ボタンをさらに押す。マシュウの細い腕から手へと動いていく。そうやって少年の手が大きく写し出されたところで、レイチェルが大きく息を呑んだ音が聞こえる。

「レイチェル」

「なんてこと」

「なんだ?」

彼女は私の息子の手をつかんでいる男の手を指さす。「この指輪」と彼女は言う。紫の石と校章が見える。眼を細くしてよく見ようとする。「卒業リングみたいだけど」

「そう」と彼女は言い、そのあと私に向き直る。「レムホール大学の卒業リングよ」

36

「マックス、いったい何が起きてるのか話すつもりはある?」

運転はサラがしていた。マックスは助手席に坐っていた。彼女の眼は路面に向けられている。が、マックスは彼女の視線で肌に穴があきそうな気がした。

「バロウズがやったという確信が持てない」

「やったって何を？」

「息子殺し」

「今度は被告側弁護人になったの？」

「いいや」とマックスは言った。「私は法執行機関の職員だ」

「そう、でもって、脱獄犯の逮捕が任務」とサラは言った。「もし彼がやってないとしても、それを正すことができるのは裁判所よ。法律と法制度全体よ。あなたの仕事じゃない。わたしの仕事でもない。わたしたちの任務は彼を捕まえることよ」

「おれたちの仕事は正義に関わる仕事だ」

「彼は脱獄した」

「そこは議論の余地がある」

「どこに？」

「彼には協力者がいた。そのことはきみも知っている」

「刑務所長のこと？」

「そう。彼と話をした」

マックスは詳細を彼女に伝えた。サラは顔を真っ赤にして言った。

「まったく。マッケンジーを逮捕しないと」

「サラ――」

「あなた、自分の言ってることがわかってるの、マックス？　うまくあしらわれてるのがわからないの？」

「ＤＮＡ検査の結果――」

「彼は父親ではないことが判明した。驚きだけど、今回の事件じゃそれは彼に不利に働く」

「どんなふうに？」とマックスは尋ねた。

「彼の妻。わたしたちがさっき聴取した彼女。彼女はすべてを話してない。それは気づいた？」

「ああ」

「いたって単純なことよ、マックス。彼女は浮気をしていた。あるいは、ボーイフレンドがいた。それが今の夫かもしれない。マシュウはドリーズンの子供で、デイヴィッド・バロウズはそのことを突き止めた」

「だから、幼い子供を殺した？」

「そう、殺してもおかしくない。寝取られ夫がわが子を殺した事件はこれが初めてだと思う？　いずれにしろ――しっかり聞いてほしいんだけれど、マックス――わたしたちには不正を正す法制度がある。それは完璧な制度？　完璧じゃない。勤務時間外にすべての刑務所に行って、無実なのに投獄されている人を見つけたら、自由の身になる手伝いをする。どうぞ遠慮なく。それは立派なおこないよ。でも、脱獄は駄目よ、マックス。銃も渡しちゃ駄目。

すでにぼろぼろで、傷だらけの制度の残骸をとことん破壊しないでほしい。わたしたちはバロウズを逮捕しなくちゃいけない。それだけよ。彼は武装してる、危険な重罪犯よ。だからそれに見合った対応をすべきよ。言うまでもないわ。わかった？」

「彼がやったのかどうかを知りたい」

「だったらこの件を報告する」とサラが言った。

「どういう意味だ？」

「この事件からはずれてもらう。マックス、あなたはこの件を担当すべきじゃない」

「そんな仕打ちをするのか？」

「わたしはあなたを愛してる」とサラは言った。「わたしは法執行官の誓いも法制度も愛している。今のあなたはまっすぐにものを見られなくなってる」

サラの電話が鳴った。彼女は電話に出た。「ヤブロンスキです」

相手が言った。「バロウズがコネティカットで家に押し入った。女性を銃で脅して人質に取った」

ほかにどうすればよかったのか？

アイリーン・ロングリーを撃つわけにはいかなかった。言うまでもない。縛り上げることもできなかった。テレビで見る分には悪くない手に思えるが、実際にはほとんど意味がない。

もっと時間があったら、電話を取り上げて彼女をクロゼットに閉じ込めることもできたかもしれないが、彼女は子供たちが家に帰ってくるまえに、急いで私たちを家から追い出したがっていた。それに、私はもうこれ以上この哀れな女性に心の傷を負わせたくなかった。母親がクロゼットに閉じ込められているところを幼い少年ふたりが発見するなど、言うまでもない。

だから私たちは彼女に警察に通報しないよう頼んだ。私たちは息子を助け出そうとしているだけだと、精一杯説明した。彼女はうなずいた。しかし、これまですでに何度か言ったが、それはただ私をなだめるためだ。彼女は私たちの話など聞いていなかった。だから私たちは猛スピードで車を走らせ、うまくいくよう願うしかなかった。

ほかにどうすればよかった？

警察に見つかるのは時間の問題だろう。私たちは話し合った。どこかの駐車場に停められている誰かの車とまたナンバープレートを交換するか、ヘスター・クリムスティーンに別の車を用意してほしいと頼むか、配車サーヴィスを頼むか。そのどれもがただ逃げるのを遅らせるだけだ。私たちはそういう結論に至った。

アイリーンの家からペイン屋敷までは車で二時間あまり。警察は私たちがどこへ向かうか知らない。最善の策は突き進むこと。レイチェルと私はそう結論づけた。

ゲームはもうすぐ終わる。これ以上逃げる理由はない。

レイチェルは私に運転を任せている。制限速度をオーヴァーして車を走らせているが、スピード違反で停められるほどではない。五年ぶりに車を運転するのは変な気分だが、何も忘れていない気がする。自転車の乗り方を忘れることはないとは昔から言われていることだが、車についても当てはまるのかもしれない。五年も檻の中で過ごしたあとだと、そんな実感にも妙に心を励まされる。私は息子を見つけて助け出し、あの恐ろしい夜に何があったのか真実を見出《みいだ》すことだけに集中している。脱獄したいと思ったのはそれだけが理由だ。自分が自由になるなどどうでもよかった。が、こうして外に出て、かつての生活をいくらかでも味わった今、自由の身でいたいと強く思わずにはいられない。自分が自由になるのが当然だと言っているのではない。マシュウがこの世にいないのではすべてになんの意味もなくなる。

「わからないんだけど」とレイチェルが言う。「どうしてマシュウはヘイデン・ペインと一緒にいるのかしら？」

私にはひとつ考えていることがある。が、まだそれを口に出したくはない。

「彼に電話したほうがいい？」と彼女は尋ねる。

「ヘイデンに？」

「そう」

「電話してなんて言うんだ？」

彼女は考える。「わからない」

「向こうまで行くしかない」

「それからどうするの、デイヴィッド？　門があるのよ。すごいセキュリティが」

「また後部座席に隠れるよ」

「本気で言ってるの？」

「さきに彼に気取られるわけにはいかないよ、レイチェル」

「それはわかってる。でも、わたしにしてもいきなり訪ねていくわけにはいかないわ。でしょ？　そもそもヘイデンが家にいるかもわからないんだし」

それもどうでもいい、ある意味では。今の私たちには向かうべき場所がある。ひとつだけ。イーストン湾のニューポートにあるペイン屋敷。ヘイデン・ペインが不在なら、どこか近くに車を停め、身を隠して待つまでだ。

彼は私の息子と一緒にいる。

「警察に電話したほうがいいのかも」とレイチェルは言う。

「電話してなんて言うんだ？」と私は同じことばを繰り返す。

「マシュウは生きていて、ヘイデン・ペインと一緒にいるとわたしたちは確信してるって」

「その情報を聞いて警察はどう対応すると思う？　わが国有数の富豪の逮捕状を判事に請求する……根拠は？　あの写真？」

彼女は返事をしない。

「それに、子供がペイン帝国の脅威になりそうだとわかったら？　彼らは子供を素直に差し出すか？　――証拠隠滅を図るとは思わないか？」

私はしきりとバックミラーに眼をやり、パトカーの警告灯が見えないか確認しながら運転する。予定より早く着きそうだ。

「おれの携帯を見てくれ」と私はレイチェルに言う。

「えっ？」

「昔のメールのスクリーンショットを撮ってある。それを見てくれ」

彼女は言われたとおりにする。そのあと携帯電話を置くと、彼女は尋ねる。「この件について話がしたい？」

「今は時間がない。まず眼のまえの問題に集中しよう」

ロードアイランド州道一〇二号線南まで来たところで、レイチェルと私はある計画を思いつく。彼女は携帯電話を手に取り、ヘイデンに電話をかける。

呼び出し音が聞こえる。心臓が口から飛び出しそうになる。

「レイチェル？」

彼の声だ。ヘイデン・ペイン。声を聞いて察する。彼は私の息子と一緒だ。彼が私から奪った私の息子と。なぜなのか、今ならわかる気がする。が、それも今はどうでもいい。

レイチェルが咳払いをして言う。「ハイ、ヘイデン」

「何かあった？」

「いいえ、何も」

「送った写真は受け取った？」

「ええ、ありがとう。それで電話したの。会いにいってもいい？」

「いつ？」

「そうね、十分後」

「私はペイン屋敷にいるんだけど」

「わたしはちょうどニューポートにはいったところ。会いにいってもいい？」

長い間《ま》ができる。レイチェルは私を見やる。私は呼吸を落ち着かせようとする。さらに数秒。レイチェルが耐えきれなくなる。

「何枚かの写真について話がしたいの」

「写真の中に例の謎の少年が写っていたと思ってるのかな？」と彼は尋ねる。

「いいえ、それについてはあなたの言うとおりだったと思うわ、ヘイデン」

「で？」

「マシュウはどの写真にも写ってなかったと思う。甥はやっぱり五年まえに亡くなった。でも、デイヴィッドは誰かにはめられたって思ってるのよ」

「はめられた？」

「写真に写ってる人の中であなたに教えてもらいたい人が何人かいるの」

「レイチェル、あのイヴェントには何千人もの従業員が来ていた。しかも私はそのとき海外にいた。知っているとは――」

「でも、手伝ってはくれるでしょ？　わたしが眼をつけた人を教えるから、誰かに訊いてもらえない？　もうすぐ門のところに着くわ。今回だけ手伝ってくれない？」

「デイヴィッドは一緒か？」

「なんですって？　いいえ」

「警察はきみが脱獄に関わってると見ている。そうニュースで言ってる」

「彼は一緒じゃない」と彼女は言う。

「彼がどこにいるか知ってるのか？」

突破口が見えたとレイチェルは思ったはずだ。「それは電話じゃ話せない、ヘイデン。あと五分で着くわ」

彼女は電話を切る。私は人気《ひとけ》のない場所を見つけて車を停め、急いで行動する。ハッチバックドアを開けて中にもぐり込む。そこに入れるものが外から見えないように、黒いプラスティック・カヴァーがついている。私は体を丸め、そのカヴァーの下に身をひそめる。これで外からは見えない。またレイチェルと電話をつないで話が聞こえるようにする。レイチェルは運転席に坐る。

私は暗闇の中に横たわっている。五分後、レイチェルが言う。「今、警備員の詰所のところ」

くぐもった声がしたと思うと、レイチェルが名乗るのが聞こえる。当然ながら、暗い中にいる私にはわからない。身じろぎひとつしないよう気をつける。

レイチェルの陽気な声が聞こえる。「ありがとう！」また車が動きだす。

「デイヴィッド、聞こえてる？」

私は電話のミュートを解除する。「聞こえてる」

「あと十五秒でさっき話したカーヴを曲がる。準備はいい？」

「ああ」

これは打ち合わせずみだ。屋敷に続く私道の両脇には鮮やかな緑色の常緑樹が並んでいる。レイチェルの話では、屋敷からも警備員の詰所からも死角になるカーヴがあるから、そこで私が車から飛び降りて木のうしろに隠れればたぶん——おそらく——見つからない。

「今よ」と彼女が言う。

車が停まる。私は車からそっと抜け出し、地面に降りるとハッチバックドアを閉める。三秒もかからない。低い姿勢を保ったまま常緑樹のうしろに転がり込む。彼女は車を走らせる。私は反対側の低木の茂みに移動する。立ち上がると、眼のまえに実に壮観な景色が広がる。ペイン屋敷は崖に建っている。広大な芝地の向こうに大西洋の波が打ち寄せているのが見える。芝地の中に庭園がある。神々が造ったとしか思えないような庭園だ。木々が動物や人間、高層ビルの形に刈り込まれている。中央に噴水があり、鏡らしきもので造られた巨大な現代彫刻——人間の頭の彫刻——があり、その口から水が噴き出している。ノースカロライナにあるダヴィッド・チェルニーの金属彫刻〈メタモルフォーシス〉を思わせる。屋敷は右手にある。古い豪奢な邸宅を思い浮かべるだろうが、ペイン屋敷は白を基調としたキュビズムの建物と言うのがふさわしい。同時に、そんな現代的な佇まいにもかかわらず、側面にはツルやツタが這っている。左手はゴルフコースのようだ。二ホールしか見えないが、イーストン湾の一等地にある私有地だと、何ホールが妥当なのか? ほかには滝がふたつと、海に水が流れ落ちるインフィニティ・プール（外縁を水で覆い、外縁が存在しないかのようにみせかけたプール）らしきものもある。外には誰もいない。遠くで波音が響く以外は音も聞こえない。

さて、どうするか。

私たちの計画は——計画と呼べるほどのものでもないことはふたりともわかっている——何か見つけられないかと私がただ地所内を歩きまわるというものだ。願わくは今すぐにでもマシュウが見つかればいいのだが。突拍子もないことはわかっている。だからと言って、ほかにどんな計画が考えられる? レイチェルはヘイデンと話すことになっている。直接対決だ。どれもうまくいかなかったら、もしマシュウも、なんの手がかりも見つけられなかったら……

それでも私には銃がある。

その銃が妙な安心感を私に与えている。〝すごく愉しい〟アイリーンはまちがいなく警察に通報しているだろう。警察は交通防犯カメラか何かで、私たちがニューポートにいることを突き止めるだろう。とはいえ、私たちにはまだ時間がある。少なくとも、あると私は思っている。

常緑樹にへばりつくようにして私道を進む。玄関が見えるところまで来ると、身をかがめて玄関を見張る。レイチェルがドアへ向かうのが見える。私との距離は五、六十メートル。屋敷は——驚くことではないが——巨大だ。

レイチェルが玄関に近づくと、ドアが開く。

ヘイデン・ペインが出てくる。

37

ガートルード・ペインは室内プールでのエクササイズを終えたところだった。この三十年間、毎日四十五分プールで泳いでいる。ここニューポートにいることが多いが、パームビーチにある邸宅やジャクソンホールにある農場にも、室内と屋外にプールがある。泳ぐことは彼女にとって重要な意味を持っていた。体を動かすのはそれ自体気分がいい。泳ぐ速さはもちろん昔よりゆっくりになっているが、彼女の歳を考えれば驚くにはあたらない。若い頃は競泳の選手になりたいと思っていた。が、当時は〝時代〟に――彼女の父親が〝女の子〟のスポーツは時間の無駄だと信じていた〝時代〟に――腹立たしいほどから め取られていた。それでも彼女は水を愛していた。その静けさ――頭の中を占めるのは一定のリズムを刻む自分の呼吸の音だけという完全な静寂――を愛していた。

彼女のひ孫のひとりが言っていた。〝ピクシーのちょっとした気分転換〟。

まちがってはいない。

水から上がると、ステファノがタオルを手に待っていた。

「何かあった？」

「レイチェル・アンダーソンが今しがたやってきました」

そう言って、ステファノはヘイデンと大学時代の親友との電話でのやりとりを伝えた。彼らはバロウズが脱獄してから、ヘイデンの電話を盗聴していた。ヘイデンは理性をなくして子供っぽい行動を取ることがある。感情をあらわにすることがよくある。そして、誰より優柔不断だ。

彼がヘイデンとレイチェルのやりとりを伝えおえると、ピクシーは言った。「わたしたちはどうすべきかしら？」

「事態は制御不能になりつつあります」とステファノは言った。

「ということは、あなたは写真の人物の身元確認を手伝ってほしいという彼女の言い分を信じてないのね?」

ステファノは眉をひそめた。

「信じてないわ。何か計画はある?」「あなたは?」

「ニュースの報道によれば、レイチェル・アンダーソンは子供殺しの犯人が連邦刑務所から脱獄するのを幇助、教唆したとのことです」とステファノはいつもの淡々とした口調で言った。決して声を荒らげることも、ひそめることもない。どんなに悲惨な状況でも、常におだやかで自制が利いていて、うろたえることも苛立つこともない。それがステファノだ。「冷酷なことを言うようですが、彼女がここにいるあいだに身柄を取り押さえるべきです。彼女を通じて、ディヴィッド・バロウズが隠れている場所を突き止めましょう。彼女は知っているはずです。彼を見つけて、それからふたりには消えてもらう。永遠に。私の部下に彼女の車をどこかまで運転させます。そうすれば彼女がここに来たと警察が突き止めたとしても、車で出ていったという証拠が残ります。質問されたら、写真について尋ねにきたと言えばいい」

「つまり、ふたりはただ……消える?」とガートルードは尋ねた。

「そうです」

「警察はきっと、そうね、ふたりはさらに逃亡を続けたと考えるでしょうね」

「ええ。当然ながら、警察はふたりの捜索を続けるでしょう」

「でも、ふたりが見つかることはない」

「ありえません」とステファノは言った。

「ふたりは誰かに自分たちのことを話をしているかもしれない」

ステファノは笑みを浮かべた。「誰も信じないでしょう。それにたとえ信じたとしても、あなたの弁護士がいます。私も手をまわします。完全に封じ込められるでしょう」

ガートルードはいっとき考えをめぐらせた。ある意味ではありふれた対応と言える。問題を片づける最善の方法は、問題自体を取り除くことだ。

「ほんとうにほかにやりようはないのかしら？」

ステファノは答えなかった。答える必要もなかった。

「いつレイチェルは来るの？」

「今、ちょうど玄関まえに車を停めたところです」とステファノは言った。「あなたの許可がいただければ、いつでも行動できます」

「許可します」

ヘイデンは外に出てくると、レイチェルをハグした。レイチェルは身をよじったり体をすくめたりしないよう堪《こら》え、彼に逆らわないようにした。が、彼女はもう知っていた。疑問の余地はない。今なら彼からはっきりと感じ取れる——嘘、欺瞞、悪意といったものが。もう何年もまえから、彼は暴力的傾向の片鱗《へんりん》を何度となくのぞかせていた。そのたび一族が隠蔽してきた。彼女はそれを認めて、受け入れさえしてきた。そのほうが自分に都合がよかったからだ。あの夜、彼は自分を助けてくれた。それはわかっている。だから彼の姿をゆがめてとらえてしまったのだ。彼女も心のどこかでわかっていた。心のどこかで、彼は不穏なものを抱えていると感じていた。なのに、自分を欺くことを自分に許してしまったのだ。彼は助けてくれた。しかも彼は裕福で力を持つ男だった。正直に言って、彼と一緒にいるのは愉しかった。一緒にいるだけで心が躍った。

「またここに来てくれるなんて嬉しいかぎりだ」とヘイデンは彼女を抱きしめたまま言った。「ペイン屋敷に来たのはもうずいぶんまえだろ?」

彼はうしろにさがって彼女の顔を見た。レイチェルはどうにか笑みを浮かべようとした。

「どうした?」とヘイデンは尋ねた。

「少し庭を歩かない?」

「いいとも、もちろん。見せたがっていた写真を持ってきたんだと思ってたけど」

「すぐに見せる。かまわなければ、さきに話がしたいの」

ヘイデンはうなずいて繰り返した。「いいとも」

ふたりは無言で屋敷の横手にある庭園に向かった。前方に鏡の人頭の噴水が見え、その向こうから海の音が聞こえていた。

「きれいだろ？」

「ええ」

「きみは私と同じようにものを見ている、ちがうかな？」

「どういうこと？」

「私たちはこの美を見ている。ふたりとも同じ経験をしている。ここには雇われている人たちもいる。屋敷の中で働く人と、外で働く人がいる。私と同じように彼らにも眼がある。彼らも私と同じ景色を見ている。同じ経験をしている。つまり、ここは金持ちのためだけの特別な場所ではないということさ。なのに、彼らはどうしてあれほどわれわれを妬むのか？　私たちは同じものを見ているのに。同じ喜びを経験してるのに」

これは彼女もまえから知っていたことだ。ヘイデンはこういうことが――自分の富をいろんな屁理屈で正当化することが――大好きなのだ。が、今はそんな屁理屈につきあっている暇はない。デイヴィッドを探して生垣に視線を走らせた。うまく隠れているのかここにはいないのか、姿は見えなかった。

「ヘイデン？」

「何？」

「知ってるのよ」

「知ってるって何を？」

「マシュウはあなたのところにいる」

「今、なんて言った？」

「そういうどうでもいい質問はお互いやめましょう。わたしは知ってるのよ、いい？　イタリア人女優の話は嘘で、あなたは誰にも子供が見つからないように海外に渡った。一族は大富豪だけど、あなた自身はゴシップのネタにはならない人よ。だから、パパラッチもあなたが養育しているはずの息子の写真を必死で撮ろうとはしなかった」

両手をうしろにまわして歩いていたヘイデンは、空を見上げ、眼を細くした。

「あの写真のデジタルファイルを手に入れることができたんで、それを拡大して見た」と彼女は続けた。「写真の少年は男性の手を握っていた。あなたの手をね、ヘイデン」

「どうしてわかった？」

「指輪で」

「きみは卒業リングをはめてるのが私だけだと思ってるのか？」

「あなたはあの日遊園地にいたんでしょ？　イエス、それともノー？」

「もしノーと言ったら？」

「あなたのことばは信じられない」とレイチェルは言った。「マシュウのベッドにあった死体は誰？」

「頭がどうかしちゃったのか、レイチェル？」

「だったらどんなにいいか。ほんとうに。そう、この仮説を考えついたのはディヴィッドよ」

「ディヴィッド・バロウズ」とヘイデンは言って、わざとらしい含み笑いを洩らした。「きみが手を貸してる脱獄犯だね？」

「ええ」

「なんと嬉しいことを言ってくれるじゃないか」

「彼はあなたがわたしのことを愛してたと思ってる」

「彼は今もそう思ってるんだろうか？」

「わたしも少しは気づいていた。大学時代、あなたはわたしのことが好きだった。でも、それはあの恐ろしい事件のせいもあった。あの恐ろしい事件でわたしたちには絆ができたせいだと思っていた」

「〝あの恐ろしい事件〟」とヘイデンは言った。その声音にはわずかに冷たい響きがあった。

「私がレイプされてるきみを助けたときのことを言ってるのか？」

「そうよ、ヘイデン、まさにそのことを言ってるの」

「だったら、きみはむしろ私に感謝すべきなんじゃないのか？」

「感謝していた。今でもしてる。でも、わたしたちは対応をまちがえた。あの事件は警察に通報すべきだった。結果がどうなろうと」

「私が退学になろうと。もっとひどいことになろうと」

「たぶんそうなるべきだった」

「きみを救ったがために？」

「まあ、そうね、もしそうしていたら、大学の偉い人たちもきっと理解してくれたはずよ。でも、もう永遠にわからない。わたしたちはそうするかわりに事件を闇に葬った。それがいつものペイン家のやり方だった、でしょ、ヘイデン？　あなたの一族はお金にものを言わせて、見たくないものを葬り去る」

「ああ、そうだ」とヘイデンは造作もなく言った。「金があるのが悪《あく》とはね。なんとも興味深い考えだ」

「これはいいとか悪いとかの問題じゃない。責任の問題でもない」

「きみは神を信じるか、レイチェル？」

「信じていようといまいと、何かちがいがある？」

「私は信じている。私は神を信じている。見てくれ、神が私に与えたものを」と彼は両腕を広げ、その場で一回転した。「見てくれ、レイチェル。神がペイン一族に与えたものを。これがただの偶然の為せる業だと思うか？」

「正直に言って、そう思う」

「ありえない。どうして金持ちは自分たちが特別だと思えるんだと思う？　実際に特別だからさ。きみはどっちだ？　私たちに見返りを与えてくれた公正な神を信じるか——それとも世界はカオスで、運は無作為だと思うか。きみはどっちだと思う？」

「世界はカオスで、運は無作為」とレイチェルは言った。「マシュウはどこにいるの、ヘイデン？」

「馬鹿なことは言わないでくれ。デイヴィッドの仮説など聞きたくない。私はきみのことを愛していたと思う——彼はきみにそう言ったと言ったね。そこから話を始めよう」

「あなたはわたしのことが好きだった」

彼は立ち止まって彼女のほうを向くと、両腕を広げた。「今はそうじゃないと誰が言った？」

「それから、わたしが生殖医療クリニックでシェリルのためにバーブ・マトソン先生の予約を取ったとき、バーブはそのことをあなたに伝えた。でしょ？」

「もしそうだとしたら？」

「それを聞いてあなたは動揺した。あなたはわたしを求めていた。なのに、急にわたしが精子提供を受けて子供を持とうとしはじめた。あなたには理解できなかった、ちがう？」

ヘイデンはにやりとして言った。「きみは今、携帯を持ってる？」

「ええ」

「こっちに寄こしてくれ」

「どうして?」

「録音していないと確認したいから」

彼女はためらった。彼は頭のおかしな男のように、まだにやにや笑っていた。彼女はディヴィッドを見つけられないかと、できるだけさりげなくあたりをもう一度見まわした。彼がいる気配はなかった。

「携帯を渡すんだ、レイチェル」

今度の彼の声には棘があった。彼女に選択肢はなかった。彼女はポケットに手を入れ、彼に見られるまえに切断ボタンを押せたらと思ったが、彼に手をつかまれた。

「ちょっと! 何をするの、ヘイデン?」

彼は彼女のポケットを探って携帯電話を取り出すと、画面を見た。

「この電話はなんだ?」

「使い捨て携帯よ」

彼は画面を見つづけて言った。「きみの仮説の続きを聞かせてくれ、レイチェル」

「わたしが精子ドナーの提供を受けると聞いたとき、どんな気分だった?」と彼女は尋ねた。

「きみがみっともなくて鼻持ちならないボーイフレンドをつくるたびに、よく思ったものだけれど、それと同じだ。もったいない、だ」

「相手はあなたであるべきだった」とレイチェルは言った。

「私であるべきだった。私はきみを助けたんだぞ、レイチェル。きみは私のものになるべきだった」

「あなたの一族は生殖医療クリニックを経営していた」

「ああ」

「だからお膳立てをするのは簡単だった。誰かを脅したの？　それとも賄賂をつかませた？」

「人を脅迫する必要に迫られたことはまずないね。たいていは金と秘密保持契約で事足りる」

「あなたは確実に自分の精子が提供されるように手配した」

ヘイデンは眼を閉じて笑みを浮かべると、顔を空に向けた。

「ここにはわたしとあなたしかいない、ヘイデン。白状してくれていいから」

「きみはこんなことをするべきじゃなかった」

「こんなこと？」

彼は首を振った。笑みは消えていた。

「どうなると思ってたの、ヘイデン？」

「きみはいずれ私の子供を産むことになる。そうなったら――きみが産んだら――そのとき打ち明けようと思っていた」

「そうしたら、わたしがあなたを愛するようになるとでも？」

「もしかしたら。いずれにしろ、私たちは家族になる、だろ？　最悪でも――きみに拒まれたとしても――きみが育てるのは私の子だ。でも、たぶんきみは自分の人生に私を迎え入れてくれる。きみは私の一族の影響力に免疫がない。春休みにカリブ海のアンティグア島にあるうちの屋敷に行ったときのことを覚えてるか？　あのときのきみの顔と言ったらなかったよ、レイチェル。きみはあの場所がすごく気に入った。そもそもパーティ好きだった。権力を愛した。きみのそういう性格も私たちが親しくなった理由のひとつだ。だから、そう、きみを妊娠させるのが私の計画だった。でも、どうして匿名のドナーなんか使いたがったんだ？　いつでも私が協力できたのに？」

「神の眼からも特別なあなたが」と彼女は言った。

「そのとおり。私はきみを愛する男で、すばらしい遺伝子の持ち主だ。実に理に適ったことじゃないか」

「ただ、今さらに言うまでもないけれど、わたしはクリニックに行かなかった」

「そうだ。きみの茶番劇にはベルグの全員が騙された。しかし、考えてみれば皮肉なものだね。きみは真実を闇へ葬り去るペイン一族は最悪だと言った。そのきみが――」

「――姉とわたしもあなたたちとまったく同じことをした」

「そのとおりだ、レイチェル」

「治療に行ったのはシェリルでわたしじゃないっていつわかったの？」

「それはきみが妊娠しなくて、シェリルが妊娠したときだ。私はきみが行ったことになっている〈ベルグ・クリニック〉に行った。医師にきみの写真を見せた。彼女は見覚えがないと言った。次にシェリルの写真を見せたら……」

彼は肩をすくめた。

「それで？」

「私は待った。そして計画を立てた。シェリルとデイヴィッドを見張った。デイヴィッドは精神的に参ってきていた。それはきみも知ってるはずだ。彼らの結婚生活は破綻しかけていた。シェリルのしたことのせいで。彼女の嘘が彼を蝕んでいた。あの子が自分の子ではないことは、最初から彼にはわかってたんだと思う。だから私はふたりから眼を離さなかった。忍耐づよく待った」

「あなたはどこかの子供をひとり殺した」

「それはちがうよ、レイチェル」

「あの夜殺された子供がいるのよ」

「計画が遅れたのはその子のためという面がある。私は待った。そして、その子供にすばらしい人生を送らせてあげた」

「どういうこと?」

「大したことじゃない」

「わたしにとっては大したことよ」

「いいや、レイチェル、きみが気にかけているのは私があの夜、救い出した少年、私の息子のことだけだ」

「あなたはデイヴィッドに殺人の罪を着せた」

「そうとも言えない。あの老女が裁判で、デイヴィッドが野球バットを持っているのを見たと証言したとき、実は私は驚いたんだ。あのとき私が考えたことがわかるか?」

「話して」

「彼は自分がやったと思い込みはじめた。だからバットを自分で埋めたんだと思った。あとになってから、彼の父親が恨まれていたことがわかったが。だけど、ちがうよ。私はデイヴィッドを終身刑にするつもりなどなかった。彼に過失はひとつもない。彼は精一杯、私の息子を育ててくれた。彼を意味もなく傷つけるつもりなどなかった」

「どうしてこんな極端な手段を選んだの?」

「ほかにどうすればよかった、レイチェル? 自分の精子をクリニックに使わせたことを公にするなど論外だよ」彼は片手を上げてレイチェルの反論を制して続けた。「聖人ぶって私に説教をするまえに思い出してくれ。そもそも誰がこんなことを始めたのか。きみとシェリルじゃないのか？　すべてはきみたちの嘘のせいなんじゃないのか？」

彼の言うことにも一理ある。それはレイチェルにもわかっていた。「このことは誰が知ってるの？」

「ピクシー。当然だな。それにステファノ。このふたりだけだ。子供を入れ替えたあと、私は息子をここに連れてきた。そのとき自分がパニックになっていたのは認めるよ。そのときになって、取り返しのつかない過ちを犯したと思ったことも。いずれにしろ、ピクシーの指示で実父確定検査がおこなわれ、あの子は私の子だということがはっきりした。そのあと半年ほどここにいつづけた。地所から一歩も出なかった。最初はあの子も動揺していた。ひたすら泣いていた。眠ることもできなかった。母親と……デイヴィッドに会いたがっていた。それでも子供は環境に順応するものだ。私は彼をシーオと名づけ、例のイタリア人女優のつくり話を考えた。最後にはシーオをここから海外に連れ出し、富裕層向けのスイスの寄宿学校に入れた。そうしてあの厄介な母斑が消えるのを待った。医師は消えるはずだと言っていた。が、消えなかった。頬に頑固に残りつづけた。しかし、そう、マシュウを探す者などいなかった。彼は死んだんだから。行方不明になったんじゃないんだから。でも、連れてきたときと今のあの子の類似点として……」

「ヘイデン？」

「なんだ？」

「まだなんとかする方法はあるわ」

「どうするんだ?」

「マシュウを返して」

「ずいぶんと簡単に言うんだな」

「彼がどこにいたのか、誰といたのかなんて人に知らせる必要はない」

「おいおい。そんなことができるわけがない。いや、そもそもきみには何ひとつ証明できない。それは自分でもわかってるんだろ、レイチェル? あの子を取り返すことなどきみにはできない。できたとしても、ペイン家の者にDNA検査を受けさせる? そんなことができると本気で思ってるのか? いや、それにDNA検査で何がわかる? わかるのは私が父親で、シェリルが母親だということだ。私はただシェリルと関係を持ったとだけ言えばいい」

そのとき、背後の茂みからデイヴィッドが姿を見せた。ふたりの男はただ互いを見つめた。

デイヴィッドが言った。「おれの息子はどこだ?」

38

「おれの息子はどこだ?」と私は言う。

そう言って、私の人生を破壊したこの男を見つめる。全身が震えている。

レイチェルが言う。「デイヴィッド」

「警察を呼んでくれ、レイチェル」

「呼べないよ」とヘイデンが言う。「彼女の携帯電話は私が持ってる。まあ、どうでもいいことだが。令状がなければ警察もうちの地所にははいれない」彼が私に近づいてくる。「それでも、デイヴィッド、解決策はあると思う」

私はレイチェルを見やり、視線を彼に戻して繰り返す。「マシュウはどこだ?」

「ここにマシュウなどという子供はいない。ここにもどこにもいない。きみが殺したんだから。ただ、シーオのことなら――」

こんな話を聞く必要はない。私は屋敷のほうに歩きだす。必要なら力ずくで押し入るつもりだ。今さら失うものなど何もない。息子に会うことだけが世の中で唯一意味のあることだ。

ふたりとも私についてくる。「私の提案を聞きたくないか?」とヘイデンが言う。

私は拳を握りしめる。殴るには距離がある。「聞く気はない」

「あの子はきみの息子ではない。きみももうわかってるはずだ。とはいえ、きみは不当な扱いを受けた。そのことについては残念に思ってる――逮捕されて、刑務所送りになったことだ。だから私が力を貸そう。聞いてくれ、デイヴィッド。ペイン一族には力がある。きみを海外に逃亡させて、新しい身分をつくることぐらい――」

「頭がイカれたか？」

「いや、聞いてくれ」

そこまでで充分だ。私たちは正面玄関まで二十メートルというところまで来る。私は振り返ると、突進して片手でヘイデンの咽喉をつかむ。

レイチェルがまた私に声をかける。「デイヴィッド！」

もうどうでもいい。ヘイデン・ペインを地面に叩きつけようとしたところで、別の男の冷静な声がする。「オーケイ、そこまでだ」

黒髪のがっしりした男だ。黒いスーツを着ている。

その手に銃がある。

「彼を放せ、デイヴィッド」と男が言う。

彼の話し方はさりげなく、やさしくさえある。その声音には人の注意を惹き、話を聞かなければと人に思わせる何かがある。私が刑務所で嫌になるほど見た、冷たく感情のない眼をしている。

即座に私はひらめく。

〝ひらめく〟が適切なことばかどうか自信はないが、そうはずれてもいないだろう。一秒もない瞬間のことだ。私は彼のような男たちを知っている。こうした状況を知っている。彼が武器を持っていることも、ここが個人の邸宅であることもわかっている。彼がここで私を殺すであろうこともわかっている。が、私は最終的にレイチェルとマシュウを守らなければならないこともわかっている。私にはそれ以外の結論がないことも。

瞬時にすべてを考え、私はすばやく行動に出る。

私はまだ咽喉元をつかんでいるヘイデンを自分のまえに引き寄せて、いっとき盾にする。そして、空いているほうの手で銃を抜く。

銃を扱うのはこれが初めてではない。父は警官だ。銃を安全に使うことにこだわっていた。父とフィリップは土曜の午後はいつもアダムと私をエヴァレットにある射撃場に連れていった。おかげで私は射撃がかなりうまくなった。固定された的だけでなく、厚紙の人形《ひとがた》がランダムに起き上がるシミュレーション演習でも。人形は悪人だったり、善良な市民だったりする。私はそのふたつを識別するのが特にうまいわけではなかったが、父に教えられたことは覚えている。

頭は撃つな。足を狙ったり、急所をはずそうとするのも駄目だ。ミスしてもどこかに当たるよう、胴体の真ん中を狙え。

男はすぐに私の意図を察知する。

銃を構える。が、私がいきなり大胆な行動に出たことに加えヘイデン・ペインを一時的に盾に取っている。こちらが有利になる。

私は三発撃つ。

男が倒れる。

ヘイデンが叫び声を上げ、玄関のほうへ駆け出す。私は振り返ってあとを追おうとするが、別の男が銃を抜くのが眼にはいる。

ためらいはない。

私はもう三発撃つ。

この男も倒れる。

男ふたりが死んだのか、怪我をしただけなのかはわからない。気にもならない。ヘイデンが屋敷にはいる。

私は最初に倒れた男に駆け寄る。眼を閉じているが、まだ息はありそうだ。確認している暇はない。身を屈《かが》め、その手から銃をもぎ取る。それからレイチェルのほうを向いて叫ぶ。

「来るんだ!」

レイチェルは言われたとおりにする。私たちは玄関へ急ぐ。鍵がかかっているかと思ったが、かかっていなかった。こんな場所に住んでいたら、逆に玄関に鍵など必要ないのか?

私たちは玄関ホールにはいる。ドアを閉めると、彼女に銃を一丁渡す。

「デイヴィッド?」

「自衛用だ。誰かがはいろうとしてきたときのために」

「どこに行くつもり?」

もちろん彼女にはわかっている。私はすでに、走る足音が聞こえてきた階段のほうへ向かっている。ここに武装した人間が何人いるかはわからない。すでにふたり撃った。必要なら、何人撃とうと気にならない。ただ弾丸《たま》の残数が気になるだけだ。

屋敷は真っ白で、殺風景で、個性がない。色というものがほとんどない。眼にはいるかぎり。音が聞こえてくる。私は音のするほうへ進む。

「シーオ！」

ヘイデンの声だ。

銃を握り直して廊下を進む。年老いた女性が廊下に出てきて言う。「ヘイデン？　どうかしたの？」

「ピクシー、気をつけて！」

老女が振り返る。眼が合う。彼女の眼が見開かれる。彼女は私が何者かわかっている。私はヘイデンの声が聞こえたほうへ廊下を走る。老女は動かない。立ったまま挑むように私を睨んでいる。老女を突き飛ばして進む気はないが、それが避けられないことならやるしかない。その必要はないようだ。私は彼女の横を走り抜ける。

「ピクシー？」

またヘイデンの声がする。彼はすぐ先の左手の寝室にいる。私は寝室に駆け込んで銃を構える。彼に息子の居場所を話させるために。さもなければ……

マシュウがいる。

私は凍りつく。銃は手の中にある。息子が私を見上げている。眼が合う。やはり私の息子の眼だ。タイムズ・スクウェアで私は感情がとめどなく湧き起こってくるのを感じた。今も似たような感覚を覚える。が、今回はそのときを上まわっている。体の奥底から沸き上がっている。その感情が血の中で、血管の中で出口も逃げ道もなく、全身いたるところで脈打っている。私は震えているのかもしれない。自分ではわからない。

気づくと息子の肩に男の両手が置かれている。

「シーオ」ヘイデンが言う。努めて冷静な声を保とうとしている。「彼は友人のデイヴィッドだ。銃を使って遊んでるところでね、そうだな、デイヴィッド?」

私はまっさきに奇妙なことを思う。マシュウは八歳、三歳ではない。そんなことばに騙されるわけがない。息子の顔を見ればわかる。私は心のどこかですぐさま終わらせたいと思っている。銃でこのくそ野郎を吹き飛ばしたいと思っている。あとのことはあとで考えればいい。しかし、ここには息子がいる。加えて、なついていようといまいと、ヘイデンは息子が父親と思っている男だ。息子は彼のことを怖がってはいない。それは見ればわかる。口に出すと胸が苦しくなるが、息子が怖がっているのはこの私だ。

マシュウのまえでヘイデンを撃つわけにはいかない。

「デイヴィッド、この子は私の息子のシーオだ」

私は引き金にかけている指を意識する。私はすでにふたり人を撃っている。もうひとり増えたとしてどうなる？

遠くから物音が聞こえる。この部屋も屋敷のほかの部分と同じくモダンな造りで、天井から床までの窓がある。私は窓に近づき外を見る。ヘリコプターが広い芝地に着陸したのが見える。

彼がピクシーと呼んでいた老女がはいってきて、私の脇に立つ。「来なさい、シーオ。出発する時間よ」

「この子はどこにも行かない」と私は言う。

ピクシーは私と眼を合わせる。その顔にはほんのわずかに笑みが浮かんでいる。「どういう計画なのかしら、デイヴィッド？　地元警察に通報したわ。フレディが――この地区の警察署長が――たぶん全署の半数の警官を引き連れてこっちに向かってる。あなたは武装している危険人物で、すでにふたりを撃ったと伝えてある。ステファノは死んだと思う。フレディはステファノととても親しかったの。週に一度ポーカーをする仲だった。もしあなたに運があって――銃を置いて、両腕を高く上げてここから芝地に出たら――もしかしたら、もしかしたら、撃たれないかもしれない」

「あんたたちふたりがやったことはわかってる」と私は言う。

「でも、絶対に証明できない。どんな証拠があるっていうの？」

私はシーオを見やる。もう特に怯えているようには見えない。戸惑いながらも大人の話に聞き入っている。その表情が似ている。胸が痛くなるほどマシュウの母親に似ている。

「あなたは何を考えてるの？」とピクシーは続ける。「この子にＤＮＡ検査を受けさせる？無理ね。それには裁判所命令が必要だから。やむをえない理由があると判事を説得しなくちゃならない。わが一族はこの国の判事全員を知っている。超一流の弁護士もいる。政治家も何人も知っている。あなたがブリッグズ刑務所に戻されたとして、そのときにはもうシーオは外国にいる」

「それに」とヘイデンがつけ加える。「レイチェルにも言ったんだが——検査をしてもその結果はどうなると思う？」彼はにやりとする。「きみは血管にペイン家の血が流れてる少年を育てたいのか？　この子は私の息子だ」

私は老女をちらっと見やる。その表情に何かがよぎったことに気づく。

私は言う。「いいや、ヘイデン、それはちがう」

ヘイデンは怪訝《けげん》な顔をして、ピクシーと呼んでいた女性のほうを見る。彼女の視線は床に向けられている。

「治療を受けなかったと妻に言われても、おれはまったく信じなかった」と私は言う。「それがおれたちの結婚生活にとどめを刺した。マシュウのためには精一杯尽くした。だけど、夫婦としてうまくやれていたかどうかはわからない」

ヘイデンはピクシーを見る。「彼はなんの話をしてるんだ？」

私は自分の携帯電話を取り出す。「昔のメールアドレスにアクセスすることができた。これだ。八年まえのメールだ。シェリルが生殖医療クリニックに行ったと知ったとき、おれは実父確定検査を受けた。二回も。念のために。その検査の結果、おれはマシュウの父親だと確認できた」

ヘイデンの眼が飛び出る。「ありえない」と彼は言う。「ピクシー？」

彼女はヘイデンを無視する。「行きましょう、シーオ」

「駄目だ」と私は言う。

「あなたはわたしを撃たない」と彼女は言う。

「でも、わたしは撃つわ」

レイチェルだ。彼女が銃を手に部屋にはいってくる。「ヘイデン？」

彼はすべてを否定するかのように激しく首を振る。

「当ててみましょうか？」とレイチェルは言う。「あなたはマシュウを連れてここに戻った。改めてパニック状態になった。自分が正しいことをしたのか心配だった。あなたはそう言ったわよね？」

彼はまだ首を振りつづけている。サイレンが近づいてくる音が聞こえる。

「もし実父確定検査の結果、父親じゃないと出ていたら、あなたはどうしていた？　きっとほんとうのことを話してたでしょう。きっと自白していたでしょう」レイチェルはピクシーを見る。「でも、彼女としてはヘイデンにそんなことをさせるわけにはいかなかった。そう、彼女はあなたに嘘をついたのよ、ヘイデン。あなたは父親じゃないのに父親だって。でも、問題はそこじゃない。父親というのは生物学だけで語れることじゃないから。それでもよ。この子はデイヴィッドの息子なのよ。デイヴィッドとシェリルの子なのよ」

ヘイデンはまるで幼い少年のような声音で言う。「ピクシー？」

サイレンが聞こえる。一瞬、彼女が否定するのではと思う。が、さすがにそこまでの気力はなさそうだ。「あなたはきっと子供を返したでしょう」と彼女は言う。「あるいはもっと悪い事態になっていたかもしれない。いずれにしろ、あなたのせいで、わが一族は破滅を余儀なくさせられていたでしょう。だから、そう、わたしはあなたが望む――必要としている――答を教えたのよ」

少なくとも十台のパトカーが私道にはいってきて、屋敷のまわりを取り囲む。

「でも、どうでもいいことよ、ヘイデン」とピクシーは言う。「あなたたちふたりはヘリで行かないと」

「駄目だ」

私の息子が口を開く。

「ここで何が起きてるのかぼくは知りたい」とマシュウは続ける。

「これは全部ゲームよ、シーオ」とピクシーが言う。

「ぼくのこと、そんなに馬鹿だと思ってるの?」彼は私を見て言う。「ぼくのお父さんだよね」

それが質問なのか宣言なのか、私にはわからない。すでに警官は屋敷の中にはいり、階段を駆け上がりながら、手を上げて出てこいなどと叫んでいる。が、私の耳にはほとんどはいってこない。私はすべて聞き流す。ひたすら私の息子を見つめる。

私の息子を。

片膝をつきたい気になるが、実際のところ、マシュウはもう赤ん坊ではない、八歳の少年だ。私は彼と眼を合わせて言う。「そうだ。きみのお父さんだ。三歳のときにきみは彼に誘拐された」

息子は片時も眼をそらさず私を見ている。じっと見ている。まばたきもしない。私も同じだ。私の人生の中でもっとも純粋な瞬間が訪れる。息子と私。一緒にいる。息子はわかっている、私にもわかっている。息子は理解している。

その思いが心に押し寄せてきたそのとき、最初の銃弾が私の体に命中する。

八ヵ月後

松でできた飾りのない父の棺桶《かんおけ》が地中に降ろされていく。私はおばのソフィの右側に立っている。フィリップとアダムのマッケンジー親子が棺の担ぎ手を務めた。警官は老いも若きも退職した者も大勢が参列している。父には友人が大勢いた。ずいぶんまえからつきあいはなくなっていたけれども、多くが最後のお別れを言いにきている。

フィリップの視線を感じて、眼を向けると、彼は私にわずかにうなずく。それだけで充分伝わってくる。父はここにいた。これからもここにいつづける。

ペイン屋敷で私は三発の銃弾を浴びた。もっと撃たれていた可能性もある。そう言われた。が、マシュウが私に駆け寄った。警官はそれを見て撃つのをやめた。どれも私の記憶にないことだ。

右手に小さな手がつながれるのを感じる。心がどこまでも安らぐ。私はマシュウのほうを見て笑みを浮かべ、マシュウの横に立っているレイチェルに眼をやる。彼女は私に小さな笑みを向ける、マシュウのもう一方の手を握りながら。私の心は満たされる。彼女とも眼を合わせ、すべて問題ないと彼女に知らせる。

父は長いこと病床についていた。だから、旅立つ準備はすっかりできていた。父は頑張って持ちこたえてくれたのだと思う。私の容疑が晴れるのを見るまで――そして孫にまた会えるまで。

そのことが私にはどれほど嬉しかったか、ことばにはできない。

カディシュ（ユダヤ教の祈り）が始まり、全員が頭を下げる。私は父の墓に土をかける儀式をおこなう人の列の一番まえにいる。次はおばのソフィだ。私はおばが土をかけるあいだ、おばの腕をつかんでいる。おばのためというより、私がバランスを崩さないように。私は二ヵ月入院し、六回の手術を受けた。杖《つえ》なしで歩けるようになるのはむずかしいだろうと言われているが、理学療法に必死で取り組むつもりだ。

私は不利な状況をひっくり返すのが好きだ。得意でもあると思う。

葬儀のあと、私たちは坐ってシヴァ（ユダヤ教の七日間の喪）に服すためにリヴィアの昔の家に戻る。その家には当然過去の亡霊たちがいる。が、今日ばかりはおとなしくしてくれている。われわれの中に信心深い者はいないが、儀式には慰めを感じる。友人たちはフェンウェイ・パークを埋め尽くしそうなくらいの量の料理を持ってきてくれた。私は慣習に倣って低い椅子に坐り、父にまつわる話に耳を傾ける。心が安らぐ。

これからはソフィおばさんがここでひとり暮らしをすることになる。

「この土地しか知らないから」とおばは言う。

レイチェルは弔問客の列がとぎれると、おばは私の腕を突《つっ》いてレイチェルを指し示す。レイチェルは〈スロッピー・ジョー・サンドウィッチ〉をもう一皿出すのを手伝っているところだ。

「で、あなたとレイチェルは……？」と彼女は尋ねる。

「まだそういうのには早いよ」と私は答える。

ソフィは笑みを浮かべる。私のことばを受け入れる気はなさそうだ。「早くなんてないわ。わたしはこうなってくれて嬉しいのよ。お父さんだってきっとそう」

私は唾を呑み込んで感情を抑え、愛する女性を見つめる。「彼女はおれを幸せにしてくれる」とおばに伝える。人生において、これほど大切なものに出会ったことはない気がしている。

弔問客の列の最後は、マックス・バーンスタイン特別捜査官とパートナーのサラ・ヤブロンスキだった。ふたりは私と握手をして、弔意を伝える。バーンスタインは鋭い眼で部屋を見まわして言う。

「こんな話をするのに、今が適切かどうかわからないんだが」

「どんな話だ？」

「最新情報だ」

私は彼のパートナーを見てから、視線を彼に戻して答える。「適切だと思う」

ヤブロンスキが言う。「被害者の身元の手がかりがわかったみたい」

マシュウのベッドにいた幼い少年のことだ。私はバーンスタインを見やる。

「海外にペイン一族が出資している児童養護施設がある」と彼は言う。「今わかっているのはそれだけだ」

「情報はもっと得られるはずよ」とヤブロンスキが言う。

私は彼らのことばを信じるが、すべてが明らかになることはないだろうとも思う。

私が自由の身になるまでに三ヵ月を要した。フィリップとアダムのマッケンジー親子はふたりとも職を失った。ふたりを訴追すべきだとか、レイチェルも幇助と教唆の罪で起訴すべきだと主張する人たちは今もいる。私がペイン屋敷で撃った〝警備員〟ふたりについても同様だ。が、どれも起訴には至らないだろうというのがわれらが弁護士、ヘスター・クリムスティーンの意見だ。私たちとしては彼女が正しいことを願うのみ。

私は両脚を伸ばしたくなり――特に撃たれたほうの脚――立ち上がる。キッチンに向かおうとしたところで、足を止める。

ニッキー・フィッシャーが腕組みをして、部屋の隅に立って、私を見ている。

昨日の夜、ニッキーはフロリダの保養地から飛行機でリヴィアのこの家にやってきた。そして、ふたりきりで外のポーチで話そうと言ってきた。私たちは外に出た。例のいかつい男ふたりが黒のSUV横の歩道に立っていた。彼らが手を振ったので、私も振り返した。

ニッキー・フィッシャーは星のない暗い夜空を見上げて言った。「親父さん、残念だったな」

「ありがとう」

「全部話してくれ、デイヴィッド。細大洩らさず」

私はすべて話す。

ピクシーとヘイデンは今は長い刑期に服している。誰もがそういう話を聞きたがるはずだ。それはニッキー・フィッシャーも同じだろう。が、そうはならなかった。私が撃たれた直後、マックスが屋敷にやってきた。フィリップが彼を信頼して、秘密を打ち明けたのだ。だから、マックスはおおよそのところを理解していた。それが大いに助けになった。それでも、容態が安定すると、私はブリッグズ刑務所に戻された。正義の車輪はゆっくりとまわる。本人たちが指摘したとおり、ヘイデンとピクシーが重罪を犯したという証拠はほとんどなかった。ヘイデンが殺人や誘拐に関わっていたことを示す手がかりも、マシュウがいたということ以外何もなかった。ピクシーについても、ヘイデンからこの子は自分の息子だと聞いていただけで、それ以上のことを知っている証拠はなかった。ヘイデンはどうしてこの少年が息子だとわかったのか？ 彼はイタリア人女優が母親だという話をした。もちろんそれは嘘だ。見え透いた嘘だ。が、人を騙すことにかけては人後に落ちない有能な弁護士と判事、それに政治家が束になっては、正義の車輪もやがて止まる。

金は正義の車輪をまわすこともできれば、止めることもできる。

昨夜、私はこうしたことすべてを玄関先のポーチでニッキー・フィッシャーに話した。ニッキー・フィッシャーは話をさえぎることなく黙って聞いていた。そして、私が話を終えると言った。「それじゃ腹の虫が収まらない」

「何が？」

「言うまでもない。あいつらが逃げおおせてることだ」

ニッキー・フィッシャーはそう言い残してポーチを離れ、SUVに乗って帰っていった。

そして、今また戻ってきた。私と眼が合うと、うなずいてみせる。が、フィリップにうなずかれるのとは大ちがいだ。反射的に背すじを冷たいものが走る。その冷たさにはいい面と悪い面がある。

私にとってはいい面、ペイン一族には悪い面が。

私は会釈したり笑いかけたり、握手したりしながら弔問客のあいだを縫うようにして通る。キッチンまで来ると、シェリルの夫のロナルド・ドリーズンが窓から裏庭を見ている。私は彼の横に立つ。

「大丈夫か？」とロナルドが訊いてくる。

私はうなずく。「残ってくれてありがとう」

「当然だよ」と彼は言う。

私たちは隣り合って、キッチンの窓から裏庭を眺める。シェリルがそこにいる。彼女は生後四ヵ月の娘、エリーを抱いている。ちらっとロナルドを見ると、誇らしげな父親の顔でふたりに笑みを向けている。彼はシェリルを愛している。私はそのことを嬉しく思う。

「きみの娘は可愛いな」と私は彼に言う。

「ああ」とロナルドは抑えきれないように言う。「そう、そうなんだよ」

そして、そこには――実家の裏庭には――母親とともにマシュウもいる。

目新しいことだらけの状況の中、当面マシュウに関してはシェリルと私で共同親権を持つことにした。息子は一週間、シェリルとロナルドのところで暮らし、次の一週間は私とレイチェルの家で過ごす。今のところそれでうまくいっている気がする。

マシュウの様子は？

夜、うなされることはあるが、思ったほど頻繁ではない。子供には回復力がある。わが息子には特に。長期的にはどこかで悪影響が出るのでは？　そんなことを言う人もいるが、私はもっと楽観的だ。八歳というのは好奇心旺盛な年頃だ。だいたいのことは理解できる年齢でもある。何があったのか嘘をつくこともできなければ、取りつくろおうとするのも無理だ。ヘイデンがマシュウを大切に扱っていたのはせめてもの救いだが、それでも息子は親と引き離されて、ほとんどの時間をスイスの富裕層向けの寄宿学校で過ごした。だから一度は父親と信じた男より友人や先生に会いたがっている。もちろん、彼にはヘイデンとのいい思い出もある。だからマシュウからはこんなことを尋ねられる。あんなにやさしい人がどうしてあんなに悪いことをするのか。私は、人間は思っているよりも複雑なものなのだとどうにか説明する。もちろん、私にもほんとうのところはわからない。

私は今、シェリルが赤ん坊のエリーをその兄へと渡すのを見ている。マシュウは妹を愛している。緊張しながらもそっと妹を抱いている。まるで妹がガラス細工ででもあるかのように。その顔は輝いている。そんな息子を、美しいわが子を見つめていると、レイチェルが私に腕を巻きつけてきて、一緒に私の息子を見つめる。私たちはみな同じだ。みなもがきながら人生を歩んでいる。どこかから父もこの様子をきっと見てくれていることだろう。

謝辞

筆者（たまには自分のことを三人称で呼ぶのも悪くない）は以下の方々に感謝を伝えたい。（順不同）ベン・セヴィア、マイケル・ピーチ、ウェス・ミラー、キルシア・デップ、ベス・デ・グズマン、カレン・コストルニク、ローレン・ベロ、ジョナサン・ヴァルカス、マシュウ・バラスト、ブライアン・マクレンドン、スティシー・バート、アンドリュー・ダンカン、アレクシス・ギルバート、ジャニーン・ペレス、ジョセフ・ベニンケース、アルバート・タン、リズ・コナー、レナ・コーンブルー、マリ・オクダ、リック・ボール、セリーナ・ウォーカー、シャーロット・ブッシュ、ベッケ・パーカー、サラ・リドリー、グレン・オニール、マット・ワターソン、リチャード・ローランズ、フレッド・フリードマン、ダイアン・ディセポロ、シャーロット・コーベン、アン・アームストロング＝コーベン、リーサ・エアバッハ・ヴァンス、コール・ガルヴィン、ロビー・ハル。

普通ならここで著者が、誤りはすべて自分の責任であると書くところだが、実のところ、彼らは専門家だ。なぜ私が責任を負わなければならない？

ジョージ・ベルビー、キャシー・コブレーラ、トム・フローリオ、ローレン・フォード、ハンス・ラースペア、バーブ・マトソン、ウェイン・セムジーにも感謝を伝えたい。彼らは本人（または彼らの愛する人）の名前を本書に登場させることを条件に、私が選んだチャリティに寄付をしてくれた。今後、同じように私の作品に登場してみたい方は、giving@harlancoben.com にメールで問い合わせてほしい。

解説

若林 踏

物理的にも精神的にも、登場人物に重たい枷《かせ》を多く付けることが出来るか。良いスリラーを書く条件とはそういうことだ、という作者の声が聞こえてきそうな小説だ。

「わが子を殺した罪で終身刑となって五年になる。〝ネタバレ注意〟で申し上げると、私はやっていない」という印象的な文で本書は幕を開ける。〝私〟ことデイヴィッド・バロウズは三歳の息子マシュウを殺害した罪で有罪となり、刑務所に入っている人物だ。事件が起きた五年前、デイヴィッドは明け方近くに嫌な予感を覚えて、息子の部屋を覗《のぞ》いた。そこにはめった打ちにされ血塗《ちまみ》れになった子供の死体があったのだ。その光景を見たデイヴィッドは警察が到着するまで叫び続けていた。マシュウには性的虐待の痕跡は無く、殺される動機も見当たらなかった。次第に警察は状況証拠から、夫婦生活が上手《うま》くいかずストレスを溜《た》め込んでいたデイヴィッドへ容疑を向けるようになる。まもなくデイヴィッドは逮捕され、凶器を隠している現場を目撃したという近隣住民の有力な証言もあって有罪判決を受けたのだ。

もちろん無罪を主張することも出来たはずだが、デイヴィッド自身は「父親としての役目を果たさなかった。息子を守らなかった」ことを悔い、敢《あ》えて判決を受け入れて服役しているのだ。

そんなデイヴィッドのもとに、一人の女性が面会に訪れる。デイヴィッドの別れた妻の妹で、ジャーナリストとして活動するレイチェルだった。彼女はデイヴィッドに一枚の写真を見せる。それはレイチェルの別れた夫の同僚一家が、社員旅行でスプリングフィールドの遊園地に行った時の写真だという。背景の右端で、大人の男と思われる誰かが八歳くらいの少年の手を引いていた。その少年を見たデイヴィッドは驚愕《きょうがく》した後、嗚咽《おえつ》を止めることが出来なくなった。彼はレイチェルに告げる。「これはマシュウだ」と。

死んだはずの人間が目の前に現れる、という謎はミステリにおける冒頭の摑《つか》みとして描かれることは多い。例えば本書の作者であるハーラン・コーベン自身も二〇一六年に発表した長編『偽りの銃弾』（田口俊樹・大谷瑠璃子訳で小学館文庫より二〇一八年に刊行）で同じような趣向を使い、序盤から読者の興味を見事に引いていた。同作ではイラク帰りの元軍人である主人公マヤが自宅に設置した監視カメラの中に、殺されたはずの夫が映っていたことに驚き、真相を確かめるために動き出すという話だった。マヤは戦場で受けたPTSDがあり、映像の中に映った男は幻覚なのか、本当に夫なのか、という疑念に惑わされる様子が同書では描かれていた。作中の登場人物たちにとって提示される謎が非現実的であればあるほど読者は魅了されるはずだ。

ただし『捜索者の血』の場合は、『偽りの銃弾』のマヤとは少々事情が異なる。主人公のデイヴィッドは刑務所に服役中で外に出ることが出来ないのだ。これが解説冒頭に書いた、登場人物を縛る物理的な枷なのだ。デイヴィッドに写真を見せたレイチェルは、彼に弁護士やメディアにこの情報を流し、あらためて検死やDNA鑑定が行われるようにしないかと提案する。だが、デイヴィッドは「今はまだそのときじゃない」「誰にも知られてはいけない」とレイチェルに言う。万が一、マスコミなどを通じてマシュウにそっくりな少年を捜していることが知れ渡れば、写真の中で少年の手を引いていた男が証拠を永久に葬り去ってしまうかもしれない。警察やマスコミにも知らせず、自分自身の手で少年の正体を調べなければいけないとデイヴィッドは思うのだ。だが、そのためには刑務所を出なければいけない。この枷をいかにしてクリアすべきか。ここから波乱に満ちたスリラーとしての展開が本格的に始まっていく。

紹介が遅くなったが、本書『捜索者の血』はアメリカの作家ハーラン・コーベンが二〇二三年に発表した長編スリラー小説である。ハーラン・コーベンといえば翻訳ミステリファンの間では〈マイロン・ボライター〉シリーズの作者という印象が強い。マイロン・ボライターはバスケットボールの元プロ選手で、スポーツ・エージェントとして働く傍ら業界で起こった事件を解決していくという話である。マイロンがバスケットボールの選手を引退したのは膝に致命的な怪我《けが》を負ったためであるが、それは身体だけではなく内面にも多大な影響を与えており、シリーズではマイロンが苦い過去と向き合う物語も用意されているのだ。軽妙でありながら繊細な部分もあるというマイロンの人物造形に加え、スポーツ・エージェントという職業の珍しさがフックとなり、〈マイロン・ボライター〉シリーズは日本でも根強いファンを生むことになった。

〈マイロン・ボライター〉シリーズは一九九七年に第一作『沈黙のメッセージ』(原書刊行一九九五年、中津悠訳で早川書房より刊行)が紹介された後、日本では第七作『ウイニング・ラン』(原書刊行二〇〇〇年、中津悠訳で早川書房より二〇〇二年に刊行)までが邦訳され、ハーラン・コーベンにはすっかりシリーズキャラクターものの作者としての評価が定着した。だが、ハーラン・コーベンの魅力はキャラクター造形だけではない。フランスで映画化もされた『唇を閉ざせ』(原書刊行二〇〇一年、佐藤耕士訳で講談社より二〇〇二年に刊行)などシリーズ外の単発作品も断続的に日本で紹介されていく内に、コーベンが捻《ひね》りの効いたプロットを武器とする単発スリラーの書き手としても優れていることが見えてきたのだ。近年では前述の『偽りの銃弾』や、金融アナリストの娘の失踪から始まるノンストップ・スリラーの『ランナウェイ』(原書刊行二〇一九年、田口俊樹・大谷瑠璃子訳で小学館文庫より二〇二〇年に刊行)などの作品によって、いっそうページターナーとしての実力を見せつけている。

スリラーとしての『捜索者の血』は物理的な枷だけではなく、登場人物たちに心理的な枷も加えることで物語の展開に起伏を与えている点が良い。本書はデイヴィッドの一人称視点だけではなく、彼以外の複数の登場人物による三人称視点も織り交ぜて構成されている。粗筋紹介で触れた通り、デイヴィッドは自分が息子を守れなかったことを悔やんでいる。これがデイヴィッドの精神的な枷だ。実はこうした枷を登場人物がそれぞれ持っていることを作者は描いていくのだ。例えば物語の冒頭でレイチェルは大手メディアを辞めており、そのことをデイヴィッドに触れて欲しくないような素振りを見せる。この他にも登場人物たちが様々な枷を持ちながら生きていることが人称を切り替えながら書かれていくのだ。ハーラン・コーベンが上手いなと感じたのは、そのような枷が、実は登場人物たちが取る行動に影響を与え、予測のつかない展開を生み出すことに繋《つな》がっていることである。これが解説冒頭で述べた、物理的にも精神的にも枷を多く加えることが良いスリラーを生む、ということだ。

物語は魅力的な謎で始まり、第一部の序盤から幾度となくギアチェンジを繰り返し、第二部に入るとさらなる急加速を行う。そこから先は一気読みだ。物語全体の色合いも変化を続けながら、読者を決して飽きさせない工夫に満ちている。冒頭に書かれたデイヴィッドの悲惨な境遇から、本書は重たい読み心地の小説だと思われるかもしれない。だが物語の中盤から登場する〝あるコンビ〟の存在によって、シリアスなだけではない軽妙さも混じるようになる。登場人物たちの書き分けによって物語に緩急を生み出している点も、ハーランの力量を感じさせるのだ。

〈マイロン・ボライター〉シリーズが続々と刊行されていた九〇年代後半から二〇〇〇年初頭以降、ハーラン・コーベン作品の紹介は途切れ途切れになることもあった。しかし前述の『偽りの銃弾』と『ランナウェイ』を皮切りに、小学館文庫で再びコーベンの小説の邦訳が進んでいることは喜ばしい。二〇二二年に刊行された『森から来た少年』(原書刊行二〇二〇年、田口俊樹訳で小学館文庫より刊行)は『ランナウェイ』にも登場した屈強な意思を持つ弁護士へスターと、謎めいた調査員ワイルドのコンビが強烈なインパクトを与える作品だった。この二人は二〇二三年刊行の『THE MATCH ザ・マッチ』(原書刊行二〇二二年、田口俊樹・北綾子訳で小学館文庫より刊行)にも登場しており、コーベン作品の新たなヒーローとして注目しておきたい。

「マイロン・ボライターものの新作は?」と待ち焦がれている翻訳ミステリファンは多いだろうが、残念ながらこちらは第八作『Promise Me』以降は邦訳が止まっている。だが、そのような渇きを癒すかのように小学館文庫から二〇二一年に『WIN《ウィン》』(原書刊行二〇二一年、田口俊樹訳で刊行)が出ている。こちらはマイロン・ボライターの親友であり、ウォール街伝説の財務コンサルタントであるウィンことウィンザー・ホーン・ロックウッド三世が活躍するスピンオフだ。〈マイロン・ボライター〉シリーズの派生作品としては、マイロンの甥《おい》っ子であるミッキーが主役を務めるヤングアダルト向けのシリーズ作品も本国では刊行されており、人気キャラクターの世界観を広げようとする意志はハーラン・コーベンも強いようだ。

小説以外のコーベン関連の話題では、動画配信サービス「ネットフリックス」における『偽りの銃弾』のドラマ化が、同サービスの二〇二四年上半期視聴数一位になるヒットを記録したこと。さらに『ランナウェイ』のほか、本書『捜索者の血』も近々、映像化される予定だという。もともとコーベンは自らプロデューサーとして積極的に自著の映像化に関わっており、動画配信をきっかけに小説作品の人気も世界的に広まっている模様だ。残念ながらマイロン・ボライター主役作品の映像化予定は今のところ無いようだが（米国ウェブメディア「DEADLINE」記事などによる）、これだけ映像作品の人気が高まれば〈マイロン・ボライター〉シリーズの邦訳が再開されることもゼロではないかも、という僅かな期待を持ちつつ解説を締めくくりたい。

（わかばやし・ふみ／ミステリ書評家）

翻訳協力

北　綾子

小林綾子

偽りの銃弾

ハーラン・コーベン　田口俊樹・大谷瑠璃子／訳

何者かに夫を射殺された元特殊部隊ヘリパイロットのマヤ。２週間後、２歳の娘の安全のために自宅に設置した隠しカメラに映っていたのは夫だった…。Ｊ・ロバーツ製作で映画化が進む、ベストセラー作家による傑作サスペンス！

小学館文庫
好評既刊

森から来た少年

ハーラン・コーベン　田口俊樹／訳

ある日忽然と姿を消した、いじめられっ子の高校生ナオミ。豪腕弁護士ヘスターは孫のマシュウから相談を受け、森に暮らす天才調査員ワイルドとともに彼女の捜索を始める――。翻訳ミステリファン・井上順さん絶賛の傑作。

本書のプロフィール

本書は、二〇二三年にアメリカで刊行された『I WILL FIND YOU』を本邦初訳したものです。

小学館文庫

搜索者《そうさくしゃ》の血《ち》

著者　ハーラン・コーベン
訳者　田口俊樹《たぐちとしき》

二〇二五年二月十一日　初版第一刷発行

発行人　庄野　樹
発行所　株式会社　小学館
〒一〇一-八〇〇一
東京都千代田区一ツ橋二-三-一
電話　編集〇三-三二三〇-五七二〇
　　　販売〇三-五二八一-三五五五
印刷所——中央精版印刷株式会社

ISBN978-4-09-407343-0